953

Das Buch:

Alles beginnt in Delphi: Die verwackelten Bilder einer Amateur-
kamera zeigen einen Mann, der vor dem Apollontempel eine
Rede hält. Zwei Kinder spielen zwischen den Ruinen der Orakelstätte. Es sind die Geschwister Linda und Robbie, die von der
Mutter gefilmt werden, während ihr Vater, ein Archäologe, sie
in die antike Sagenwelt einführt. Die beiden jüngeren Schwestern sind zu diesem Zeitpunkt noch nicht geboren, und doch
sind sie schon mit dabei, denn eine von ihnen ist die Erzähle-
rin. Mühelos setzt sie sich über Zeit und Raum hinweg und ent-
spinnt die Geschichte einer Familie von Getriebenen, die sich
aufmachen, die Welt zu verstehen und ihre eigene Rolle darin
zu finden. Der Vater hastet von einer Ausgrabungsstätte zur
nächsten und sucht nach der »stillen Stadt unter der Erde«. Die
Mutter schließt sich einer jüdischen Sekte an, um ihrem Leben
einen Sinn zu geben und eine andere Liebe zu finden. Wäh-
renddessen konstruieren sich Linda und Robbie, von den Eltern
hin- und hergeschoben, ihre eigene, unverrückbare Welt. Sie
kultivieren ihre Unabhängigkeit und kommen doch nicht voneinander los. Als Francis in ihr Leben tritt und sich beide in ihn
verlieben, werden sie auf dramatische Weise mit dem Glück
und gleichzeitig mit dem Tod konfrontiert.
In kunstvoller Verschränkung von Räumen und Zeiten erzählt
Malin Schwerdtfeger eine fesselnde Familiensaga von antikem
Zuschnitt aus einer ungewöhnlichen Perspektive – der einer Toten.

Die Autorin:

Malin Schwerdtfeger, 1972 geboren, studierte Judaistik und Is-
lamwissenschaft und lebt als freie Autorin in Berlin. In Klagen-
furt erhielt sie bei den »Tagen der deutschsprachigen Literatur«
2000 einen Preis für eine der Erzählungen aus ihrem Debütband
»Leichte Mädchen« (KiWi 614). Nach dem großen Erfolg ihres
Romandebüts »Café Saratoga« ist »Delphi« ihr zweiter Roman.

Weitere Titel bei Kiepenheuer & Witsch:
»Leichte Mädchen«, Erzählungen, KiWi 734, 2001. »Café Saratoga«, Roman, 2001, KiWi 763, 2003.

Malin Schwerdtfeger

Delphi

Roman

Kiepenheuer & Witsch

1. Auflage 2006

© 2004, 2006 by Verlag Kiepenheuer & Witsch, Köln
Alle Rechte vorbehalten. Kein Teil des Werkes darf in irgendeiner Form
(durch Fotografie, Mikrofilm oder ein anderes Verfahren)
ohne schriftliche Genehmigung des Verlages reproduziert werden
oder unter Verwendung elektronischer Systeme verarbeitet,
vervielfältigt oder verbreitet werden.
Umschlaggestaltung: Barbara Thoben, Köln
Umschlagfoto: © getty images / Karen Beard
Gesamtherstellung: Clausen & Bosse, Leck
ISBN 10: 3-462-03737-4
ISBN 13: 978-3-462-03737-1

Für Bai

Inhalt

Delphi

Die Erinnerungen meiner älteren Geschwister an Delphi sind genau drei Minuten lang. So lang ist der Film von einem ihrer Ausflüge dorthin, Mitte der achtziger Jahre. Unsere Mutter hatte im Grabungshaus eine alte Kamera gefunden. Sie filmte, und die Knappheit des Materials schnitt stumme Drei-Minuten-Erinnerungen von prophetischer Willkür.

Zu Beginn hält unser Vater eine unhörbare Rede, im Hintergrund die Ruine des Apollontempels. Er läuft langsam auf die Kamera zu, die Hand schwer auf der Schulter von Linda oder Robbie, wer es ist, erkennt man erst Sekunden später: Es ist Linda, Linda und Robbie haben zu dieser Zeit den gleichen Haarschnitt und sind von weitem nicht zu unterscheiden. Lindas Pose ist die eines Kindes, das gerade etwas sehr Bedeutendes sehr einfach erklärt bekommt und sich der Größe dieses Moments bewußt ist. Sie sieht abwechselnd zu Boden und unseren Vater an, versucht, ihre Schritte den seinen anzupassen, und jede ihrer Bewegungen ist nur für unseren Vater bestimmt. Dann merkt Linda, daß sie gefilmt wird. Sie bemüht sich, anmutiger zu gehen, grinst in die Kamera, öffnet den Mund, denn die Kamera löst bei ihr den immer gleichen Reflex des Grimassenschneidens aus, dann blinzelt sie in die Sonne, als habe sie den Mund nur verziehen müssen, weil das Licht sie blendete, und schaut wieder zu Boden. Noch eineinhalb Minuten. Die Wipfel des Ölbaumwaldes, dessen Oberfläche sich kräuselt wie ein Meer. Robbie mit einer Hertie-Tüte voller Steine und Matchbox-Autos unterhalb des Sibyllenfelsens. Ein Matchbox-Auto rollt die Heilige Straße hinunter, ein gelbes, es wird überholt und gestreift von einem roten, eine Spalte, wo zwei Steinplatten aneinanderstoßen, wirft beide Autos aus der Bahn. Robbie versucht es noch einmal. Noch einmal. Noch fünfzehn Sekunden. Die Sphinx-Säule. Unser Vater und Robbie als Silhouetten, das Abendlicht ist schon zu schwach für den unempfindlichen Film. Noch drei Sekunden. Das gelbe Auto schafft es bis zur nächsten Steinplatte. Robbies unscharfer Fuß neben der Hertie-Tüte. Dunkel.

Lindas und Robbies Erinnerungen an Delphi haben das Pathos, die Stummheit und die Unschärfe eines alten Normal-Acht-Films. Pepitas und meine sind Bilder aus dem Fliegenauge.

Erinnerungen sind wie unscharfe Filme, wie Gehbehinderungen, Konzentrationsschwächen und Sprachfehler. Sie sind unzuverlässig, weil die Menschen unzuverlässig sind, und die Menschen sind unzuverlässig, weil ihre Körper unzuverlässig sind. Ihre Augen, Ohren, Gehirne und Münder sind entweder zu jung, zu alt, zu schwach oder zu selbstverliebt, um zuverlässige Chroniken zu liefern. Ein Chronist, der auf seine Erinnerungen angewiesen ist, kann sich selbst nicht trauen. Um zu einem Ereignis in der Vergangenheit zurückzugehen, muß er sich an Zahlen und Daten und zeitgleichen Ereignissen sichern wie ein Bergsteiger an einem Haken, und wenn er endlich angekommen ist, muß er sein Seil in einen weiteren Haken aus Daten und Zahlen einhängen, bevor er sich noch weiter zurück zu einem noch vergangeneren Ereignis hangeln kann. Erinnerungen sind für Leute, die sich selbst und einander ständig versichern müssen, daß es sie gibt.

Mich gibt es nicht. Mich gibt es nicht mehr. Ich erinnere mich an nichts. Ich erinnere mich nicht an Pepita. Ich erinnere mich nicht an Robbie. Ich erinnere mich nicht an Linda. Ich erinnere mich nicht daran, wie Linda wütend durch das Haus rannte, wenn sie sich mit Robbie gestritten hatte. Linda rennt immer wütend durch das Haus, wenn sie sich mit

Robbie gestritten hat. Daran muß ich mich nicht erinnern. Es geschieht jetzt in diesem Augenblick und immer und immer wieder. Nicht die Lebenden erzählen von den Toten, sondern umgekehrt.

Ich wurde geboren, um zu sterben, eines Abends, am Meer. Fast konnte ich noch das Knistern der allerersten Funken auf meiner Netzhaut spüren, als es auch schon wieder golddunkel wurde unter der implodierenden Abendsonne, und ein paar Augenblicke später schrien alle meinen Namen, es war, als fiele ihnen jetzt erst mein Name ein, aber ich war nicht mehr da. Sie waren alle da. Sie beugten sich über mich, jemand lud mich auf eine Schubkarre und fuhr mich weg. Das ist ein schönes Bild: Ich liege in der Schubkarre und werde weggefahren. Genau wie ein anderes, einen Augenblick vorher und doch zur selben Zeit: Sie beugen sich über mich, Linda und Robbie, meine Großmutter und mein Großvater. Nur eine nicht, Pepita. Sie steht, das Kinn in die Luft gereckt, etwas abseits und starrt aufs Meer, als hielte sie Ausschau nach etwas, das schon ewig lange auf sich warten ließ, aber schließlich und endlich ganz bestimmt käme.

1 Mount Scopus

Pepita ist in Jerusalem geboren, im Hadassah-Hospital auf dem Mount Scopus. Ich bin dreizehn Monate zuvor in Athen zur Welt gekommen, unsere ältere Schwester Linda ein ganzes Jahrzehnt früher ebenfalls in Athen und unser ältester Bruder Robbie ein Jahr vor Linda in Nordenham. Vielleicht wurde deshalb um Robbie am zweitwenigsten Aufhebens gemacht.

Pepita war eine Gesichtslage. Es ist nicht leicht, ein Kind zu gebären, das seinen Kopf in den Nacken gelegt hat und mit klaren Augen der Hebamme ins Gesicht starrt, ohne sich auch nur einen Millimeter vorwärtszubewegen. Die jemenitische Hebamme nestelte zwischen den Beinen unserer Mutter herum. Taubes Gewebe umspannte Pepitas Stirn, Wangen und Kinn. Pepita war am Ende des Geburtskanals angelangt, und da blieb sie.

»Sie starrt mich an!« sagte die Hebamme. »So kann ich nicht arbeiten!«

Pepita sah aus wie jemand, der auf dem Jahrmarkt sein Gesicht durch ein Loch in einer bemalten Sperrholzwand steckt, aber sie lächelte nicht, und niemand machte ein Foto. Linda war zu sehr damit beschäftigt, die Hand unserer Mutter zu halten und ihr zu sagen, sie solle pressen, aber nicht zu stark, und hecheln, wenn es zu sehr spannte, und dann wieder mit aller Kraft pressen. Linda trug einen viel zu großen OP-Kittel und hatte die Haare zu einem Knoten zusammengebunden. Sie wischte sich einzelne lose Strähnen mit dem Unterarm aus dem Gesicht, wie sie es bei der Hebamme gesehen hatte, und niemand bemerkte, daß ihr eigentlich zum Heulen zumute war, daß nur noch die allmählich nachlassende Lust an der Pose sie das alles aushalten ließ.

Auf ihre Rolle als schweißabtupfende, tröstende, anfeuernde Geburtshelferin hatte sie sich seit neun Monaten gefreut, aber jetzt stand sie seit kaum zwölf Stunden neben unserer Mutter und konnte nicht mehr. Pepita verschloß den Ausgang wie ein Pfropfen. Linda wurde schlecht. Sie hatte kaum etwas gegessen. Anfangs hatten die Schwestern ihr noch in regelmäßigen Abständen Kekse gebracht, aber bereits seit Stunden taten sie es nicht mehr. Die Kreißsäle waren überfüllt, und alle waren beschäftigt. Weit und breit war kein Arzt zu sehen. Linda blieb nichts weiter übrig, als unsere Mutter immer wieder anzufeuern, und der Hebamme blieb nichts weiter übrig, als den straff gespannten Damm immer wieder mit einem stark nach Kardamom riechenden Öl einzureiben.

Linda tupfte unserer Mutter Creme auf die Lippen, weil ihre Lippen bluteten. Sie blutete auch aus den Augen.

»Ich sterbe«, flüsterte sie.

Die Hebamme richtete sich vorsichtig auf, und als sie sah, daß unsere Mutter leise mit Linda redete, wandte sie sich ab und fing an, beiläufig ein halbes Dutzend silbern glänzender Instrumente auf einem Tischchen zu ordnen. Sie nahm die Instrumente einzeln auf, ohne sie anzusehen, schob sie hin und her, als sei sie dabei mit den Gedanken ganz woanders, aber als sie bei der Schere angelangt war, die sie schon unzählige Male in die Hand genommen und wieder weggelegt hatte, brüllte unsere Mutter wütend auf. Sie hatte wohl gesehen, daß die Hebamme die Schere genommen hatte! Sie wollte nicht geschnitten werden, egal, ob sie an dem festsitzenden Kind sterben würde oder nicht!

»Dann sterbe ich eben!« schrie unsere Mutter.

»Dann stirb eben!« schrie die Hebamme zurück. Sie wollte nur dieses Kind aus unserer Mutter herausholen, weil sie dieses Kind mittlerweile haßte, das sie so gleichgültig und dennoch voller Mißtrauen anstarrte. Pepitas Gesicht war bereits blau. Sie sah aus wie ein Dämon, aber sie wurde zu Unrecht gehaßt, denn sie machte das alles nicht mit Absicht. Sie hatte zufällig oft so gelegen, den Kopf im Nacken, und dann war es so geblieben, und auch heute hatte sie so gelegen, und es war nicht einzusehen, daß ihr Leben jetzt davon abhängen sollte, ob sie das Kinn auf die Brust drückte oder nicht.

»*Yallah kadima!*« schrie die Hebamme Pepita ein letztes Mal an, bevor sie schließlich, da das Baby wieder nicht reagierte, wütend aus dem Zimmer lief.

»Sieh mal nach«, flüsterte unsere Mutter Linda zu, als es still im Zimmer geworden war.

»Nein, danke«, sagte Linda nach einer kleinen Pause höflich, »ich sehe es mir später an.«

»Nein, jetzt«, flüsterte unsere Mutter. »Ich kann es nicht sehen, und da ich gleich sterbe, will ich wenigstens, daß es sich, du weißt schon, daß sie oder er – daß sich sie oder er, die oder den ich vermutlich nie sehen werde, weil ich jetzt gleich sterbe, einmal in deinem Gesicht spiegelt.«

Linda wollte nicht nachsehen. Sie hatte ihrer Mutter noch nie zwischen die Beine geschaut. Sie war zehn. Sie schaute nicht einmal sich selbst zwischen die Beine. Aber weil unsere Mutter weinte und sie selbst nicht mehr konnte, weil sie sich gegen nichts mehr wehren konnte, nachdem sie sich stundenlang für unsere Mutter gegen Zange, Glocke und Schere gewehrt hatte und jetzt niemandem mehr widersprechen konnte, nicht einmal in ihrem eigenen Interesse, ging sie zum Fußende des Bettes und schaute es sich an.

»Ist es ein Junge oder ein Mädchen?« fragte unsere Mutter.

»Ich weiß es nicht«, sagte Linda. Linda und Pepita schauten sich in die Augen. Pepitas Stirn lag in Falten, und die Haut über der Nase war gelb und violett gesprenkelt. Gleichzeitig waren ihre Augen weit aufgerissen und klar. Linda und Pepita sahen sich sekundenlang an. Pepita blinzelte einmal, zweimal, sie blinzelte überhaupt zum ersten Mal. Dann senkte sie den Kopf. Langsam zeigte sie Linda immer mehr von ihrem flachgedrückten, dichtbehaarten Schädel, bis nur noch der Hinterkopf zu sehen war. Endlich tat sie es. Sie tat es für Linda. Sie drückte ihr Kinn auf die Brust und kam. Ihr Leben lang würde sie den Ekel vor Kardamom nicht verlieren.

In Jerusalem wohnten wir auf dem Mount Scopus, in der Nähe der Hebräischen Universität, wo unser Vater seine Vorlesungen hielt. Wir waren gerade aus Athen dort hingezogen, als Pepita zur Welt kam.

Mount Scopus, Berg der Späher: Tatsächlich konnte man von unserem neuen Wohnort aus weit hinunter ins Tal sehen, an dessen Hängen die Stadt Jerusalem Falten warf wie ein zu großer Teppich. Man konnte die Altstadt sehen und den Ölberg, die arabischen Viertel Isawiyah, Sheikh Jarrah und as-Suwaneh ebenso wie Giv'at Shapira und die amerikanische Kolonie. Es war eine Gegend, in der das arabische und das jüdische Jerusalem ineinandergriffen wie die Zähne eines Reißverschlusses, und deshalb hatte man das Gefühl, gleichzeitig überall und nirgends hinzukönnen.

Unser Vater hatte kurz vor Pepitas Geburt seine Gastdozentur an der archäologischen Fakultät angetreten. Außerdem sollte er in der vorlesungsfreien Zeit eine Grabung zwischen Damaskus- und Herodestor leiten, an der Nordmauer der Altstadt. Unser Vater ist Archäologe. Er ist Meister eines zähen Berufes, für den sich außerhalb der archäologischen Fachbereiche, Archive und Museen, in denen unser Vater im Laufe seines Lebens Zehntausende von Keramiksplittern aus numerierten Eimern in numerierte Kästchen sortiert, unterhalb der Tells, in die unser Vater im Laufe seines Lebens Zehntausende Schnitte setzt, oberhalb der Gruben, in denen er im Laufe seines Lebens Tonnen von Sand mit einem Pinsel von einem Ort zum anderen bewegt, kaum ein Mensch interessiert.

Die Universität überließ uns ein Haus an der zypressengesäumten Straße zum Augusta-Viktoria-Hospital. Diese Straße lag so hoch über der Stadt und war so windig, daß man das Gefühl hatte, die Spitzen der Zypressen stünden direkt im Jetstream. Rechts war das Niemandsland und links der arabische Stadtteil as-Suwaneh, was fast auf dasselbe hinauskam: Beides war unbekanntes, unwegsames Gelände am Rande der Inexistenz. Linda und Robbie fühlten sich auf dieser Straße wie Seiltänzer, die eher in den Himmel auffahren als in die Tiefe stürzen würden, falls sie stolpern sollten.

Linda und Robbie, zu Beginn unserer Jerusalemer Zeit zehn und elf Jahre alt, rannten oft in der Dämmerung die Straße hinunter bis zur Hebräischen Universität. Sie ließen sich gern abends auf dem Campus einsperren. Wenn es dunkel war, wurden alle Tore geschlossen, und niemand kam mehr hinein oder hinaus ohne Kontrolle. Wachleute mit Taschenlampen liefen herum und leuchteten in die Büsche, sie leuchteten quer über den Rasen und die betonierten Flächen. Bis auf die Wachleute und ein paar überarbeitete Assistenten, die in halbdunklen Büros zusammengekrümmt an Schreibmaschinen und Mikrofichegeräten hockten, waren Linda und Robbie ganz allein. Sie fühlten sich klein und frei und flogen unter immer demselben blaurosa Abendhimmel über die Plätze, ähnlich den Bussarden, die vom Mount Scopus aus ihre abendlichen Schwebflüge über die Stadt starteten. An manchen Stellen endete der Campus direkt an einem Abhang, und Linda und Robbie vergaßen nie, daß sie auf einem Berg waren. Es war ein bißchen wie in Delphi, dem Ort, den Linda und Robbie mehr vermißten als alles andere.

Unterhalb der Cafeteria ließen sie sich ein Stück den Hang hinabrutschen und setzten sich auf einen Felsvorsprung. Hier flogen die Bussarde in Augenhöhe. Von hier aus konnten sie in das Tal sehen wie in eine Schüssel, auf deren Boden sich die weiße Stadt Jerusalem sammelte: ein Durcheinander von Häusern und Schreien, denn in Jerusalem wurde immer gebrüllt und geschrien, tagsüber in den Autos, auf den Märkten, in den Schulen und auf den Demonstrationen, nachts in den Häusern. Sogar zum Gebet wurde gebrüllt. Oben auf dem Mount Scopus waren davon nur unzählige leise Echos zu hören. Die Schreie der Bussarde waren viel lauter.

Wie zum Trotz hatte die gebürtige Jerusalemerin Pepita nach ihrem mühseligen Eintritt in die Welt kein bißchen geschrien. Sie hatte keinen Grund gehabt zu schreien, denn Linda war ja da. Es war nicht so, daß Pepita unsere Mutter oder unseren Vater oder Robbie oder mich ablehnte. Sie interessierte sich einfach nicht für uns. Es war auch nicht so, daß sie Unangenehmes nur von Linda annahm oder daß sie sich nur von Linda trösten ließ. Augentropfen geben, Ohren ausputzen – das alles konnten ebensogut die anderen tun. Aber ihr erstes Lächeln schenkte sie Linda. Sie hob den Kopf für Linda und drehte sich nur für Linda vom Rücken auf den Bauch. Sie zog an der Spieluhr für Linda, und später ahmte sie Linda am Telefon nach. Robbie konnte sie mit seinem Gitarrenspiel nicht im geringsten beeindrucken. Linda dagegen mußte nur die Gitarre in die Hand nehmen und mit krummen Fingern abwechselnd die einzigen drei schiefen Akkorde greifen, die sie beherrschte, damit Pepita vor Freude kreischte.

Wenn unsere Mutter Pepita und mich in den weißen Subaru lud und mit uns hinunter in die Stadt fuhr, um einzukaufen oder im Café »Atara« herumzusitzen, dachten die Leute immer, wir seien Zwillinge, denn ziemlich bald war meine Schwester fast so groß wie ich. Sie wuchs ungewöhnlich schnell. Sobald Pepita sitzen konnte, kaufte unsere Mutter eine Zwillingssportkarre und schob uns darin durch Mea Shearim, das Orthodoxenviertel von Jerusalem, um mit uns anzugeben.

Bei ihren allerersten zaghaften Spaziergängen durch Mea Shearim, als ihre Neigung zur Welt der Schläfenlocken und Erbauungsschriften, der Strümpfe, Perücken und messianischen Erwartungen noch nicht mehr als eine Ahnung war, als sie sich noch unzulänglich mit einem viel zu dünnen, viel zu bunten Glitzerseidentuch auf dem Kopf tarnte und unter dem bodenlangen Rock keine Strümpfe trug (man konnte ihre Zehen in den Birkenstock-Sandalen sehen), rannten die kleinen Jungs hinter ihr her, peitschten ihre Beine mit alten Fahrradschläuchen und riefen »Schickse, Schickse!«.

Das war, bevor unsere Mutter eine große Kollektion von Haarnetzen und -säcken besaß, von blickdichten Strumpfhosen und sehr häßlichen hochgeschlossenen Kleidern mit Schulterpolstern und durchgehenden Knopfleisten. Es war, bevor sie mit uns im Zwillingswagen die Hauptstraße von Mea Shearim entlangpromenierte und dabei so koscher aussah, daß manche Frauen sogar von der anderen Straßenseite herüberwechselten, um einen Blick auf uns zu werfen und mit unserer Mutter zu schwatzen.

Noch war es nicht soweit. Noch lag die Begegnung vor uns. Ich selbst sollte eines Tages Anlaß für die Begegnung sein, indem ich an einem Vormittag am Ostende der Hauptstraße von Mea Shearim direkt vor einem kleinen chassidischen Buchladen aus unserer Zwillingssportkarre fiel.

Aber noch war es nicht soweit.

Linda und Robbie hörten schon einige Zeit vor der Begegnung auf, zu Hause zu essen. Sie gingen jeden Tag in die Cafeteria. Sie verbrachten überhaupt viel Zeit an der Universität. Sie waren die einzigen Kinder auf dem Campus. In Jerusalem stellten sich Linda und Robbie zum ersten Mal einen Studienplan zusammen, nachdem sie in Athen nur sporadisch Vorlesungen besucht hatten. Zu den Lehrveranstaltungen unseres Vaters gingen sie allerdings nie, denn das machte ihn nervös. Linda und Robbie wiederum erfüllte es mit Scham, ihm zuzuhören, so wie es Kindern immer geht, wenn sie mit ansehen müssen, wie ihre Eltern sich produzieren.

Robbie hörte am liebsten bei den Musikethnologen. Er liebte den Klang der *Udh*, ihr dürres tiefes Rülpsen, das fast völlig vom Knacken und Scheppern der Schellackplatten übertönt wurde, auf denen die Forscher vor über siebzig Jahren offenbar jeden auch noch so spärlich besuchten Herrenabend in den unzähligen Beduinenzelten zwischen Nil und Tigris festgehalten hatten. Abends saß er auf der Treppe und versuchte, die melancholischen Klangfolgen auf seiner Gitarre nachzuspielen, versuchte, die Töne so eng aneinanderzuschmiegen und dann wieder so brutal auseinanderzureißen, wie die Beduinen es taten.

Linda wiederum war fasziniert von Sprachen, von denen man nicht mehr genau wußte, wie sie ausgesprochen wurden. Darüber konnte sie sich totlachen. Sie belegte Kurse in Assyriologie und Ägyptologie, bemalte ganze Stöße von Papier mit Keilen, Schlangen und Wimpeln und fand es ungeheuer komisch, daß vielleicht alles, was sie dort lernte, gar nicht stimmte, daß all diese Studenten ihren Magister oder Doktor in etwas machten, das nur auf vagen Vermutungen und zweifelhaften Verabredungen beruhte. Sie stellte sich vor, wie sich Horden von Ägyptern, Assyrern und Phöniziern über das Gestammel der Studenten lustig machten. Die Ägypter, Assyrer und Phönizier mußten es rasend komisch finden, wie die Studenten versuchten, mit viel Mühe ihr unleserliches Gekritzel zu entziffern, bei dem es sich vielleicht um nicht viel mehr handelte als um belanglose Notizen. Auch Linda machte sich gern Notizen. Auch Linda fand die Ernsthaftigkeit der Seminare rasend komisch. Das galt nicht nur für antike, sondern auch für mittelalterliche Geschichte und Sprachkunde. Linda besuchte gern Kurse, die sich mit Grabbeigabenlisten auf Papyrus, kaufmännischen Verzeichnissen auf Leder oder Gerichtsprotokollen auf Pergament befaßten. Sie selbst schrieb ständig Listen, Verzeichnisse und Protokolle, sie machte sich ständig Notizen mit ihrem kleinen blauen Füller. Und in erster Linie ging es Linda nicht um die Gegenstände, sondern um die Umstände des Lernens, darum, sich Notizen zu machen, darum, vor dem Seminar mit den anderen im Gang herumzustehen und einen dicken Ordner gegen die Brust zu drücken, darum, sich einen Platz möglichst weit hinten zu suchen und nach dem Unterricht ein Tablett durch die Cafeteria zu tragen, es auf einem der nachlässig abgewischten Tische abzusetzen und den Ordner daneben zu legen.

Die Cafeteria war das Zentrum von Lindas und Robbies studentischer Existenz. Dort ging es nicht um Tongefäße, Papyri, Urkunden oder spärlich besaitete Instrumente. Dort ging es darum, wer und wie jemand war, und darum herauszufinden, warum er so war und ob man auch so sein wollte. Die Studenten liebten Linda und Robbie, denn es umgab sie der Nimbus der Hochbegabung. Niemand zweifelte daran, daß sie, obwohl nur halb so alt wie die anderen, im Besitz eines Hochschulreifezeugnisses und als ordentliche Studenten eingeschrieben waren. Dafür hatte Linda gesorgt. Linda hatte in Athen regelmäßig über Satellit eine amerikanische Fernsehserie gesehen, in der es um einen hochbegabten Jungen ging, der schon mit zwölf Jahren Medizin studierte und mit fünfzehn Arzt wurde: »Dr. Doogie Hauser«. Doogie war Lindas größtes Vorbild. Und wenn sie schon nicht von vornherein hochbegabt war wie Doogie Hauser, so setzte sie zumindest alles daran, es zu werden. Damals hatte sie angefangen, in Psychologie- und Pädagogikzeitschriften Artikel über Hochbegabung zu lesen und allen Leuten ständig Fragen zu stellen, die gemäß diesen Artikeln Hinweise darauf waren, daß man es mit einem überdurchschnittlich intelligenten Kind zu tun hatte.

»Wenn das Wasser voller Bakterien und Mikroben ist, warum bewegt sich dann ein Wassertropfen nicht?« hatte Linda zum Beispiel den Schularzt an der Deutschen Schule in Athen listig gefragt und darauf gewartet, daß er ihr sofort Hochbegabung attestierte. Aber er hatte sie nur verständnislos angeschaut und einen auf den Boden gezeichneten Kreidestrich entlanggehen lassen.

In Jerusalem schwänzten Linda und Robbie drei von fünf Schultagen, damit ihnen die Vormittagsvorlesungen nicht

entgingen. Sonst hätte Linda auf dionysische Mysterien, die
maurische Eroberung Spaniens, spätmittelalterliche Gerichtsprotokolle und Urdu für Anfänger verzichten müssen. Und
Robbie? Robbie hatte nur die langweilige Ringvorlesung
über Grundlagen der Ethnologie am Mittwochvormittag,
aber aus Solidarität mit Linda blieb er auch montags und
donnerstags der Schule fern.

An einem Montag, in »Spätmittelalterliche Gerichtsprotokolle«, saß Linda in der letzten Reihe und schrieb eifrig mit.
Allerdings schrieb sie nicht viel von dem mit, was der Professor erzählte. Neben ihr saß Dafna, Lindas neue beste Freundin, eine einundzwanzigjährige, sehr dünne, sehr hübsche
Studentin mit winziger Nase und straff zurückgekämmtem,
schwarzgefärbtem Haar, die Geschichte studierte, ohne zu
wissen, warum. Ihr Freund Udi war bei der Armee, er hatte
sich freiwillig für fünf Jahre verpflichtet, und zwei davon
waren noch herumzukriegen. Dafna wartete darauf, daß er
nach Jerusalem zurückkehrte und sie heiratete.
    In der Cafeteria saßen Linda und Dafna neuerdings immer
zusammen an einem kleinen Tisch in einer ruhigen Ecke, und
Dafna erzählte von Udis Leben in seiner »Basis« in Nordgali-
läa. Die Basis war ein Ort striktester Geheimhaltung, nichts
von dem, was dort geschah, durfte nach außen dringen, und
deshalb erzählte Dafna ihrer Freundin Linda die Geschichten,
die Udi ihr von der Basis erzählte, auch nur im Flüsterton weiter. Dafna war als typische Israelin für strikte Geheimhaltung,
und Udi, als noch typischerer Israeli, war für noch striktere
Geheimhaltung. Er war selbst strikt geheim.
    »Niemand darf Udi fotografieren«, sagte Dafna. »Weil er in
einem Spezialprogramm ist.«
    Linda verstand: »Weil er ein Spezialprogramm ist.«
    Dafna zeigte Linda Fotos, auf denen Udis Gesicht nicht zu
sehen war, weil er immer abwehrend die Hand davorhielt,
selbst wenn er auf einem Badetuch am Strand lag, Oberkör-

per und Kopfhaar in Babyöl getränkt, ausgestattet mit Sonnenbrille, Badeshorts und Kleinkaliber.

»Er muß immer eine Waffe tragen«, sagte Dafna. »Einmal lag sie auf dem Couchtisch, und ich habe sie bloß angefaßt, und er hat sich beinahe von mir getrennt deswegen.«

Dafna kam eigentlich aus New Jersey und mußte noch lernen, daß sich israelische Jungs niemals an die Waffe fassen ließen.

Linda interessierte Udis Basis nur sehr am Rande. Sie interessierte sich mehr für die Manipulationen, die Udi an Dafnas »Basis« vornahm. Die beiden trafen sich regelmäßig am Strand von Herzliya, wo Udi Dafnas Haar zerwühlte und wo sie manchmal was auch immer taten, im Schutze der Dunkelheit, wenn sich Udi erst um Mitternacht wieder in der Basis melden mußte. Dafna hatte eine verständnisvolle Cousine in Herzliya, die tagsüber arbeitete und Dafna gern ihre Wohnung zur Verfügung gestellt hätte, aber das war Udi zu riskant. Dafnas Cousine war politisch links, jedenfalls sprach sie schlecht Hebräisch, trug arabische Pumphosen und Lederbänder an den Handgelenken. Udi kannte diese Cousine gar nicht. Er kannte Dafnas gesamte Familie nicht, und dabei waren sie seit drei Jahren verlobt. Dafna kannte Udis Familie zwar, war dort jedoch als Freundin seiner jüngsten Schwester eingeführt worden. Niemand wußte, daß Udi mit Dafna verlobt war und seiner Verlobten seit Jahren regelmäßig das Haar zerwühlte, denn Udis Familie war traditionell persisch und sollte sich erst langsam an die liberale Dafna aus New Jersey gewöhnen. Sie sollten Dafna ganz allmählich so sehr liebgewinnen, daß sie eines Tages gar nicht anders könnten, als sie in ihren Reihen aufzunehmen. Dann würde es ihnen nichts mehr ausmachen, daß Dafna sich die Beine nicht mit Honig und Zitronensaft enthaarte und über kein sehr großes Repertoire an Rezepten für gefüllte Datteln verfügte.

An den gefüllten Datteln allerdings arbeitete Dafna seit geraumer Zeit. Manchmal brachte sie Linda welche mit, in Alufolie gewickelt, zum Probieren.

»Mit Mandeln und Aprikosen«, sagte sie, »mit Haselnüssen und Feigen«, »mit Pistazienmarzipan und Rosenwasser«, und dabei deutete sie der Reihe nach auf die Alu-Klumpen auf dem Cafeteria-Tisch. Sie selbst aß nie etwas davon, damit sie schlank blieb. Dafna bestickte auch unentwegt Schabbatdeckchen. Die Hälfte davon schenkte sie Udis Mutter, in ihrer Rolle als Freundin der jüngsten Tochter, und wurde dafür herzlich geküßt. Die andere Hälfte bewahrte sie auf für ihre zukünftige Rolle als Verlobte und Schwiegertochter, in der Hoffnung, auch dann noch herzlich geküßt zu werden, wenn Udis Eltern sich eines Tages vor die Tatsache gestellt sahen, daß sich Dafnas wegen in die Farben ihrer Enkelkinderschar eine fremde aschkenasische Bernsteinnuance mischen würde.

An diesem Montag in »Spätmittelalterliche Gerichtsprotokolle« waren Dafnas Augen ganz zugeschwollen von nächtlichem Heulen. Udi hatte sich wieder einmal von ihr getrennt. Diese Trennungen dauerten nie sehr lange, stürzten Dafna aber jedesmal in eine Phase voller Spekulationen, in eine magische Zeit, angefüllt mit guten und schlechten Vorahnungen und Beschwörungsritualen.

»Wenn ich die Prüfung bestehe, kommt er zurück«, flüsterte sie Linda zu, denn die Prüfung zu bestehen wäre immerhin ein gutes Omen.

»Nein, wenn ich sie *nicht* bestehe, kommt er zurück«, flüsterte sie eine Sekunde später, denn die Prüfung nicht zu bestehen wäre immerhin ein Opfer. Weil ihr der neue feine Plattstich am Schabbatdeckchen gelungen war, würde er zurückkommen, weil ihr beim Sticken der Fingernagel eingerissen war, nicht.

Linda bewunderte Dafna unendlich. Sie stand stundenlang neben ihr am Zeitungskiosk und las mit ihr die Horoskope in den Frauenzeitschriften. Sie deutete Dafnas Träume und freute sich, wenn Dafna in der Cafeteria den letzten Himbeerpudding erwischte, weil es ein gutes Zeichen war. Linda war hingerissen davon, wie die Liebe Dafnas Alltag erfüllte und alle Dinge belebte, selbst und vor allem dann, wenn der Geliebte nicht da war. Auf den Fotos sah Udi zum Fürchten aus. Weil er immer die Hand vor das Gesicht hielt, konnte man entweder nur die tausendfüßlerartigen, zusammengewachsenen Augenbrauen, die krummen, haarigen Unterarme, die kurzen, kräftigen Säbelbeine oder die eckig zurechtgemähte Soldatenfrisur von ihm sehen. Linda puzzelte sich daraus ihren eigenen Udi zusammen, einen Udi, der aussah wie ein Affe. Liebe und Häßlichkeit waren diesmal eins für Linda, weil sie ihr in Jerusalem in der Gestalt des krummen, behaarten Udi erschienen war, und obwohl sie ihn nicht besonders leiden konnte, wußte sie, daß die hübsche Dafna ohne den häßlichen Udi fürchterlich langweilig wäre, daß sie nichts wäre ohne ihn, und es verblüffte Linda, wie etwas so Häßliches in der Lage war, etwas so Hübsches überhaupt erst zum Leben zu erwecken.

Dafnas Prüfung in »Spätmittelalterliche Gerichtsprotokolle« bestand aus einer kurzen Hausarbeit über den Prozeß gegen die Heilige Johanna anno 1462 in Rouen und einem noch kürzeren mündlichen Test zu diesem Thema. Aber Dafna kam nicht zum Lernen. Sie war viel zu sehr damit beschäftigt, darüber nachzudenken, wie sie Udi zurückholen beziehungsweise in Erfahrung bringen könnte, wann er zurückkäme. Linda wußte noch nicht, wie sie es ihrer Freundin beibringen sollte, aber sie, Linda, war für diese Aufgabe genau die Richtige.

Es war nichts Neues für Robbie, plötzlich von Linda vernachlässigt zu werden. Solange Linda niemanden hatte, für den sie sich interessierte, war Robbie ihr ein und alles, ihr bester Freund. Sobald sie aber an einem neuen Ort eine neue

Bekanntschaft machte, konnte sich das von einer Stunde zur nächsten ändern. Robbie genoß deshalb die Tage, an denen er und Linda noch zusammen waren, um so mehr und um so weniger. Er wußte, es konnte jederzeit zu Ende sein, und doch traf es ihn jedesmal wie ein Schlag. An jenem Tag, als Linda sich zum ersten Mal allein mit Dafna in die ruhigste Ecke der Cafeteria verzog, begriff er, daß auch Jerusalem ein Kampf werden würde, daß auch hier kein Frieden zu finden war. Wie lächerlich, daß er überhaupt darauf gehofft hatte, das Leben könnte einmal ruhig und friedlich werden, regelmäßig und immergleich!

Wenn Linda mit der großäugigen, klapperdürren, einfältigen Dafna tuschelnd die Köpfe zusammensteckte, schämte er sich plötzlich für seine Schwester, und er wußte genau, daß sich Linda auch für ihn schämte, wenn sie ihn aus den Augenwinkeln dabei beobachtete, wie er mit seinen für einen elfjährigen Jungen ungewöhnlich großen Füßen und ausgreifenden Schritten durch die Cafeteria stapfte, gleich zwei Portionen Zimtreis in den Händen. In solchen Momenten war Robbie niemand fremder als Linda, und Linda war niemand fremder als Robbie, sie waren nicht einmal mehr Linda und Robbie, sie waren ein namenloses spitznasiges Mädchen mit hellem Federhaar und ein namenloser kräftiger, nachdunkelnd blonder Junge mit hoher Stirn und großen Zähnen. Ohnehin vermochte nichts zwei Kinder stärker zu trennen als die Kombination von verschiedenem Geschlecht und gleichem Alter, und Linda und Robbie verband in diesen Momenten nur, daß sie die Jüngsten auf dem Campus waren, daß sie sich manchmal zufällig auf demselben Flur begegneten, im selben Zimmer schliefen und um dasselbe Haus kreisten, ein spärlich möbliertes Haus an der Straße zum Augusta-Viktoria-Hospital.

Und trotzdem erinnerten sich beide noch hin und wieder an die Tage des Dreifußes. Das konnte nachts sein, im Zimmer, wenn beide voneinander dachten, daß sie schliefen, mittags, wenn sie völlig verschiedene Schattenwege durch die Mittagshitze nahmen, nachmittags, wenn sie in zwei verschiedenen Ecken des Campus saßen, Englisch- oder Mathematikbücher auf den Knien, aus denen sie noch in letzter Minute Informationen heraussaugten und sich ins Gehirn stopften, weil morgen wieder eine Arbeit an der Internationalen Schule geschrieben wurde, von der sie vor kurzem erst erfahren hatten. Es konnte abends sein, wenn Linda mit ihrem kleinen blauen Füller endlose Sätze schrieb und Robbie endlose chromatische Tonleitern auf seiner Gitarre spielte. Dann konnte sich plötzlich neben ihnen die Erde auftun. Ein Spalt bildete sich, genau dort, wo sie jeweils lagen, gingen und saßen, und aus dem Spalt stieg ein stechender, bittersüßer Geruch, ein Geruch nach Lorbeer und vergammelten Oliven, nach warmem Humus, verkohlten Chitinpanzern und verbrannten Insektenflügeln. In Delphi war es anfangs regelmäßig passiert und von ihnen beiden gemeinsam herausgefordert worden. Später geschah es immer seltener und unwillkürlicher. Linda erinnerte sich daran, wie sie damals geweissagt hatte, kaum daß sie hatte schreiben können, mit einem kleinen blauen Füller in ein billiges Heft, und Robbie erinnerte sich daran, wie es war, ein Gott zu sein, in dessen Macht es stand, alle Sträucher umzuhauen, die ihm in die Quere kamen. Apollon und die Python. Sie hatten regelmäßig Kämpfe veranstaltet zu ihren Ehren, ziemlich lustige Kämpfe eigentlich, die damals nur selten in Verstümmelungen endeten. Doch in dem Augenblick, da Lindas und Robbies Gedanken bei den Verstümmelungen angelangt waren, schloß sich der Spalt neben ihnen wieder, die Dämpfe verwehten, und alles war wie vorher.

Linda wollte für Dafna das Orakel befragen. Dazu mußte sie zur Nachbarin gehen und um Lorbeerblätter bitten, denn in unserer Küche hatte sich seit unserem Einzug nicht viel verändert, nichts war hinzugekommen, nichts war beseitigt worden, auf den Schränken lag der Staub von Monaten des Leerstands, und die zerkratzten orangefarbenen Gewürzbehälter aus Plastik waren leer bis auf ein paar von unseren Vorgängern stammende Pfefferkörner und eine halbe Muskatnuß. Linda antwortete während der Küchendurchsuchung nur flüchtig auf Pepitas heiseres Quäken. Pepita lag in ihrem Maxi Cosi auf dem Küchentisch. Sie hielt den Maxi Cosi mit ruckartigen Bewegungen ihres Kopfes in Schwung und sah Linda enttäuscht nach, als diese, nachdem sie alle Schubladen aufgezogen und zugeschoben, alle Schranktüren aufgerissen und zugeknallt hatte, einfach wieder hinausstürmte, ohne ein vernünftiges Wort mit Pepita geredet zu haben.

Während sie zum Nachbarhaus hinüberlief, blätterte Linda in dem kleinen Wörterbuch, das unser Vater ihr zum Umzug geschenkt hatte. Sie suchte nach dem hebräischen Wort für Lorbeer. Als sie es gefunden hatte, blieb sie wie erstarrt stehen: *Aley Dafna* – Blätter der Dafna! Die alte Etymologie hatte sich also bis ins moderne Hebräisch geschmuggelt, denn in einen Lorbeerstrauch hatte sich die Nymphe Daphne verwandelt, um den Nachstellungen des Apollon zu entgehen. Deshalb überhaupt das ganze Getue um den Lorbeer, deshalb verschaffte er in Delphi allen Klarheit und Erkenntnis, die Apollon dort durch die Priesterin Pythia und das Orakel um Klarheit und Erkenntnis baten!

Das alles würde Linda ihrer Freundin nicht erzählen können. Sie würde ihr nicht ihren Namen erklären können. Sie hätte es gern Robbie erzählt, und es machte sie wütend, daß Robbie der einzige war, dem sie es erzählen konnte, und gerade deshalb würde sie es nicht erzählen, weil Robbie sie verraten hatte, dadurch, daß er ihr Bruder war und elf, dadurch, daß er immer größer wurde und wortkarger, sie würde nichts erzählen, niemandem, und einfach an Dafna vornehmen, was Robbie verstanden hätte und Dafna nicht verstehen würde, obwohl Dafnas Name sie zur zentralen Ver-

wirbelung im Strudel einer zentralen griechischen Götter-
sage machte, aber im Auge des Sturms herrscht Windstille,
und bei Dafna herrschte eine so tiefe Windstille, daß Linda
dem Sturm, in dessen Peripherie sie um so heftiger herum-
wirbelte, zumindest in Dafnas Gegenwart Einhalt gebieten
mußte.

Linda und Dafna saßen am Hang, unterhalb der Cafeteria.
Linda kaute Lorbeer, und Dafna sah ihr angewidert und fasziniert dabei zu. In Lindas Mund entfaltete sich das bittere
Aroma des *Laurus nobilis*. Die verschiedenen ätherischen
Öle erblühten auf Lindas Zunge, konkurrierten um die Aufmerksamkeit ihrer Geschmacksknospen und Geruchszellen.
Zuallererst streckte das brachiale Cineol mit seiner Eukalyp-
tuskeule alle anderen Aromen nieder. Dann erholte sich das
zimtige Eugenol und drängte sich in den Vordergrund, begleitet von seinen leicht nach Tabak müffelnden Assistenten Ace-
tyl- und Methyleugenol. Harzig und stechend rangelten
Alpha- und Beta-Pinen um denselben Platz, Phellandren und
Geraniol konkurrierten in ihrer Schärfe und Pfeffrigkeit, versuchten vom angenehmeren Sandelholzaroma des Linalool
abzulenken, und über all dem hinterließ das Terpineol einen
verstörenden Hauch von Flieder.

Die Lorbeerblätter der Nachbarin waren älteren Datums,
leicht bräunlich und an den Seiten eingerissen, aber es funktionierte.

Linda schraubte ihren Füller auf, steckte die Kappe auf das
abgerundete Ende, öffnete ihr Mathematikheft verkehrt
herum, also auf der letzten Seite, und schrieb.

Sie wollte schreiben, daß alles gutginge. Dafna hatte eine
einfache Frage gestellt, die klassische Frage: *Soll ich oder soll
ich nicht?*

»Na gut, okay, wenn du willst«, hatte Dafna zwischen ihren
plötzlich sehr blassen Lippen hervorgepreßt, »Orakel, sage
mir, was du meinst: Soll ich ihn diesmal endgültig abschießen,

oder soll ich nicht?«, und dann einen typisch amerikanischen Seufzer folgen lassen: »Ich kann nicht glauben, was wir hier tun!«

Linda wollte aus tiefstem Herzen, daß Dafna und Udi wieder zusammenkämen, sie brauchte neue Geschichten von Zerwühlungen und Umwälzungen, sie wollte Udi am liebsten einmal selbst sehen, den geheimen, wichtigen Udi, das Spezialprogramm. Am liebsten wollte sie bei Dafnas und Udis Hochzeit Trauzeugin sein und von den Dattelköstlichkeiten der haarigen Familie kosten, nach denen es Dafna so verlangte. Aber der Füller gehorchte nicht Linda, das Orakel gehorchte nicht Pythia, und in schmierigen Hexametern schrieb Linda in ihr Matheheft:

Nicht Pallas Athene vermag den olympischen Zeus zu erweichen,
nicht deine treue Gefährtin die Götter des Berges der Späher.
Wenn sie auch bittet und fleht mit Worten und kluger Beratung,
So muß ich dir sagen, oh Nymphe, kristallklares Wort in den Schluchten.
Über den Zinnen der Feste von Jebus, den Toren von Zion,
über den Hängen des Ölbergs im gleißenden Mittag des Ostens
erklingt dir, oh Suchende, hier die Stimme vom fernen Parnaß:
Laß fahren den parsischen Ritter, den haarigen Typ aus Shiraz!

»Was soll das heißen?« fragte Dafna. Linda schaute sie vielsagend und mitleidig an. Dafna sprang auf, stieß sich den Kopf an einem Pinienast, zog sich schluchzend den Hang hinauf und rannte davon.

Robbie saß am Tisch und aß eine kleine Zwischenmahlzeit, ein riesiges Fladenbrot, das er in große Stücke riß und sich in den Mund stopfte, als Linda in die Küche kam.

»Du siehst aus wie Kotze«, sagte Robbie mit vollem Mund. »Hat dich deine magersüchtige Freundin aufgefressen und wieder ausgespuckt?«

»Friß du lieber nicht so viel, Fettarsch!« sagte Linda, und Robbie stand auf und knallte ihr eine, und Linda versetzte ihm einen Tritt in die Eier, und sie umklammerten einander eng mit eisernen Armen, um ihre empfindlichsten Stellen zu schützen, und begannen einen stummen, erbitterten Ringkampf.

2 Die Begegnung

Den ganzen Tag fuhren wir im Zwillingswagen durch die Stadt, Pepita und ich, zehn Jahre jünger als unsere Geschwister und gezwungen, uns den Plänen unserer Mutter zu unterwerfen.

Es gab nicht einen Augenblick in dieser Zeit, in dem mich Pepita direkt angesehen hätte. Wir saßen nebeneinander und starrten geradeaus, wir starrten zur Seite, starrten den Katzen nach, den Einkaufstüten, den Knien, den Rädern, ich immer zu Pepitas rechter, sie zu meiner linken Seite. Das einzige, was wir gemeinsam hatten, war unser Blickfeld von insgesamt gut zweihundertzwanzig Grad. Bis ich vor dem Bratzlawer Buchladen aus der Karre fiel, hat mich Pepita vermutlich nicht einmal wahrgenommen.

Bevor ich vor dem Bratzlawer Buchladen aus der Karre fiel, fuhren wir nur ab und zu durch Mea Shearim. Meist verbrachten wir unsere Nachmittage im Café »Atara« in der Ben-Jehuda-Straße. Dort gab es Filterkaffee und Kuchen, und unsere Mutter hing an den Lippen des Reformrabbiners Schalom Ben Chorin, der dort stundenlang saß, umgeben von seinen deutschen Verehrern. Unsere Mutter schloß im »Atara« einige Zweckfreundschaften, die sich nach der Begegnung allerdings sofort in Luft auflösten.

Die Begegnung. Von da an war alles anders.

Wir waren bereits den ganzen Vormittag durch Mea Shearim gefahren. Pepita zappelte, ich hing wie ein schlaffer Stoffsack seitlich aus der Karre. Pepita fing an, sich hin und her zu werfen. Direkt vor dem Bratzlawer Buchladen machte sie eine ausholende Bewegung mit der Hand, die von Strecken und Aufbäumen begleitet war, und schlug mir auf den Hinterkopf. Ich verlor das Gleichgewicht, kippte schräg vornüber, fiel aus der Karre und schlug mir auf dem harten, schmutzigen Pflaster eine kleine Wunde in die Stirn.

Unsere Mutter blieb wie erstarrt stehen, unfähig, mich aufzuheben, erschrocken, weil ich schrie, weil ich tatsächlich schrie, zum ersten Mal in meinem Leben. Unsere Mutter war erschrocken, meine Stimme zu hören, zum allerersten Mal, so erschrocken, daß sie nichts tun konnte, als einfach nur dazustehen. Pepita starrte mit vorgerecktem Kinn in eine andere Richtung.

Ein Mann mit roten Schläfenlocken kam aus dem Laden gestürzt. Er hob mich auf und bat auch meine Mutter mit Pepita in den Laden. Er trug mich in sein Hinterzimmer, versorgte meine Wunde mit Jod und klebte ein Pflaster darauf. Dann kam er mit mir auf dem Arm wieder zurück. Er lächelte, in seinen roten Schläfenlocken fing sich das Sonnenlicht. In diesem Moment wurde meine Mutter eine Bratzlawer Chassidin. Sie wußte es noch nicht, aber sie wartete gespannt darauf, was der Mann mit den roten Schläfenlocken zu ihr sagen würde, denn sie wußte durchaus, daß dies eine Botschaft sein würde, das Motto und der Segen für ihr weiteres Leben.

»Das sind aber zwei süße kleine Mädchen«, war das erste, was der Mann mit den roten Schläfenlocken sagte. Ich hatte aufgehört zu wimmern und lutschte an der Salzbrezel, die er mir gegeben hatte. Pepita hatte auch eine bekommen. »Wie alt sind sie denn?«

»Sechs Monate«, sagte unsere Mutter und nahm mir damit ein ganzes Jahr, womit sie immer durchkam, denn ich war nur ein wenig größer und hatte viel weniger Haare als Pepita. Der Bratzlawer Buchladen war klein und staubig und sonnendurchflutet und vollgestopft mit Schriften des Meisters Rabbi Nachman von Bratzlaw in allen Sprachen, mit religiösen Kinderbüchern, verschiedensten Ausgaben von Thora, Talmud, Midrasch und ihren Kommentaren, mit populären Büchern über jüdisches Leben und allerhand Kleinkram wie Kerzen, Lesezeichen, Wandbehängen und Schabbesdeckchen, auf denen immer wieder der berühmteste Ausspruch des Meisters zu lesen war: *Das Leben ist eine schmale Brücke, und die Hauptsache ist, sich nicht zu fürchten.*

Unsere Mutter nahm eine kleine Broschüre von einem Stapel, der auf der Kassentheke lag, drehte sie um und schaute auf den Preis.

»Darf ich nach deinem Namen fragen?« fragte der Mann mit den roten Schläfenlocken.

»Nach meinem?«

»Wenn du erlaubst.«

»Susanne«, sagte unsere Mutter nach einigem Zögern wahrheitsgemäß und biß sich auf die Zunge. Obwohl oder vielleicht gerade weil ihr Gehirn auf Hochtouren arbeitete und ihre Gedanken durchdrehten wie die Räder eines Kleinwagens in einer Sanddüne, kam sie, die sonst nicht einmal merkte, wenn sie log, nicht auf die allerwinzigste Flunkerei. Ihr fiel einfach kein Name ein, mit dem sie sich bei Eliezer – denn so hieß der Mann mit den roten Schläfenlocken, wie sich gleich herausstellen würde – besonders beliebt machen könnte. Aber Eliezer hatte sie ohnehin falsch verstanden.

»B'ruchah haba'ah, Schoschana. Gesegnet, die da kommt. Ich heiße Eliezer.«

Unsere Mutter hielt immer noch die Broschüre in der Hand. Es war eine Broschüre über *Kaschrut*, die jüdischen Speisegesetze. Sie kostete nur ein paar Schekel, etwa soviel wie ein Brot oder eine Melone. Schoschana kaufte sie.

Am nächsten Morgen wollte Robbie zum Frühstück Cornflakes essen. Er ging zum Küchenschrank, holte ein Porzellanschüsselchen heraus, stellte es auf den Küchentisch, schüttete Cornflakes hinein und goß Milch dazu, er nahm einen Löffel aus der Besteckschublade und trug die Schüssel mit dem Löffel darin ins Wohnzimmer. Dabei kam er an unserer

Mutter vorbei, die gerade aufgestanden und auf dem Weg in die Küche war. Mit einem Blick erfaßte Schoschana Robbie und die Schüssel und was darin war, und im selben Moment zuckte auch schon ihr Arm in die Höhe. Mit einer schnellen Bewegung schlug sie Robbie die Schüssel aus der Hand. Sie fiel auf den Steinfußboden und zerbrach.

»Entschuldige, mein Schatz«, sagte Schoschana zu Robbie, der wie erstarrt dastand, milchbesprenkelt und mit offenem Mund, »aber das ist eine fleischige Schüssel.«

Was war geschehen? Nach ihrer Begegnung mit Eliezer hatte sich unsere Küche über Nacht, unsichtbar und selbst für unsere Mutter überraschend, zweigeteilt wie eine befruchtete Keimzelle, und zwar gemäß den jüdischen Speisegesetzen in milchig und fleischig. Schoschana versammelte ihre beiden ältesten Kinder in der Küche, um es stockend zu erklären, und Robbie und Linda hörten geduldig zu, während Schoschana nach den richtigen Worten rang. Sie entschied, noch während sie sprach – und es war zu spüren, daß sich diese neuen koscheren Gedanken erst in diesem Moment in ihr entwickelten und formulierten –, wie es von nun an in der Küche zuzugehen hatte: Teller und Schüsseln aus Glas blieben allem vorbehalten, was Milch und Milchprodukte enthielt. Porzellangeschirr war für Fleisch und andere tierische Erzeugnisse. Töpfe und Gefäße aus Metall, Ton oder Holz markierte sie mit roten (fleischig) und blauen (milchig) Servietten, und das Besteck sortierte sie nach Silber für Fleisch und Edelstahl für Milch. Die Küche war der Keim der Veränderung, von hier aus breitete sie sich aus. Von nun an würde in dieser Küche den ganzen Tag chassidische Popmusik im Radio laufen, wie in den Jerusalemer Bussen und Taxis mit den baumelnden Rückspiegelanhängern. Schoschana sang die Lieder mit, obwohl sie sie nicht verstand. Linda, die bisher am meisten Hebräisch aufgeschnappt hatte, übersetzte ihr hin und wieder einige Wörter. Viele dieser Lieder kündigten das Kommen des Messias an. Eines klang wie ein Fußballschlachtruf: *Olé-Olé, Hallé-lu-ja!* Ein anderes war auf die Melodie von Lambada gedichtet: *Dem Weisen geht es gut, dem Gerechten gelingt es in dieser Wel-el-el-el-el-el-el-elt. Dem Weisen wird es gutgehen, dem Gerechten wird es gelingen in der kommenden Wel-el-el-el-el-el-el-elt.*

Die fremden Melodien und neuen Grenzziehungen in der Küche beunruhigten uns anfangs nicht sonderlich. Pepita nahm Musik ohnehin nur wahr, wenn sie von Linda kam, und ich hörte nicht besonders gut, was man nie feststellen und nie untersuchen lassen würde, weshalb ich zeitlebens als maulfaul und langsam gelten sollte. Von den Einflüssen der *Kaschrut* konnte Pepitas und mein Leben noch nicht berührt werden, denn ich lebte von Gläschenkost – mit oder ohne Rabbinatssiegel war mir egal –, und Pepita hatte überhaupt gerade erst begonnen, Erfahrungen auf dem Gebiet der nicht-milchigen Nahrung zu machen. Lindas und Robbies Hebräisch wiederum war noch zu schlecht, um die auf einfache Botschaften getrimmten und im Rhythmus populärer Chart-Hits zurechtgehackten Psalmen und Traktate wirklich zu verstehen, und ihr Geschmackssinn noch zu kindlich, um die Tomatensaucen, Hähnchenschnitzel und Wackelpuddinge in der Cafeteria nicht allem vorzuziehen, was Schoschana theoretisch gekocht hätte, wenn sie es praktisch gekonnt hätte.

Trotzdem trafen sich Lindas und Robbies Blicke immer wieder am Tag nach der Begegnung, als Schoschana in der Küche alles mit heißem Wasser koscher machte. Zum ersten Mal, seit es Dafna gab, sahen sie sich wieder in die Augen, weil es nicht um sie beide ging, sondern um Schoschana und Dinge, die sich immer und immer wiederholten. Sie verließen an diesem Tag das Haus nicht. Sie versuchten zwar, Schoschanas rituelle Reinigungsversuche, ihr erleuchtetes Geklapper mit Geschirr und Besteck nicht zu beachten, aber es war ein bißchen wie Weihnachten, wenn man einfach zu Hause sein *mußte*, weil es unsichtbare Vorbereitungen gab, die zu ignorieren und dennoch zu würdigen waren, weil plötzlich *etwas* im Haus war, und man wußte nicht, was. Linda und Robbie mochten Weihnachten nicht.

Robbie saß auf der Treppe und spielte Gitarre. Linda saß auf dem bloßen Wohnzimmerfußboden und spielte mit uns. Wir warteten auf unseren Vater. Es war ungewöhnlich, daß wir alle zu Hause waren, wenn er kam. Es war ungewöhnlich, daß wir auf ihn warteten. Wir wußten nie, wann er kommen würde. Wir achteten nie darauf, ob er zur immer gleichen Zeit nach Hause kam oder immer zu einer anderen. Linda und Robbie wußten auch jetzt nicht, wann er kommen würde, sie konnten sich aber auch nicht daran erinnern, jemals zwischen fünf Uhr nachmittags und neun Uhr abends zu Hause gewesen zu sein, seit wir in Jerusalem lebten, und es schien ihnen wahrscheinlich, jetzt, da sie zum ersten Mal darüber nachdachten, daß er um diese Zeit gewöhnlich nach Hause kam, denn um vier Uhr nachmittags, wenn Robbie in der Küche seine kleine Zwischenmahlzeit einnahm, war er nie da, und wenn Linda und Robbie gegen neun Uhr abends vorbeikamen, um nach dem Rechten zu sehen, war er fast immer da.

Tatsächlich kam er um acht. Es war der letzte Vorlesungstag des Sommersemesters 1991. Er sah Robbie auf der Treppe sitzen und lächelte. Er sah Linda auf dem Wohnzimmerfußboden sitzen und klopfte ihr mit dem Fingerknöchel auf das Schulterblatt. Linda verwickelte ihn gleich in ein Gespräch, brachte ihn sogar dazu, sich zu uns auf den Boden zu knien. Sie führte ihm eine kleine Nummer vor, die sie mit Pepita einstudiert hatte. Die Nummer ging so: Pepita lag auf dem Bauch, stützte sich mit den Armen ab, und Linda sang die Melodie eines deutschen Kaffeewerbespots, zu der Pepita rhythmisch ihren großen Kopf auf den Boden schlug. Linda konnte Pepita dressieren wie ein Tier, aber nicht wie einen

Hund, sondern eher wie eine Katze, denn manchmal gelang die Dressur, manchmal aber auch nicht, es hing letztendlich von Pepita ab. Meistens tat Pepita, was Linda von ihr verlangte, es sei denn, es überstieg die Möglichkeiten eines Säuglings bei weitem.

Wir warteten gespannt darauf, daß unser Vater die Veränderungen im Haus bemerkte. Er ging zu Schoschana in die Küche. Wir hörten sie reden.

»Morgen früh geht es los«, sagte unser Vater.

»Wann?« fragte Schoschana. »Wann mußt du aufstehen?«

»Um vier«, sagte unser Vater. »Um halb sechs fangen wir an.«

»Ja gut. Ich stehe mit dir auf.«

»Wie geht es dir? Was hast du heute gemacht?«

»Nichts Besonderes.«

»Hast du etwas gekauft?«

»Nein.«

»Du kannst ruhig etwas kaufen. Für dich oder für die Kinder. Habe ich dir nicht genug Geld dagelassen?«

»Doch. Morgen gebe ich es aus.«

»Gut.«

Das war alles. Unser Vater setzte sich auf die Terrasse und las, Schoschana wischte die Schränke weiter mit heißem Wasser aus und murmelte dabei etwas, das kein Hebräisch war. Linda und Robbie brachten uns ins Bett und legten sich ebenfalls schlafen, und immerhin erlaubten sie sich an diesem Abend, lange zusammen in Robbies Bett zu liegen, im Halbdunkel, mit offenen Augen. An diesem Abend durften sie stundenlang das Weiß im Auge des anderen betrachten, denn es ging nicht um sie selbst, sondern um die Veränderungen im Haus. Wie immer, wenn im Haus so etwas geschah, kamen ihnen die Veränderungen, die sie an sich selbst und aneinander beobachteten, fast lächerlich vor.

Unser Vater liebte seinen neuen Arbeitsweg hinunter zur Grabungsstätte am Damaskustor. Je öfter er mit dem weißen

Subaru in den Boulevard der Konvois einbog, je öfter er sich in die stinkende, scheppernde Autokarawane auf der Nablus Road einreihte, je öfter er sich der Stadtmauer näherte und der beeindruckenden Festung, die die Jerusalemer Altstadt zweifellos darstellte, desto deutlicher wurde ihm, daß der Mount Scopus die eigentliche Festung war. Die riesigen neuen Gebäude der Hebräischen Universität sahen von weitem bedrohlich und uneinnehmbar aus, wie eine gewaltige Burg aus Beton. Dagegen wirkten die Zinnen und Türmchen der Altstadtmauer wie Spielzeug. Suleiman der Prächtige hatte diese Mauer bauen lassen, und gerade um das Damaskustor herum waren ihre Zinnen und Schießscharten so elegant und fein wie Spitze. Unser Vater bewunderte das Damaskustor und die schönen Steinquader, die an dieser Stelle zartgrau schimmerten. Und doch war er gerade dabei, diese Mauer Zentimeter für Zentimeter, Tag für Tag zu unterhöhlen, nur um Reste einer noch älteren Mauer zu finden, während die Hebräische Universität in all ihrer Grobheit umzäunt und bewacht und unberührt auf dem Mount Scopus stand.

Mit den Grabungen, die unser Vater leitete, sollte die Ausbreitung Jerusalems auf den Westhügel und in den Norden untersucht werden. Bis ins zweite vorchristliche Jahrhundert hinein hatte sich die Stadt auf das Gebiet um den Tempelberg und das Kidrontal im Süden beschränkt, umschlossen von der Ersten Mauer. Im folgenden Jahrhundert war es nötig geworden, die Zweite Mauer zu errichten, um die neuen Siedlungsgebiete im Nordwesten zu schützen. Unser Vater suchte jeden Tag in den Werken des jüdischen Historikers Flavius Josephus nach Hinweisen auf diese Mauer. Sie begann, schreibt Josephus, »bei dem Tor Gennath, das noch zur Ersten Mauer gehörte, umzog den nördlichen Bezirk der Stadt und erstreckte sich bis zur Feste Antonia«.

Tatsächlich hatte man Reste des Gennath-Tores im Nordwesten des jüdischen Viertels gefunden. Von dort führte die

Mauer offenbar nach Norden, an einem Steinbruch vorbei zu einem Tor, dessen Westturm unter dem heutigen Damaskustor begraben liegt, und von dort zur Westecke des Tempelbergs. Doch über die genaue Entstehung und Beschaffenheit des Bezirks innerhalb der Zweiten Mauer wußte man wenig. Unser Vater las jeden Tag Josephus. Er las den »Jüdischen Krieg« und die »Altertümer«. Er las von der Herrschaft der Hasmonäer in Jerusalem und von der Übernahme der Stadt durch Herodes. Auch wenn Josephus wenig zur Topographie sagt, so ist er doch einer der wenigen, die überhaupt von Jerusalem in den letzten beiden Jahrhunderten vor Christus erzählen, und unser Vater suchte in Josephus' dürftigen Beschreibungen der Stadt und ihrer Grenzen nach versteckten Informationen. Immer und immer wieder las er die magere Stelle über den geheimnisvollen Nordhügel Bezetha. Vor allem wollte er den achteckigen Westturm der Zweiten Mauer finden. Der Überlieferung nach lag er direkt unter dem Damaskustor, dem Eingang zur muslimischen Altstadt. Jeden Tag quetschten sich Tausende Menschen durch dieses Tor, nervös bewacht von der israelischen Polizei und Armee. Der Turm, den unser Vater suchte, befand sich also direkt unter den Füßen einer lärmenden, gereizten, überhitzten Menge, in der es jederzeit zu plötzlichen Explosionen kommen konnte.

Unser Vater nahm das alles kaum wahr. Er war zu sehr damit beschäftigt, sich etwas vorzustellen. Er stellte sich eine Treppe vor, eine kühle, ruhige Treppe, die am Ende all seiner Bemühungen stehen würde, eine Art Besuchertreppe für Touristen und Jerusalemiter, arabische wie israelische. Er stellte sich eine Treppe vor, die zu den Resten des verborgenen Turmes hinunterführte, in eine Stadt, in der die Steine zur Ruhe gekommen waren. In solchen Städten kannte er sich aus. Sie existierten. Er liebte ihre Gelassenheit. Er stellte sich eine Treppe vor, die den Menschen zeigte, wie still es in dieser anderen Stadt war, in der stillen, kühlen Stadt unter der Erde.

Das Team, das unser Vater leitete, war international. Es gab Israelis, einen israelischen Palästinenser, einen Franzosen und ein paar Praktikanten, deren Herkunft niemanden interessierte. Es war eine relativ kleine Gruppe. Die Helfer arbeiteten sich innerhalb ihres Gittersystems am Fuße der Altstadtmauer Zentimeter für Zentimeter in die Tiefe vor, und ihre Hemden und T-Shirts nahmen nach und nach die gelbliche Farbe des Jerusalemer Kalksteins an. Von weitem waren ihre gekrümmten Rücken vor den Quadern der Mauer kaum zu erkennen.

In seiner Mittagspause ließ sich unser Vater von der Menschenmenge durch das Damaskustor hinein ins moslemische Viertel schieben, wo es schlagartig kühler, aber nicht weniger überfüllt war als auf der anderen Seite. Er lief durch die Al-Wad Road und kaufte sich an irgendeinem Stand einen Plastikbecher Orangensaft. Manchmal bog er in die Suks ein, um den Händlern dabei zuzusehen, wie sie den Touristen ihre Waren aufdrängten. Die sanfte Angriffslust der Händler galt nie ihm, denn seine dunklen Haare und die schäbige, aber ordentliche Kleidung tarnten ihn perfekt. Es war Mitte Juli. Die Fliegen schleppten Dreck und faulige Gerüche von einem Ende der Altstadt zum anderen. Alle Wege führten überallhin, die aus Stein und die aus Luft, und unser Vater war überall, unsichtbar wie die Luft. Das war sein bevorzugter Aggregatzustand. Er konnte alles sehen, aber niemand sah ihn.

Im Juli 1991 war der Golfkrieg nicht einmal ein halbes Jahr vorbei. Die Leute hatten gerade ihre Gasmasken weggepackt. Sie hatten vor kurzem erst begriffen, daß sie das Ende der Welt wieder einmal überlebt hatten. Die Intifada war in vollem Gange. Hunderttausende jüdischer Einwanderer aus der Sowjetunion kamen ins Land und brachten alles durcheinander. Schamir wollte sie in den besetzten Gebieten ansiedeln und redete von Groß-Israel. Scharon planierte die Erde in Judäa und Samaria für neue Siedlungen. Aber unserem unsichtbaren Vater in den Suks kam diese Stadt wunderbar friedlich vor. Sie ließ ihn in Ruhe. Sie war vollauf mit sich selbst beschäftigt. Die Planierungen und Besiedelungen, mit denen unser Vater zu tun hatte, waren schon vor Jahrhunderten geschehen, und niemand interessierte sich außerhalb der Universitäten dafür.

Um unseren Vater herum war es auch deshalb immer ruhig, weil alle, die mit ihm sprachen, die Stimme senken mußten, um ihn überhaupt zu verstehen. Unser Vater nuschelte und hatte in allen Fremdsprachen einen fürchterlichen deutschen Akzent. Er stieß nie mit anderen Leuten zusammen. Seine Kollegen suchten sich lieber andere Konkurrenten, anstatt sich an ihm die Zähne auszubeißen. Seine Studenten respektierten ihn, lachten höchstens hinter seinem Rücken über die beiden einzigen offensichtlichen Fehler, die er hatte: Ungelenkheit der Zunge und Konfliktscheu. Unsere Mutter beschäftigte sich mit ihren eigenen Angelegenheiten und hatte längst aufgehört, ihn zu provozieren.

In den Suks konnte sich unser Vater minutenlang die Auslagen ansehen, ohne daß die arabischen Händler ihn ansprachen. Sie ließen ihn in Ruhe. Die Stadt ließ ihn in Ruhe. Es gab keine Anzeichen, daß sich das jemals ändern sollte.

Wenn unser Vater morgens vom Mount Scopus hinunter zum Damaskustor fuhr, stellte er sich manchmal vor, er steuere eines der gepanzerten Fahrzeuge, die sich während des Unabhängigkeitskrieges unter dem Beschuß der Araber auf ähnlichen Wegen zum Mount Scopus und wieder zurück in die Stadt durchgeschlagen hatten. Der Boulevard der Konvois, den er jeden Morgen passierte, war nach ihnen benannt. Damals war der Mount Scopus eine israelische Enklave gewesen, eine entmilitarisierte Zone, die nach dem Teilungsbeschluß der Vereinten Nationen auf jordanischem Gebiet gelegen hatte, abgeschnitten vom jüdischen West-Jerusalem. Die Hände fest um das Lenkrad des Subaru geklammert, konnte unser Vater aber nur kurz an den Unabhängigkeitskrieg denken, denn sein Fahrzeug war natürlich nicht gepanzert. Er mußte sich wohl oder übel auf die anderen Autos konzentrieren. Der Verkehr war unüberschaubar. Die Farben der arabischen Autos irritierten seine an Erd- und Papierfarben gewöhnten Augen: Chlorblau, Hellgelb, Schmutzigrosa, Mattgrün und Cremeweiß. Sogar die Nummernschilder waren bunt, entweder blau oder grün. Wenn auf der Nablus Road Stau war, also fast immer, sah es aus, als hätte jemand einen Haufen alter, schmieriger Zuckerbonbons auf die Fahrbahn gekippt. Auseinanderfallende Karosserien waren mit Stricken zusammengebunden, rostige Rohre ragten von Pickup-Trucks. In fast allen Autos saßen mehr Menschen, als eigentlich hineinpaßten, notfalls standen sie oder hockten auf den Ladeflächen. Unser Vater in seinem Subaru war eine Enklave der Neutralität. Daß die Stadt um ihn herum so lärmte und stritt, machte diese Enklave zu einem um so friedlicheren Ort.

Zunächst nahm der Bus denselben Weg wie der Subaru unseres Vaters. Am American Colony Hotel jedoch, wo unser Vater jeden Morgen der geraden Route direkt nach Süden folgte, immer die Nablus Road entlang, bog der Bus nach Südwesten ab und hielt schließlich an der Ecke zu Mea Shearim. Wir stiegen aus, wo die Straßen noch sauber waren. Doch schon nach wenigen Metern waren die Hauswände mit Plakaten und Anschlägen zugepflastert. Plastikmüll lag in der Gosse, undefinierbare, nach Käse riechende Rinnsale liefen aus den Hauseingängen und quer über den Bürgersteig.

Mein Geruchssinn war nicht besonders gut entwickelt, aber Pepita, die es schon in frühen Jahren gern sauber und ordentlich hatte, fing immer lauter an zu brüllen, je weiter wir in das Orthodoxenviertel vordrangen. Erst im Bratzlawer Buchladen hörte sie auf. Im Bratzlawer Buchladen roch es gut und eindeutig nach Kerzenwachs. Es gab dort Kerzen in allen Größen und Farben, von riesigen bunten, aus mehreren Strängen zusammengeflochtenen Schabbeskerzen bis hin zu kleinen Jahrzeitlichtern. Das Sonnenlicht, das durch das Schaufenster fiel, wärmte die Kerzen auf, bis sie weich wurden und einen starken Wachsgeruch verströmten. Es war ein heller, warmer kleiner Laden. Am Vormittag schien die Sonne direkt hinein. Sie spiegelte sich in den gerahmten Bildern Nathans von Nemirov und des aktuellen Oberhaupts der Bratzlawer Gemeinde, sie bleichte die erbaulichen bunten Synthetikwimpel an den Wänden und fing sich in Eliezers kupferfarbenen Schläfenlocken. Selbst der fast durchscheinend weißhäutige, fleischige Eliezer schien nach Wachs zu duften.

Seit der Begegnung besuchte unsere Mutter ihn jeden Tag. Sie hatte sofort begriffen, daß er ein besonderer Mann war. Die anderen orthodoxen und chassidischen Männer schenkten einer Frau wie ihr keine Beachtung. Sie durften überhaupt nicht mit Frauen sprechen, die sie nicht kannten, nicht einmal ansehen durften sie sie. Seit Schoschana nicht mehr als Schickse erkennbar war, waren sie immerhin nicht mehr offen unhöflich zu ihr, aber darum nicht weniger ruppig. Wie strichdünne schwarze Gummimännchen schlenkerten sie die Straßen entlang und sahen dabei von weitem ganz und gar ungefährlich, geradezu albern aus, aber sobald sie näherkamen, mußte man sich in Sicherheit bringen vor ihren scharfen, unberechenbaren Bewegungen.

Eliezer war groß, kräftig und rundlich. Eigentlich sah er aus wie ein kanadischer Holzfäller, ein Holzfäller mit Schläfenlocken und langen Gebetsschalzipfeln, die unter dem karierten Hemd hervorschauten. Ständig kamen Frauen in den Laden, um mit Eliezer zu reden. Es waren Frauen, die aussahen wie alle Frauen auf den Straßen von Mea Shearim, sie trugen lange Röcke und gefütterte Haarnetze, aber während sie auf den Straßen meist stumm ihre Einkaufstaschen schleppten und ihre Kinderkarren schoben oder sich leise mit anderen Frauen unterhielten, redeten sie mit Eliezer laut und deutlich. Sie lachten sogar. Schoschana kam es vor, als bekämen sie überhaupt erst Gesichter, wenn sie in den Laden traten, als prägten sich ihre Züge erst in dem Moment aus, da sie die Schwelle überquerten und die Ladenglocke zum Läuten brachten, um sich dann später, wenn sie den Laden wieder verließen, erneut in einem blassen Nebel aufzulösen. Schoschana fragte sich, ob es mit allen orthodoxen Frauen so war, daß sie auf der Straße konturloser und bleicher waren als in geschlossenen Räumen, oder ob diese Verwandlung nur mit den Bratzlawer Frauen im Bratzlawer Buchladen geschah.

Eliezer wollte nicht wissen, warum Schoschana jeden Tag kam. Er stellte ihr einfach einen Stuhl hinter die Kassentheke, direkt neben den Durchgang zu seiner kleinen Kammer. In der Kammer gab es nur ein Waschbecken und eine Anrichte mit einem Wasserkocher darauf, damit sich Eliezer ab und zu die Hände waschen oder einen Nescafé kochen konnte. Den ganzen Tag saß Schoschana neben dem Durchgang zu dieser Kammer, Pepita auf dem Schoß, mich zwischen ihren Füßen. Zu Anfang hatten die Frauen sie ignoriert. Allmählich fingen einige von ihnen an, ihr zur Begrüßung zuzunicken, aber auch sie fragten nicht, warum Schoschana plötzlich jeden Tag dort saß. Schoschana nickte zurück, aber sie sagte nichts, außer wenn sie mit Eliezer allein war. Sie hörte genau zu, was Eliezer mit den anderen Frauen redete, sofern die Unterhaltung auf Englisch oder Jiddisch war. Meist ging es darum, daß Geld für wohltätige Zwecke gesammelt und Freiwilligendienste organisiert werden mußten. Manchmal beschwerten sich die Frauen über die Faulheit oder die Allüren anderer Frauen. Einmal kam eine, die sich sogar über ihren eigenen Mann beschwerte.

»Das macht mich krank«, sagte sie, »verstehst du, Eli? Er sitzt einfach nur da, und es ist ihm egal, ob die Kinder alles durcheinanderbringen oder sich die Finger sonstworin klemmen oder einfach das Tor aufmachen und auf die Straße laufen.«

Die Frau redete mit lauter, lebhafter Stimme. Das fand Schoschana ungewöhnlich. Sie fand es auch ungewöhnlich, daß sich diese Frau daran störte, daß ihre Kinder auf die Straße liefen. Die Kinder in Mea Shearim taten gewöhnlich nichts anderes. Sogar Schoschanas eigene Kinder auf dem Mount Scopus taten nichts anderes.

»Sie könnten sterben«, fuhr die Frau fort, »und es wäre ihm egal. Er würde zwar sagen: ›Es ist meine Schuld.‹ Aber es ist ja alles seine Schuld in seinen Augen. Und deswegen ist es ihm egal.«

»Ach, Joscheved!« sagte Eliezer mitfühlend.

»Es ist ihm im Moment einfach alles egal. Wenn ich nicht da bin, läßt er alles schleifen. Und wenn ich da bin, erst recht. Dann passiert gar nichts. Er steht nicht einmal vom Tisch auf nach dem Essen. Ich decke ab, und er bleibt einfach sitzen, stundenlang. ›Mutter, das Kind will ein Glas Wasser!‹ Das ist das einzige, wozu er sich ab und zu noch aufrafft: nach mir zu rufen. Er hat angefangen, die Kinder alle nur ›Kind‹ zu nennen. Und mich hat er angefangen, ›Mutter‹ zu nennen.«

Schoschana wartete darauf, daß Eliezer nun aus einem Traktat von Rabbi Nachman zitieren oder sonst etwas spirituell Gehaltvolles sagen würde, eigentlich erwartete sie sogar, daß er die Frau ermahnte, nicht in der Öffentlichkeit schlecht über ihren Mann zu reden. Eliezer seufzte und nahm einen Schluck Nescafé.

»Du mußt wohl oder übel die magischen vier Wörter aussprechen«, sagte er.

»Hm. Ja. Klar.«

»Verstehst du, worauf ich hinaus will?«

»Aber wenn ich die magischen vier Wörter ausspreche, macht er völlig zu!«

»Ich weiß, Joscheved, ich weiß.«

Schoschana hörte aufmerksam zu. Sie fragte sich, was es mit diesen magischen vier Wörtern auf sich hatte. Wahrscheinlich ging es um eine Zauberformel aus der jüdischen

Mystik. So etwas wie die Zeichen, die Rabbi Löw dem Golem in die Stirn geritzt hatte, um ihn zum Leben zu erwecken.

»Er kommuniziert ja nicht mehr auf dieser Ebene«, sagte Joscheved. »Wir sind schließlich nicht mehr in Kanada. Er hat die Thora, und ich habe die Kinder. Punkt. Aber in der Thora steht nichts davon, daß man den ganzen Tag nur herumsitzen und kein Wort mit seiner Frau reden soll. Alles hat seine Zeit, auch die *Hitbodedut*, der Rückzug in die Einsamkeit. Er ist schließlich kein Heiliger. Und er ist kein Gelehrter. Es steht zwar geschrieben: ›Höre die Worte und bewege sie in deinem Herzen‹ und ›Murmle sie Tag und Nacht‹, und er bewegt alles in seinem Herzen, aber nicht, wie es gemeint ist, sondern er grübelt und grübelt und hat schwarze Gedanken. Und das sind keine Gedanken über die Thora, wenn du mich fragst!«

»Es hilft nichts«, sagte Eliezer, »du mußt die vier Wörter aussprechen.«

»Welche vier Wörter?« entfuhr es Schoschana plötzlich. Ihre Stimme krächzte. Die Frage war unwillkürlich aus ihr herausgebrochen, es war eine Frage, die ihr früheres Selbst gestellt hatte, ihr Selbst aus der Zeit vor der Begegnung, als sie noch nicht Schoschana war und noch nicht auf dem Stuhl neben Eliezers Kammer saß, und im selben Moment, da ihr früheres Selbst diese Frage stellte, erschrak sie fürchterlich darüber. Sie hatte sich nicht einmischen wollen. Es tat ihr leid, daß sie sich eingemischt hatte. Sie sah, wie die Frau ihr den Kopf zuwandte, sie sah nur den Anfang dieser Bewegung, die erste Nanosekunde, und schlug sofort die Augen nieder, weil sie den Blick der Frau fürchtete.

Die Frau hatte Schoschana auf ihrem Stuhl offenbar noch gar nicht wahrgenommen. Gleich würde sie mit Entsetzen feststellen, daß eine Fremde das Gespräch mit angehört hatte – ein Gespräch über derart intime und geheime Dinge. Vielleicht würde sie Schoschana sogar verfluchen. Zumindest würde jetzt allen klar werden, daß Schoschana nicht dazugehörte, weil sie die magischen vier Wörter nicht kannte. Vielleicht waren diese vier Wörter so geheim, daß man Schoschana sofort von ihrem Stuhl und aus dem Buchladen verjagen würde.

Die Frau namens Joscheved schaute unsere Mutter ohne jede Regung an. »Wir haben ein Problem«, sagte sie.

»Ja, ich weiß«, sagte Schoschana, »Entschuldigung, es tut mir leid, ich wollte nicht ...«

»Nein. Das sind die magischen vier Wörter: WIR HABEN EIN PROBLEM.«

»Aha«, sagte Schoschana.

»Wie auch immer«, fuhr Joscheved wieder energischer fort, »es geht mir um so mehr auf die Nerven, als ich in dieser Situation auch noch mit dem Bus im Stich gelassen werde. Die Große Chana benimmt sich wie eine Diva, sie sagt nicht einmal ab, wenn sie keine Zeit hat. Wir sollten uns schon vor einer Stunde treffen, und sie ist einfach nicht gekommen. In zwanzig Minuten müssen wir da sein, und es ist nichts besprochen und vorbereitet.«

»Kannst du niemand anderen fragen?«

»Wen denn? Die Kleine Chana hat heute die Kinder ihrer Schwägerin, und Tamar-Fejga ist krank. Was ist mit dir?« wandte sich die Frau plötzlich an Schoschana. Schoschana wurde rot.

»Mit mir?«

»Hast du einen Führerschein?«

Schoschana überlegte einen Augenblick, ob es in ihrem neuen Leben statthaft war, einen Führerschein zu haben, aber da sie wieder einmal zu überrumpelt war, um die Folgen einer positiven beziehungsweise negativen Antwort richtig einschätzen zu können, sagte sie nun schon zum zweiten Mal einfach die Wahrheit.

»Ja«, sagte Schoschana.

»Na siehst du«, sagte die Frau. »Wie heißt du?«

»Schoschana.«

»Schön dich kennenzulernen, Schoschana. Ich bin Joscheved. Hast du vielleicht drei Stunden Zeit?«

Zehn Minuten später steuerte Schoschana einen Mitsubishi-Kleinbus die Jaffa Road entlang. Pepita und ich saßen auf Joscheveds Schoß, ich mit halbgeschlossenen Lidern, Pepita mit leicht panischem Gesichtsausdruck. Die ganze Zeit redete Joscheved mit uns, sang uns Fetzen von unbekannten Liedern vor, spielte mit unseren Fingern, und Pepita zog sie sogar die Schuhe aus, um ihre Zehen zu bewundern.

»Die Süßen!« rief sie und meinte trotz des Plurals offenbar nur Pepita, denn sofort wechselte sie wieder in den Singular: »Und was für dickes Haar sie hat! So blond! Selten habe ich so viele so hellblonde Haare bei einem so kleinen Kind gesehen! Man kann schon fast ein Zöpfchen machen, siehst du?« Sie faßte Pepitas Haare am Hinterkopf zu einem Büschel zusammen. Pepita zog die Schultern hoch, reckte das Kinn in die Luft und drehte den Kopf hin und her, bis Joscheved ihr Haar wieder losließ.

»Waren die bei der Geburt schon so hell?«

»Ja«, sagte Schoschana, »das heißt, nein, erst waren sie dunkel, ganz lange waren sie genaugenommen dunkel, und dann, dann wurden sie plötzlich hell. Ich weiß auch nicht, warum.«

»Bist du auch blond?« fragte Joscheved und zeigte auf Schoschanas Haarsack, den sie tief in die Stirn gezogen hatte.

»Eigentlich nicht«, sagte Schoschana. »Eher braun. Hellbraun.«

»Als Kind hatte ich auch blonde Haare«, sagte Joscheved, »aber noch bevor ich in die Schule kam, wurden sie plötzlich grau. Nicht dunkelblond, nicht braun, sondern grau«, sagte sie, »wie vergammelter Keks. Bei meiner Hochzeit hat es mir nicht das geringste ausgemacht, sie abzurasieren. Hier links! Doch nicht in den Busbahnhof hinein! Links! Laß dich nicht verwirren! Dieser Idiot, biegt der nun ab oder nicht? So. Und dann die übernächste. Alles klar? Ich habe nämlich keinen

Führerschein, sonst würde ich selbst fahren. Mein Vater ist in Litauen geboren. Als Kind sind alle Litauer blond, aber das hält nicht lange. Seid ihr auch Litauer? Stop! Mit der übernächsten meinte ich natürlich rechts, nicht links, wir wollen doch nach Kfar Sha'ul und nicht nach Giv'at Ram, hast du denn das Schild nicht gesehen?«

Schoschana kniff die Augen zusammen. Das Durcheinander von hebräischer und englischer Beschilderung verwirrte sie. Obgleich die hebräischen Bezeichnungen der Straßen und Stadtviertel auch in lateinischen Buchstaben angeschrieben waren, konnte sie sie kaum auseinanderhalten. Alle Namen klangen ähnlich, und sobald sie einen davon entziffert hatte, hatte sie ihn auch schon wieder vergessen oder verwechselte ihn mit einem anderen.

Schoschana wendete hastig mitten auf dem Herzl-Boulevard und bog in die Jitzchak-Ben-Dor-Straße ein. Hier war immerhin nicht mehr so viel Verkehr wie um den Busbahnhof herum. Sie fuhren durch ein Industriegebiet. Dann wurde die Gegend grüner und hügeliger. Rechts waren bewaldete Hänge zu sehen. Joscheved befahl ihr, links abzubiegen. Sie passierten ein Schild mit einem roten Davidstern, dann ein Tor, an dem Joscheved eine Plastikkarte vorzeigen mußte, die sie kurz zuvor am Kragen ihres Kleides befestigt hatte. Offenbar fuhren sie durch den Park eines Krankenhauses. Joscheved kurbelte das Fenster hinunter. Frische, saubere Luft strömte in das Innere des Busses, sie duftete nach Piniennadeln und feuchtem Gras. Überall zwischen den asphaltierten Wegen und den Mauern aus Jerusalemer Stein leuchteten violette Bougainvilleen und knallgrüne Rasenflächen. Ein System aus Bewässerungsschläuchen zog sich über die ganze Anlage, aus denen es unentwegt sickerte und tropfte.

Joscheved ließ unsere Mutter auf einem Parkplatz halten.

»Vielen Dank«, sagte sie. »Wir sind zwar zu spät, aber nicht sehr. Du bist gefahren wie eine Wahnsinnige, sehr passend.«

»Wo sind wir?«

»In Kfar Sha'ul.« Sie schaute Schoschana einen Moment lang in die Augen. »In der Nervenklinik.«

Joscheved gab uns Schoschana zurück, kletterte zwischen den beiden Vordersitzen durch in den hinteren Teil des Wagens, öffnete von innen die Tür und wuchtete zwei große Plastiktüten hinaus. Sie waren voller Broschüren und kleiner, billig gebundener Bücher.

»Schnell!« sagte sie. »In einer Stunde müssen wir wieder draußen sein.«

»Okay«, sagte Schoschana, »ich warte hier auf dich.«

»Nein, du mußt mitkommen«, sagte Joscheved. »Du mußt leider das asoziale Verhalten der Großen Chana ausbaden, weil du zufällig da warst, als ich dich brauchte. Als *wir* dich brauchten. Vielleicht ist es ein Zeichen.«

»Wofür?«

»Für dich. Jetzt komm!«

»Aber die Kinder!«

»Die Kinder nehmen wir mit«, sagte Joscheved.

Den Namen der Großen Chana auf einem Schild am Revers, eine Plastiktüte in der rechten Hand, mich auf der linken Hüfte – so betrat Schoschana zum ersten Mal die Frauenabteilung der geschlossenen Psychiatrie.

Die Tür öffnete sich langsam. Die Wächterin hinter dem verglasten Schalter hatte auf einen Summer gedrückt. Nun standen wir mit der Oberschwester in einem kleinen Raum mit zwei Türen. Als die erste ins Schloß gefallen war, ging die zweite auf.

»Es wird keine Probleme geben«, sagte Joscheved zur Oberschwester. »Mit Kindern im Raum sinkt das Aggressionspotential. Die Menschen werden ruhiger und rücksichtsvoller. Warum sind hier wohl Gitter an den Fenstern? Weil die Patientinnen eher sich selbst umbringen würden als uns. Und warum? Weil die meisten ihre Kinder seit einer Ewigkeit nicht gesehen haben.«

Hinter der zweiten Tür wartete eine Frau vom Sicherheitsdienst, deren Hosenbund fast platzte. Sie war dick und kräftig wie ein Mann, aber sie hatte lange Haare, die zu einem glänzenden Zopf geflochten waren. Zwei riesige rote Samtschleifen umfaßten den Zopf an seinem Ansatz und an seinem Ende. Die Wärterin pflückte kurzerhand Pepita von Joschveds und mich von Schoschanas Arm. Sie tat es mit einer einzigen routinierten beidarmigen Bewegung, als ernte sie zwei große Früchte. Schoschana wagte nicht zu protestieren.

Wir liefen einen Flur entlang. Schließlich blieben wir vor einer Tür stehen, auf die mit Tesafilm eine große Wolke aus Papier geklebt war. Unten aus der Wolke regnete es, während oben schon die Sonne hervorlugte.

In der Mitte des Raumes waren Stühle zu einem Kreis zusammengestellt. Darauf saßen etwa fünfzehn Frauen. Zwei Stühle waren frei. Ein weiterer stand etwas abseits an der Wand.

»Schalom aleichem«, sagte Joschved, »wir haben heute Besuch.«

Joschved nahm der Wärterin Pepita ab und bedeutete ihr, mich Schoschana zu übergeben. Die Wärterin tat es widerwillig und setzte sich auf den Stuhl außerhalb des Kreises. Wir nahmen auf den beiden leeren Stühlen Platz.

»Hoffentlich hattet ihr einen ruhigen Schabbat. Ich wünsche euch eine gute Woche!« sagte Joschved

»Gute Woche!« antworteten die Frauen.

»Entschuldigt die Verspätung. Dafür haben wir euch heute zwei besondere Gäste mitgebracht. Sind sie nicht süß?«

Die Frauen fingen an, durcheinanderzureden. Sie fragten nach unseren Namen und unserem Alter.

»Ich hätte schon längst auf die Idee kommen können, einmal Kinder mitzubringen. Ich habe euch letztes Mal davon erzählt, wie Rabbi Nachman durch verschiedene Schicksalsschläge sein Haus, seine Frau und seinen Sohn verlor. Gleichzeitig mußte er mit ansehen, wie sich in der Welt um ihn herum eine tiefe Kluft zwischen Gott und den Menschen auftat. Das Kommen des Messias rückte in weite Ferne. Er selbst verspürte diese Kluft am deutlichsten, die Kluft zwischen sich und Gott, zwischen sich und den Menschen, zwischen sich und seinen Schülern. Er lehrte und lehrte, aber niemand verstand seine Weisheiten. Er wußte jedoch, daß es Zeiten gibt, in denen die Menschen durch Traktate und kluge Lehren nicht zu erreichen sind. ›In solchen Zeiten‹, sagte Nachman, ›muß man den Menschen Geschichten erzählen, Geschichten aus urvordenklichen Zeiten.‹ Was meinte er damit? Michal?«

»Märchen«, sagte Michal.

»Richtig, Märchen. Aber was sind Märchen? Es sind Geschichten außerhalb der Zeit und jenseits der Zeit, Geschichten von tiefer und unmittelbarer Bedeutung. Geschichten, die sich uns erschließen, nicht weil wir klug sind, sondern weil wir Menschen sind. Der Schlüssel zu ihrem Verständnis liegt nicht in unserem Wissen, sondern in unserem Sein. Kinder sind wie solche Geschichten. Sie sind die Zukunft, aber ihre Seele kommt direkt von Gott, aus urvordenklichen Zeiten. Sie tragen den Keim zum Verständnis der Welt in sich. Sie sind klein und wissen nichts, und doch ist das ganze Leben in ihnen angelegt und das ganze Universum. Das, was uns berührt, ist aber ihre Einfachheit. Wenn wir sie ansehen, sehen wir den Ursprung des Seins. Rabbi Nachman hat sich damals entschlossen, den Menschen einfache Geschichten zu erzählen, Geschichten aus urvordenklichen Zeiten, Geschichten vom Ursprung des Seins. Eine davon lesen wir hier jeden Sonntag. Riki?«

»Wie kann Nachman uns etwas lehren, wenn er selbst fern von Gott war?« fragte Riki.

»Wir sind alle hin und wieder fern von Gott. Wir können Ihn nicht anfassen. Manchmal sind Seine Wege für uns unverständlich.«

»Warum soll Nachman dann besser sein als wir?«

»Er ist nicht besser, aber er ist etwas Besonderes. Er ist ein *Zaddik*. Ein Gerechter. Er hat nicht die Augen vor der Kluft zwischen Gott und den Menschen verschlossen, sondern verzweifelt gekämpft, sie zu überwinden. Wie in der Geschichte *Vom Verlust der Königstochter*, die wir letztes Mal gehört haben: Der König hat seine Tochter verloren und läßt seinen Diener überall nach ihr suchen. Der Diener muß viele Prüfungen bestehen, aber er scheitert immer und immer wieder. Von diesem Scheitern erzählt Nachman sehr ausführlich. Ganz zum Schluß aber findet der Diener die Königstochter. Das wiederum beschreibt Nachman in nur wenigen Worten. ›Aber wie er sie gefunden hat, das hat er nicht erzählt‹, sagt Nachman über den Diener. Das ist alles. Das Scheitern hat er in aller Ausführlichkeit erzählt, das Gelingen in äußerster Knappheit. Was hat diese Knappheit zu sagen?«

»Daß das Ziel nicht so wichtig ist«, sagte ein Mädchen. Es hatte zwei Löcher an der Augenbraue. Offenbar durfte es sein Piercing hier nicht tragen.

»So ungefähr. Das Ziel ist wichtig, aber an das endgültige Ziel kann uns nur der Messias führen. Bis es soweit ist, kämpfen wir mit den Hindernissen des Lebens. Nachman sagt: Solange wir fern von Gott sind, sind die Hindernisse und das Ziel eins. Wenn wir nur verzweifelt genug versuchen, Ihm nahe zu sein, wird sogar das Schlechte und Böse, dem wir in diesem Kampf manchmal erliegen, letztendlich zu einem Mittel, Ihn zu erreichen. Denn vielleicht bringt gerade unser persönlicher Kampf den letzten Puzzlestein zum Vorschein, der noch fehlt, damit der Messias kommen kann.«

»Und wenn ich keinen Bock mehr auf die Hindernisse habe?« fragte das Mädchen mit den Löchern an der Augenbraue. »Ich finde Kämpfen total Scheiße. Ich habe es versucht.

Es funktioniert nicht lange. Ich kann doch meine Hindernisse nicht sehen! Ich kann meine Stimmen nicht sehen. Wie kann ich gegen sie kämpfen? Ich kann mich umbringen, dann hören sie vielleicht auf.«

»Das wäre nicht gut, weil du ein wichtiger Teil der Welt bist«, sagte Joscheved. »Auch du hast die Macht, ein paar Scherben der irdischen Welt zusammenzufügen. Die Welt ist unvollkommen und fehlerhaft, aber jeder kann für ihre Reparatur, ihren *Tikkun*, sorgen. Jeder von uns hat die Macht, die Welt wiederherzustellen. Wie du das tun sollst, kann ich dir auch nicht sagen. Es ist ein Geheimnis. Ja, bitte?«

»Kann ich das blonde Baby da mal einen Moment halten?« fragte eine ältere Frau. Sie trug einen Pullover mit einer applizierten Katze darauf.

»Später könnt ihr sie alle mal halten«, sagte Joscheved, »aber erst lese ich euch die Geschichte *Vom Getreide* vor!«

Zu Hause setzte uns Schoschana ins Waschbecken und schrubbte uns mit Desinfektionslösung ab. Fünfzehn verrückte Münder hatten uns angeatmet, dreißig verrückte Hände uns betatscht. Die Furcht vor Bakterien und unbekannten Krankheiten überlagerte noch ein wenig das gute Gefühl, das Schoschanas Inneres plötzlich auskleidete wie ein weiches Tuch.

Erst als Pepita und ich blitzsauber, mit geschnittenen Fingernägeln und ausgespülten Nasen in unseren Betten lagen, konnte sich Schoschana ganz und gar diesem Gefühl hingeben. Schoschana wollte ebenfalls dazu beitragen, die Scherben der irdischen Welt wieder zusammenzufügen, das wußte sie jetzt. Sie würde ein Puzzlestein für den *Tikkun* sein. Sie würde vor Hindernissen nicht die Augen verschließen, sondern sie fortan freudig annehmen.

Eigentlich hatte sie am nächsten Tag losgehen und einen Teppich kaufen wollen, einen für den Wohnzimmerfußboden, der immer noch nackt und bloß und kalt war, obwohl wir bereits vor einem halben Jahr eingezogen waren. Sie hatte mit unserem Vater darüber geredet, hatte ihm sogar versprochen, diesen Teppich zu kaufen. Unser Vater wollte immer, daß sie Geld ausgab, für das Haus, für die Familie. Schoschana versuchte sich einen Teppich auf dem Wohnzimmerfußboden vorzustellen. Das gute Gefühl in ihrem Inneren schwand ein wenig. Es wuchs wieder, sobald sie sich einen leeren und reinen Fußboden vorstellte. In der Einfachheit lag der Keim des Seins, hatte Joscheved gesagt, so ungefähr jedenfalls. Schoschana beschloß, den Kauf des Teppichs zu verschieben. Es bestand sogar die Möglichkeit, daß sie diesen Teppich überhaupt nicht mehr kaufen würde, überhaupt keinen Teppich, niemals mehr. Schoschana zog tatsächlich in Erwägung, niemals mehr einen Teppich zu kaufen.

Zumindest nicht in diesem Leben.

3   Das Leben ist eine schmale Brücke

»Paß auf Birdie auf!« schrie Robbie.

Seit Dafna nicht mehr mit Linda sprach, hatte Robbie Oberwasser, und Linda spürte wieder einen Kloß im Hals, sobald die Schule aus oder die Vorlesung zu Ende war. Da war sie wieder, die unterschwellige Panik der großen Pausen und freien Nachmittage, wenn Robbie sie aufspürte und zu bestimmen versuchte, was gespielt werden sollte.

»Birdie« war Lindas und Robbies Name für Mutter-Vater-Kind, weil dieses Spiel irgendwann einmal an irgendeinem langen überreizten Nachmittag zu einer Kombination von Fangen und Verstecken mutiert war, bei dem man sich durch einen Schlag gegen die Hausecke und den Ruf »Birdie!« von der Vogelfreiheit erlösen konnte. Von da an hieß nicht nur das ganze Spiel, sondern auch das Kind immer Birdie, ganz gleich, ob es von einer Puppe dargestellt wurde, von einer Katze, von mir oder Pepita.

»Kannst du nicht besser auf Birdie aufpassen?«

»Wieso, da liegt sie doch!«

»Aber sie ist nicht angeschnallt!« Wütend schnallte Robbie Pepita in ihrem Maxi Cosi fest. »Sie kann rausfallen. Ihr Kopf ist so schwer. Jetzt leg dich hin, dann geb ich sie dir!«

»Robbie! Ich muß gleich weg!«

»Wohin? Du kannst nicht weg. Du hast gerade ein Kind gekriegt.«

»Wir spielen nicht!«

»Stimmt, wir spielen nicht. Leg dich hin, es ist zu deinem Besten!«

Linda legte sich hin. Robbie gab ihr Pepita an die Brust. Pepita schaute Linda mit großen Augen an. Sie schwitzte im Nacken. Auf dem Eukalyptusrindenmulch im Gebüsch unterhalb der Cafeteria war es brütend heiß. Linda schaute Robbie an.

»Ich habe einen Termin. Ehrlich!«

»Nein, *ich* habe einen Termin. Du mußt Birdie stillen. Ich gehe ins Institut.«

Robbie nahm seine Tasche und ging. Linda lag eine Weile ruhig da. Pepita sabberte an ihrer Brust. Linda konnte nicht sagen, wie, wann und warum sie zum Mittelpunkt dieser Familie geworden war. Sie wußte nicht einmal, ob sie es wirklich war, oder ob alle Menschen auf der Welt sich so in der Mitte von allem fühlten. Irgendwann stand sie auf. Sie versuchte, leise zu sein. Die Eukalyptusrinde knackte, und grüne Käfer krabbelten darunter hervor. Linda konnte sich nicht entscheiden, ob sie Pepita liegenlassen oder mitnehmen sollte. Sie kämpfte gegen den Impuls, sie liegenzulassen, gewissermaßen als duftende, schwitzende, saftige Beute für Robbie, aber dann legte sie sie doch in ihren Maxi Cosi und nahm sie mit.

Robbie stellte Linda hinter dem Sprachlabor. Das Sprachlabor war in einem Bungalow am Rande des Campus untergebracht. Durch die Fenster sah man die Studenten bewegungslos an ihren numerierten Plätzen sitzen. Mit ihren großen schwarzen Kopfhörern und starren Blicken erinnerten sie normalerweise an riesige dressierte Ameisen, jetzt aber, da sie alle gleichzeitig die Köpfe in Richtung Fenster drehten, sahen sie aus wie Außerirdische, die gerade im Begriff waren, zu ihrer Basisstation hinaufzufunken, was Robbie hier unten mit Linda machte.

Weil Dafna nicht mehr mit Linda sprach, war Linda wieder zurückgeworfen in eine Welt, in der nicht im Flüsterton geführte Gespräche über Liebe und persische Süßigkeiten an der Tagesordnung waren, sondern rohe Gewalt und Gegengewalt. Die Tage des Dreifußes kehrten wieder, als Linda es sich durch das Orakel mit ihrer erwachsenen Freundin verdorben hatte. Jetzt mußte sie sich wieder gegen Robbies kindliche Nachstellungen und Umschlingungen wehren, und dabei war nicht einmal ganz klar, wer hier wen jagte, die Python Apollon oder Apollon die Python.

Schon immer war es so gewesen: Wenn es nach Robbie ging, durfte Linda gar nichts tun. Dabei war er darauf angewiesen, daß Linda alles tat. Sie mußte voranstürmen. In seiner Macht lag es nur, sie zu stoppen. Wenn Linda und Robbie rannten, bestimmte Linda die Richtung und das Tempo. Aber Robbie konnte sie einfach im Laufen am Bein packen und zu sich heranziehen, und dann fiel sie hin, dann fielen sie beide hin und mußten sich am Boden wälzen, und am Boden war Robbies Reich.

Robbie und Linda waren nur einmal ein Jahr lang in derselben Klasse gewesen, in der ersten Klasse an der Deutschen Schule in Athen. Man hatte sie zusammen eingeschult, obwohl Robbie älter war, weil er sich ein Jahr zuvor geweigert hatte, ohne seine Schwester in die Schule zu gehen. Aber schon nach ein paar Wochen hatten die Lehrer genug davon, daß er Linda den ganzen Tag nicht von der Seite wich. Linda und Robbie saßen nebeneinander, und Robbie beobachtete argwöhnisch jede Bewegung, die seine Schwester machte, jeden Strich, den sie zog, jeden Krakel, den sie an den Rand ihres Heftes malte. In der Pause ließ er sie nicht aus den Augen und verbot ihr, mit anderen Kindern zu spielen oder zu reden. Selbst auf die Mädchentoilette kam er mit. Dann stand er an der Eingangstür, während Linda in der Kabine hockte, und ließ niemanden hinein. Eines Tages bestellte ihn die Klassenlehrerin in der großen Pause zu sich.

»Du hast deine Schwester sehr gern, nicht wahr?« fragte sie.

»Nein«, sagte Robbie, »sie stinkt.«

»Robbie!« rief die Lehrerin erschrocken und bohrte dann weiter: »Aber du bist gern mit ihr zusammen, oder?«

Robbie wußte nicht, was er antworten sollte. Als ob es darauf ankäme! Es spielte überhaupt keine Rolle, ob er

Linda gern hatte oder nicht, ob er gern mit ihr zusammen war oder nicht. Er bohrte die Kanten seiner großen Schneidezähne in die Unterlippe. Robbies Unterlippe war dick, bräunlichrosa und immer mit scharfumrissenen Abdrücken seiner Zähne verziert.

»Kann es sein, daß du das Gefühl hast, du müßtest deine Schwester beschützen?«

Robbie zuckte die Schultern. Linda war das gefährlichste, unberechenbarste Wesen, das er kannte. Wovor sollte *er* sie beschützen, ausgerechnet er, wo er es doch war, dem Linda am meisten schaden konnte, vor allem durch ihre Abwesenheit?

Was das Beschützen anging, so fand es die Lehrerin nur zu offensichtlich, daß Linda vor Robbie geschützt werden mußte, und das tat ihr leid, denn sie mochte den Jungen eigentlich lieber als das Mädchen. Sie hätte Robbie am liebsten immer nur nette Dinge gesagt, denn bei jedem Lob ging über sein Gesicht ein Leuchten, während sein Gesichtsausdruck ansonsten etwas Verzweifeltes hatte. Das Mädchen fiel ihr auf die Nerven mit seiner Überdrehtheit und der Art, wie es auf jedes Lob mit einem überfröhlichen und unangemessen erwachsenen »Danke!« antwortete. Die Lehrerin beobachtete Lindas und Robbies Verhalten seit ihrer Einschulung genau. Die beiden waren viel zu sehr aufeinander fixiert. Lief bei ihnen zu Hause womöglich irgend etwas schief? Sie nahm sich vor, Linda und Robbie noch stärker zu beobachten. Sie würde vor allem weiter nach Anzeichen einer verfrühten Sexualisierung suchen. Bisher hatte sie in dieser Hinsicht nichts Konkretes finden können. Außer vielleicht die Sache mit der Mädchentoilette, aber auch in solchen Situationen hatte Robbies Verhalten nichts Lüsternes: Er würdigte dann weder Linda noch die anderen Mädchen eines Blickes, stand nur grimmig entschlossen an der Tür und ließ niemanden durch, solange Linda pinkelte. Die Lehrerin fragte sich, ob sie es sich überhaupt gestatten sollte, im

Zusammenhang mit Robbie das Wort »lüstern« zu denken. Entwicklungspsychologisch gesehen war das nicht in Ordnung. Schließlich war Robbie erst acht. Aber er war ein großer Junge. Alles an ihm war Fleisch und Muskel und feste Haut. Allerdings zeigte sich an seinem Körper noch kein einziges Haar, außer den vielen Haaren auf seinem Kopf, das hatte sie beim Schwimmunterricht gesehen. Von einer verfrühten Pubertät konnte also keine Rede sein. Trotzdem hatte Robbie etwas Männliches an sich. Seine Körperlichkeit war im wahrsten Sinne des Wortes umwerfend, die anderen Jungen hatten Respekt vor ihm, weil er sie einfach aus dem Stand niederreißen konnte. Aber »männlich« – dieses Wort durfte sie wahrscheinlich im Zusammenhang mit Robbie auch nicht denken.

»Robbie!«

»Hm?«

»Hör mir zu! Wie würdest du dein Verhältnis zu deiner Schwester beschreiben?«

»Was?«

»Du hast mich genau verstanden. Magst du sie? Spielt du gern mit ihr? Ist sie so etwas wie deine beste Freundin?«

»Ich *bewache* sie«, sagte Robbie.

Zwei Tage später drängte Robbie Linda in die Klassenzimmerecke, weil sie sich den Radiergummi eines anderen ausgeliehen hatte. Er rammte sie so heftig gegen die Wand, daß man bis in die letzte Reihe Knochen knacken hören konnte. Es geschah mitten im Rechenunterricht, und Linda mußte hinterher zum Röntgen. Es stellte sich heraus, daß eine Rippe gebrochen war. Linda blieb zwei Wochen zu Hause, und als sie wieder in die Schule kam, saß jemand anderer neben ihr, nicht Robbie. Robbie saß nicht einmal mehr im selben Raum wie sie. Zu Hause hatte Robbie ihr nichts davon gesagt. Er ging jetzt in die Parallelklasse. Er würde von da an immer in die Parallelklasse gehen. Es war der Beginn vieler Versuche, Lindas und Robbies Leben parallel laufen zu lassen, so daß sie nicht zusammenstoßen konnten, und von da an kam es ihnen tatsächlich oft vor, als ob Berührungspunkte verlorengegangen waren, zum Beispiel waren sie nie wieder zur selben Zeit krank, nachdem sie zuvor Windpocken, Masern und Scharlach gemeinsam durchgestanden hatten. Trotzdem ließ es sich nicht ganz verhindern, daß sie immer wieder in kathartischen Prügeleien zueinanderfanden, denn die Parallele ist eine Illusion, eine Erfindung, um vergessen zu machen, daß in Wahrheit keine zwei Dinge immer den gleichen Abstand zueinander haben, daß Kräfte die Dinge immer entweder zusammenziehen oder auseinanderplatzen lassen.

Inzwischen kannte sich Schoschana gut in Jerusalem aus. Jedenfalls kannte sie den Weg nach Kfar Sha'ul und zum Frauengefängnis, sie fand sich in Machane Jehuda zurecht und in Romema, sie wußte, wie man zu Rachels Grab gelangte, ohne sich nach Bethlehem zu verfahren, und sie verlief sich nicht mehr im jüdischen Altstadtviertel. Vor allem kannte sie Verlauf und Abfolge der Schattenwanderungen und Lichtstimmungen auf dem Platz vor der Klagemauer auswendig, denn fast jeden Tag stand sie mit Josched dort vor den Absperrgittern des Frauenbereichs und verteilte Broschüren. Das gab ihr außerdem Gelegenheit, die Schattenwanderungen und Lichtstimmungen auf den Gesichtern der orthodoxen Frauen zu beobachten, mit denen an der Klagemauer ähnliche Wandlungen vor sich gingen wie im Bratzlawer Buchladen. Auf der Straße in Mea Shearim bewegten sich diese Frauen langsam auf genau berechenbaren Bahnen, von ihrer Wohnung zum Lebensmittelladen, zum Kurzwarenladen, zum Haushaltswarenladen, zu den Wohnungen von Verwandten und wieder nach Hause, sie selbst aber waren ganz und gar ungenau und unberechenbar mit ihren weichen Körpern, unscharfen Gesichtern und verschwommenen Konturen. Sie waren wie Klumpen unbestimmbarer Materie, und wenn sie aufeinandertrafen, ballten sie sich zu größeren und noch amorpheren Klumpen aus Perücken, Röcken und Einkaufstüten zusammen, die sich nach chaotischen Prinzipien wieder auflösten. Daß die orthodoxen Frauen so schlecht voneinander zu unterscheiden waren, lag auch daran, daß sie alle ungefähr dasselbe Kostüm trugen. Dieses Kostüm gab es in genau drei sich nur leicht in Schnitt und Rocklänge voneinander unterscheidenden Ausführungen und in genau drei verschiedenen Schattierungen von Grau. Ähnliches galt für die Perükken, die es in drei Längen gab, schulterlang, nackenlang und kurz, aber nicht zu kurz, und in drei Farben, Aschblond, Mausbraun und Mattschwarz. Wahrscheinlich hatten diese Frauen auch nur drei Arten von Gedanken, und welche auch immer das waren, wahrscheinlich waren es genau die richtigen. Alles zusammengenommen waren die orthodoxen Frauen wie Sand und Steine: Sie unterschieden sich zwar voneinander, aber nur in sehr feinen Nuancen. Schoschana versuchte immer wieder, sich unter diese Frauen zu mischen, ohne aufzufallen, aber es gelang ihr nicht. Ihre Haut war zu dunkel, ihre Wimpern waren zu hell. Immer hatte sie irgendeine falsche Farbe an sich, und wenn es eine Schnalle an ihrem Schuh war. Schoschana war zu bunt, zu schnell und zu groß. An ihr war immer irgendein Zuviel. Sie meinte, daß man ihr sogar die überzähligen Gedanken ansehen müßte.

Einen einzigen Ort gab es, an dem das nicht so war. Im Licht des Klagemauervorplatzes sah alles anders aus. Der Platz war ausgeleuchtet wie eine Bühne, tagsüber von der Sonne, nachts von grellen Scheinwerfern. Hier bekamen die Zusammenballungen von Frauen plötzlich schärfere Umrisse, die Kieselfarben der Kostüme wurden dunkler und kräftiger, einzelne Gestalten sonderten sich ab, die präzise Schatten warfen. Die Gestalten traten an die Klagemauer heran, preßten ihre Gesichter gegen die Steine, holten ihre Gebetbücher heraus, murmelten schnell ihre Psalmen, wippten konzentriert mit dem Oberkörper, schoben fest zusammengefaltete Zettel in die Ritzen zwischen den Quadern. Wenn sie fortgingen, gingen sie rückwärts, bis sie fast gegen das Absperrgitter stießen.

Auch Joscheved ging zwischendurch immer wieder an die Mauer. Schoschana blieb dann allein mit den Broschüren zurück, voller Angst, jemand könnte sie ansprechen, sie etwas fragen. Sie senkte den Kopf, damit niemand auf die Idee kam, eine Broschüre oder eine Auskunft von ihr zu verlangen.

»Warum gehst du nicht beten?« fragte Joscheved eines Tages.

Schoschana suchte nach einer Antwort, und die passende schien ihr:

»Ich bin unrein.«

Diese Antwort war viel wahrhaftiger, als Joscheved ahnen konnte. Schoschana hoffte zwar, daß Joscheved »unrein« im rituellen Sinne verstand, so wie Schoschana es auch gemeint hatte. Aber sie hatte es noch in einem anderen Sinne gemeint, der auch in diesem »unrein« enthalten war, und somit sagte sie Joscheved gegenüber nicht ganz die Unwahrheit, denn ihre wahre Unreinheit lag natürlich darin, daß sie *nicht dazugehörte*, daß sie *log*, daß sie eine andere war, als sie vorgab zu sein, vielleicht sogar darin, daß sie *gar nichts* war. Aber Schoschana hoffte, daß Joscheved »unrein« in einem körperlichen Sinne verstand. Im Bratzlawer Buchladen hatte sich Schoschana eine weitere Broschüre gekauft, eine über die jüdische Frau. Darin standen viele Vorschriften bezüglich der körperlichen Unreinheit während der Menstruation. Während der Menstruation durfte die jüdische Frau offenbar gar nichts tun. Und wenn ihre Menstruation vorüber war, mußte sie erst in die Mikwe gehen und ein rituelles Bad nehmen, bevor sie wieder Dinge tun durfte. Es gab unzählige Vorschriften bezüglich der Unreinheit, Schoschana hatte sie nicht alle gelesen, aber sie hoffte, daß sich eine davon auch auf die Klagemauer bezog.

Joscheved wunderte sich: »So? Aber deshalb kannst du doch beten! Ich habe auch gerade meine Tage.« Sie verzog das Gesicht wie eine Schülerin, die sich vor dem Sportunterricht drücken will.

»Ach ja?« Schoschana hatte ihre Tage vor zwei Wochen gehabt. Sie hätte nicht gedacht, daß man so offen darüber sprechen durfte.

»In welche Mikwe gehst du?« fragte Joscheved.

»Mikwe?« Schoschana überlegte fieberhaft. »Mal hierhin, mal dahin.«

»Wie seltsam, daß wir zusammen unsere Menstruation haben, obwohl wir uns erst seit ein paar Wochen kennen! Nahe Verwandte und Freundinnen haben sie oft gemeinsam. Es hat zwar auch mit dem Mond zu tun, aber wer weiß, vielleicht hat diese Begegnung tatsächlich eine tiefere Bedeutung. Vielleicht ist es wirklich ein Zeichen!«

»Für mich hat die Begegnung mit Rabbi Nachman auf jeden Fall eine Bedeutung«, sagte Schoschana geflissentlich.

»Jaja, aber ich meine doch *unsere* Begegnung. Um ehrlich zu sein, habe ich mich in dem halben Jahr, seit wir hierhergezogen sind, schrecklich einsam gefühlt. Außer mit Eliezer konnte ich mit keinem reden. In Toronto hatte ich eine Menge Freundinnen. Ich habe mich hier deshalb gleich für den Bus gemeldet, damit ich ein paar Leute kennenlerne, aber sie haben mir ausgerechnet die Große Chana zugeteilt. Diese Frau ist eine totale Katastrophe. Was für ein Selbstbewußtsein! Nur weil ihre Familie seit hundert Jahren in Jerusalem ist. Aber dumm wie Stroh! Kein einziger origineller Gedanke! Um ehrlich zu sein, hatte ich sogar ein bißchen Angst vor ihr. Vor dummen Leuten sollte man immer mehr Angst haben als vor intelligenten. Die Intelligenten verstehen immer beide Seiten einer Sache, ob sie wollen oder nicht. Die Dummen sind von nichts zu überzeugen. Mit der Großen Chana im Bus hatte ich ständig Angst, etwas falsch zu machen. Sie ist außerdem eine große Petze.«

Schoschana hatte sich inzwischen an diese Art Gespräche gewöhnt. Joscheved liebte Klatsch. Schoschana hielt sich jedesmal zurück, wenn das Thema auf die Dummheit und Falschheit anderer Leute kam, weil sie ja selbst falsch war – das heißt, *noch* war sie falsch, sie war auf dem besten Wege, das zu ändern –, und dumm kam sie sich auch vor, weil sie Broschüren verteilte, deren Lehren sie nicht zur Gänze verstand.

»Jedenfalls bin ich froh, daß ich jetzt mit dir fahre«, sagte Joscheved.

»Aber ich bin doch auch nicht besonders intelligent.«

»Sehr witzig«, sagte Joscheved. »Ich weiß nicht, ob du *mich* für dumm hältst, aber ich weiß ...«, – Schoschanas Herz schlug bis unter ihre Schlüsselbeine – »... daß du etwas Besonderes bist. Du hast ein Geheimnis. Ich meine, du hast etwas Geheimnisvolles. Deshalb bin ich auch gern mit dir zusammen. Die meisten Leute in dieser Stadt sind überhaupt nicht geheimnisvoll. Sie können die Klappe nicht halten. Sie quatschen alles aus, weil sie immer recht haben wollen, aber was sie zu sagen haben, ist wenig genug. Was meinst du, wenn du auch *damit* durch bist, wollen wir dann Montag zusammen in die Mikwe gehen?«

Eine Gruppe chassidischer Männer lief an ihnen vorbei. Einer von ihnen war Mitte vierzig und hatte einen Bart. Er ging in Hut und Kaftan. Die anderen waren kaum zwanzig, sie trugen weiße Hemden und Kipot. Ihre Haut vibrierte vor lauter spätpubertärer Eruptionsbereitschaft, und auf ihren Wangen versuchten einzelne Barthaare, die vielen rotglühenden Furunkel zu überwuchern. Genau diese Art Jungs hatte Schoschana zu Beginn ihrer Jerusalemer Zeit oft hinterhergestarrt. Schoschana war zwar schon Anfang dreißig, aber mit ihrem kleinen Gesicht, den langen dunkelblonden Haaren, der flachen Brust, dem kaum vorhandenen Hintern und ihrer Größe von einem Meter achtzig konnte man sie für eine plötzlich und schmerzhaft in die Höhe geschossene Oberschülerin halten. Ein orthodoxer Junge hatte sie sogar einmal verfolgt, über viele Straßen bis hinunter zur Hauptsynagoge, ohne mit ihr zu sprechen. Wenn sie schneller gegangen war, war er auch schneller gegangen, aber wenn sie stehengeblieben war, war er nicht etwa auch stehengeblieben, sondern immer nähergekommen, bis sie wieder ein höheres Tempo angeschlagen hatte. Jetzt, mit den Haaren in einem Haarsack, schaute Schoschana niemand mehr hinterher.

Joscheved kannte die Männer, die an ihnen vorbeiliefen – zumindest den älteren unter ihnen. Sie gehörten zu einer Gruppe Lubawitscher Chassidim, die mit ihrem Mitsubishi-Bus an einschlägigen Punkten der Stadt parkten, um Passanten anzusprechen, sie in den Bus zu bitten, ihnen Gebetsriemen anzulegen und mit ihnen zu beten. Indem sie möglichst viele nichtreligiöse Männer zum Beten brachten, beteiligten auch sie sich sozusagen am *Tikkun* der Welt, genau wie die Bratzlawer, deren männliche Abgesandte wiederum Passanten auf Straßen und Plätzen einluden, mit ihnen zu singen und zu tanzen, vor allem nach der Melodie des bekanntesten Bratzlawer Liedes: *Das Leben ist eine schmale Brücke, aber die Hauptsache ist, sich nicht zu fürchten.*
Sie alle arbeiteten also am Kommen des Messias und an der Heiligung der Stadt. Aber wie alle chassidischen Sekten konnten sich auch die Lubawitscher und die Bratzlawer nicht eben gut leiden. Die Lubawitscher waren reich und mächtig. In allen großen Städten der Welt hatten sie Gemeindezentren, von denen aus sie *Chabad* verbreiteten, die Lehre ihres Meisters, des alten Rabbis Menachem Mendel Schneurson. Sie besaßen Kindergärten, Schulen, Lehrhäuser, Altersheime und gutgefüllte Spendenkonten. Dagegen nahmen sich die Bratzlawer fast wie eine ärmliche Geheimsekte aus,

die nicht einmal einen wirklichen geistigen Führer hatte: Rabbi Nachman war seit fast zweihundert Jahren tot, und niemand hatte im spirituellen Sinne seinen Platz eingenommen. Die anderen Chassidim nannten die Bratzlawer deshalb die »toten Chassidim«. Das Befremdlichste für die Anhänger anderer *Zaddikim* aber war, daß in den Augen der Bratzlawer ihr *Zaddik* nicht einmal wirklich tot, sondern nur entrückt war. In der Bratzlawer Synagoge in Mea Shearim stand noch immer Nachmans Stuhl. Die Chassidim hatten diesen Stuhl über Jahrzehnte in Einzelteilen aus Nachmans ukrainischem Heimatort nach Jerusalem geschmuggelt und dort nach und nach wieder zusammengeleimt. Jetzt stand er leer und unbesetzt in der Bratzlawer Synagoge und wartete auf Nachmans Wiederkunft.

Menachem Mendel Schneurson dagegen, letztes Glied einer ununterbrochenen Kette illustrer Lubawitscher Rebben, saß quietschlebendig in seinem Haus im Eastern Parkway in Brooklyn und lehrte, und seine Anhänger sammelten die noch warmen Krümel aus seinem Bart und hielten sie heilig.

Joscheved allerdings meinte, wie die meisten Nicht-Lubawitscher, Menachem Mendel Schneurson sei mitnichten quietschlebendig, sondern so alt und demenzkrank, daß er bald sterben würde. Aber die Lubawitscher waren überzeugt, daß ihr Rebbe niemals stürbe, und wenn, dann nur, um sich in genau diesem Moment als Messias zu offenbaren, die Welt zu erlösen und alle Juden ins Heilige Land zu führen. Rabbi Nachman dagegen, meinten wiederum die Lubawitscher, war Anfang des neunzehnten Jahrhunderts einfach gestorben, ohne daß etwas geschehen war – ähnlich wie bei den Christen, deren Messias auch gestorben war, ohne daß sich die Welt verändert hatte.

»Wie geht es Eliezer?« fragte der Lubawitscher Chassid, als er vor Joscheved seinen Schritt verlangsamte. Er sprach Englisch mit starkem New Yorker Akzent. Er hatte freundliche, nußbraune Augen. Die pickligen jungen Männer blieben mit einiger Verzögerung ebenfalls stehen.

»Gut«, sagte Joscheved. »Das ist übrigens Schoschana, meine neue Partnerin. Sie ist noch nicht lange in Jerusalem. Das ist Baruch.«

»Willkommen, Schoschana. *Another pure jewish soul to purify the soil of the Holy City*«, sagte Baruch. Schoschana nickte und lächelte.

Auf der entgegengesetzten Seite der Altstadt sah unser Vater seinen Helfern und Praktikanten zu, wie sie sich durch heilige Jerusalemer Erde wühlten. Direkt an der Altstadtmauer hatten sie einen Sonnenschutz aufgebaut, eine Art Partyzelt mit einem großen Tisch darunter, an dem unser Vater saß und las, ihm gegenüber eine Praktikantin, die Scherben sortierte. Unser Vater sah nur mit einem Auge hin. Es ging hier nicht um Scherben, denn eigentlich war in Jerusalem jede wichtige Scherbe bereits gefunden worden. Jerusalem war nicht wie Delphi, wo sich die wunderbarsten Stücke der Bildhauer-, Schmiede- und Keramikkunst vieler Epochen unter der Erde nur so gestapelt hatten. Hier fand man höchstens Gebrauchskeramik, aber der eine oder andere größere zusammenhängende Scherbenfund war es unter Umständen doch wert, daß man ihn in die Werkstatt gab, wo er zusammengesetzt und ergänzt werden konnte. Aber es ging nicht um Scherben, sondern um Steine. Es ging um Fundamente, darum, wie tief hinunter die Quader der jüngeren Altstadtmauer reichten und was sich darunter verbarg. Es ging um den Westturm.

Die Aussicht, diesen geheimnisvollen achteckigen Turm zu finden, versöhnte unseren Vater ein wenig mit seinem Fortgang aus Athen und Delphi. Sie versöhnte ihn ein wenig mit der Tatsache, daß sein Athener Haus mit dem arkadischen Garten jetzt von fremden Leuten bewohnt wurde, die wahrscheinlich gerade in diesem Moment schöne Pflanzen herausrissen und dafür häßliche Pflanzen setzten, Steinplatten zerschlugen, Äste absägten und Obstbäume verwahrlosen ließen. Die Aussicht auf den Westturm, dem er jetzt offiziell den Namen Bezetha-Turm gegeben hatte, versöhnte ihn ein wenig damit, daß er jetzt in einem Haus lebte, in dem es nicht einmal einen Teppich gab und dessen Garten etwa so groß war wie ein Handtuch.

Unser Vater las zum hundertsten Mal Flavius Josephus und aß dazu Hummus von einem Pappteller, den ihm irgend jemand hingestellt hatte. Immer stand irgend etwas zum Essen herum, oder jemand holte gerade etwas. Die Studenten und Praktikanten waren versessen aufs Essen, sie wurden nicht bezahlt für ihre Arbeit und wollten sich dafür wenigstens die ganze Zeit den Bauch vollschlagen. So war es auf den Grabungen: Es gab wenig oder kein Geld, aber dafür war das Verlangen der Helfer nach den anderen irdischen Währungen Essen, Alkohol und Sex um so größer. Im Vergleich zu Grabungen in Griechenland, vor allem aber zu jenen in entlegeneren Gegenden der Türkei und Syriens, die unser Vater mitgemacht hatte, ging es in Jerusalem vergleichsweise ruhig zu. Aber auch hier war es, als ob die Hitze, die stupide Arbeit, die alten Steine und die relative Abgeschnittenheit von der Umwelt die Leute süchtig machte nach physischer Befriedigung. Immer bildeten sich auf Grabungen Pärchen. Eigentlich war es ein geradezu antiker Eskapismus: Die einzig mögliche Flucht aus der Fron ist die in die Liebe. Unserem Vater schien es, als gruben die jungen Leute vor allem deshalb, um abends Partys zu feiern und miteinander zu schlafen. Es waren Vergnügungen von Sklaven. Dabei handelte es sich bei den Studenten fast durchweg um begabte, ehrgeizige Jungen und Mädchen. Aber sie genossen die Zeit der Sklaverei, es war freiwillige Unterwerfung, und als solche hatte sie etwas Erotisches, und je weniger man in der Erde fand, desto lustvoller schien die Unterwerfung unter die Langeweile zu sein, aber wenn man doch etwas fand, mußte es gefeiert werden.

»Oh!« machte die Praktikantin, die die Scherben sortierte.

Unser Vater sah nicht von seinem Buch auf. Wahrscheinlich hatte jemand sie im Vorbeigehen in den Hintern gepiekst oder ihr eine besonders leckere Süßigkeit angeboten.

»Oh«, machte die Praktikantin etwas lauter, »sehen Sie mal!«

Unser Vater hob den Blick. Die Praktikantin hielt eine Scherbe in die Höhe. Sie hatte die Erde fast vollständig davon entfernt. Die Scherbe war aprikosenkerngroß, gelblich und unregelmäßig geformt, es handelte sich wohl eher um einen Stein als um eine Scherbe, und unser Vater ärgerte sich, daß die Praktikantin ihn unterbrochen hatte.

»Und?« fragte er.

»Ich glaube, es ist ein Knochen«, sagte sie, »ich meine, ein Menschenknochen.«

Unser Vater nahm ihr das Ding aus der Hand. Sie hatte recht. Es sah aus wie ein Handwurzelknochen.

»Ja, das ist vielleicht ein Handwurzelknochen.« Es war nichts Ungewöhnliches, daß man in Jerusalem Knochen fand, Tierknochen sowieso, auch alte, manchmal auch menschliche, aber selten stieß man auf ganze Skelette, denn der einzige große Friedhof befand sich auf dem Ölberg.

»Hier ist noch einer. Ich glaube, von einem Finger.« Sie hielt einen weiteren Knochen in die Höhe, er war länglich und ganz gerade.

»Mittelhandknochen«, sagte unser Vater und las weiter, bis sie ihn riefen, weil sie einen Schädel freigelegt hatten und Rippen und ein Becken und noch einen Schädel. Sie konnten nicht weitergraben.

Am Abend war Schoschana bei Joscheved und ihrer Familie zum Schabbatessen eingeladen. Linda und Robbie sahen zu, wie sie Pepita und mich wusch und anzog, wie sie selbst in ihr bestes orthodoxes Kleid schlüpfte, ein Monstrum aus lilafarbenem Pannesamt mit schwarzem Kragen und großen schwarzen Knöpfen. Dazu trug sie ein schwarzes, mit lilafarbenem Satin unterfüttertes Haarnetz. Die Farben machten sie blaß, ihre Haut bekam einen zitronengelben Schimmer, und ihre Wimpern wirkten fast durchsichtig.

Linda wollte nicht, daß Schoschana ging. Nachdem sie sich am Nachmittag Robbies Anordnungen widersetzt und nicht im Cafeteriagebüsch auf ihn gewartet hatte, bewachte er sie heute besonders streng. Wenn Schoschana fort wäre, würde er sich auf das Sofa setzen und die Füße auf den wackeligen Beistelltisch legen. Er würde verkünden, er sei nun Lindas »Miterziehungsberechtigter«, und von ihr verlangen, ihn zu bedienen. Es ging ihm nicht um das Bedientwerden an sich, er wollte einfach, daß sich Linda dagegen wehrte, damit er sie jagen und schnappen und irgendwo einsperren konnte.

»Dürfen wir mitkommen?« fragte Linda.

»Nicht heute, mein Schatz«, sagte Schoschana.

Sie nahm Pepita und mich auf den Arm. Vor dem Haus setzte sie uns in die Zwillingskarre und schob in Richtung Bushaltestelle davon. Es war gegen sieben Uhr. Noch fuhren die Busse, noch waren die Leute mit Einkaufstüten und Aktentaschen unterwegs. Doch als Schoschana am Ostende von Mea Shearim ausstieg, war der Schabbat schon zu spüren. Die Frauen liefen besonders schnell, um ein paar letzte Dinge zu erledigen, und die schwarzen Gummimänner schlenkerten auf dem Weg zur Synagoge besonders heftig mit ihren Armen. Bei Einbruch der Dunkelheit würden sich sämtliche Bewegungsfrequenzen schlagartig halbieren, und auf dem Rückweg von der Synagoge würden die Gummimänner langsam dahinschlurfen, ein entspanntes Lächeln auf dem Gesicht.

Als Schoschana kam, machten sich Joschveds Mann und Eliezer und ein weiterer junger Mann gerade auf den Weg ins Bethaus. Eliezer lächelte Schoschana zu. Er hatte seinen Gebetsschal lässig hochgeschuppt und trug ihn wie eine Dame ihren Pelz auf dem Weg zu einem Ball. Joschveds Mann war blass, dünn und hängeschultrig, mit Brille und dichten Augenbrauen. Er sah aus wie ein Student, viel jünger als Joscheved, aber vielleicht war auch Joscheved viel jünger, als Schoschana angenommen hatte.

Schoschana und Joscheved bereiteten mit den Kindern den Schabbattisch vor. Sie stellten Kerzen auf.

Joscheved hatte vier Kinder, drei Mädchen und einen Jungen, und irgendwann fiel Schoschana auf, daß das die gleiche Geschlechterverteilung war wie in ihrer eigenen Familie, aber es kam ihr vor, als seien Joschevens Kinder eine ganz andere Art von Kindern. Sie sahen einander sehr ähnlich und schienen alle mehr oder weniger gleich alt zu sein, nur wenn man das älteste und das jüngste nebeneinander sah, merkte man den Unterschied. Die beiden größeren Mädchen hatten rötliche Pferdeschwänze und runde, erwachsene Gesichter. Der Junge trug kurzgeschnittene Schläfenlocken, und das kleinste Mädchen hatte dieselbe Haarfarbe und -länge wie ihre Schwestern, nur waren die Haare noch dünn und babyweich und endeten in Löckchen. Joschevens Kinder kümmerten sich nicht weiter um Pepita und mich. Wir lagen in unserem Wagen in einer Ecke des Wohnzimmers. Ich lauschte dem Geschirrgeklapper und versuchte zu orten, woher es kam. Pepita wand sich und quengelte leise. Irgendwas gefiel ihr nicht; sie drehte das Gesicht zur Seite, um es im Kissen zu vergraben, aber es gelang ihr nicht.

Während Schoschana Teller und Besteck von der Küche ins Wohnzimmer trug, hatte sie Gelegenheit, sich umzusehen: zum Bersten gefüllte Bücherregale, an den Wänden keine Bilder, nur ein paar Wimpel und das berühmte Nachman-Portrait, das es in der gleichen Rahmung im Bratzlawer Buchladen zu kaufen gab. Die beiden winzigen Kinderzimmer waren bis auf die Betten fast leer, kaum Spielzeug lag herum. Alle Möbel waren sauber und einfach. Die ganze Wohnung roch nach scharfen Putzmitteln, nach billigen Schaumstoffpolstern und Zimt.

Als es dämmerte, zündete Joscheved die Kerzen an, hielt sich die Augen zu und betete, wedelte mit den Händen.

Schoschana versuchte krampfhaft, die Worte mitzumurmeln oder sich wenigstens ihren Klang einzuprägen. Gott sei-Dank hatte Joscheved sie nicht gebeten, den Segen zu sprechen.

Sobald die Männer aus der Synagoge zurückgekehrt waren und Joschaveds Mann die Familie gesegnet hatte, fingen sie an zu essen. Eliezer und der junge Mann unterhielten sich über die politische Situation. Joschaveds Mann blieb die ganze Zeit tief über seinen Teller gebeugt, zerschnitt sein Fleisch sorgfältig wie ein Chirurg und sagte kein Wort.

»Wir müssen nicht nach außen kämpfen, sondern nach innen«, sagte Eliezer. »Solange wir nicht selbst rein sind, werden wir immer Feinde haben. Wir müssen zuerst an uns selbst arbeiten.«

»Wie sollen wir an uns arbeiten, wenn sie Bomben auf uns werfen?« fragte der junge Mann, der Nachum hieß.

»Die Stärke des Volkes Israel war immer die Strenge gegen sich selbst«, sagte Eliezer.

»Die Stärke des Volkes Israel war immer, es mit stärkeren Gegnern aufzunehmen und sie zu zerschlagen.«

»Aber unsere Gegner sind nicht mehr stärker als wir. Dieses Land hat eine der besten Armeen der Welt und den besten Geheimdienst, und trotzdem terrorisieren sie es mit billigen Waffen und wirren Drohungen. Ihre Führer sind entweder alt oder unzurechnungsfähig oder größenwahnsinnig, und trotzdem schaffen sie es, uns in Schach zu halten.«

»Weil wir gespalten sind«, sagte Schoschana.

»Wir müssen die Fehler bei uns selbst suchen«, sagte Eliezer. »Nimm nur die Kriminellen. Ich gehe einmal in der Woche ins Gefängnis und rede mit Mördern und Gewalttätern und Betrügern, und sie sind so weit entfernt von der Thora und doch so empfänglich für spirituelle Lehren, daß ich mich frage, warum außer mir niemand so mit ihnen spricht. Sie gehen zur Verhaltenstherapie und in soziale Wiedereingliederungsmaßnahmen, und am Ende führt der Weg zum rechten Leben doch nur durch den innersten Kern ihrer Seele. Sie brauchen die Tradition und den Versuch der Kontaktaufnahme mit Ihm, *Ha-Schem baruch hu.* Am Ende kann uns ohnehin nur der Messias retten, und er rettet uns nicht, weil wir gegen die Palästinenser oder die Irakis kämpfen oder mit ihnen verhandeln, sondern weil wir mit uns selbst kämpfen und uns unserer eigenen Reinigung und der Reinigung der Schwächsten und Irregeleitetsten unseres Volkes widmen.«

»Deine Kriminellen sind ein schlechtes Beispiel«, sagte Nachum. »Sie sind einfach nur schwach. Was ist mit den Verrätern? Den Juden, die sich mit den Palästinensern gegen ihr eigenes Volk verbünden?«

»Sie sind unsere größte Herausforderung«, sagte Eliezer.

»Würdest du sagen, die Verräter in unseren eigenen Reihen sind schlimmer als die Palästinenser?«

»Aber natürlich«, sagte Eliezer.

»Da sind wir uns also einig«, sagte Nachum. »Was ist eigentlich mit dir?« wandte er sich plötzlich an Schoschana. »Wo ist dein Mann? Warum feierst du den Schabbat nicht mit ihm?«

»Er ist verstorben«, sagte Schoschana. Sie hatte diese Antwort bereits Joscheved gegeben, aber nicht Eliezer, denn er hatte sie nicht gefragt. Jetzt schaute Eliezer sie aufmerksam an. Vielleicht wußte er es schon von Joscheved.

»Das tut mir leid«, sagte Nachum. »Möge er in Frieden ruhen. Eine Witwe mit so kleinen Kindern! Wo wohnst du, in Mea Shearim?«

»In Romema«, log Schoschana.

»Ganz allein?«

»Meine Familie ist in Frankreich.« Frankreich schien Schoschana ein neutrales, ausreichend großes Land zu sein, groß genug für eine neue Biographie. »Aber mein Mann und ich hatten uns entschieden, in der Heiligen Stadt zu leben, und deshalb bleibe ich hier, auch ohne ihn. Und hier habe ich Joscheved getroffen. Vermutlich ist das alles ein Zeichen.«

Als Schoschana nach Hause kam – nach einem langen, beschwerlichen Fußmarsch durch die halbe Stadt, denn am Schabbat war Busfahren wie jede Handlung, die mit elektrischer Energie und Verbrennung zu tun hatte, verboten –, spürte sie wieder das dringende Verlangen, aufzuräumen und Dinge wegzuwerfen. Die Schlichtheit von Joscheveds Wohnung hatte sie beeindruckt. Allerdings wußte sie nicht, ob Aufräumen am Schabbat erlaubt war. Sie vermutete, daß es nicht erlaubt war, denn wie jegliche Art des Feuermachens war auch jegliche Art von Arbeit verboten. Sie verschob deshalb das Aufräumen auf Samstagabend. Vermutlich war es aber nicht verboten, seine Kinder zu waschen. Schoschana ließ Badewasser ein und schrubbte Pepita und mich von Kopf bis Fuß, putzte Ohren und Nasen aus, rubbelte sogar minutenlang nicht vorhandenen Dreck zwischen unseren Zehen weg, bis die Haut glänzte und spannte. Bevor sie uns Schlafanzüge anzog, rieb sie uns mit Desinfektionslösung ab. Es war nicht so, daß sie meinte, wir seien voller Keime, wie nach dem Besuch in der Nervenklinik, sie hatte vielmehr das Gefühl, die ganze Wohnung sei voller Keime, voller unreiner, überflüssiger Partikel, aber da sie die Wohnung nicht mit Desinfektionslösung abreiben konnte, wegen des Schabbats, tat sie es eben mit uns.

Spät in der Nacht kam unser Vater. Schoschana lag schon im Bett. Er zog sich leise aus, duschte, ging dann in T-Shirt und Shorts noch einmal in die Küche. Dort stand er eine Weile herum, als habe er etwas holen wollen, aber plötzlich vergessen, was es war. Irgendwann drehte er sich um und ging in Lindas und Robbies Zimmer.

Robbie schlief, aber Linda lag noch wach. Das Licht der Leselampe schien auf ihren Scheitel. Sie schaute unseren Vater direkt an, als er die Tür öffnete. Dabei bewegte sie sich keinen Millimeter und zuckte nicht einmal mit der Wimper, als habe sie bereits seit Stunden auf die Tür gestarrt. Unser Vater trat an Lindas Bett und knipste die Lampe über ihrem Kopf aus. In der Dunkelheit ging Hitze von Linda aus, von ihrem Scheitel und ihren von der Glühbirne erwärmten Haaren.

Schoschana schlief, aber sie röchelte nicht. Das bedeutete, daß sie nicht allzutief schlief. Unser Vater legte sich neben sie. Er zog in Erwägung, einen Arm um sie zu legen. Vielleicht war es den Versuch wert. Er hoffte, es würde keine Folgen haben. Er wußte, es würde keine Folgen haben, aber das Zurückschrecken vor den Folgen war immer noch da, weil er über so viele Jahre immer bei derartigen Gelegenheiten zurückgeschreckt war. Über Jahre hatte er jedesmal, wenn er sie umarmte, darauf gehofft, daß sie nicht aufwachen würde, und wenn, daß sie ihn dann höchstens leicht zurückumarmen, nicht aber sich an ihn drängen und ihn umfangen und an allen möglichen Stellen berühren würde wie ein riesiges Insekt. Leider waren leichte, zarte Zurückumarmungen nie zu bekommen gewesen ohne insektenartige Berührungen danach. Jetzt, wo Berührungen jeglicher Art ein für alle Mal Geschichte waren, hätte er sie gern hin und wieder umarmt. Aber immer noch hatte er Angst, daß sie sich dabei an die Folgen erinnern würde, die das Umarmen früher gehabt hatte, und daß er dann genötigt war, irgendwohin vorzustoßen, wohin er nicht vorstoßen wollte.

Trotzdem versuchte er es. Er legte den Arm um Schoschana. Er legte den Arm vielmehr auf Schoschana und machte ihn dabei so leicht wie möglich. Er blieb bewegungslos liegen und bemühte sich, flach zu atmen. Schoschana roch merkwürdig, nach Fett und irgendeinem Gewürz, das ihn an Weihnachtsbäckerei erinnerte oder daran, wie Pepita nach ihrer Geburt gerochen hatte; sie hatte einen süßlichen Geruch an sich gehabt, den sie eine Woche lang nicht losgeworden war. Vielleicht war es dieser merkwürdige, fremde

Geruch, der unseren Vater gegen alle Vernunft dazu brachte zu tun, was er sonst nie tat, jedenfalls nicht nachts: Er sprach unsere Mutter an, um ihr etwas mitzuteilen.

»Wir haben Skelette gefunden«, sagte er.

»Hm?« Schoschana wälzte sich herum. Sein Arm blieb, wo er war. Sie öffnete die Augen zu verschlafenen kleinen Schlitzen. Trotzdem konnte unser Vater sehen, wie ihre Augäpfel unter den Lidern wach glänzten. Er glaubte ihr nicht mehr, daß sie geschlafen hatte.

»Wir haben Skelette gefunden«, sagte er. »Wahrscheinlich aus der Makkabäerzeit.«

»Was bedeutet das? Habt ihr Leichen gefunden?«

»Nein, Knochen.« Er war überrascht und erfreut, daß Schoschana ihm eine Frage stellte. »Einzelne Knochen und Skelette.«

Schoschana drehte sich um, rückte von ihm weg und schüttelte seinen Arm ab.

»Hoffentlich hast du dir die Hände gewaschen!«

Irgendwann gegen vier Uhr morgens schrie Pepita so laut wie noch nie. Sie war schon mit diesem Schrei erwacht. Linda hörte ihn als erste, denn sie lag noch immer wach. Sie wußte, daß Pepita nach *ihr* schrie. Sie versuchte, nicht hinzuhören. Sie wollte, daß Pepita aufhörte zu schreien, andererseits wollte sie, daß Pepita noch lauter schrie, damit Schoschana es hörte und aufstand, sie wollte, daß ich ebenfalls anfing zu schreien, damit Schoschana endlich aufstand, aber sie wußte auch, daß ich niemals aufwachte, wenn Pepita schrie, und daß Pepita auch dann nicht aufhören würde, wenn Schoschana käme, also war ohnehin sie es, die gehen mußte.

Sie fand Pepita mit verrenktem Körper quer zur Länge des Bettes. Pepita hatte die Decke weggestrampelt. Oben aus dem Kragen ihres Schlafanzugs wuchs ihr ein zweiter Kragen, der gegen das babyhafte Vanillegelb des Schlafanzugkragens von geradezu unmenschlichem Rot war, es war ein korallen-, ein seeanemonenroter, ein feuchter, schuppender Kragen aus Haut, einer Haut wie aus der Tiefsee. Linda dachte einen Moment lang, Pepita hätte sich unter ihrem Schlafanzug verwandelt, in eine Amphibie oder in ein Baby von Außerirdischen, aber als Linda vorsichtig den Schlafanzug aufknöpfte, sah sie, daß Pepita immer noch Pepita war – nur überall rot.

Nachdem sie Pepita mit weißer Creme beschmiert hatte, nahm Linda sie mit zu sich ins Bett. Mit ihrer Schwester im Bett fühlte sie sich beobachtet, auch, wenn Pepita jetzt nicht mehr schrie und die Augen halb geschlossen hatte. Plötzlich fiel Linda ein, daß sie auch nach mir hätte sehen sollen, schließlich hatte Schoschana an mir dieselbe Reinigungsprozedur vorgenommen wie an Pepita, aber ich hatte nicht geschrien, und außerdem war Linda jetzt müde, endlich war sie müde. Zur Zeit hatte sie die Angewohnheit, den Abend ins Endlose zu dehnen, weil sie sich vor dem Morgen fürchtete. Jeden Abend wußte sie, daß sie am nächsten Tag etwas unternehmen mußte. Etwas unternehmen. Etwas gegen etwas. Etwas für etwas. Jetzt wußte sie, daß sie morgen erst recht etwas unternehmen mußte, ob sie wollte oder nicht. Um das zu vergessen, schlief Linda endlich ein.

4   Hotel Apollon

Die ersten Kinder werden aus dem Unendlichen geboren wie Titanen. Sie entstehen aus großen Prinzipien wie zum Beispiel der Liebe. Jüngere Geschwister kommen unter dem gleißenden Licht der Desillusion zur Welt. Die Geburt älterer Geschwister dagegen liegt wie jede echte Schöpfung in mythischem Dunkel.

Als sie von Zeus schwanger war, zog sich die Titanin Leto in die Halbwirklichkeit der schwimmenden Insel Delos zurück. Nur dort konnte Zeus' Frau Hera sie nicht finden. Leto trug die zukünftigen Götter Artemis und Apollon in sich, und Hera war auf die beiden Zwillingsbastarde in Letos Leib so eifersüchtig, daß sie sie bereits vor ihrer Geburt töten wollte. Sie lockte die Schlange Python aus ihrer Erdspalte in Delphi, wo sie sich als Dienerin der Erdgöttin Gaia von Erdgasen nährte, und schickte sie Leto hinterher, damit sie sie erwürgte, ohne zu ahnen, daß Apollon die Python kurze Zeit später nach Delphi zurückjagen und seinerseits erwürgen würde, um genau zwei Dinge zu rächen: die vorgeburtliche Notlage seiner Mutter und die Tatsache, daß er innerhalb von sieben Tagen hatte erwachsen werden müssen, um eben diese Rache zu nehmen.

Delphi sollte Apollons Heiligtum werden. Doch die Priesterinnen, die in seinem Namen weissagten, sollten den Namen der Python tragen. Pythia sollten sie heißen und die Dämpfe der Erde in gestammelte Worte verwandeln, und die Priester sollten sie in apollinische Hexameter übertragen, und so sollten die Feinde von einst sich vereinen und einander ehren, und ihre Namen sollten sich vermischen.

Auch Robbie war innerhalb von sieben Tagen erwachsen geworden. Nach der gleichen Zeitspanne, in der Apollon auf

Delos mit Hilfe des bewährten Nektar-und-Ambrosia-Ernäh-rungsprogramms ein Mann wurde, zog Robbie aus dem Bett unserer Mutter aus, weil Linda jetzt dort schlief. Robbie wollte sein eigenes Bett. Unsere Mutter hatte bis dahin die Vorstellung gehabt, mit beiden Kindern in einem gemein-samen Bett zu schlafen, in größtmöglicher Nähe und Enge. Sie hatte ja auch zwei Brüste. Damit konnte sie zwei Kinder gleichzeitig nähren, wie eine Wölfin oder Bärin, und ihr Ziel war es, mit ihren Kindern ein geschlossenes System zu bilden, in das nichts hinein- und aus dem nichts hinausgelangte, in dem nichts fehlte und nichts verdarb, aber Robbie machte ihr einen Strich durch die Rechnung, indem er sich Nacht für Nacht, sieben Nächte in Folge, seitlich aus dem Bett rollen und zu Boden plumpsen ließ. Daraufhin bekam er sein eige-nes Bett.

Über die Geburten von Linda und Robbie ist nichts Ge-naues überliefert. Es waren Geburten wie aus dem Ei, aus dem Auge, aus dem Schaum, so unfaßbar und großartig, daß niemand nachfragte. Es war auch nicht abzusehen, daß je jemand nachfragen würde, denn mit der Emanation von Linda sollte die Schöpfung ein Ende haben, das fand zumin-dest unsere Mutter. Ohne Pepita und mich wäre es tatsäch-lich ein vollkommenes System gewesen, nicht vollständig geschlossen, aber doch zeitlich zusammenhängend und im Verhältnis seiner Einheiten zueinander ausgewogen und sinn-voll. Die Familie der vier: Vater, Mutter, Sohn und Tochter. Niemand sonst gehörte dazu. Pepitas und meine Zugehörig-keit lag noch in ferner Zukunft. Auch aus der Vergangenheit gehörte zunächst niemand dazu, keine älteren Familienmit-glieder, keine Großmütter und Großväter, denn als Robbie noch sehr klein war, zog die Familie aus Deutschland nach Athen, und dort war sie für sich, dort kannte sie niemanden. Unser Vater hatte gerade sein Referendariat am Deutschen Archäologischen Institut angetreten. Als Linda und Robbie anfingen, jemanden zu kennen, waren das die Pförtner und

Bibliothekarinnen des Instituts und unsere Nachbarinnen im Omonia-Viertel, später die Guides am Orakel von Delphi.

Als Linda und Robbie noch Babys waren, grub unser Vater ein paar Monate in Delphi. Das war ungewöhnlich für einen deutschen Forscher, denn Delphi gehörte den Franzosen, so wie den Deutschen Olympia gehörte und Mykene den Briten. Unser Vater war Spezialist für die vorchristliche Zeit, außerdem für Keramiken. Die École française wiederum versuchte seit Beginn der achtziger Jahre, die vorchristliche Stadt in Delphi zu rekonstruieren, eine Siedlungsebene, die sich im vierten Jahrhundert auf die alte Stadt des Apollon aufgelagert hatte, bevor das Heiligtum ein weiteres Jahrhundert später endgültig aufgegeben wurde. Ein großes Töpferatelier hatte sich damals in Delphi befunden, dessen Ausgrabung nun unser Vater leitete. Zusammen mit den Franzosen ließ er das letzte Jahrhundert von Delphi aus Scherben wiederauferstehen, aus Scherben und Steinen, auf Karten und Plänen, zwischen Meßpunkten und Gitterrastern, das letzte Jahrhundert von Delphi, bevor das Orakel für immer verstummte, eine Zeit, in der die Bewohner von Delphi zwischen zwei Propheten standen: Apollon und Jesus. Apollon – die Vergangenheit. Jesus – die Zukunft. Als Linda anfing, sich zu verlieben, verstand sie, daß es fast unmöglich gewesen sein mußte, sich für einen von ihnen zu entscheiden. Linda war einfach in beide verliebt, in zwei strahlende junge Männer mit hohen Stirnen. Delphi in der vorchristlichen Zeit mußte gewesen sein wie eine Frau zwischen zwei Liebhabern: Für einen würde sie sich entscheiden, aber den anderen wollte sie nicht ganz aufgeben.

Die Franzosen zeichneten Pläne davon, wie die heilige Stadt an den Steilhängen des Parnaß in dieser Zeit wahrscheinlich ausgesehen hatte: Römisch-aristokratische Wohnhäuser umlagerten die Mauern des Apollon-Tempels, ohne sie zu berühren. Es war, als dränge sich das christliche Delphi deshalb so dicht an das alte heidnische Heiligtum, damit seine Bewohner nicht sehen mußten, wie sehr sie im Begriff waren, sich von ihrem jahrtausendelangen Beschützer abzuwenden. Denn schließlich würden sie sich abwenden. Die Bäume würden wiederkommen, die Erde und das Geröll. Steinschläge und Erdstöße würden Mauern einreißen und Säulen einknicken lassen.

Ich kann alles vor mir sehen, von Anfang bis Ende, in einem ausstattungsreichen, kurzen Monumentalfilm.

In nur elftausend Jahren überschlagen sich die Ereignisse.

Am Anfang ist ein Berg, ein Ölbaumwald, ist Erde und Tanne und Mastix und Lorbeer, zwei flammende Felsen, eine Quelle, eine Erdspalte, in der Erdspalte eine Schlange. Die Schlange geht davon, um jemanden zu töten. Der, den sie töten wollte, kehrt mit ihr zurück. Er tötet die Schlange, zieht ein in den Berg. Er setzt seine Priesterin über den Spalt, wo der Leib der Schlange verwest. Fäulnisdämpfe steigen empor, vermischen sich mit den Wassern der Quelle, den Gasen der Erde. Die Dämpfe lassen hellsichtig werden, Schlangen, Ziegen und Menschen haben Visionen, das, was vergeht, läßt erscheinen, was kommt. Die Priesterin trinkt aus der Quelle, sitzt auf dem Dreifuß, trinkt es, atmet es, sieht es und sagt, ein anderer macht sich Notizen. Die Menschen kommen, die Erde weicht, und immer mehr Menschen kommen, und immer mehr Erde weicht zurück wie weggeblasen, Bäume und Sträucher fliegen entwurzelt davon, Steinquader schlagen auf den Boden, aus Kalkstein, Marmor und Tuff, sie türmen sich zu Tempeln, zu Mauern und Säulen, eine Straße entrollt sich, ein schmaler Läufer aus pentelischem Marmor, noch mehr Menschen kommen von überallher, sie werden zu Schlangen, zu Warteschlangen auf den Stufen des Tempels, der Heiligen Straße, ihr Schwanz reicht hinunter ins Tal, ihr Kopf sind die Bewohner der Stadt, der heiligen Stadt Delphi.

Die Menschen bringen Geschenke. Schatzhäuser werden gebaut. Eingerissen und aufgebaut: ein Gymnasium, eine

Arena, ein Schwimmbecken. Die Menschen ringen, laufen, spielen Flöte um die Wette, die Pythischen Spiele werden eröffnet, bestritten und gewonnen. Priesterinnen wechseln einander auf dem Dreifuß ab, Priester machen sich Notizen. Auf den Rat des Orakels hin werden ferne Kriege geführt und ferne Städte gegründet, in Delphi aber wachsen Statuen aus dem Boden und versinken wieder darin, Villen und Werkstätten treten an ihre Stelle. Ein letztes Aussäen und Aufblühen. Dann ein langsames Bröckeln. Schließlich fallen Geröllbrocken ins Schwimmbecken: ein Erdbeben, das heftigste von allen, wie eine zuschlagende Tür. Eine Quelle versiegt. Alles stürzt zusammen. Regengüsse. Erde wird angeschwemmt. Die Erde lagert sich in den Ritzen an, füllt die Spalten, bedeckt die Heilige Straße. Bäume und Sträucher schlagen Wurzeln darin.

Ein paar Sekunden der Ruhe und des unkontrollierten Wachstums.

Ein ärmliches Dorf entsteht über den Ruinen. Ziegen laufen zwischen den Trommeln der zerschmetterten Säulen, Granitplatten werden zu Türschwellen und Herdfundamenten, zu Stallböden und Ölpressen. Ein schweigsames Dorf über einem verschütteten Schatz. Wieder kommen Menschen von weither. Sie sprechen Deutsch, Englisch, Französisch. Sie finden die Quelle, die kastalische Quelle, sie finden die flammenden Felsen, die Phaidriaden, sie finden die Steine. Wieder wird Erde abgetragen. Das ärmliche Dorf wird eingerissen und an einem anderen Ort wieder aufgebaut. Steinquader und Säulentrommeln schichten sich aufeinander, Schienen werden verlegt, auf denen Loren hin und her fahren, Eimer wachsen aus dem Boden, Gefäße aus Blech und Emaille und später aus buntem Plastik, wie eine neue, bis dahin in dieser Gegend unbekannte Erdfrucht.

Und ganz zum Schluß geht ein Mann die Heilige Straße entlang, die Hand auf der Schulter eines kleinen Mädchens, dem er genau diese Geschichte erzählt. Er braucht dazu genau wie ich nicht mehr als drei Minuten. Nur einen kurzen, mächtigen Augenblick.

Die Strecke von Athen nach Delphi fährt man mit dem Auto in nicht einmal vier Stunden. Die ersten Ausflüge der Familie der vier dorthin dauerten nicht einmal einen Tag. Ähnliche Ausflüge gab es in die Ebene von Marathon, zum Poseidontempel am Kap Sounion und sogar auf die lehmgelben Höhen von Mykene. Dann begann unser Vater in Delphi zu graben, und unsere Mutter besuchte ihn dort. Die Besuche fingen an, sich länger hinzuziehen, über ein ganzes Wochenende, manchmal eine Woche. Immer häufiger packte unsere Mutter ein paar Sachen zusammen, nahm ihre Kinder und fuhr nach Delphi, denn die Tage allein mit Linda und Robbie in der kleinen Wohnung im Omonia-Viertel machten sie krank, obwohl sie es nie zugegeben hätte.

Die Wohnung in Omonia war eine Übergangslösung. Eigentlich sollte die Familie in ein Haus ziehen, in ein ganz bestimmtes Haus, ein Haus mit Garten im ländlichen, vornehmen Vorort Kifissia. Unser Vater hatte dieses Haus gefunden, und niemand außer ihm hatte es zu diesem Zeitpunkt gesehen. Es geisterte durch die nächtlichen Gespräche unserer Eltern wie ein im Halbschlaf erzählter Traum. Unser Vater hatte es wegen des »arkadischen« Gartens ausgesucht, und so unwirklich unsere Mutter das Haus auch wegen dieser Wortwahl vorkam und weil unser Vater flüsterte, wenn er nachts davon erzählte, vom Garten, den zwei Terrassen, dem Swimmingpool, so eifersüchtig sie auch auf die Mandelbäume war, auf den Aprikosenhain und die Flut von Azaleen, weil unser Vater von den Schönheiten dieses Hauses schwärmte wie von denen einer anderen Frau, so wußte sie doch, daß er dieses Haus allein für sie kaufen wollte, daß dieses Haus eines Tages ihr gehören würde, aber darum war es ihr nicht weniger fremd. Den Kaufpreis konnte unser Vater problemlos aufbringen: Er hatte ein bißchen Geld geerbt, und von dem Gehalt, das man ihm am Deutschen Archäologischen Institut zahlte, ließ sich damals in Griechenland gut leben. Aber das Haus würde erst in einigen Monaten frei werden, und da unser Vater kein anderes wollte und unsere Mutter nicht wußte, wie man eine schöne Wohnung suchte, fand und mietete, mußte die Familie übergangsweise in eine kleine Dienstwohnung des Instituts ziehen, die sich im vierten Stock eines Mietshauses im Omonia-Viertel befand.

Das Straßengewirr rund um den Omonia-Platz war trotz seiner Rechtwinkligkeit unüberschaubar. Überall wurde gebaut. Es war die erste eigene Wohnung unserer Mutter, eine möblierte Wohnung, die erste in einer Reihe von möblierten Wohnungen, und zum ersten Mal mußte unsere Mutter mit abgenutzten Teppichen leben, mit auf unerklärliche Weise an bestimmten Stellen beschädigten Möbeln, mit Geschirr, dessen Geschichte sie nicht kannte und von dem sie nicht wußte, wozu es schon verwendet worden war, und während unser Vater jeden Tag erfolgreich die Herkunft und Bestimmung von Gebrauchskeramiken untersuchte, deren Vergangenheit ungleich mühevoller nachzuvollziehen war, bedeutete für unsere Mutter schon ein kaum drei Jahre alter Teller oder eine Tasse aus den frühen Siebzigern ein unlösbares Rätsel.

Unser Vater hatte Bücher, Grabungsprotokolle und Listen. Er verfügte über detaillierte Vergleichsschemata zur Einordnung von Rand-, Hals- und Henkelformen und ein gutes Jahrzehnt an Erfahrung. Unsere Mutter dagegen hatte nichts außer dem Vergleichsgerümpel, das ihre schwer sauberzuhaltende Zweizimmerwohnung hergab. Dazu einen Balkon voller Sperrmüll. Mit dem Balkon war es am schlimmsten. In den Poren seines rohen Betonfußbodens sammelte sich der Staub von der nahen Baustelle, und links und rechts stapelten sich Berge von unbrauchbaren Haushaltsgegenständen: Besenstiele ohne Besen, Scheuereimer mit Bodenriß, ein halbes Dutzend verschiedener Arten von Stuhlbeinen, einige aus dem Zusammenhang gerissene Schaumgummipolster und ein seltsames schweres Eisending, das aussah wie ein UFO.

Wenn unsere Mutter die Fensterläden schloß, war die Wohnung zu dunkel. Wenn sie die Fensterläden wieder aufriß, war sie zu heiß. Wenn sie die Balkontür öffnete, platzte ihr vom Baulärm fast das Trommelfell. Wenn sie sie geschlossen hielt, war es so stickig, daß sie kaum atmen konnte. Die Möbel belästigten unsere Mutter mit ihren schmutzigen, unverständlichen, uninteressanten Geschichten. Sie versuchte zu putzen, aber ihre Energie reichte nie für die ganze Wohnung. Sie putzte so gründlich, daß es unendlich lange dauerte. Und wenn sie an einem Tag das Wohnzimmer geputzt hatte und sich am nächsten Tag an das Schlafzimmer machen wollte, mußte sie feststellen, daß das Wohnzimmer schon wieder schmutzig geworden war. Am liebsten hätte sie all die Möbel einfach weggeworfen, doch weil die Wohnung im vierten Stock lag, konnte sie die Sachen unmöglich allein hinuntertragen. Aus dem Fenster werfen aber konnte sie sie auch nicht. Sie nahm sich vor, wenigstens das Gerümpel auf dem Balkon zu beseitigen. Sie fing an, es zu sortieren und zu zerkleinern, aber dann ekelte sie sich so sehr vor dem Taubendreck, daß sie es wieder sein ließ.

Unsere Mutter war schon immer sehr reinlich gewesen, aber ein lähmender, mit Kraftlosigkeit gepaarter Perfektionismus gestattete es ihr nicht, diese Reinlichkeit auszuleben. Das einzige, was half, war die Flucht. Dafür nahm sie alle Entschlußfreudigkeit zusammen. Sobald sie einige wenige Kleidungsstücke, ein paar Windeln, ein Buch, ein Stück Seife und eine Zahnbürste in ihre schweinsledere Reisetasche gepackt hatte, ließ das Gefühl der Unzulänglichkeit und inneren Unruhe nach, das sie zwischen all den fremden Gegenständen in der Wohnung pausenlos erfüllte. Robbie in einer Trage auf dem Rücken, Linda in einem Tuch vor dem Bauch, die schlaffe, nur halbvolle schweinsledere Reisetasche über der Schulter, nahm sie frühmorgens am Omonia-Platz ein Taxi und ließ sich zum Busbahnhof fahren. Dort stieg sie in den Sieben-Uhr-dreißig-Bus nach Delphi und fühlte sich mit ihren drei Satelliten Linda, Robbie und Tasche vollständiger als in einer ganzen Galaxie voller Möbel.

Der Bus verließ den Busbahnhof. Er verließ Athen mit seinen mausgrauen, wundsekretgelben, ochsenblutroten Häusern, seinen wankelmütigen und hochnäsigen Einwohnern und seinem Lärm. Er fuhr durch Vorortstraßen, gesäumt von Mülltonnen und Oleander. Er ließ sich von den attischen Bergen hinabsinken in die sanfte, grüne Ebene von Böotien. Dann schraubte er sich wieder hinauf in die Berge, stieg immer steilere Hänge empor, an denen sich Mastix- und Wachholdersträucher festklammerten, Ölbäume und Apollontannen.

Im Sommer lag das Bergmassiv des Parnaß in der Hitze wie ein riesiges schlafendes Tier. Im Winter kamen die Athener hierhin zum Skifahren, aber bei Temperaturen um die vierzig Grad wirkten all die ausgebleichten Schilder, auf denen »Skiverleih« und »Wintersportzentrum« stand, wie ein Witz. Die Kräuter und Wolfsmilchgewächse an den Straßenrändern schmorten über Monate in der Sonne, und wenn unsere Mutter am frühen Mittag in Delphi-Dorf aus dem Bus stieg, roch die heiße Luft nach frischgekochter Suppe.

Entlang der Hauptstraße von Delphi gab es drei Hotels: das »Oracle«, das »Pythia« und das »Apollon«. Außerdem die Taverne »Omphalos«, den Souvenirladen »Pandora's Box« und eine Kleiderboutique namens »Grand Chic«. Die Straße war lang und steil. Alle Türen waren geschlossen. Die Mittagssonne stand fast senkrecht über dem Wesen mit zwei Beinen und drei Köpfen, das an den Türen vorbeilief, und Delphi-Dorf schien entvölkert wie zu Zeiten der Umsiedlung, als sich seine alten Fundamente noch ein paar hundert Meter nordöstlich befunden hatten, oder wie das Heiligtum selbst, bevor sich das Dorf auf seinen Fundamenten angesiedelt hatte.

Jenseits der menschenleeren Straße war sie zu hören, die Wirklichkeit des Parnaß, die Wirklichkeit der knisternd vertrocknenden Grillenfühler und Schmetterlingsflügel, der sich durch Käferleiber pressenden Erde, der verwesenden Oliven und sich in der Sonne entfaltenden Kräuteraromen. In Verbindung mit Stein war Hitze drückend und ruhig. In Verbindung mit Erde lärmend und stinkend. Beide Formen von Hitze waren hier anwesend, und ihre Verbindung und Gegensätzlichkeit ließen unsere Mutter schwindelig werden und immer wieder über ihren durch die zusätzliche Last nach oben verschobenen Körperschwerpunkt kippen. Die steil ansteigende Straße schien unter ihren Füßen seitlich wegzurutschen. Die Hitze war kaum auszuhalten. Und noch eine weitere Hitze fühlte unsere Mutter, ohne von ihr Notiz zu nehmen, eine, die von einem kleinen, spärlich behaarten Kopf ausging, der an ihrer Brust lehnte, Lindas Kopf. Lindas ganzer Körper pulsierte im selben Rhythmus, in dem ihr Herz mit aller Kraft Blut durch die Adern pumpte, um für ein bißchen Kühlung zu sorgen. Schweiß rann über Lindas Gesicht und zwischen die Brüste unserer Mutter. Unsere Mutter achtete nicht darauf. Sie hatte es eilig.

Mit Robbie auf dem Rücken und Linda vor dem Bauch betrat sie das Hotel Apollon, wo die École française unserem Vater für ein paar Monate ein Zimmer gemietet hatte, weil das Grabungshaus überfüllt war und überdies gerade umgebaut wurde. Wenn unsere Mutter am frühen Mittag kam, war unser Vater noch nicht da. Unsere Mutter hob Linda aus dem Tuch vor ihrem Bauch. Lindas Kopf glühte, und ihre Lider waren so dick geschwollen, daß die wenigen hellen Wimpern vollständig verschwunden waren. Auch nach Robbie sah unsere Mutter. Er schlief fest. Seine Wangen waren leicht gerötet. Er fühlte sich kühler an als Linda. Im Gegensatz zu seiner Schwester wurde er mit Hitze gut fertig. Unsere Mutter legte

Linda und Robbie auf das durchgelegene Bett. Sie stellte den Ventilator an, richtete ihn auf ihre beiden Babys und schaute aus dem Fenster, hinunter in das tiefeingeschnittene Tal des Pleistos. Ströme von Ölbäumen stürzten die Schlucht hinab, um ein paar Kilometer weiter unten in einem flachen Delta auszulaufen und sich schließlich in den Golf von Korinth zu ergießen. Von hier aus konnte man tatsächlich das Meer sehen, tintenblau und kühl, verwirrend nah und doch unerreichbar. Das Meer war nicht weit, aber von den Höhen des Parnaß aus und durch die glasigen Schlieren der Mittagshitze hindurch betrachtet wirkte es wie eine Fata Morgana.

Unsere Mutter saß im Hotelzimmer und wartete auf unseren Vater.

Damals tat sie es noch.

Die Hitze und die Langeweile und unbestreitbar auch noch die Liebe bewirkten, daß unsere Mutter fast immer ein schweres Gefühl zwischen den Beinen hatte, als trüge sie eine heiße, kiloschwere Metallkugel in ihrem Unterleib mit sich herum, und nur wenn unser Vater zu dieser Kugel vordrang, oder zumindest den Versuch unternahm, wurde sie ein wenig leichter. Zu diesem Punkt zu gelangen war ein Glücksspiel. Es war aber auch ein strategisches Spiel mit den Hilfsmitteln der Kühlung und Entspannung, denn im selben Maße, wie die Hitze in Kombination mit dem Nichtstun das Verlangen unserer Mutter steigerte, verminderte sie in Kombination mit Arbeit dasjenige unseres Vaters. Unsere Mutter mußte unter Einsatz von Ventilatoren und sanften Worten den Körper unseres Vaters in einen Zustand versetzen, in dem es ihm möglich war, zu ihrer Kugel vorzudringen.

Und das war gar nicht so leicht.

Unser Vater betrat das Zimmer Nummer fünf des Hotels Apollon. Seine Haare waren grau von Staub. Seine Nase war rot von der Sonne. Unsere Mutter stellte die Dusche an. Das alles geschah schweigend. Unser Vater duschte, kam mit einem der beiden Hotelhandtücher um den Leib zurück ins Zimmer und fing an, sich zu kämmen. Obwohl sie noch die schwere heiße Kugel in sich trug, kam unserer Mutter die Ehe schon damals sehr seltsam vor. Es waren immer häufigere, kurze Momente, in denen die Erkenntnis der Seltsamkeit und Sinnlosigkeit des Ganzen in ihr aufflackerte. Wie oft hatte sie schon unserem Vater beim Duschen und Kämmen zugesehen! So oft, daß ihr immer häufiger das Gefühl für den Zweck dieser Handlungen abhanden kam. Dann schienen ihr sein Kämmen und Duschen absoluter Unsinn zu sein, wie ein Wort, das seine Bedeutung verliert, wenn man es immer wieder hintereinander ausspricht, bis davon nur eine willkürliche Kombination von Konsonanten und Vokalen übriggeblieben ist. Unsere Mutter hatte es ausprobiert: Wenn man zum Beispiel lange genug Kofferkofferkoffer sagte, hörte der Koffer auf, ein Koffer zu sein.

Unsere Mutter mußte feststellen, daß selbst ein so unauffälliger, stiller Mensch wie unser Vater imstande war, sich ihr wieder und wieder mit irgendeinem Zuviel aufzudrängen. Obwohl sie sich nach ihm sehnte, wenn er nicht da war, störte sie, wenn er da war, daß sie so viel über ihn wußte. Sie hätte all diese Details lieber nicht gekannt: Den großen Leberfleck auf seinem Schienbein, den er seit Jahren beobachtete. Die ständig entzündete Zahnfleischtasche, die er regelmäßig mit Zahnstochern und Streichhölzern ausräumte. Die rauhe Stelle an seinem Knöchel, an der die Haut gewellt war wie nach einem langen Bad, weshalb er sich dort häufig und ausdauernd kratzte. Die Geräusche. Das leise Seufzen und Stöhnen, wenn er sich unter der Dusche wusch. All das war absolut unbedeutend, aber da sich diese Vorgänge immer und immer wiederholten, hatten sie sich unserer Mutter so sehr eingeprägt, daß sie sogar darauf wartete und sich wunderte, wenn sie ausblieben, daß sie auf das Seufzen wartete, das Kratzen und das Geräusch, das der Zahnstocher machte, wenn er sich zwischen zwei Zähnen festgeklemmt hatte und mit einem leisen Zupfen wieder löste. Zu viele Details. Die Ehe war eine einzige Überinformation. Verheiratet zu sein bedeutete, ein Leben lang die Badezimmergeräusche eines anderen hören zu müssen, und das schien unserer Mutter schwer erträglich. Liebe bedeutete offenbar vor allem, einem anderen über Jahre bei der Körperpflege zusehen zu müssen, und gegen die Menge der Badezimmermomente, die unsere Mutter im Laufe ihrer Ehe bereits erlebt hatte, schien die Menge der Momente des Glücks und der Leidenschaft verschwindend gering zu sein, und selbst auf diese Momente folgte in der Regel ein Badezimmermoment.

Trotzdem ging unsere Mutter ins Bad, wischte die Duschwanne aus, legte das zweite, noch trockene Handtuch hinein, holte Linda und Robbie aus dem Zimmer und legte sie auf das Handtuch in die Duschwanne. Sie drehte den Hahn über dem Waschbecken auf, bis das Wasser in einem kräftigen Strahl herauslief. Sie wartete, bis das Wasser kühl genug geworden war. Dann schaltete sie das Licht aus, verließ das Badezimmer und schloß die Tür hinter sich.

Unsere Mutter wünschte sich so sehr, daß unser Vater zu ihrer Kugel vordrang. Trotzdem mußte sie eine Menge von Dingen verdrängen, damit es ihr gefiel. Sie mußte sich auch eine Menge von Dingen in Erinnerung rufen, damit es ihr gefiel: die Rührung zum Beispiel, die sie zu Anfang jedesmal überkommen hatte, wenn sie seine Brust gesehen hatte, die eingefallen und ungleichmäßig behaart war. Sie mußte sich darauf konzentrieren, wie hübsch sein Gesicht tatsächlich war, dunkel und länglich und mit dem Ausdruck eines konzentrierten Kindes, obwohl seine Zähne schlechter geworden waren. Wenn er lächelte, machte ihn das deshalb älter, nicht jünger. Aber meist lächelte er nicht. Auf dem Bett im Hotel Apollon – Linda und Robbie waren aus der Welt geschafft durch eine geschlossene Tür und einen rauschenden Wasserstrahl – robbte er sich von unten an sie heran wie ein drittes Kind, während sie in die Kissen gelehnt dalag.

Trotzdem war es so: Wenn ihr das alles zu vertraut wurde, mußte sie die Augen schließen und ihn noch näher zu sich heranziehen, sonst kühlte die Kugel ab. Dann war sie zwar nicht schwerer als vorher, ließ aber unsere Mutter erstarren, als habe sie kaltes Blei in sich. Unsere Mutter wurde dann von einem ungeheuren Gewicht in die Matratze gedrückt und fühlte sich schlagartig steif und müde. Zu Anfang hatten sie sich immer mit einigem Abstand geliebt und dabei angesehen, weil sie einander nachts noch fremd waren, obwohl sie sich tagsüber so gut verstanden, als hätten sie sich schon Jahre gekannt. Damals hatte sich unsere Mutter über ihre Vertrautheit im Alltag gewundert und über die Fremdheit bei der Liebe. Jetzt war es umgekehrt. Und es war nicht besser.

Unsere Mutter erinnerte sich an einen Gedanken, den sie als Mädchen oft gehabt hatte, im Alter zwischen dreizehn und achtzehn, bevor sie von jemandem – also von unserem Vater – zum ersten Mal geküßt worden war. Sie hatte sich immer vorgestellt, daß die Liebe für sie nicht tauge, daß niemand sie je wollen würde, daß auch sie niemanden je wollen würde und daß ihre einzige Chance auf ein Leben mit einem Mann deshalb diejenige war, gegen ihren Willen verheiratet zu werden. Es war eine romantische Vorstellung, sie wußte, daß so etwas nicht geschehen würde, daß es so etwas nicht mehr gab. Aber allein die Vorstellung, mit jemandem leben zu müssen, in den sie nicht verliebt war, machte sie verliebt, und die Vorstellung, mit jemandem schlafen zu müssen und nicht zu wollen, beruhigte sie unendlich. Dann endlich läge es nicht mehr in ihrer Macht, sich zu entscheiden. Wenn es keine Liebe gäbe, würde sie an der Liebe nicht scheitern, und genau deshalb wäre die Abwesenheit von gegenwärtiger Liebe ihre einzige Chance auf eine zukünftige Liebe, eine Liebe, für oder gegen die man sich nicht entscheiden mußte und die deshalb rein und unzerstörbar war.

Es gab viele Möglichkeiten. Sie könnte einen Ausländer heiraten, zum Beispiel einen Schwarzafrikaner oder Araber, der sich von der Heirat eine Aufenthaltsgenehmigung versprach. Sie könnte einen alten Mann heiraten, dem es egal war, daß sie groß, dünn, linkisch und unweiblich war, Hauptsache, sie war jung. Sie könnte einen Rollstuhlfahrer heiraten, der keine andere Frau abbekam und sich deshalb mit ihr begnügen würde. In diesem Fall würde sich sogar nebenbei das Thema Sex mit einem Schlag und für immer erledigen.

Doch dann kam unser Vater. Er redete unserer Mutter aus, daß sie nichts könne, ohne überhaupt viel darüber zu reden. Er war in sie verliebt, und sie war in ihn verliebt. Aber die Vorstellung, wie unendlich viel besser es wäre, ihn nicht zu lieben, gegen den eigenen Willen mit ihm verheiratet zu sein, ließ sie nicht los. Sie war auch jetzt noch da als ein unbestimmtes Gefühl, daß unser Vater ihr viel zu nah war und doch nicht nah genug, als eine vage Ahnung davon, wie unendlich viel besser es sein müßte, wenn das Gefühl der Fremdheit nicht ständig unkontrolliert schwände und wiederkehrte, sondern konstant bliebe, eine verläßliche Größe.

An diesem Tag im Hotel Apollon zog sie unseren Vater so nah an sich heran, daß sie ihm fast die Luft abdrückte. Die Feuchtigkeit in der Mitte zwischen ihnen war nur zu ertragen, wenn sie die Augen schloß und nicht daran zu denken versuchte, woher sie kam. Gleichzeitig wußte sie, sie würde die Feuchtigkeit durchaus genießen können, wenn es ihr gelänge zu vergessen, woher sie kam, wenn sie sich vorstellte, es sei eine fremde Feuchtigkeit, dann würde sie sie doch noch und eben gegen ihren Willen genießen können. Und gerade, als ihr das gelang, als der Gedanken an eine fremde, heiße, reine Nässe endlich alles andere verdrängt hatte, als alles auf ein einziges Ziel gerichtet war, als sie also den Punkt überschritten hatte, an dem die kalte Bleikugel sie zum Aufhören zwingen konnte, fühlte sie, wie unser Vater plötzlich schwer wurde auf ihr, als habe jetzt er die Bleikugel in sich, und die Nässe kühlte ab und fühlte sich unangenehm an unter dem Luftstrom des Ventilators, der immer noch auf sie gerichtet war und plötzlich viel eher ein kaltes Ziehen war anstatt eines angenehmen Fächelns.

»Vielen Dank«, sagte unser Vater und machte sich höflich ein wenig leichter.

Im darauffolgenden Sommer war das Haus in Kifissia bezugs- fertig. Linda konnte laufen und sprechen. Robbie schlug Syn- kopen auf allem, was er erwischen konnte.

Unsere Mutter fühlte eine merkwürdige Konkurrenz zu dem Haus, in dem sie nun wohnte. Es war nicht so, als umgebe sie das Haus zu ihrem Schutz, als böte es alle nur möglichen Annehmlichkeiten, um es ihr bequem zu machen, sondern als sei sie die ganze Zeit damit beschäftigt, das Haus zufriedenzustellen. Es war riesig groß. Zuvor hatte es einem britischen Industriellen gehört, der es in den späten sechziger Jahren hatte bauen lassen, und anders als all die anderen Villen in Kifissia sah es überhaupt nicht griechisch aus. Seine Mauern waren aus Feldsteinen, und deshalb wirkte es eher wie ein südfranzösisches Landhaus oder ein schottisches Cottage.

Der »arkadische« Garten dagegen war so griechisch, daß un- sere Mutter ihn nie betrat. Allein die Tatsache, daß sie einen Aprikosenhain besaß, jagte ihr jedesmal einen Schauer über den Rücken, wenn sie daran dachte. Um einen Aprikosenhain mußte man sich kümmern. Obstbäume waren eine unge- heure Verantwortung. Es gab nichts, das komplizierter zu pfle- gen war. Man mußte diese Bäume beschneiden und gegen Ungeziefer schützen. Man mußte sie abernten und das Un- kraut unter ihnen jäten. Wenn man sie nicht pflegte, würden ihre Früchte vermutlich zu genetischen Mutationen heranrei- fen, die von exotischen Schädlingsarten befallen würden. Die Schädlinge würden sich vermehren. Sie würden auch die übrigen Pflanzen des Gartens besiedeln, ins Haus eindringen und dort unheilbare Krankheiten verbreiten. Der Gedanke daran lähmte unsere Mutter derart, daß sie den Garten nicht sehen wollte, um das Schreckliche nicht sehen zu müssen, das dort vermutlich schon seinen Anfang genommen hatte.

Aber auch im Haus gab es tausend Dinge, die sie nicht sehen wollte. Sie wollte nicht sehen, was sich in den Schubladen der schweren Möbel verbarg, die der britische Industrielle ihr hinterlassen hatte. Sie wagte nie, eine dieser Schubladen aufzuziehen. Auch die Schranktüren öffnete sie nicht. Da sie keine Schubladen aufzog und keine Schranktüren öffnete, konnte sie auch nichts darin verstauen, und so kam es, daß die meisten Kleider und Haushaltsgegenstände in Koffern und Umzugskartons blieben. Nur den Schrank, den sie aus Omonia mitgebracht hatte, füllte unsere Mutter mit den Kleidern, die die Familie am häufigsten trug. Da ihr der Garten nicht geheuer war und das Haus sie mit zu vielen unerforschten Höhlungen umgab, blieb unserer Mutter nur ein Ort, an dem sie sich aufhalten konnte: die Terrasse. Sie saß dort und las oder beobachtete Linda und Robbie, die sie jeden Morgen in ein altes Kinderbett setzte und auf die Terrasse hinausschob. Sie hatte dieses Bett in einem der vielen Zimmer gefunden: ein Gitterbett aus weißlackiertem Metall, groß und stabil, mit einem kleinen kraftvollen Rädchen an jedem seiner vier Beine. Unsere Mutter konnte Linda und Robbie darin an einen Ort schieben, wo sie sie im Blick hatte, und dieser Ort war die Terrasse, jene neutrale Zone, die nicht Haus, nicht Garten war.

Auf der Terrasse gab es für Linda und Robbie nicht viel zu sehen. Sie war an zwei Seiten durch Hauswände begrenzt und zum Garten hin durch eine Azaleenhecke abgeschirmt. Notgedrungen lernten Linda und Robbie das Unterhaltungsangebot einzelner belebter Ausschnitte aus größeren Zusammenhängen schätzen: Blätterwirrwarr mit reifenden Zitronen, Himmel mit Zirruswolken, Mauerwerk mit Eidechsenschatten. Sie bekamen nur wenig ausgewähltes Spielzeug zugeteilt, und nur solches, das klein genug war, daß sich niemand damit am Kopf verletzen konnte, und groß genug, daß niemand es verschluckte. Es durfte auch nicht aus zu vielen verschiedenen oder undefinierbaren Materialien bestehen oder in dubiosen, giftigen Mischtönen eingefärbt sein. Allerdings änderte unsere Mutter ihre Meinung über die Ungefährlichkeit von Spielzeugen oft und nahm sie Linda und Robbie gewöhnlich wieder weg, noch bevor sie überhaupt herausgefunden hatten, wozu sie taugten.

Damit er nicht allzuoft enttäuscht wurde, amüsierte sich Robbie deshalb am liebsten mit dem Geräusch, das entstand, wenn er seine Finger die Gitterstäbe des Bettes entланggleiten ließ. Später begann er, rhythmisch mit einer Holzfigur gegen die Stäbe zu schlagen. Diese Holzfigur war eines Tages im Gitterbett gelandet und zu entfernen versäumt worden; ein fingergroßer Hirte, den unser Vater aus dem Parnaßdorf Arachova mitgebracht hatte und der bald unter Robbies Arpeggien Hut und Stock verlor, während Linda die dazugehörigen Schafe sortierte, zu Klassen und Divisionen ordnete und in Reihen millimetergenau so ausrichtete, daß sie allein sie, Linda, ansahen. Robbie wiederum bemerkte, daß sich, wenn er ein Kissen zwischen die Gitterstäbe stopfte, ihr Klang veränderte und höher wurde. Er begann, längere Stücke auf den Gitterstäben zu spielen, hohle Serenaden und dumpfe Symphonien. Er schloß die Augen und preßte sich mit seinem ganzen Leib gegen die Stäbe, um ihre Vibrationen zu spüren. Er schlug Holz auf Metall und überließ sich dem Anschwellen und Abflauen, den Millionen Ameisenfüßen auf seinem Körper, dem Gefühl der plötzlichen Entzündung seiner gesamten Haut, dem heißen Aufprickeln, das ebenso schnell verschwand, wie es gekommen war. Er rieb sich an den Stäben, bis sich Klang von Gefühl nicht mehr unterscheiden ließ.

Das Gitterbett wurde zu klein. Linda und Robbie lernten laufen. Unsere Mutter nahm sie jetzt lieber auf strapaziöse Ausflüge unter Leitung unseres Vaters mit, als sie den geheimen Bedrohungen des Gartens auszusetzen.

Die Gefahren der Ausflüge waren wenigstens vorhersehbar. Linda und Robbie stolperten wie erwartet über die Schwellen des Poseidontempels am Kap Sounion. Sie schlugen sich plangemäß an den Stufen des Theaters von Nemea die Knie auf, rutschten klassisch auf der speckigen Kuppe der Akropolis aus und erbrachen sich traditionell in den heißen Staub von Mykene.

Das Grabungshaus von Delphi war inzwischen längst renoviert. Wenn unser Vater Delphi besuchte, wohnte er nicht mehr im Hotel Apollon, sondern im Grabungshaus, und auch unsere Mutter wurde mit Linda und Robbie darin untergebracht.

Obwohl die Arbeit unseres Vaters an der vorchristlichen Stadt längst abgeschlossen war, fuhr er oft nach Delphi. Er half und gab Ratschläge. Unsere Mutter war ebenfalls gern dort, trotz der mörderischen Hitze und der unbarmherzigen Steilheit des Geländes, denn die Guides des Orakels waren die einzigen, denen sie Linda und Robbie gern und ohne Bedenken überließ. Sie selbst zog sich zurück in die Leere und Schattigkeit des kleinen Gästezimmers oder sah den Praktikanten beim Kochen zu. Die Küche des Grabungshauses war ihr liebster Aufenthaltsort, neben der Terrasse in Kifissia, denn die Eindeutigkeit der Gemüse auf dem Tisch, die sich unter den Händen und Messern der Praktikanten in grundfarbene Berge aus exakt gleich großen Würfeln verwandelten, beruhigte sie. Dieses Essen, dachte sie, könnte sie sogar selbst zubereiten: rote Tomaten, gelbe Kartoffeln, grüne Paprika, violette Auberginen. Mahlzeiten wie Signalschilder, unmißverständlich und klar. Reine Vitamine, Mineralstoffe und Kohlenhydrate, ohne die düstere, bakterienreiche, gefahrvolle Raffinesse von Gewürzen, Milchprodukten und Alkoholika.

Unsere Mutter bot ihre Hilfe nicht an, das wäre zu weit gegangen. Sie konnte sich nicht vorstellen, diese Tomaten oder Auberginen tatsächlich zu berühren, geschweige denn, ein Messer zu nehmen und sie zu zerschneiden. Aber sie sah den Händen der Praktikanten beim Führen des Messers zu, und die Ruhe, mit der sie schnitten, beruhigte sie ebenso wie die Tatsache, daß sie Linda und Robbie sicher an den ruhigen Händen der Guides wußte, die den ganzen Tag lang die Heilige Straße auf und ab liefen und dabei immer wieder die gleichen Geschichten erzählten, verschwommene Geschichten von vergangenen Zeiten, unsichtbaren Göttern und verwehten Dämpfen, und bei denen Linda und Robbie womöglich sicherer waren als bei ihr.

Eines Tages fand unsere Mutter in einer Abstellkammer des Grabungshauses eine kleine Normal-Acht-Kamera mitsamt einigen Rollen Material. Niemand benutzte diese Kamera mehr, weil sie hoffnungslos veraltet war. Unsere Mutter wischte sie mit einem weichen Tuch sauber. Sie legte eine Filmrolle ein, zog das Laufwerk mit Hilfe der altmodischen Federschraube auf und trat, nach Tagen im Schatten, zum ersten Mal vor das Haus, mit surrender Kamera. Sie lief los und suchte Linda und Robbie.

Von da an verließ unsere Mutter das Grabungshaus nur noch mit dieser Kamera. Sie lief in einiger Entfernung hinter Linda und Robbie her und filmte sie. Die belichteten Rollen steckte sie einfach in ihre schweinslederne Reisetasche, und da blieben sie. Unsere Mutter kam gar nicht auf die Idee, sie entwickeln zu lassen. Ihr gefiel es einfach, Linda und Robbie durch den Sucher der Kamera zu betrachten, fern und klein und stumm und kühl.

Linda und Robbie verfügten inzwischen bereits über eine ansehnliche Menge von Erinnerungen, die sich kaum von jener Art Geschichten unterschieden, wie sie die Guides auf der Heiligen Straße erzählten. Lindas und Robbies Erinnerungen waren, ähnlich den Geschichten der Guides, verwirrend und voller Rätsel. Zum Beispiel erinnerten sich Linda und Robbie nur vage und unzusammenhängend an das alte Hotel Apollon an der Hauptstraße des Dorfes, an die Dunkelheit des Badezimmers, den beruhigenden Strahl des Wassers. Damals waren sie noch Babys gewesen.

Jetzt bewegten sie sich in der Wirklichkeit des Grabungshauses, des Museums und des Heiligtums. Ins Dorf kamen sie selten. Das wirkliche Hotel Apollon, so wie es jetzt war, hatte nichts mit ihnen zu tun, sie erkannten es nicht, wenn sie daran vorbeiliefen, und niemand sprach davon. Sie wußten nicht einmal mehr seinen Namen. Das namenlose Hotel ihrer Erinnerungen war grünstichig und verschwommen. Ein anderes Hotel Apollon war viel wirklicher. Es befand sich in Lindas Wirklichkeit, besser gesagt, in einer Wirklichkeit, die niemand außer Linda sah.

Lindas Hotel Apollon stand im Zentrum der Orakelstätte, und sein prominentester Gast war – natürlich – der Gott selbst. Lindas Hotel Apollon war der riesige Altar des Apollon inmitten des Heiligtums, und Robbie hatte diese Vorstellung stillschweigend übernommen. Sie rührte daher, daß Linda die in Delphi gebräuchliche französische Bezeichnung *autel d'Apollon* dem Klang nach nicht von *hôtel d'Apollon* unterscheiden konnte, und manchmal sagten die Leute auch *Grand-Autel*, der Große Altar, und das klang genauso wie *Grand Hôtel*.

Grand Hôtel Apollon: Fast alle in Delphi sprachen Französisch, und Linda kam es nicht einen Augenblick in den Sinn, daß Apollon, der ohne Zweifel die meiste Zeit des Jahres in seinem Hotel, diesem riesigen Steinquader inmitten des Heiligtums, residierte, freilich ohne sich jemals zu zeigen, nicht Französisch spräche. Für Linda waren die französischen Begriffe mehr als Wörter, sie waren magische Formeln für unsichtbare Dinge. Vieles, wovon die Leute in Delphi sprachen, war unsichtbar, es sei denn, es war aus Stein, doch auch dann barg es das Alte, Eigentliche wiederum unsichtbar in sich, so wie der Altar des Apollon – beziehungsweise Lindas Hotel Apollon – den Gott selbst beherbergte. Nie war etwas von diesem Alten, Eigentlichen zu sehen. Wenn die Leute in Delphi, die Archäologen, Guides und Restauratoren, über das Heiligtum sprachen, war es, als erinnerten sie sich an Erinnerungen, die wiederum Erinnerungen an Erinnerungen waren. Linda fragte sich, warum sich Apollon nie selbst zeigte, warum nicht die Pythia, warum nicht Dionysos, der Apollon der Überlieferung nach monatsweise vertrat, wenn dieser in Hyperboräa weilte. Sie hörte den Erzählungen der Guides zu und maß sie an der Wirklichkeit. Die Guides hatten ihre Stimmen erhoben, damit alle sie verstehen konnten, all die Touristen mit den bloßen Schenkeln und zusammengekniffenen Augen. Die Guides sprachen laut von Apollon und Pythia, von den Dämpfen aus der Erdspalte und den Weissagungen des Orakels, sie sprachen von den mächtigen Taten, die auf den Rat des Orakels geschehen waren, mit einer Stimme, die von den Mauern widerhallte, und doch war das Zirpen der Grillen und das Graben der Käfer zwischen den Steinen viel lauter und deutlicher.

Dennoch war es nicht allzu lange her, daß sich die Steine bewegt hatten. Es hatte eine Zeit gegeben, da die Steine verletzlich und lebendig gewesen waren. Von dieser Zeit erzählten die Fotos und Aufzeichnungen im Archiv des Grabungshauses.

La Grande Fouille.

Linda konnte die drei Wörter nur langsam und voller Ehrfurcht aussprechen, die mächtigste aller Zauberformeln: *La Grande Fouille.* Die Große Grabung. In den achtziger Jahren des neunzehnten Jahrhunderts hatte die École française begonnen, über Delphi zu verhandeln, über die endgültige Erlaubnis zu seiner vollständigen Erforschung, nachdem zuvor nur unter vielen Schwierigkeiten in den Gärten, den Brunnen und unter den Schwellen der Häuser von Castri gegraben werden konnte, jenes Dorfes, das sich Jahrhunderte nach der Verschüttung des Heiligtums auf seinen Ruinen angesiedelt hatte. Ein paar Jahre später war es soweit. Es nahm seinen Anfang. Delphi wurde französisch. Ein Dorf wurde versetzt.

La Grande Fouille: Das bröckelnde Dorf Castri hob sich wie von Zauberhand und senkte sich einen Kilometer weiter westlich wieder auf den Rücken des Parnaß. Die nackte Erde in Delphi erwachte zum Leben, warf sich auf, legte sich in Wellen, formte Kelche und Krater, spuckte Steine, leicht wie Schaum, und Fontänen aus Sand. Alles geschah mit Leichtigkeit, wie von unsichtbaren Stimmen befohlen. *La Grande Fouille* – in Lindas Ohren klang das wie ein lautloses Aufblättern, ein sanftes Wegblasen, ein kaum merkliches Aufsteigen und Erscheinen, ein Werk von Magiern.

Linda kannte die Namen der Magier: *Foucart* und *Homolle* die ersten und besten unter ihnen, heldenhafte, weißumstrahlte, scharfäugige Direktoren der École française, *Bourguet, Fournier, Millet* ihre treuen Gehilfen, *Perdrizet* und *Jouguet*, die von ihren Taten sangen.

Linda kannte auch ihre Widersacher, schwarze Hexenpriester mit Schnurrbärten: *Coumoundouros, Tricoupis, Franco*, Franco der finsterste und schwächste unter ihnen, ein Einwohner von Delphi, Führer des Widerstands gegen die Expropriation, der schließlich leicht zu besänftigen gewesen war mit einigen tausend Drachmen.

Bourguet und Fournier hielten das Aufbrechen der Erde optisch fest. Sie bedienten sich dazu magischer Instrumente, *Sanderson, Darlat* und *Zeiss*, der Älteste unter ihnen *Chamonard*, genannt nach einem der Zauberer aus noch früheren Zeiten. Perdrizet und Jouguet, die Evangelisten, beschrieben das Erblühen der Steine; fixierten es schriftlich im *Journal de la Grande Fouille*. Die Magie von Brom und Silber, Tinte und Papier läßt noch hundert Jahre später Linda weiße Glieder aus der Erde wachsen sehen, die Füße des

Wagenlenkers, den Bauch des Agias, die Schulter des Philosophen. Linda sieht sich die alten Fotos an, und da geschieht es: Sie sieht aufgebrochene, dunkle Erde und finstere Gesichter, die Helfer schauen in die Kamera, und ihre todernsten Blicke bilden ein Spalier für Lindas Blick, leiten ihn zu der weißen Gestalt in der Mitte des Bildes, die vor Lindas Augen langsam aus dem Erdloch steigt: geneigter Kopf, weiche Locken, trotzige Augenbrauen, aufgeblasene Wangen, zarte Brustwarzen, anmutiges Trapez der Schultern und des Nackens, fehlende Unterarme – Antinoos. Linda verliebt sich in Antinoos.

Robbie indessen verliebt sich in sich selbst. Er verliebt sich in etwas, das er nicht sehen kann, denn er kann sich selbst nicht sehen. Er weiß aber, daß er existiert, wenn er seinen Körper berührt oder wenn etwas seinen Körper berührt. Er weiß, daß er existiert, wenn etwas Weiches auf seiner Zunge vibriert, wenn sich etwas prickelnd in seinem Magen auflöst. Robbie weiß, daß er existiert, denn er kann sich hören. Sein Körper ist eine Quelle von Geräuschen und Klängen, ein Resonanzraum, der, wenn Robbie etwas ißt oder sich an etwas reibt, unendliche Echos zurückwirft. Robbie schafft es, durch Reibung Wellen zu erzeugen, bogenförmige Klänge, die sich über seinen ganzen Körper spannen und beim Zurückschnellen neue Klänge erzeugen. Robbie braucht dazu nichts als ein Kissen, einen Stuhl, einen Stein. Später die Hand. Vor der Hand war alles groß und grob und ungefähr. Die Hand ist präzise. Die Hand zieht und reibt und drückt an den richtigen Stellen. Die Hand ist heiß und genau. Die Hand sucht neue Dinge, um Klänge zu erzeugen: Robbie wünscht sich eine Gitarre, und unser Vater kauft ihm eine Gitarre, sofort liegt sie vibrierend in Robbies Händen, und die Saiten pochen schon unter seinen Fingerkuppen, bevor er den ersten Ton gespielt hat. Robbie ist blind verliebt in seine Hand, und seine Hand ist blind verliebt in die Saiten der Gitarre, denn sobald Robbie die Augen öffnet, wird der Klang dumpf und die Wellen flachen ab, und sobald er sie wieder schließt, schwillt der Klang an, wird satt und dunkel, und die Welle steigt hoch und höher, bis sie sich fast überschlägt.

Linda kann er davon erzählen, von der Gitarre, er erzählt es ihr mit der Gitarre und durch die Gitarre, und obwohl Linda dabei einschläft, versteht sie es doch. Von den anderen Verwendungsmöglichkeiten der Hand erzählt er ihr nicht, obwohl er weiß, daß Linda weiß, daß er sich früher sogar in die Ritzen zwischen den Steinen gequetscht hat wie ein Käfer. Er erzählt ihr nichts davon, aber auf eine seltsame Art denkt er, Linda *sollte* es wissen, Linda *sollte* es sehen, zur Strafe, denn sie sieht ja so gern, und sie sieht ja so gut, jedenfalls behauptet Linda, daß sie alles und besser als alle anderen sehen kann.

Linda besucht Antinoos jeden Tag im Museum zu Delphi. Sie kann nicht aufhören, ihn anzusehen, und bedenkt jeden, der ihn ebenfalls ansehen will, mit bösen Blicken. Linda vertreibt einzelne Besucher, Familien, Reisegruppen, ganze Schulklassen. Sie umrundet Antinoos, und dann sieht es so aus, als bewege er sich, als wende er langsam den Kopf, um sie anzusehen.

Alle wissen um Lindas Liebe. Unser Vater schenkt ihr mit ironischem Lächeln eine Kopie des Kopfes von Antinoos, die man im Museumsshop kaufen kann. Alle denken, Antinoos sei eine Statue, aber Linda weiß, daß er sich bewegt, wenn auch nur sehr, sehr langsam. Sie liebt ihn für seine Langsamkeit, die, wie sie weiß, von Verachtung herrührt, von Verachtung für all die Menschen, die ihn anstarren, die groben Deutschen, plumpen Holländer, bleichgesichtigen Franzosen, fetten Amerikaner und stummelbeinigen Japaner. Antinoos, der Schöne, verachtet die gesamte um ihn herum versammelte globale Schwere und Häßlichkeit, er verachtet alle außer Linda, denn Linda ist hübsch und leicht, ihre Haare sind hell und fliegen auch ohne Wind, streben elektrisch in alle Richtungen, und ihre Augen sind hell und blau, sie ist sieben Jahre alt. Antinoos ist eintausendachthundert Jahre alt. Der Altersunterschied macht Linda nichts aus. Er macht auch Antinoos nichts aus. Antinoos liebt nur Linda, und Linda liebt nur Antinoos. Dessen ist sich Linda nicht völlig sicher, aber sie liebt Antinoos so sehr, daß es einfach so sein muß.

Doch dann macht sie einen Fehler: Sie erzählt Robbie von ihrer Liebe, und das ist ein großer Fehler, denn Robbie weiß, daß Antinoos nicht allein Linda gehört. Er ist der Geliebte des Kaisers Hadrian, Robbie weiß es von den Guides, und als sie das hört, bricht Linda in Tränen aus, denn Hadrian ist ganz anders als sie, er hat lockiges Haar wie Antinoos und ist Kaiser und außerdem ein Mann, und Linda glaubt nicht, daß Antinoos sie beide lieben kann, denn man kann unmöglich Linda lieben und gleichzeitig den Kaiser, weil sie so gänzlich verschieden sind. Die Unmöglichkeit dieser Gleichzeitigkeit läßt Linda in Tränen ausbrechen, und ab sofort besucht sie Antinoos nur noch selten, und wenn, dann bleibt sie nur ein paar Sekunden vor ihm stehen, ohne ihn zu umrunden und seine unendlich langsamen Bewegungen einzufangen. Sie betrachtet ihn kurz, wie ein ganz normales dummes, gelangweiltes Kind, und verläßt schnell den Raum.

Statt dessen läuft sie, von Robbie gejagt, die Heilige Straße hinauf. Wenn Linda und Robbie zusammen sind, ist immer einer von ihnen wütend, verletzt sich, weint oder rennt weg, ihr Zusammensein ist immer gefährlich und gefährdet, als sei es eigentlich unmöglich. Auch Apollon und Dionysos wechseln einander in Delphi ab, weil ihre Gleichzeitigkeit Steine zersprengen und Quellen explodieren lassen kann. Wenn Linda und Robbie zusammen sind, ist immer einer der Stärkere, damit nichts zersprengt wird und explodiert.

Seit Antinoos aus dem Weg geräumt ist, triumphiert Robbie und stürzt sich auf Linda, wo und wann er nur kann. Linda rennt davon, die Heilige Straße hinauf. Robbie folgt ihr.

Der Himmel über ihnen ist blau, und die wenigen weißen Wolkenschleier bilden einen Wirbel direkt über ihren Köpfen. Der Wirbel folgt ihnen, während sie rennen, denn hier, in Delphi, ist der Mittelpunkt der Welt. Als Zeus einmal zwei Adler von beiden Enden der Welt losfliegen ließ, um eben diesen Mittelpunkt zu bestimmen, trafen sie sich in Delphi, und das erklärt, warum die Wolken um Delphi kreisen, aber nicht, warum sie genau über den Köpfen von Linda und Robbie kreisen, wenn sie zusammen sind, zumal, während Linda und Robbie die Heilige Straße entlanglaufen, auch noch neben ihnen die Erde aufbricht. Der Riß wird größer und verfolgt sie, läuft neben ihnen her, während sie am Apollontempel vorbeirennen. Oberhalb des Theaters ist der Riß immer noch neben ihnen, und scharf-süßliche Dämpfe steigen daraus empor. Die Dämpfe lassen Linda und Robbie noch schneller rennen, sie rennen, bis sie das Stadion erreichen, den Ort der Pythischen Spiele. Der lehmige Boden dampft, und der Riß breitet sich aus, teilt sich, verästelt sich. Linda tritt in einen Spalt, der sich von einer Sekunde auf die andere vor ihr aufgetan hat, ihr Knöchel knickt ein, und Linda fällt, und Robbie stürzt sich auf sie, dreht ihr die Arme auf den Rücken, setzt ihr das Knie in den Nacken, und Linda schreit, daß das Tal davon widerhallt und die Guides gelaufen kommen.

Die Pythischen Spiele sind eröffnet.

5 Spätmittelalterliche Gerichtsprotokolle

Schoschana tauchte nicht gern. Sie mochte das Gefühl nicht, wenn sich die Wasseroberfäche über ihrem Scheitel schloß und der Druck ihre Schädelknochen zusammenpreßte. Sie hatte Angst vor dem Ertrinken.

Die Badefrau drückte Schoschanas Kopf tiefer hinunter als es nötig war, hinunter zu dem dumpfen Sausen, das Schoschana seit ihrer Kindheit fürchtete. Sie hielt die Lider geschlossen, bis die Badefrau ihren Kopf wieder an die Wasseroberfläche schnellen ließ, bis es vorbei war. Aber es war noch nicht vorbei.

»Nächstes Mal Augen auf!« herrschte die Badefrau Schoschana an. »Sonst werden die Augäpfel nicht rein!«

Schoschana versuchte es. Sie hatte keine Wahl. Beim nächsten Hochkommen brannten ihre Augen wie Feuer. Ihre Lunge war kurz vor dem Platzen. Joscheved saß in ein Handtuch gewickelt am Beckenrand und unterhielt sich in aller Seelenruhe mit der Badefrau. Im Becken hatte sie ebenfalls die ganze Zeit geredet, außer bei den Segenssprüchen, und Schoschana fragte sich, wie Joscheved überhaupt nur ein Wort mit der Badefrau wechseln konnte, denn in ihren Augen war diese Frau eine Bestie. Schließlich hatte Schoschana ihr genau auseinandergesetzt, daß sie seit ihrer Kindheit Angst vor dem Ertrinken hatte, daß sie zumindest nicht ganz untertauchen könne, höchstens bis zur Stirn, aber die Badefrau hatte sich kein bißchen darum gekümmert. Vielleicht hatte sie Schoschana auch gar nicht verstanden, jedenfalls hatte sie ohne eine Regung ihren Erklärungen gelauscht, ihr dann einfach die Hand auf den Kopf gelegt und sie mit einer solchen Kraft unter Wasser gedrückt, daß es keinen Zweck hatte, sich zu wehren.

Schoschana stieg langsam und mit zitternden Beinen aus der Mikwe. Sie hatte Wasser in beiden Ohren, deshalb hörte sie die Stimmen von Joscheved und der Badefrau leise und undeutlich, als seien die beiden entweder winzig klein oder aber weit weg und nicht mit ihr im selben Raum in all ihrer Fleischigkeit: die Badefrau mit ihren riesigen Brüsten und den schwarzbehaarten Unterarmen, die unter dem Kittel hervorschauten, und Joscheved, deren Körper man ansah, daß die einzige Bewegung, in deren Genuß er kam, das Schieben von Kinderwagen und das Schleppen von Tüten voller Broschüren war. Joscheveds Haut war weich und aufgequollen und so blaß, daß sie beinahe einen Graustich hatte. Beim Kontakt mit Wasser schien sie auszuflocken wie Weißbrot. Schoschana neigte den Kopf und schüttelte das Wasser erst aus dem einen, dann aus dem anderen Ohr. Sie mußte mit dem Finger nachhelfen, dann waren die Ohren frei.

»Es ist nicht zu glauben«, hörte sie die Badefrau sagen. »Die Deutschen können uns noch immer nicht in Ruhe lassen. Daß auch Juden dabei sind, ist schlimm genug, aber wenn sie die Deutschen schon reinlassen, müssen sie sie nicht noch dafür bezahlen, daß sie diese schrecklichen Dinge tun.«

»Wer auch immer es tut«, sagte Joscheved, »schlimm ist, daß sie es zulassen.«

Schoschana hörte gleichgültig zu, während sie sich abtrocknete. In Gedanken war sie schon bei der Frage, ob es ihr wohl später ohne Probleme gelingen würde, den Tampon wieder zu entfernen. An jenem Tag an der Klagemauer war Joscheved so außer sich vor Freude darüber gewesen, daß sie gemeinsam menstruierten, daß Schoschana versprochen hatte, mit ihr zusammen in die Mikwe zu gehen, wenn das Ganze vorbei wäre. Dabei war ihr entfallen, daß sie ihre Periode an jenem bewußten Tag gar nicht hatte, sondern erst in ein paar Tagen bekommen würde – ausgerechnet dann, wenn der Besuch in der Mikwe anstand. Sie mußte sich jetzt also mit einem Tampon behelfen, dessen Rückholbändchen sie abgeschnitten hatte, damit man es nicht sah. Sie wußte aus ihrer Broschüre, daß eine Frau während ihrer unreinen Tage unter keinen Umständen in die Mikwe gehen durfte, sondern erst, wenn sie vorbei waren, um sich dann endgültig rituell davon zu reinigen. Aber sie hätte nicht nein sagen können, ohne daß sich Joscheved gewundert hätte. Schoschana hoffte, daß die Mikwe jetzt nicht allzusehr verunreinigt war. Sie hatte einen Tampon benutzt, strenggenommen hatte also gar nichts nach außen dringen können, aber man wußte ja nie; es gab so viele Regeln, und viele davon waren unlogisch und ignorierten die physikalischen Gesetze.

»Eliezer hat mit Baruch gesprochen«, sagte Joscheved. »Die Zeitungen sind voll davon, aber niemand tut etwas. Morgen gehen wir hin. Es sollen auch eine Menge Leute aus Bnei Brak kommmen und wahrscheinlich auch aus Kiryat Arba. Was ist mit dir?«

»Klar, ich komme«, sagte die Badefrau. »Wie geht es übrigens Eliezer? Ich habe ihn lange nicht gesehen.«

»Ich glaube, es geht ihm sehr gut«, sagte Joscheved. Sie schaute Schoschana an und grinste. »Das einzige, was ihm fehlt, ist nach wie vor eine Frau.«

Sie zwinkerte Schoschana zu. Schoschana senkte den Kopf und rubbelte sich die Haare trocken.

Linda wußte, sie brauchte Hilfe. Und am besten suchte man Hilfe bei Leuten, die ebenfalls Hilfe brauchten. Linda dämmerte allmählich, daß es eine Art ewig gültigen Vertrag zwischen Einsamen und Hilfsbedürftigen gab, der stärker war als Sympathie und Freundschaft. Um sich gegenseitig zu helfen, mußte man einander nicht unbedingt mögen. Freundschaft, die ausschließlich auf Sympathie beruhte, konnte schnell vorbei sein. In Wahrheit hatte Linda eine derartige Freundschaft noch nie erlebt. All die Verbindungen zu Schulkameradinnen und Kommilitoninnen, zu Nachbarsmädchen und Praktikantinnen unseres Vaters hatten allein den Zweck gehabt, ihr das Leben zu erleichtern, sich in einer neuen Schule zurechtzufinden, in einem neuen Land oder einer neuen Nachbarschaft – oder einfach den, sich von Robbie zu befreien. All die Mädchen, denen sich Linda aus eben diesen Gründen genähert hatte, hatten sich als Freundinnen von Linda betrachtet und Linda für ihre Freundin gehalten. Aber Linda hatte diese »Freundinnen« nie lieber gemocht als andere Mädchen, es waren einfach Mädchen, die aus irgendeinem Grund für Linda schwärmten, die ihr gern Gesellschaft leisteten und an deren Lebensumständen oder körperlichen Eigenschaften Linda irgend etwas interessant fand, irgend etwas, es konnte eine Kleinigkeit sein. In Athen hatte sie eine Freundin nur aus dem Grund gehabt, daß ihr Zopf so lang war; er war armdick und reichte diesem Mädchen bis zum Po. Mittlerweile konnte sie sich, was dieses Mädchen betraf, an nichts anderes mehr erinnern als an diesen Zopf, selbst ihren Namen hatte sie vergessen. Doch obwohl Linda ihre »Freundinnen« nie besonders gemocht hatte, war sie niemals herablassend zu ihnen, sondern gerade deshalb besonders nett, weil sie sie wirklich brauchte. Linda war ihnen so dankbar für ihre Gesellschaft, daß ihre Treue keine Grenzen kannte. Ihre Treue war um so größer, da sie diese Mädchen nicht mochte, sondern brauchte. Eigentlich konnte sie sich keine größere Treue vorstellen als die, die aus Dankbarkeit entstand, denn sie beruhte auf mehr als auf bloßer Zuneigung.

Nach dem Vorfall mit den Lorbeerblättern hatte sich Dafna in »Spätmittelalterliche Gerichtsprotokolle« einen anderen Platz gesucht. Sie saß jetzt am entgegengesetzten Ende des Raumes neben einer Studentin aus Äthiopien, mit der sie aber, soweit Linda es mitbekommen hatte, noch kein einziges Wort gewechselt hatte. Linda betrachtete Dafnas Gesicht. Selbst von weitem konnte sie erkennen, wie rot Dafnas Augen über den dunklen Schattenhalbmonden waren. Ihre Wangen wirkten eingefallen, als habe sie tagelang nichts gegessen. Sie trug die Haare nicht mehr zurückgebunden, und offenbar färbte sie sie seit einiger Zeit auch nicht mehr nach, denn das glänzende Schwarz war stumpf geworden, und auf dem Scheitel saß ein grünbrauner Klecks, als habe sich ein großer kranker Vogel über Dafnas Kopf erleichtert. Es gab für Dafnas Aussehen nur eine Erklärung: Udi hatte sich von ihr getrennt. Mit dem Spezialprogramm war es offensichtlich vorbei.

Als die Studenten nach dem Seminar den Raum verließen, lief Linda Dafna nach. Dafna preßte ihre Ordner gegen die Brust und erhöhte das Tempo, als sie merkte, daß Linda ihr folgte.

»Dafna«, rief Linda, »bleib stehen!« Dafna ging schneller.

»Bleib stehen, bitte!« Linda mußte fast rennen, um Schritt halten zu können. »Es tut mir leid! Ich wollte dir schon lange sagen, daß es mir leid tut. Bitte!«

Jetzt hielt Dafna doch inne, so abrupt, daß Linda sie um ein Haar umgerannt hätte. Sie starrte Linda an. Ihre Augen waren eine böse expressionistische Mischung aus Grellrot und Taubenblau.

»Du bist schuld!« sagte sie.

»Warum?« fragte Linda. »Woran?«

»Deine bescheuerte Wahrsagerei! Vielleicht hattest du ja recht damit, daß Udi und ich nicht füreinander bestimmt sind, vielleicht aber auch nicht, auf jeden Fall konnte ich nach deinem Orakel an nichts anderes mehr denken als daran, daß wir vielleicht nicht füreinander bestimmt sein könnten. Ich habe angefangen, ihm Vorwürfe zu machen. Ich wollte, daß er seiner Familie endlich von unserer Verlobung erzählt, um zu beweisen, daß du unrecht hast. Ich bin ihm ganz furchtbar auf die Nerven gegangen. Jetzt hat er sich von mir getrennt. Und du bist schuld!«

»Es tut mir leid«, sagte Linda kleinlaut. »Können wir nicht in der Cafeteria darüber reden? Ich habe auch ein Problem und wollte dich um Hilfe bitten.«

Diesem Angebot, wußte Linda, würde Dafna nicht widerstehen können. Dafna war die Hilfsbereitschaft in Person, sie liebte Leute, denen es schlecht ging. Dafna beteiligte sich regelmäßig an Aktionen von Amnesty International und war Mitglied einer Organisation, die Protestbriefe an alle Kaufhäuser im Land schrieb, die Pelze verkauften.

In der Cafeteria holte Linda Pudding für sich und Götterspeise für Dafna, aber Dafna schien ihr Hungerprojekt aufgegeben zu haben; sie schnappte sich Lindas Schüsselchen und aß es leer. Linda gab ihr auch noch die Götterspeise. Sie verschwand in Sekunden. Linda setzte sich bequem auf ihrem Stuhl zurecht, in Erwartung einer langweiligen Rede über Udi und was er getan oder nicht getan hatte.

»Er hatte die ganze Zeit Sonderdienst und konnte nicht mehr nach Herzliya kommen«, erzählte Dafna in weinerlichem Tonfall. »Keine Ahnung, warum. Irgendeine geheime Aktion. Ich wollte wenigstens seine Familie besuchen und habe ihn gefragt, ob ihm das recht wäre, aber er hat gesagt, ich solle auch nicht mehr zu ihm nach Hause kommen. Irgendwann habe ich es nicht mehr ausgehalten. Ich habe seine Schwester angerufen und sie gebeten, mich einzuladen. Ich hätte es ihnen wahrscheinlich einfach so gesagt. Sie mögen mich wirklich und hätten es bestimmt irgendwie akzeptiert. Vielleicht wäre es gar kein Problem gewesen. Vielleicht hätten sie sich sogar gefreut. Aber Udis Schwester hat Udi davon erzählt, und er hat ihr verboten, mich einzuladen. Danach habe ich ihn auf der Basis angerufen, und er ist richtig böse geworden am Telefon, hat mich nicht ausreden lassen. Er hat einfach den Hörer aufgeknallt. Er weiß es also noch gar nicht.«

Bei diesem letzten Satz wurde das traurige Zittern um Dafnas Mund plötzlich von einem besonderen Lächeln geglättet. Es war das unvermeidbare Lächeln, das man beim Lesen von Todesanzeigen hat oder wenn man ein Gesellschaftsspiel gegen einen leicht reizbaren und schlechten Verlierer gewinnt. Wenn Linda gegen Robbie spielte und gewann, war es jedenfalls so. Obwohl Linda dann, noch während sie lächelte, wußte, daß Robbie wegen ihres Sieges böse auf sie sein würde, obwohl sie sich aus Furcht vor seiner Reaktion ihren Triumph nicht anmerken lassen wollte, ließ sich dieses Lächeln nicht unterdrücken. Es hatte nichts mit Freude zu tun. Es war das Lächeln des vorübergehenden Triumphes über einen letztendlich Stärkeren. Wenn Linda erfuhr, daß jemand gestorben war, war dieses Lächeln ebenfalls da, das Lächeln der Überlegenheit des Lebens über den Tod.

»Du bist schwanger?« fragte Linda.

»Ja«, sagte Dafna, enttäuscht, daß Linda darauf gekommen war.

»Und er weiß es noch nicht?«

»Nein«, sagte Dafna.

»Wie ist es passiert?«

»Wie soll es schon passiert sein? Ich habe ohne Verhütung mit ihm geschlafen.«

Daß Dafna das, was sie und Udi am Strand von Herzliya taten, als »Schlafen« bezeichnete, hatte Linda schon immer als euphemistisch empfunden. Das Ganze klang mehr als ungemütlich: kalter Sand, umherstreunende Hunde, zerwühltes, feuchtes Haar.

»Es ist wohl beim letzten Mal passiert, vor sechs Wochen. Er wollte mir sagen, daß es aus ist. Er hat es auch gesagt, aber ich konnte es nicht glauben. Ich wollte nicht, daß du recht behältst. Ich hatte ja zum größten Teil gute Omen, bis du mit deinem Orakel gekommen bist. Dein Orakel war wie ein Fluch, aber gegen einen Fluch kann man etwas tun, gegen ein Omen nicht, weil es das Schicksal ist. Ein Fluch ist bloß ein Versuch, das Schicksal zu ändern. Man kann ihn außer Kraft setzen. Also habe ich noch einmal mit Udi geredet in Herzliya, und tatsächlich, er hat sich auf mich draufgewälzt, und ich dachte, damit sei alles wieder in Ordnung. Ich verstehe das nicht. Er hat immer gesagt, daß er mich liebt. Ich habe es sogar schriftlich. Und aus welchem Grund hätte er auch sonst noch mal mit mir schlafen sollen?«

»Ja, da hast du recht.«

»Ich habe seitdem jeden Tag in der Basis angerufen, aber er läßt sich immer verleugnen.«

»Willst du das Kind bekommen?«

Dafna schaute Linda entsetzt an.

»Natürlich! Alles andere würde er mir verbieten. Er liebt mich.« Tränen schossen ihr in die Augen. Eine davon lief über ihre Wange. »Wenn er es nur schon wüßte!« Dafna wischte sich die Träne mit dem Zeigefinger von der Wange und betrachtete sie wie etwas sehr Kostbares. »Und was ist mit dir?« fragte sie dann in ruppigerem Ton. Ihr war wieder eingefallen, daß Linda an allem schuld war.

»Bist du noch böse auf mich?« fragte Linda.

»Ich weiß nicht«, sagte Dafna. »Nein, eigentlich nicht. Wer weiß, vielleicht hätten wir uns sonst nicht auf diese Weise am Strand getroffen, vielleicht wäre ich sonst nicht schwanger geworden, und, wer weiß, vielleicht werden wir gerade deshalb jetzt eine Familie, Udi und ich und Schira.«

»Schira?«

»Ich bin sicher, es wird ein Mädchen.«

Linda mußte etwas unternehmen, und es mit Dafna zu tun erschien ihr unendlich viel leichter.

»Aber ich muß bis morgen meine Hausarbeit zu Ende schreiben«, war Dafnas einziger Einwand, »über den Prozeß gegen die Heilige Johanna in Rouen. Können wir nicht fahren, wenn ich sie abgegeben habe?«

Linda wußte, dann würde es nie etwas werden. Dafna schrieb unendlich langsam und schaffte es nie, Termine einzuhalten.

»Ich schreibe sie für dich zu Ende«, schlug Linda vor.

Dafna zögerte. »Um die Wahrheit zu sagen, ich habe noch nicht mal damit angefangen.«

»Kein Problem«, sagte Linda. »Ich schreibe dir deine Hausarbeit.«

Als Linda nach Hause kam, war alles still und friedlich. Sie ging in die Küche und betrachtete die halbherzige Ordnung. Auf dem Küchentisch stand eine Orangenpresse aus rotem Plastik. Sie stand ganz allein da, sauber und unberührt, als habe sich jemand eine Orange auspressen wollen und dann feststellen müssen, daß keine im Haus war. Dabei waren nie Orangen im Haus. Niemand war da, weder Schoschana noch die Babies, noch Robbie. Einen Moment lang gab sich Linda der Illusion hin, daß es immer so war, und plötzlich, als sie die Orangenpresse betrachtete, hatte sie vergessen, warum sie eigentlich fortwollte. Ein Haus war ein Haus, egal, wo es war. Dieses Haus war ihr Haus. Auch wenn es ihr fremd vorkam, auch wenn die Tatsache, daß viele Dinge darin ihrer Familie gehörten, es nicht vertrauter machte – ein Haus war ein Haus, und Dinge waren Dinge, und Dinge gehörten in ein Haus. Plötzlich kam Linda auf die Idee, alle Dinge, die ihre Familie besaß, zu zählen. Es waren immer dieselben und blieben immer dieselben, ganz gleich, in welchem Haus. Es war wertvoll, Dinge zu besitzen. Auch wenn niemand es schaffte, sie in Schränke einzuräumen und einen bleibenden Platz für sie zu schaffen, war es vielleicht gerade das, was ihre Vertrautheit ausmachte. Die Dinge waren dazu da, Linda und ihre Familie zu umgeben, zu umkreisen und zu begleiten, wo immer sie auch waren. Diese Orangenpresse aus rotem Plastik zum Beispiel hatte schon in so vielen Häusern herumgestanden. Es war immer schwierig gewesen, einen Platz für sie zu finden, weil sie so sperrig war und nirgends dazugehörte, und selbst wenn man versuchte, sie zu verstauen, fiel sie immer irgendwo heraus oder herunter. Die Orangenpresse begleitete Linda schon seit Jahren. Sie wurde nie benutzt, weil niemand je Orangen kaufte. Die meiste Zeit nahm sie einfach nur Platz weg. Sie hatte noch in kein Haus gepaßt, in dem Linda gewohnt hatte. Aber vielleicht gerade deshalb verströmte diese Orangenpresse eine Heimeligkeit, als sei sie selbst ein Haus.

Linda ging in ihr Zimmer, um Dafnas Hausarbeit zu schreiben. Sie war sich jetzt nicht mehr sicher, ob sie gehen oder bleiben würde, aber die Hausarbeit mußte ohnehin geschrieben werden. Der Gedanke, daß sie, eine hochbegabte kaum Elfjährige, eine Hausarbeit für jemanden schrieb, der zehn Jahre älter und ungleich dümmer war, entzückte Linda.

Sie teilte das Zimmer mit Robbie. Auch dieses Zimmer war voller Dinge, die Linda kannte und mochte. Wie traurig wäre es, das alles zu verlassen! Die kleine hölzerne Truhe, die unser Vater aus Damaskus mitgebracht hatte und in der Linda ihren Schmuck aufbewahrte. Den ausrangierten Nähkorb unserer Großmutter Generosa, an die Linda sich nicht mehr erinnern konnte. Der Nähkorb ließ sich wie eine Ziehharmonika ausklappen, und Linda sammelte Stifte und Wachskreiden darin. Niemand war bisher dazu gekommen, Regale im Kinderzimmer anzubringen oder einen Kleiderschrank hineinzustellen, deshalb war die eine Hälfte von Lindas Besitz dazu da, die andere Hälfte aufzunehmen. Vieles lag einfach verstreut herum und mischte sich mit Robbies Sachen. Es war ein friedliches Bild, wie sich Lindas und Robbies Sachen auf dem Boden vereinten.

Linda nahm ihren kleinen blauen Füller – der einzige Gegenstand, den sie niemals suchen mußte; sie wußte immer, wo ihr Füller war – und fing an zu schreiben. Dafna hatte ihr ein paar Bücher über die Heilige Johanna gegeben, die sie in der Bibliothek ausgeliehen hatte. Gelbe Klebezettelchen staken heraus; offenbar waren sie von Dafna in einem verzweifelten Aufbäumen gegen Liebeskummer, schwankenden Hormonhaushalt und allgemeine schwangerschaftsunabhängige Faulheit willkürlich angebracht worden. Linda entfernte die Zettel und stapelte die Bücher auf dem Fußboden. Sie brauchte sie nicht.

Alles, was man über die Heilige Johanna wissen mußte, wußte sie. Sie wußte alles. Sie sah und fühlte das Wissen der Welt. Genau wie die Gegenstände in diesem Haus sah und fühlte sie die Gegenstände, die die Heilige Johanna umgeben hatten. Das Lilienbanner. Das Schwert. Die schimmernde Rüstung. Sie fühlte die Rauhheit des Holzgestells in Rouen, auf dem Johanna gesessen hatte. Sie sah die Schmetterlinge, die an Johannas flatterndem Banner geklebt hatten, Tausende von Schmetterlingen. Die Schmetterlinge waren es, die die Geistlichen und Richter in Rouen mißtrauisch gemacht hatten, genau wie die Erzählungen von dem verzauberten Weißen Wald, dem Feenbaum in Domremy, unter dem Johanna als Mädchen gesessen hatte und der so weiß wie eine Wolke aus Kohlweißlingen gewesen war, der vielleicht genau das gewesen war; eine Wolke aus Kohlweißlingen, und die Richter fürchteten die Schmetterlinge, weil sie zwischen Leben und Tod standen und die Zukunft voraussagen konnten, und das war es auch, was die weißen Schmetterlinge, die Johannas Banner anhafteten, mit den braunen Schmetterlingen des Parnaß verband, die Linda kannte. Auf dem Parnaß flogen sie überall herum, braune Apollofalter, ihr Zuhause war der Friedhof des Dorfes Delphi. Man hatte Linda erzählt, sie seien die Seelen der Toten beziehungsweise die Träger, die die Seelen ins Totenreich brachten, aber auch daß sie Orakelwesen waren, Propheten, die nie irrten. Kein Wunder, daß die Richter und Priester Johanna fürchteten, wenn fliegende Propheten ihr zu Tausenden anhingen! Linda konnte die Klebrigkeit der Schmetterlinge fühlen, aber nicht auf ihrer Haut, sondern auf dem Stoff des Banners, sie *war* das Banner und flatterte mit Tausenden von Schmetterlingen hinter Johanna her. Gleichzeitig krümmten sich ihre Finger um einen kleinen blauen Füller. Wie unendlich wertvoll, einen solchen Füller zu besitzen!

Sie hörte nicht, daß Schoschana nach Hause kam. Irgendwann stand sie in der Kinderzimmertür. Linda hatte bereits zwölf Seiten geschrieben, das Maximum, es war ohnehin Zeit, daß sie aufhörte, also hob sie bereitwillig den Kopf, als Schoschana in der Tür stand. Schoschana hatte aus irgendeinem Grund feuchte Haare.

»Warst du schwimmen?«

»Ich war in der Mikwe.«

»In der *Mikwe*?« Linda wußte nicht, was eine Mikwe war. Weil es etwas war, das Schoschana betraf, war es nicht schlimm, daß Linda es nicht wußte.

»Das erkläre ich dir später. Jetzt habe ich zu tun.«

»Hast du Pepita heute schon mit der Creme eingeschmiert? Ich hoffe, sie war nicht auch in dieser Mikwe.«

»Du hältst mich wohl für blöd. Hör auf, mich als Rabenmutter hinzustellen! Sie hat einen kleinen Ausschlag. Das haben Babies manchmal. Ich habe vier Kinder. Erzähl mir nicht, was man bei einem Ausschlag machen muß!«

»Okay.« Linda beugte sich wieder über ihr Heft.

»Wie sieht es hier überhaupt aus?«

»Ich bin noch nicht zum Aufräumen gekommen.«

»Hat hier jemand Limonade verschüttet?« Schoschana stieg über die Spielsachen hinweg. »Der Boden klebt.« Sie löste die Sohle ihres Schuhs demonstrativ langsam vom Linoleum. »Alles klebt.« Sie hob Robbies Lego-Hubschrauber auf, der sich in der Tragekordel von einer von Lindas Umhängetaschen verfangen hatte. Sie löste die Kordel und wollte den Hubschrauber irgendwo hinlegen, aber es gab nichts, wo sie ihn hätte hinlegen können. Also legte sie ihn wieder auf den Boden. Dann ging sie in die Küche. Linda hörte sie minutenlang kramen. Mit Schrubber und Wischeimer kam sie zurück.

»Heb die Sachen auf, dann kann ich durchwischen!«

»Warum mußt du ausgerechnet jetzt wischen? Ich arbeite.«

»Kinder arbeiten nicht.«

»Wenn du meinst.«

»Heb die Sachen auf!«

»Nein.«

Schoschana schaute Linda mißtrauisch an. »Ich habe Spül-
mittel nehmen müssen, weil ich das Sagrotan nicht finden
konnte. Weißt du, wo es ist?«

»Ja.«

»Wo?«

»Ich habe es weggeschmissen.«

Der Schwall Seifenwasser erfaßte Robbies Hubschrauber und
spülte ihn gegen Lindas Damaszener Truhe. Das weiche Holz
sog sich sofort voll. Kleiderberge fingen an, sich von unten
her dunkler zu färben. Malkreiden wurden über den Fußboden geschwemmt und hinterließen bunte Schlieren. In den
Büchern über die Heilige Johanna von Orléans wellten sich
die Seiten. Legosteine schabten hohl über das Linoleum, als
Schoschana den Schrubber nahm und alle Sachen aus dem
Kinderzimmer in den Flur kehrte. Sie ging ins Schlafzimmer,
faßte den dünnen Webteppich, der dort lag, an zwei Enden –
es war der einzige Teppich im ganzen Haus –, zerrte ihn unter
dem Bett hervor und schleifte ihn in den Flur. Mit beiden
Händen schaufelte sie Lindas und Robbies seifennasse Spielsachen und Kleider auf den Teppich. Sie ging in Pepitas und
mein Zimmer, raffte auch unsere Spielsachen zusammen,
schmiß sie dazu, packte dann den Teppich an allen vier Zip-
feln und schleppte ihn die Treppe hinunter. Linda konnte
durch das Fenster sehen, wie Schoschana damit über die
Straße lief, zu den Müllcontainern an der Ecke, und das Rie-
senbündel hineinwuchtete. Ein paar halbblinde Katzen aus
dem Niemandsland beobachteten sie dabei.

Die Abenddämmerung war verwandt mit dem Verdrängen
und Vergessen. Die Morgendämmerung würde auf fürchterliche Weise verlangen, daß Linda etwas unternahm. Abends
konnte sie nichts unternehmen. Auch nicht an diesem Abend,
obwohl Schoschana all ihre Sachen weggeworfen hatte.
Linda legte sich ins Bett und versuchte, an alles Mögliche zu

denken, nur nicht an den Morgen. Es war ihr unmöglich, an einem Abend wegzulaufen. Der Abend und die Nacht wollten, daß Linda blieb, wo sie war. Und egal, was um sie herum geschah, die Nacht wollte, daß Linda sich nicht bewegte, sondern einfach so im Bett lag und den schlafenden Robbie betrachtete, ohne auch nur über ihn nachzudenken. Es war alles vorbereitet. Die Hausarbeit über die Heilige Johanna hatte sie in einen Umschlag gesteckt, nachdem sie sie mit Dafnas Namen unterschrieben hatte. Sie hatte eine Briefmarke auf den Umschlag geklebt, ihn an den Professor adressiert, der »Spätmittelalterliche Gerichtsprotokolle« leitete, und in den Briefkasten geworfen. Jetzt wartete sie auf die Morgendämmerung. Sie kam in dem unerträglichen Taubenblau von Dafnas Augen, es war ein so schrilles Blau, daß Linda die Farbe beinahe hören konnte, als sie um vier Uhr früh begann, langsam über das Fensterbrett und dann über den Boden zu kriechen. Linda stand auf und zog sich an. Erst wollte sie zu ihrer Trainingshose greifen, dann wählte sie doch einen Rock. Sie wußte, daß man auf Reisen besser behandelt wurde und mehr erreichte, wenn man gepflegt aussah.

Robbie lag da und schlief fest. Ein Haarbüschel ragte ihm in die Stirn, und der Mund war geöffnet und aufgestülpt, so daß man die großen Vorderzähne sah. Linda verließ leise das Zimmer. Sie lief über den Flur zu Pepita und mir. Pepita öffnete die Augen, starrte Linda an, gab aber keinen Laut von sich. Vorsichtig hob Linda ihre Schwester aus dem Bett. Auf Lindas Arm machte sich Pepita steif und streckte beide Arme aus, so daß sie aussah wie ein Kreuz. Offensichtlich mochte sie das Gefühl, wenn sich der Frotteestoff des Schlafanzuges über ihrer Haut spannte. Pepitas Fäuste drückten gegen die Knoten in ihren Ärmeln: Linda hatte die Ärmel zugebunden, damit Pepita sich nicht kratzen konnte, denn trotz der Creme näßte ihr Ausschlag und schien sie zu jucken, jedenfalls hatte sie sich in der vorigen Nacht mit ihren kleinen scharfen Fingernägeln überall blutig gekratzt.

Der Maxi Cosi war schwer. Er kam Linda schwerer vor als sonst. Sie zweifelte schon daran, daß sie ihn überhaupt bis zu Dafnas Studentenwohnheim schaffen könnte. Aber der Zwillingswagen wäre zu unhandlich gewesen. Außerdem hätte Linda dann keinen Grund gehabt, mich nicht mitzunehmen.

Es war bereits sechs Uhr, als sie im Studentenwohnheim ankam. Trotz der frühen Stunde war die Luft weich, und Linda schwitzte. Es würde ein sehr heißer Tag werden. Die Tür stand offen, und im Treppenhaus war niemand. Pepita machte keinen Mucks. Jetzt kam es nur noch darauf an, Dafnas Zimmergenossin nicht zu wecken. Glücklicherweise war die Tür nicht abgeschlossen, doch im letzten Moment war sich Linda nicht mehr sicher, ob sie auch die richtige erwischt hatte. Plötzlich hatte sie vergessen, ob Dafnas Zimmernummer 202 oder 220 war, sie war nur ein- oder zweimal in diesem Wohnheim gewesen, und die Türen sahen alle gleich aus. Linda meinte zwar, einen der Aufkleber am Türrahmen wiederzuerkennen, aber das hieß nicht viel. Alle Türen waren mit den gleichen Aufklebern verziert, in einem sowohl sprachlich als auch thematisch babylonischen Wirrwar. Auf den dünnen Sperrholzplatten mischten sich die Sprachen der verschiedenen Einwanderungswellen mit den politischen Einstellungen mehrerer Generationen von Studenten, *Peace-Now*-Sticker klebten über *Wir-weichen-nicht-vom-Golan*-Plaketten und umgekehrt. Doch es war tatsächlich Dafna, die sich erschrocken im Bett aufsetzte, als Linda den unter der Bettdecke hervorschauenden Arm berührte.

»Was machst du denn hier?«

»Leise!« flüsterte Linda. Dann sah sie, daß das andere Bett leer war. Dafnas Zimmergenossin war offenbar ausgegangen und noch nicht zurück. »Zieh dich an!« sagte Linda.

»Du meinst es wirklich ernst?«

»Was?«

»Ich hätte nicht gedacht, daß du es ernst meinst. Du bist verrückt. Es ist außerdem erst sieben.«

»Sechs.«

»Du spinnst!«

»Je früher wir einen Bus erwischen, desto besser.«

Im Bus fühlte sich Linda mit einem Mal tapfer und gut. Er raste durch das Westjordanland unter der hellen Morgensonne, und Linda dachte an das Kind in Domremy, das dem Kind Johanna beim Wettlaufen hinterhergerufen hatte: »Johanna, ich sehe dich über die Erde hinfliegen!« Genau so flog Linda in einem roten *Egged*-Bus über die Erde hin, über die feindliche Erde, wie Johanna nach Orléans. Soldaten standen an der Straße, Soldaten fuhren im Bus mit, aber die Soldaten an der Straße schienen nur herumzulungern, und die Soldaten im Bus konnten sie vor nichts schützen, und die Erde war nur Erde, gelbe, verschwommene Erde, man konnte sie einander nicht abnehmen wie eine Kette oder ein Kleidungsstück, sie war immer da. Es brauchte andere Krieger als diese Soldaten, um diese Erde aus ihrer Verschwommenheit und Indifferenz und Armseligkeit zu erlösen, es brauchte Ritter in schimmernder Rüstung, es brauchte nicht einmal sehr starke Ritter, denn es war ein kleines, wenig einprägsames Land. Die Dörfer sahen eines aus wie das andere. Die Häuser hatten schwarze Löcher anstelle von Fenstern. Die Dattelpalmen waren struppig, die Blätter der Ölbäume staubig grau, nicht grünsilbrig glänzend wie die des delphischen Ölbaumwaldes. Steine und untergepflügte Plastiktüten machten die Äcker unordentlich und unfruchtbar. Schoschana würde hier sicher aufräumen wollen und daran scheitern wie noch nie in ihrem Leben. Im Geiste sah Linda sie auf einem der Felder am Straßenrand gebückt Plastikfetzen aus den Furchen ziehen und darüber endgültig zusammenbrechen, während sie, Linda, vorüberfuhr, sie wünschte Schoschana diese Qual und nahm den Gedanken nicht zurück. In diesem Bus fühlte sich Linda jeder möglichen Strafe und Konsequenz enthoben, in diesem Bus war sie schneller als die Strafende Hand, ob sie existierte

oder nicht, wem auch immer sie gehörte. Es war plötzlich
lächerlich, sich vor den Folgen seiner eigenen Handlungen
und Gedanken zu fürchten. Es war plötzlich lächerlich, die
Länge eines Weges und die Größe eines Landes zu fürchten.
Es war lächerlich zu denken, daß überhaupt etwas Schlim-
mes passieren könnte. Bomben mochten Busse wie diesen
roten *Egged*-Bus zerfetzen, in dem sie saß, aber das waren
andere Busse, fremde Busse, Busse in einem anderen Land,
auf einem anderen Planeten. Es konnte nichts geschehen –
diesen Satz wollte Linda Pepita mitteilen, sie wollte ihn ihr
einimpfen, damit sie nichts fürchten mußte, sie fürchtete aber,
daß Pepita schon geimpft war mit Schoschanas Furcht-
samkeit. Dabei war das alles lächerlich. Der Weg nach Afula
war viel kürzer und ungefährlicher als Johannas Weg nach
Chinon.

Spätestens in Afula waren sie wieder in Israel, und Pepita
machte in ihre Windel. Mit Schrecken stellte Linda fest, daß
sie vergessen hatte, Windeln mitzunehmen, aber eine Frau
mit einem Baby in Pepitas Alter schenkte ihr eine, sie gab ihr
sogar drei. Dadurch, daß Dafna neben Linda saß und schlief,
war es ganz einfach, die Frau anzusprechen, niemand schien
sich zu fragen, wohin ein Mädchen wie Linda mit einem Baby
wie Pepita wollte. Alles war plötzlich ganz einfach. Auch
Pepita gern zu haben war plötzlich ganz einfach. Linda fühlte
sich in Pepitas Gegenwart nicht mehr unwohl und bedrängt,
denn niemand beobachtete sie, niemand kümmerte sich
darum, was sie mit Pepita machte, niemanden interessierte,
wie sehr sie zusammengehörten. Sie könnte an der nächsten
Haltestelle einfach aussteigen und Pepita auf dieser Sitzbank
liegenlassen, und gerade deshalb wollte sie es nicht tun.
Denn es machte keinen Unterschied. Ihrer beider Leben
löste sich auf, so wie die Landschaft hinter den Fenstern zerfloß im Vorbeifahren. Deshalb konnten sie ebensogut zusammen sein, so wie sie hier zufällig eine Sitzbank in diesem
Bus miteinander teilten. Deshalb war sogar Pepitas Liebe

zu ertragen, die plötzlich nicht mehr fordernd und bettelnd, sondern sanft und still und zeitlos war.

Beim Wickeln auf der schaukelnden Sitzbank betrachtete Linda Pepitas geröteten Hintern. Das Rot zog sich über ihren Rücken bis hinauf zu ihrem Nacken und umschloß auch die Schenkel wie eine Hose aus Schmerz. Und in diesem Moment beschloß Linda, Pepita der Heiligen Johanna zu weihen. Sie würde eine schimmernde Rüstung brauchen können. Sie selbst brauchte die Heilige Johanna nicht. Sie war ihr nicht einmal sympathisch. Ihre Prophetie hatte etwas Rechthaberisches. Viele behaupteten zwar, daß auch sie, Linda, rechthaberisch sei, Lehrer, Mitschüler und vor allem Schoschana behaupteten das, aber es stimmte nicht. Linda sah immer alle Seiten. Sie sah alles. Deshalb sagte sie nie von sich, sie habe recht. Sie sagte nur, daß sie alles wußte. Aber sie war bereit, Pepita etwas von ihrem Wissen zu überlassen, sie war bereit, ihr die Heilige Johanna zu überlassen. Daß sie selbst keinen großen Wert auf die Heilige Johanna legte, war eine Sache, die andere aber war, daß sie fand, daß Pepita sehr gut zur Heiligen Johanna paßte, mit ihrem vorgereckten Kinn, ihrem großen Kopf und ihrem ungeheuren Eifer, der sich bisher vor allem darauf bezogen hatte, bei Linda zu sein. Und so weihte Linda ihre Schwester zwischen Afula und Sfad der Heiligen Johanna in einer schlichten Zeremonie. Sie vererbte ihr die Heilige Johanna wie ein Schwert, das sie nicht mehr brauchte, so wie Johanna das rostige Schwert von Fierbois geerbt hatte. Sie vererbte ihr auch das Schwert von Fierbois selbst. Sie vererbte ihr das Banner. Am Ende vererbte sie ihr auch den Baum aus Kohlweißlingen und hoffte, damit alle anderen Erbschaften außer Kraft zu setzen, die bereits angenommenen und die kommenden.

In Sfad stiegen sie aus und gingen in ein kleines Café am Busbahnhof. Auf der Toilette wusch und schminkte sich Dafna und band ihre Haare zurück. Es stellte sich heraus, daß Dafna nicht genau wußte, wo Udis Basis war. Sie wußte nur, sie war in der Nähe von Sfad. Die Ticketverkäuferin im Busbahnhof hatte ebenfalls keine Ahnung, also nahmen Dafna und Linda den Maxi Cosi in ihre Mitte und liefen los. Es war zwölf Uhr mittags, und sie mußten dicht an den Hausmauern gehen, die eine kaum merkliche Kühle ausstrahlten, nur eine dünne Aura von Schatten.

In der Stadt der frühen jüdischen Mystiker war alles blau und weiß und still. Die Straßen waren wie ausgestorben. In einer einzigen gab es ein paar Souvenirgeschäfte, aber die wenigen Cafés, die sie sahen, waren geschlossen – offenbar verließen die Touristen in Sfad immer nur für kurze Zeit ihre Busse, besichtigten die berühmten Synagogen und fuhren dann weiter zum See Genezareth, um dort Petersfisch zu essen. Ohnehin gab es in diesem Jahr wenig Touristen. Die meisten hatten im Frühjahr ihre Reisen storniert, als sie im Fernsehen die Bomben in Tel Aviv und Jerusalem hatten einschlagen sehen. Nur die hartgesottensten, bildungsbeflissensten, religiösesten oder israeltreusten kamen noch, und das waren meist ältere Leute, die sich unauffällig benahmen und die meiste Zeit in ihren Bussen verbrachten. Sobald jemand arabisch Aussehendes sich ihnen näherte, zuckten sie zusammen.

In Afula, als Lindas und Dafnas *Egged*-Bus neben einem Bus mit nordeuropäischen Touristen gehalten hatte, die sich auf einem Parkplatz die Beine vertraten, hatte Linda beobachtet, wie ein junger arabischer Straßenhändler einem blonden Mädchen eine Grapefruit schenkte. Das Mädchen bedankte sich, nahm die Grapefruit und wollte damit in den Bus steigen. Aber der Busfahrer riß ihr die Grapefruit weg und warf sie in hohem Bogen quer über die Straße. Die Touristen sahen der Grapefruit nach. Alle schienen darauf zu warten, daß sie auf der anderen Straßenseite mit einem lauten Knall explodierte. Aber sie schlug nur dumpf auf dem Boden auf und zerplatzte.

Auf der Straße mit den Souvenirläden kamen ihnen zwei Soldaten entgegen. Sie kannten die Basis und waren bereit, sie ihnen auf der Karte zu zeigen, aber Linda und Dafna hatten keine Karte. Linda ging in eines der Geschäfte und kaufte eine. Die Karte kostete mehr, als sie erwartet hatte, fast die Hälfte von dem Geld in ihrer Umhängetasche.

Sie liefen bis an den Stadtrand, stellten sich an eine Straßenkreuzung und warteten auf ein Auto, das sie mitnehmen würde. Zum Zeitvertreib warf Dafna kleine Steine gegen ein Verkehrsschild, während Linda die Karte studierte. Sie hatte sich immer vorgestellt, daß Udis Basis nah an der libanesischen Grenze sei, ständig bedroht von Bomben und Hisbollah-Terroristen. Tatsächlich waren sowohl der Südlibanon als auch Syrien und die Golanhöhen ziemlich weit weg. Die letzte Strecke nach Sfad waren sie durch eine vertrauenerweckende Landschaft gefahren. Die roten galiläischen Hügel, die sanft zum See Genezareth hinabrollten, hatten satt und friedlich ausgesehen wie frischgebackenes Brot.

Eine Frau in einem Subaru nahm sie mit, sie wohnte in einem Dorf ganz in der Nähe der Basis.

»Wo kann ich euch absetzen?« fragte sie. »Wen besucht ihr?«

Linda war drauf und dran, sich eine Geschichte über irgendeine Verwandte in diesem Dorf auszudenken, die sie besuchen wollten. So hätte es Schoschana getan. Aber Dafna kam ihr zuvor.

»Meinen Verlobten«, sagte Dafna stolz. »In der Basis. Ich bin schwanger, und er weiß es noch nicht. Ich will es ihm sagen. Er wird sich freuen.«

»Na, *Masal tow*«, sagte die Frau. Sie warf einen Blick auf Pepita in ihrem Maxi Cosi und grinste. »Das nenne ich schwanger! Da wird er sich aber riesig freuen!«

Dafna öffnete den Mund, aber Linda sagte schnell: »Meine Schwester erwartet ihr zweites Kind.«

»Und ihr dürft ihn einfach so dort besuchen?«

»Ja«, sagte Linda, »wir haben eine Sondergenehmigung.«

»Wirklich? Ich kann euch leider nicht ganz bis zum Tor bringen. Das ist Militärgelände. Im Moment ist die Situation angespannt. Ich will keinen Ärger. Seid ihr sicher, daß sie euch reinlassen werden?«

»Ja«, sagte Linda, und die Lügen begannen einander zu jagen. »Sie kennen uns, meine Schwester hat auch auf dieser Basis gedient. Dort haben sie sich kennengelernt, meine Schwester und mein Schwager. Es war Liebe auf den ersten Blick. Nach dem Militärdienst haben sie geheiratet, aber er hat sich noch für mehrere Jahre verpflichtet. Es ist schwer für meine Schwester ohne Mann. Er kommt selten nach Hause. Wir wohnen alle zusammen in Herzliya. Meine Schwester hat mich aufgenommen. Ich helfe ihr im Haushalt und mit dem Baby, und, naja, nun werden es sogar zwei. Sonst hilft uns niemand. Unsere Eltern sind beide tot.«

»Das tut mir leid, ihr Armen!«

»Sie sind bei einem Bombenanschlag ums Leben gekommen.«

»*Tss!* Wie schrecklich!«

Die Basis lag höher als Sfad, nahe dem Naturschutzreservat des Meron-Gebirges. Linda erwartete, von einem leichten Wind erfaßt zu werden, als sie ausstiegen, aber selbst hier oben war es völlig windstill. Die Hitze nahm ihnen den Atem. Das Auto war klimatisiert gewesen, und jetzt traf sie die Kraft der Spätmittagssonne mit voller Wucht. Alle Geräusche klangen dumpf, trotz der Felsen gab es kaum Echo, und selbst das Zirpen der Grillen war schwach und metallisch und ohne Resonanz. Der See Genezareth tief unten in der Jordansenke sah unnatürlich erstarrt aus wie eine Quecksilberpfütze.

Die Frau betrachtete sie noch einmal im Rückspiegel, bevor sie Gas gab.

Die heiße Luft, die über der Straße lag, erstickte bereits nach Sekunden das Geräusch des davonfahrenden Autos. Jetzt waren sie allein. Eine Piste führte von der Straße weg in die Berge, mit den Augen konnte man ihr nur ein paar Meter weit folgen, bis sie an der nächsten Kurve hinter einem Felsüberhang verschwand. Davor stand ein Schild mit dem Zeichen für Sackgasse. Dahinter ein weiteres mit der Aufschrift »Militärgelände«, und dahinter noch ein paar Schilder, von denen Linda nicht wußte, was sie bedeuteten.

Dafna und Linda liefen los. Augenblicklich gab die Straße nach wie Gummi. Es ging bergauf, aber Linda kam es vor, als sinke sie immer tiefer, mit jedem Schritt. Nach etwa hundert Metern, es mochten auch zehn oder tausend gewesen sein, nahm sie die Strickjacke, die sie in ihrer Umhängetasche verstaut hatte, und breitete sie über den Maxi Cosi, denn die Sonne schien erbarmungslos auf Pepita. Sich selbst band sie einen dünnen Schal um den Kopf. Auf ihr Geheiß tat Dafna dasselbe mit dem Trägerhemd, das sie unter ihrem T-Shirt trug. Erst wehrte sich Dafna dagegen, weil es komisch aussah, aber sie hatte keine Wahl. Die Hitze war wie eine Krankheit. Sie war überall. Sie ließ keinen Raum, für nichts, nicht einmal für die Erinnerung an Kühle, zum Beispiel an die Kühle des Subarus, in dem sie noch vor einer halben Stunde gesessen hatten. Oder war es vor einer Stunde gewesen? Diese Kühle, dieser Subaru existierten nicht mehr. Und Linda wußte ebenfalls nicht, ob der Posten wirklich existierte, der irgendwann in einiger Entfernung auftauchte, winzig der Unterstand, kaum zu erahnen die Schranke, die die Straße versperrte, daneben ein feines Gespinst von Stacheldraht, das den Himmel mit den Bergen vernähte, aber gab es das alles wirklich? Und machte es überhaupt einen Unterschied? Sie befanden sich auf einer Straße, die sich unter ihren Füßen in zwei Richtungen ins Unendliche dehnte, und sosehr sie auch die Beine streckten, sosehr sie auch mit den Armen ruderten, sie blieben doch auf ein und demselben Fleck.

Linda sah nach Pepita. Obwohl ihr Kopf jetzt im Schatten lag, war das Gesicht rot und geschwollen. Kleine Schweißtropfen quollen unter ihrem Haaransatz hervor und liefen langsam die Schläfen hinunter. Ihre Augen waren zugekniffen oder zugeschwollen, aber Linda sah, daß Pepita wach war, weil ihre Fäuste sich rhythmisch öffneten und schlossen. Linda hatte Pepita zu einem ganz neuen Menschen machen wollen, einem mit einer undurchdringlichen Rüstung. Sie hatte ihr das Erbe ersparen wollen, und sie dachte, sie hätte es getan. Aber ähnlich stark hatte die Sonne zu einer anderen Zeit auf andere Berge gebrannt, auf den atmenden Rücken des Parnaß, ähnliche Schweißperlen hatten an anderen Schläfen gezittert, bei einer anderen Gelegenheit, zu einer anderen Zeit, bevor jemand anderer das Laufen lernte. Niemand hätte sich daran erinnern können, außer vielleicht Schoschana, die es wahrscheinlich vergessen hatte. Linda erinnerte sich nicht, aber ich sehe es vor mir, denn es geschieht zur gleichen Zeit: Zwei Babys mit erhöhter Rumpftemperatur und dem verzweifelten Bemühen ihrer Kopfschwartendrüsen, die Hitze in salziger Flüssigkeit aufzulösen, werden durch einen mediterranen Mittag getragen, der nicht nach Tod aussieht und doch der Tod ist, und doch auch wieder nicht, denn der Tod kommt erst, wenn jemand stirbt, vorher ist er nicht da, er versteckt sich nirgendwo. Wo sollte er sich verstecken in der blendenden Helligkeit galiläischer oder phokischer Mittage? Wer sagt, daß der Tod überall lauert? Wer sagt, daß eine Handlung eine Folge hat, daß alles, was geschieht, eine Folge von etwas ist, daß ein Moment aus einem anderen hervorgeht und daß jeder Moment anders wäre, hätte es den vorherigen nicht gegeben? Wer glaubt schon an den Tod, bevor er stirbt? Niemand, und erst recht nicht am Mittag. In jedem Moment, in dem ein Mensch nicht stirbt, ist er unsterblich. Ein Baby, das durch einen heißen Mittag getragen wird, ist unsterblich. Seine Trägerin ist unsterblich. Wenigstens in diesem Moment.

Und plötzlich war der Posten ganz nah. Der Unterstand. Die Schranke. Der Zaun. Das alles war verschwunden gewesen hinter einer Erhebung und dann plötzlich wieder da. Und genauso plötzlich verdrehten sich Pepitas Augen, Linda sah es nicht, aber sie konnte es spüren, auf irgendeine Art und Weise konnte sie es spüren, vielleicht hatte sich der Maxi Cosi ein wenig zur Seite geneigt, vielleicht hatte der Griff plötzlich elektrisch in ihrer Hand gezittert, jedenfalls sah sie zu Pepita hinunter und sah das Weiße in ihren Augen und mußte rennen. Plötzlich konnte sie sogar rennen, sie rannte gegen einen immensen Widerstand an, so schnell, daß die heiße Luft ihr den Mund stopfte, aber trotzdem konnte sie rennen und schreien, und Dafna rannte auch und schrie, und der Posten kam näher, und noch jemand schrie, aber es war nicht Pepita, sondern jemand anderer, es war eine fremde, eine dünne, angestrengte Stimme, und da, mit einem lauten Knall, oder aber als Folge eines lauten Knalls, stoben die Kohlweißlinge auf. Linda stolperte. Sie spürte einen scharfen Schmerz direkt am Haaransatz. Für einen Augenblick waren die nackten Äste des Feenbaums in Domremy zu sehen. Die Kohlweißlinge blieben in der Luft stehen, erstarrt wie Kristalle. Es war schwer vorherzusagen, ob sie nach oben stieben oder aber auf die Erde hinabregnen und zersplittern würden.

6 Friedehof

Schoschana parkte den Mitsubishi-Bus am östlichen Ende der Jaffa Road. Bereits beim Einbiegen in die Jaffa Road hatte sie sich ein wenig beruhigt. Den ganzen Weg vom Mount Scopus bis hinunter nach Mea Shearim war sie nervös gewesen. Vielleicht lag es daran, daß Pepita nicht in ihrem Bett gelegen hatte, als sie am Morgen aufgewacht war, aber da sie verschlafen hatte und es bereits nach zehn Uhr gewesen war, war es nur allzu wahrscheinlich, daß Linda Pepita mitgenommen hatte, daß sie nicht in die Schule gegangen war, sondern spazieren mit Pepita.

Schoschana hatte also nur mich bei Joscheveds Mann und den anderen Kindern lassen müssen. Joscheveds Mann fühlte sich wieder einmal nicht gut und war bereit, die Kinder zu hüten, während die anderen an der Demonstration teilnahmen.

Vielleicht war Schoschana auch deshalb so nervös, weil sie zum ersten Mal auf einer Demonstration war. Um das Zittern ihrer Hände zu unterdrücken, hatte sie das Lenkrad fest umklammert, während sie durch Beit Yisrael und Romema gefahren war, um die Große Chana und eine ihrer Freundinnen abzuholen. Aber auf der Jaffa Road fühlte sich Schoschana sicher. Diese Straße kannte sie am besten von allen in Jerusalem, besser als Mea Shearim, besser als die Straße zum Augusta-Viktoria-Hospital. Sie war sie schon oft gefahren. Alle Jerusalemer benutzten diese Straße ständig.

Die Jaffa Road ist wie ein Fluß, der durch mehrere Länder fließt: Ganz im Westen trägt sie noch den Geist des Marktviertels Machane Jehuda in sich, dem sie entspringt. Sie schwemmt ihn bis zur Ecke King George Road in Form von bunten Ladenschildern, überquellenden Mülltonnen und unübersichtlichen Kreuzungen, die jeder überquert, wie, wo und wann es ihm paßt. Diesen Teil der Straße regieren zielstrebige Frauen mit Einkaufstüten. Dann werden die Geschäfte, Restaurants und Imbisse respektabler, aber nicht weniger überfüllt. Kellner in abgewetzten schwarzen Synthetikhosen lehnen in den Türen, abwechselnd mit Falafelverkäufern undefinierbar levantinischer Herkunft. Um den Zionsplatz herum ist die Jaffa Road voller Mädchen mit ölschwarzen Haaren und Jungs mit blendendweißen Turnschuhen, dazwischen immer wieder das Weiß von Gebetsschals und das Schwarz von Kaftanen, denn Mea Shearim ist kaum fünf Gehminuten entfernt.

Wenn unser Vater durch die Jaffa Road fuhr, dachte er: Hier ist West-Jerusalem. Hier ist neunzehnhundertachtundvierzig. Hier ist alles, was sich um neunzehnhundertachtundvierzig ballt, wie ein Knäuel aus Gerüchen und Farben und Stimmen und Sprachen und Jubeln und Schüssen. Trotz der grundsätzlichen Ähnlichkeit der Farben und Stimmen ist die Atmosphäre eine ganz andere als in der Altstadt. Die Altstadt ist wie eine Burg oder ein Sanatorium. Auch in der Altstadt ist gekämpft und gefeiert worden, aber jetzt herrscht dort eine gedämpfte Stille, wie üblich in Städten, in denen Menschen miteinander leben, die sich seit Jahrhunderten nicht mögen: Sie schonen einander fast liebevoll, weil sie die einzigen sind, die ihre gegenseitige Abneigung wirklich verstehen.

Zur Altstadt hin wird auch die Jaffa Road ernster und ruhiger. Östlich vom Zionsplatz verdicken sich die Mauern. Von da an konzentriert sich die Straße so sehr auf ihr Ziel, daß dieser Konzentration alle Einzelheiten zum Opfer fallen. Schilder platzen ab, Mauern glätten sich, Bürgersteige häuten sich wie Schlangen. Zum Ende hin verschwinden sogar die Häuser, und die Jaffa Road walzt breit und flach auf die Altstadt zu, bevor sie sich in ihr von Schnellstraßen durchzogenes Delta unterhalb der Altstadtmauer ergießt.

Dort parkte Schoschana den Kleinbus. Es stiegen aus: Joscheved, Schoschana, Eliezer und Nachum, die Große

Chana und eine Frau, die Schoschana nicht kannte. Die vier Frauen hängten sich Schilder um den Hals, weiße Schilder mit schwarzen Buchstaben. Schoschana konnte nicht lesen, was auf ihrem Schild stand. Sie wußte nicht einmal, ob es Jiddisch oder Hebräisch war. Noch immer war sie nicht sicher im Auseinanderhalten der beiden Schriften, die, obwohl sie dieselben Buchstaben benutzten, durchaus zu unterscheiden waren an der Vorliebe des Jiddischen für schmale, aufstrebende und des Hebräischen für breite, eckige Konsonanten. Die Große Chana und die fremde Frau sprachen Jiddisch miteinander. Sie nannten Nachum Nochum und Baruch, der mehrmals in ihrer Unterhaltung vorgekommen war, Boruch.

Schoschana kam mit ihrem Schild nicht zurecht. Eliezer sah ihr dabei zu, wie sie die Schnur über ihren Kopf zu ziehen versuchte. Es gelang ihr nicht, weil das Schild sich drehte und die Schnur zusammenkordelte und dabei einen ihrer Kragenzipfel erwischte. Schoschana fing Eliezers Blick auf. Ihr erster Impuls war, ihn zu bitten, er solle ihr helfen, doch dann fiel ihr ein, daß er es nicht durfte, weil er sie nicht berühren durfte, obwohl sie durchaus zusammen in einem Auto fahren und zusammen an einem Tisch sitzen durften. Das Bild von einem Schoschanas Kragen berührenden Eliezer aber war so intim, daß es ganze Erdbeben auslösen würde, sollte es Wirklichkeit werden, und daß es nicht Wirklichkeit werden durfte, selbst wenn Eliezer es wollte, verlieh der Möglichkeit, daß Eliezer es tatsächlich wollen könnte, eine elektrisierende Reinheit. Schließlich half Joscheved Schoschana, den Kragen aus der Schnur zu befreien.

Der Platz vor dem Damaskustor war ein Meer aus Schwarz und Weiß. Erst jetzt begriff Schoschana, wohin sie unterwegs waren. Bisher hatte sie überhaupt nicht verstanden, worum es ging. Sie wußte nur, daß sie auf eine Demonstration gingen. Angeblich sollten irgendwelche Deutsche im Begriff sein, einen jüdischen Friedhof zu schänden. Laut Joscheved und Eliezer waren die Zeitungen voll davon, aber

Schoschana las keine Zeitungen, nicht einmal englische. Joscheved und Eliezer hatten in den letzten Tagen ständig über diese Demonstration geredet, und Schoschana hatte das alles nicht verstanden, aber auch nicht nachgefragt, weil offenbar alle davon ausgingen, daß sie informiert war. Die Vorstellung, daß Deutsche mitten in Jerusalem einen jüdischen Friedhof schändeten, war so absurd, daß Schoschana sicher war, etwas falsch aufgeschnappt zu haben. Aber sie scherte sich nicht weiter darum. Wenn das Wort »Deutsche« fiel, zuckte sie nicht einmal zusammen. Sie hatte nichts damit zu tun.

Normalerweise war der Platz vor dem Damaskustor voll von Arabern und Touristen, ein buntes, unzusammenhängendes Gewühl, das sich unter dem mächtigen Spitzbogen des Tores verlor. Heute war der Platz voller religiöser Juden, und Schoschana nahm es fast den Atem, wie viel mächtiger als jede andere Farbkombination das Schwarzweiß der Orthodoxie war, so mächtig, daß selbst Polizisten und Soldaten wie erstarrt herumstanden und vergeblich versuchten, Teile des Platzes abzusperren und noch mehr Menschen davon abzuhalten, in Richtung Tor zu strömen. Immer wenn Bewegung in Polizei und Armee kam, explodierte über dem Platz ein Feuerwerk aus Schreien. Der Klang von überschnappenden Männerstimmen war Schoschana mittlerweile vertraut, orthodoxe Männer schrien und sangen immer unkontrolliert, aber jetzt machten ihr die hysterischen Sprechchöre Angst, bis sie sich damit beruhigen konnte, daß sie ja dazugehörte, denn sie trug ein unförmiges karamelfarbenes Kleid und ein riesiges Schild um den Hals, das sie vor fremden Ellenbogen schützte und davor, erkannt zu werden als eine, die nicht wußte, wer sie war und wohin sie gehörte.
Die kleine Gruppe hielt sich an den Händen und wurde mitgerissen. Die Menge schien um einen Punkt zu strudeln, der links vom Damaskustor lag. Irgendwann würden sie an

diesem Punkt ankommen, denn in all dem Chaos hatten die Bewegungen der Menge eine Richtung, es war wie ein Tanz, und plötzlich fühlte Schoschana, wie sie tatsächlich ein paar Tanzschritte machte, damit sie nicht umfiel. Sie hörte sofort wieder auf, als sie merkte, wie leicht sie damit vorankam, und stolperte. Eine Hand hielt sie fest, sonst wäre sie gegen den Mann gefallen, der vor ihr wild gestikulierte und schrie. Er war kein Chassid und auch kein Orthodoxer. Er trug eine bunte Kipa, die ihm schief auf dem Scheitel saß, eine Haarspange hielt sie gerade noch fest, es war eine kleine bunte Spange, die einem Schulmädchen gehören könnte, und darauf saß eine kleine grüne Raupe aus Plastik. Die Raupe hatte rote Augen. Schoschana versuchte, tief Atem zu holen. Dann wurde sie vorwärtsgeschoben. Ihr war schwindelig. Es war ein schrecklich heißer Tag, betäubender Schweißgeruch hing in der Luft, und Schoschana beschloß, lieber doch nicht zu atmen. Plötzlich drehte sich die Menge schneller, so schnell, daß nicht mehr wahrzunehmen war, in welche Richtung es ging, Weiß schmierte in Schwarz, und Schoschana schloß für einen Augenblick die Lider. Als sie sie wieder öffnete, war die Raupe immer noch da. Schoschana taumelte weiter, aber sie verlor die Raupe nicht aus den Augen. Vielleicht verlor auch die Raupe Schoschana nicht aus den Augen. Ihr Blick war glühend rot. Die Menge hinter Schoschana hörte auf zu schieben, und die Raupe entfernte sich ein Stück, dann war sie wieder da, ihre Augen schienen sich vom Raupenkörper gelöst zu haben und bewegten sich auf Schoschana zu. Es waren aber nicht nur diese Augen unterwegs. Noch viele andere fliegende Augenpaare beobachteten sie, offenbar waren sie eigens ausgeschwärmt zu Schoschanas Beobachtung, wahrscheinlich, dachte Schoschana, sollen sie berichten, wer ich bin. Wenn ich das bloß wüßte, dachte Schoschana, aber kümmert euch nicht darum, was ich über mich weiß oder glaube zu wissen, ich lüge ja doch, berichtet einfach, was ihr seht, wenn ihr mich seht, damit werdet ihr schon richtigliegen.

Berichtet meinetwegen, daß es mehrere von mir gibt, die aber glücklicherweise alle dasselbe sagen und tun. Solange sie sich alle einig sind und dasselbe sagen und tun, kann nichts passieren. Berichtet das. Wenn sich alle einig sind, ist das so etwas wie Wahrheit. Wahrheit ist, wenn sich alle einig sind. Ein paar sind vielleicht anderer Meinung, aber die sind nicht da.

Der Tanz kam zum Stillstand. Schoschana schaute zum Himmel, um sich zu vergewissern, wo oben und wo unten war, und sie war erstaunt, sich plötzlich so nah an der Altstadtmauer wiederzufinden. Wenn sie den Kopf in den Nacken legte, konnte sie die eleganten Zinnen Suleimans des Prächtigen in den Himmel ragen sehen. Plötzlich durchschnitt etwas Schweres, Dunkles die Luft, was immer es war, es flog quer über die Menge hinweg, Schoschana konnte nicht sehen, woher es kam und wo es aufschlug, aber offensichtlich hatte jemand etwas geworfen, ein paar Meter weiter links wurde gebrüllt, und plötzlich sah Schoschana die bunten Kipot, viele bunte Kipot, sie waren überall, und der Tanz ging weiter, aber diesmal schienen alle auf der Stelle zu tanzen und wild zu stampfen, etwas quetschte Schoschana die Luft ab, sie erhielt einen Stoß in den Rücken und flog gegen ein Absperrgitter. Sie merkte kaum, wie die scharfe Kante des Pappschildes in ihre Brust schnitt, sie merkte nur, daß sie zu Boden sank und endgültig keine Luft mehr bekam und daß die glühenden Raupenaugen noch immer da waren, obwohl von dem Mann mit der Haarspange weit und breit nichts zu sehen war. Aber jetzt sahen die Augen Schoschana nicht mehr an, sie sahen durch sie hindurch. Sie meinen nicht mich, dachte Schoschana erleichtert, sie meinen wohl doch nicht mich. Oder aber, ach du Schreck!, sie meinen zwar mich, aber sie sehen nichts. Sie sehen nichts, weil ich nicht bin. Ich bin wohl doch nicht. Und doch kann ich sehen, dachte Schoschana. Aber es erleichterte sie nicht besonders, daß sie sehen konnte. Denn was sie sah, war völlig unverständlich. Sie sah Polizisten, aufgewühlte Erde und ein Bündel weißen Stoffes. Sie sah Zeltstangen, mit denen jemand kämpfte, bunte Plastikeimer, die von jemandem zertreten wurden, und sie sah in die Augen von jemandem, den sie kannte, sie wußte einen Moment lang nicht, woher, sie wußte aber, daß es ihr gleich wieder einfallen würde. Sie wußte auch, daß es der absolut falsche Ort und die absolut falsche Zeit war, in diese Augen zu sehen. Sie ähnelten denen der Raupe, weil sie Schoschana abwechselnd erkannten und nicht erkannten, weil sie blutunterlaufen waren und tränten vor Staub und Entsetzen.

Es war das zweite Mal, daß Großmutter Generosa flog. Auf dem Hinflug nach Israel hatte sie einfach nur Angst gehabt. Sie hatte nicht ahnen können, daß die Druckveränderungen in der Passagierkabine und der Neigungswinkel eines Flugzeuges beim Starten und Landen so dramatisch sein würden. Jetzt, auf dem Rückflug nach Deutschland, war sie zusätzlich noch schrecklich wütend. Während der ganzen Fahrt mit dem Sherut-Sammeltaxi von Jerusalem zum Flughafen hatte sie sich krampfhaft an den Haltegriff geklammert und ihre Schulter gegen die Fensterscheibe gepreßt – nicht etwa, weil der Fahrstil des Chauffeurs so rasant war, sondern weil wir das Taxi ausgerechnet mit einer orthodoxen Familie teilen mußten.

»Ich kann diese Pinguine nicht mehr sehen«, murmelte Generosa. »Und ich kann sie nicht riechen. Wir sind doch nicht im Zoo! Wovon ernähren die sich bloß, um Gottes willen?«

Während der Kontrolle im Flughafen geriet sie so in Rage, daß sie beinahe platzte.

»Was geht Sie überhaupt mein Freundeskreis an!« schnauzte sie den Jungen vom Schin-Beth-Sicherheitsdienst an, der sie befragen mußte. »Es gibt bestimmt sehr nette, anständige Araber. Wenn ich mit ihnen befreundet wäre, wäre ich stolz darauf und würde es nicht verschweigen. Und: Ja, ich *habe* meinen Koffer unbeaufsichtigt herumstehen lassen. Was jetzt? Wollen Sie mich verhaften? Bitte!«

Sie hielt ihre mageren, altersfleckigen, durchtrainierten Arme überkreuz dem Sicherheitsdienstler hin, der offensichtlich noch in der Ausbildung war, denn ein kaum älteres Mädchen stand mit ernster Miene hinter ihm und machte sich Notizen auf einem Klemmbrett.

»Wer sind Sie überhaupt?« fragte sie den Jungen. »Sind Sie beim Mossad? Wenn ja, dann gute Nacht. Glauben Sie mir«, wandte sie sich an das Mädchen mit dem Klemmbrett, »mit grünen Jungs wie ihm werden Sie diesem Saddam Hussein kaum ein Schnippchen schlagen, der ist nämlich mit allen Wassern gewaschen. Sie dagegen, liebes Fräulein – leider kann ich Ihren Namen nicht lesen, dieses Schild da an Ihrem Revers ist sehr klein, und glauben Sie mir, Hebräisch ist keine Sprache, zu der einfache Menschen aus Mitteleuropa irgendeinen natürlichen Zugang hätten, selbst ich kann damit nichts anfangen, obwohl ich auf einem humanistischen Gymnasium war, also sollten Sie sich Mühe geben, *besonders* deutlich zu schreiben –, Sie, liebes Fräulein Scharon oder Schalom, machen einen intelligenten Eindruck. Sorgen Sie dafür, daß der junge Mann hier eine seinen Fähigkeiten entsprechende Tätigkeit zugewiesen bekommt. Vielleicht in der Küche. Er mag ja ein guter Mensch sein, aber an der vordersten Front ist er fehl am Platz.«

Wir mußten auf einer Bank warten, bis alle anderen Passagiere die Halle verlassen hatten. Dann näherte sich uns eine Frau mit einem Walkie-Talkie. »Es tut mir leid«, sagte sie, »die Maschine ist überbucht. Sie müssen auf die nächste warten. In der Zeit werden wir uns Ihre Koffer noch einmal vornehmen. Kommen Sie bitte!«

»Wir *werden* diese Maschine nehmen«, sagte Großmutter Generosa freundlich. »Und Sie *werden* unsere Koffer in Ruhe lassen, darauf können Sie wetten!«

Wir hatten die ersten beiden Sitzreihen für uns allein. Pepita und ich dämmerten vor uns hin, denn wir hatten Vallergan in unsere Milch gemischt bekommen. Robbie starrte mit unbewegter Miene aus dem Fenster, und Linda las angestrengt in ihrem Comic, damit sie nicht mit Großmutter Generosa reden mußte. Die kleine Wunde an ihrem Haaransatz schmerzte noch ein wenig, obwohl man ihr die Fäden bereits vor einer Woche gezogen hatte.

Vor dem Flughafen in Hannover wartete ein junger Mann in einem sehr großen, sehr sauberen Audi auf uns. Er trug einen dunkelblauen Anzug und eine dunkelrote Weste.

»Du glaubst nicht, wie froh ich bin, diesem Hexenkessel entkommen zu sein«, seufzte Generosa. »Sie schießen dort sogar auf Kinder. Ich habe kein gutes Gefühl bei der Sache. Das gibt noch mächtig Zunder. Aber wovon die Israelis wirklich etwas verstehen, ist die Tropfbewässerung. Sie haben die Wüste wieder zum Leben erweckt. Das soll ihnen erst mal einer nachmachen!«

Kurz vor Oldenburg fing es an, nach Schweinegülle zu riechen, und unser Fahrer schaltete die Belüftungsanlage ab.

»Jetzt ist es nicht mehr weit«, sagte Generosa.

Robbie hoffte, daß das nicht stimmte. Glücklicherweise dauerte es noch über eine halbe Stunde, bis der Audi vor dem Hotel »Friedehof« hielt. Robbie wäre am liebsten nicht ausgestiegen. Er überlegte, wie es wäre, einfach sitzen zu bleiben und sich noch tiefer in die schwarzen Lederpolster sinken zu lassen, deren Geruch nach Zigarettenrauch und Lederimprägnierung ihn in einen Zustand angenehmer Benommenheit versetzt hatte. Selbst die Übelkeit, die während der Fahrt von Zeit zu Zeit in ihm aufgestiegen war, hatte er besser ertragen als jetzt die Tatsache, daß es noch nicht einmal vier Uhr war und noch ein halber Nachmittag und ein ganzer Abend vor ihm lag, bevor er schlafen gehen und hoffen durfte, daß er entweder nie aufwachte oder beim Aufwachen wieder zu Hause war, beziehungsweise dort, wo unsere Eltern waren – oder wenigstens ein Teil von ihnen. Robbie haßte diese Momente des Ankommens. Er hatte sie immer gehaßt, egal, wohin er gefahren war. Er haßte neue Häuser und neue Betten und neue Menschen. Noch während jeder Ankunft seines Lebens hatte er sich vorgestellt, wie es wäre, nicht auszusteigen und einfach sitzen zu bleiben, im Flugzeug, im Taxi, im Bus. Jetzt überlegte er, wie es wäre, in diesem Audi zu leben. Bestimmt nicht schlecht. Es gab ein Radio mit Kassettendeck. Die Sitze waren glatt und schwarz und weich und ließen sich verstellen. Er hatte noch eine ganze Tüte voller riesiger Schokoladenkaramelbonbons dabei, von denen jeder einzelne imstande war, selbst ihn, Robbie, für lange Zeit zu sättigen.

Er fragte sich, wie Linda zumute war. Linda stieg natürlich sofort aus und half beim Gepäcktragen, obwohl sie ebenfalls das Ankommen haßte, Robbie wußte es. Aber bei Linda siegte immer die Freude über die eigene Gewandtheit und Organisiertheit und die Aussicht darauf, ein paar Leute, die sie noch nicht kannte, mit ihrer altersunangemessenen Aufgeschlossenheit zu beeindrucken, über den Impuls, sich im Fond eines Wagens oder auf einem Flugzeugsitz zusammenzurollen und einfach nur zu heulen. Linda war ein guter Gast. Robbie nicht. Er war nicht höflich. Er verlief sich in fremden Häusern, stieß sich an fremden Möbeln und fand fremde Dinge selbst dann nicht, wenn man ihm genau beschrieb, wo sie waren.

»Bitte«, sagte Großmutter Generosa zu Linda und Robbie, als sie sie durch die Ankunftshalle führte. Dabei machte sie eine einladende Geste, als seien Linda und Robbie Gäste, die zum ersten Mal im Friedehof abstiegen, und genau das waren sie. An der Rezeption bekamen sie einen Schlüssel ausgehändigt, und das stimmte Robbie gleich etwas zuversichtlicher, denn es gab ihm das Gefühl, abreisen zu können, wann immer er wollte, obwohl das ein Trugschluß war, denn ohne den großen Audi kam man hier offenbar nirgendwohin: Das letzte Haus hatten sie passiert, gut zehn Minuten, bevor sie im Friedehof angelangt waren, und rings um das Hotel herum gab es nichts als grüne Felder und Weiden. Nicht einmal das Meer hatten sie gesehen, und Robbie vermutete, daß es gar kein Meer gab, daß sie in einer grünen Einöde waren, die sich auf magische Weise ins Endlose dehnen würde, sobald man ihr mit anderen Mitteln als dem Audi zu entkommen versuchte, die entweder so selbstgenügsam war wie Tolkiens Auenland oder hinter einer unpassierbaren Nebelwand lag wie Avalon.

Tatsächlich war es ein wenig neblig. Beim Aussteigen hatte sich die Luft schwer auf Robbies Schultern gelegt, sie hatte barbarisch nach fauligem Gras gerochen und nach feuchtem Tier. Es war Herbst. In Jerusalem herrschte noch hochsommerliche Hitze, aber hier war es so kühl, daß eine harte, schmerzhafte Gänsehaut an Robbies nackten braunen Beinen aufprickelte.

Auf ihrem Zimmer zogen sich Linda und Robbie warme Kleider an. Sie zögerten das Noch-nicht-Angekommensein hinaus, indem sie in langen Hosen und Pullovern und Schuhen auf ihren Betten lagen und an die Decke starrten. Die Betten waren glatt und hart, die Laken straffgezogen und an den Ecken fest unter die Matratze gestopft. Auf Lindas Nachttisch stand ein Aschenbecher, auf Robbies eine Schale mit grünstichigem Obst: Kiwis, unreife Bananen, Granny-Smith-Äpfel und eine Art pockennarbiger Nüsse, die Linda und Robbie noch nie gesehen hatten. Linda und Robbie lagen da, sahen einander nicht an und fühlten heimliche Freundschaft in sich aufsteigen, jene uralte Zuneigung zueinander, die normalerweise aus der Erde kam und normalerweise die Erde zum Platzen gebracht hätte und dazu, ihre tiefverborgenen Düfte zu verströmen, aber hier war es aussichtslos, denn die Erde war grob und spröde und würde vermutlich höchstens einen

Geruch nach Salz und Gülle freisetzen, also beschränkten sich Linda und Robbie darauf, einfach nur dazuliegen und zu warten und an nichts zu denken, obwohl sie spürten, daß es funktionieren könnte, wenn sie nur wollten, aber gerade in diesem Moment waren sie zu alt und zu müde, es zu versuchen.

Beim Abendessen machten sie die Bekanntschaft ihres Großvaters Jopie. »Hier ist eure Mutter aufgewachsen«, sagte Jopie und lächelte, und das blieb die einzige sentimentale Bemerkung an diesem Abend, die einzige, die wenigstens entfernt die Tatsache würdigte, daß sie einander nicht kannten, obwohl sie Großeltern und Enkel waren.

Linda mochte es, wenn das Gespräch auf Konversationsniveau blieb. Robbie war darüber enttäuscht. Er fand, daß er seinem Großvater ähnlich sah, und das freute ihn, weil er seinem Vater nicht ähnlich sah und überhaupt niemandem aus der Familie, aber darauf wurde mit keinem Wort eingegangen. Robbie hatte gedacht, sein Großvater würde ihn gleich »ins Herz schließen«, weil er der einzige Junge war. Aber eigentlich wußte er gar nicht genau, wie »ins Herz schließen« ging. Vielleicht hatte ihn Jopie schon ins Herz geschlossen, und er hatte es nur noch nicht bemerkt. Jopie hatte ein freundliches Gesicht, in dem Robbie seine eigene Neigung zum Erröten wiedererkannte. Er mußte seinen Großvater die ganze Zeit anstarren und merkte es erst, als er einen kleinen Speichelfaden aus seinem leichtgeöffneten Mund fließen spürte, den er schnell wieder einsaugte, in der Hoffnung, niemand habe es bemerkt.

Erst am nächsten Morgen kamen sie dazu, sich alles genauer anzusehen. Noch vor dem Frühstück liefen sie einmal um das ganze Hotel, das »Konferenzhotel Friedehof«, wie es auf dem Schild über dem Eingang hieß.

Vorne auf der Auffahrt waren zwei Gärtner in grünen Overalls dabei, palettenweise Heidekraut in symmetrisch angeordnete Beete zu pflanzen. Zusammen mit den messerscharf abgegrenzten Rasenflächen dazwischen ergaben die Beete ein abstraktes, ornamentales Muster wie in den Gärten von Versailles. Hinter dem Haus war der Rasen ein endloser Teppich, sattgrün und unkrautfrei. Auf den Beeten blühten senf- und currygelbe Astern. Weiter hinten stießen Linda und Robbie auf einen Swimmingpool. Er war sorgfältig mit einer Plane gegen herabfallendes Laub geschützt. Dichte Ligusterhecken begrenzten diesen Teil des Gartens, nur unterbrochen durch zwei Tore aus Metall. Linda rüttelte am rechten Tor. Das Schloss war eingeschnappt und ließ sich offenbar nur mit einem Schlüssel öffnen. Durch die Stahlstreben konnten Linda und Robbie einen Blick auf den Minigolfplatz werfen: Die Betonbahnen waren abgenutzt, aber sauber, an einigen Stellen platzte Farbe ab, aber kaum ein Blatt lag herum, nur ein paar glänzende Eicheln und Kastanien, die aussahen, als seien sie eben erst heruntergefallen. Offenbar war hier vor nicht langer Zeit gefegt worden. In der Nacht hatte es geregnet, aber keine Pfütze war zu sehen.

Großvater Jopie kam quer über den Rasen gestiefelt, um sie zum Frühstück zu holen.

»Es ist zehn«, sagte er, »das Buffet wird gleich abgeräumt.«

Linda und Robbie nahmen sich etwas von dem lauwarmen Rührei, das noch in einer Kupferpfanne auf dem erloschenen Rechaud stand. Jopie sah ihnen beim Essen zu.

»Ihr müßt auch Obst essen«, sagte er. Er stand auf, ging zum Buffet und kam mit zwei Kiwis wieder, die er vor Linda und Robbie auf den Tisch legte. In der anderen Hand hatte er ein paar von den pickligen Nüssen, die sich auch in der Obstschale auf Lindas und Robbies Zimmer befunden hatten.

»Was ist das?« fragte Robbie.

Jopie nahm eine der Nüsse, bohrte mit dem Daumennagel in die offenbar weiche Schale und quetschte einen weißlichen Klumpen heraus, der aussah wie Rotz.

»Das sind Litschis«, sagte er und verschluckte den Klumpen. »Sie kommen aus China.« Er spuckte einen lackglänzenden Kern in seine Hand und legte ihn auf den Tisch. »Kiwis kommen aus Neuseeland. Sie haben sehr viel Vitamin C, mehr als Apfelsinen. Eure Großmutter und ich essen jeden Tag eine Kiwi.«

Robbie beschloß, versuchsweise auch jeden Tag eine Kiwi zu essen, obwohl es ihm albern vorkam. Er löffelte eine Kiwihälfte ganz aus, obwohl er den bitteren Geschmack noch nie besonders gemocht hatte.

Den ganzen Morgen hatten Pepita und ich in unseren Autositzen auf dem Rücksitz von Generosas Passat Kombi verbracht, in dem es nach Blumenerde roch. Wir waren nach Fedderwardersiel gefahren, um am Hafen frischen Fisch zu kaufen, hatten vor einer Räucherei gehalten, wo uns kistenweise Schillerlocken in den Kofferraum geladen worden waren, hatten dann in einer Bäckerei in Langwarden einige Laibe Pumpernickel abgeholt, und gegen halb zwölf befanden wir uns wieder auf dem Weg nach Hause. Pepita war den ganzen Morgen unruhig gewesen, weil sie Linda noch nicht zu Gesicht bekommen hatte. Sobald wir das Tor passierten, hörte sie auf zu quengeln, als spüre sie, daß es die Kopfsteine der Auffahrt des Friedehofs waren, die unter unseren Reifen knatterten.

Linda und Robbie standen an der Auffahrt und sahen den Gärtnern zu. Der ganze Vorgarten war ein Meer aus ineinanderlaufenden Rottönen. Der eine Gärtner setzte gerade die allerletzte Heidekrautpflanze in ein Beet, das sich wie die Windung eines Schneckenhauses kringelte und mit seiner äußeren Rundung an ein anderes Beet schmiegte. Dieses Beet hatte die Form eines schlanken, gebogenen Blattes. Der zweite Gärtner harkte den Rasen, las kleine Steine und Heidekrautzweige an den Beeträndern auf und warf sie in eine Schubkarre.

Großmutter Generosa stieg aus. Der erste Gärtner drückte Erde um die letzte Heidekrautpflanze fest, richtete sich auf und klopfte seine Knie sauber. Der zweite hörte auf zu harken und sah Generosa erwartungsvoll an.

»Und?« fragte Generosa mit einem Lächeln. »Wie beurteilen Sie selbst Ihre Arbeit?«

»Nu, wi sünn taufreden«, sagte der Gärtner mit der Harke. »Kieken Sei sick dat mol an, Fru Generosa. Allens symmetrisch. Dat wor ne schöne Ackeri, ober wi sünn taufreden.«

»Ich verstehe Ihre Sprache nicht sehr gut. Ich nehme an, Sie sagten, Sie seien zufrieden?«

»Das kann man wohl sagen«, sagte der andere Gärtner. »Wir haben alles nachgemessen.«

»Das ist schön«, sagte Generosa. Sie lief um die Beete herum, bückte sich, um einen horizontalen Blick über die dichtgeschlossene, rötlich gekräuselte Oberfläche eines der Beete zu werfen. Dann entfernte sie sich ein paar Schritte und sah sich das Ganze von weitem an.

»Ich beglückwünsche Sie zu Ihrer Fähigkeit, genau nachzumessen«, sagte Generosa. »Ich beglückwünsche Sie *nicht* zu Ihrem Farbempfinden.«

Die Gärtner schwiegen überrascht.

»Was haben wir über die Farben gesagt?« fragte Generosa.

»Lila«, murmelte der eine Gärtner.

»Wie bitte?«

»Sie haben Lila gesagt.«

»Nun, nennen wir es mal so. Und was ist das?« Sie zeigte auf das blattförmige Beet.

»Lila.«

Großmutter Generosa lächelte und hob den Finger. »Und genau da sitzt der Fehlerteufel. Ich habe mit Sicherheit niemals Lila gesagt. Dieses Wort benutze ich nicht. Ich habe gesagt: Violett. Und was ist Violett?«

»Lila«, sagte der Gärtner mit der Harke.

»Nein«, sagte Generosa. »Lila ist ein volkstümliches Wort und als solches vielleicht ganz charmant, aber unpräzise. Es bedeutet allgemein: Blaurot. Violett aber bedeutet: ein Blaurot, das ins Blaue tendiert, wenn nicht gar mit einem Stich ins Indigo. Was Sie da gepflanzt haben, ist Purpur. Aber ich sagte nicht nur Lila, ich sagte noch etwas anderes.«

»Rosarot.«

»Tatsächlich, ich habe Rosarot gesagt. Sie haben mich also verstanden. Aber was ist das?« Sie zeigte auf das schnecken-förmige Beet. »Das ist nicht Rosarot. Es ist Rostrot. Verstehen Sie mich nicht falsch, ich finde rostrotes Heidekraut zauber-haft, aber es paßt nun einmal nicht zu Purpur, es paßt, wenn Sie so wollen, nicht einmal zu Lila, und es paßt erst recht nicht zu Violett.«

Die Gärtner warfen sich einen schnellen Blick zu und starr-ten dann angestrengt auf die Beete, als setzten sie ihre letzte Hoffnung in den Versuch, mit besonders intensiven Blicken die Farbschattierungen noch in letzter Sekunde in eine Rich-tung zu verändern, die Generosa gefiel.

»Es tut mir leid, Ihnen noch einmal so viel Arbeit zu ma-chen«, sagte Generosa. »Aber das Ganze muß raus.«

Sie bückte sich, riß eine Heidekrautpflanze mit den Wur-zeln heraus und warf sie in die Schubkarre. »Ich hoffe, Sie schaffen es bis zwei Uhr. Wir haben eine hochkarätige Gesell-schaft um vier.«

Den Rest des Vormittages verbrachten Linda und Robbie damit, sich auf die hochkarätige Gesellschaft vorzubereiten. Robbie, indem er vor Unbehagen und Unwillen in tiefes Schweigen versank, Linda, indem sie überlegte, was sie anzie-hen sollte.

Was war eine hochkarätige Gesellschaft? Wahrscheinlich handelte es sich um reiche Leute, also Adlige oder Geschäfts-leute, und zwar die Art von Geschäftsleuten, mit denen Linda das Wort »Manager« verband. Oder waren es Künstler, Maler,

Schauspieler, am Ende gar Schriftsteller? Bisher hatten Linda und Robbie im Hotel Friedehof nur alte Leute gesehen, hauptsächlich Ehepaare zwischen fünfzig und achtzig. Eine Reisegruppe von Frauen in den mittleren Jahren war auch unter den Gästen. Als Linda und Robbie gerade ihr Frühstück beendet und auf dem Sofa in der Halle ein wenig in den herumliegenden Zeitschriften geblättert hatten, waren diese Frauen in Gummistiefeln die Treppe heruntergetrampelt gekommen, und ihrem Geschnatter war zu entnehmen gewesen, daß sie zu einer »Wattwanderung« aufbrachen. Zu diesem Zweck hatten sie sich zusammengeknüllte Windjacken um ihre nicht vorhandenen Taillen gebunden. Die Windjackenklumpen saßen auf ihren Hintern wie seltsame Wucherungen und ließen die Frauen aussehen wie eine Herde plumper exotischer Tiere. Das war es nicht gerade, was Linda mit dem Wort »hochkarätig« verband.

Um eins bekamen sie gemeinsam mit den anderen Gästen ein leichtes Mittagessen vorgesetzt: Kalbsschnitzel *nature,* Butterkartoffeln und grüne Erbsen, dazu eine helle Sauce, die entfernt nach Estragon schmeckte.

Noch drei Stunden.

Linda wollte sich damit beschäftigen, Pepita und mir in unserem Zimmer etwas vorzusingen. Es befand sich neben dem von Generosa und Jopie, also direkt unter dem Dach. Hier war offensichtlich der private Wohnbereich unserer Großeltern. Linda und Robbie schliefen in einem normalen Hotelzimmer im ersten Stock, das gegen Generosas und Jopies Schlafzimmer geradezu urgemütlich wirkte.

Die Einrichtung des Schlafzimmers war spartanisch. Alles war penibel sauber. Die Eichenmöbel waren schwer, aber ohne jede Verzierung, mit den glatten Rundungen der fünfziger Jahre. Sie erinnerten an Kirchenmöbel oder Instrumente. Linda zog eine Schublade in Großmutter Generosas Frisiertisch auf. Darin lag nichts als eine Bürste. Metallstifte staken in einem Polster aus sprödem mattroten Gummi. Die Bürste war alt und abgenutzt, aber kein einziges Haar hatte sich in den Metallborsten verfangen. Als Linda ein Geräusch hörte, schob sie die Lade schnell wieder zu. Aber es war nur Robbie, der in der Tür stand. Er drehte sich um und ging in unser Zimmer. Linda folgte ihm.

Pepitas und mein Kinderbett standen neben einem großen Doppelbett, das abgezogen und mit einem Wollplaid bedeckt war. Robbie warf sich mit voller Wucht darauf, aber die Matratze gab kaum nach. Neben dem Bett standen ausgetretene Männerhausschuhe aus Leder. Auf dem Nachttisch lag ein Buch über Vögel. Linda öffnete den Schrank: Hemden, Anzughosen, Jacketts, ein paar alte Cordjeans und Pullover mit V-Ausschnitt. Ein Krawattenhalter. Offenbar war das hier Jopies Zimmer. Linda fragte sich, ob Jopie bisher immer hier geschlafen hatte und nur wegen unserer Ankunft zu Großmutter Generosa gezogen war.

Sie setzte sich neben Robbie auf das Bett, um uns etwas vorzusingen. Vor allem sang sie Pepita und Robbie vor, denn meine Aufmerksamkeit war schwer zu erlangen.

Erst versuchte sie es mit einer Arie aus der *Zauberflöte*: Papagenos Lied, bevor er sich an einem Baum aufhängen will, weil er Papagena verloren hat. Sie kam nicht sehr weit. Zwar hatte Linda alle Zeilen parat, aber heute brachte sie die Reihenfolge durcheinander und verwechselte die Strophen, so daß sie es nicht bis zu der Stelle schaffte, die sie am liebsten hatte, der Stelle, an der Papageno sich schließlich widerwillig in den Tod ergibt, weil niemand Anstalten macht, ihn vor dem Strick zu retten.

Nun wohlan, es bleibt dabei ... Eigentlich war es Robbies Lieblingsstelle, aber weil Robbie sie so gern hörte und nie genug davon bekam, weil er sie, Linda, immer mit offenem Mund anstarrte, wenn sie an diese Stelle gelangte, und um so verzückter wurde, je mehr sie dabei stöhnte und seufzte, war es auch ihre Lieblingsstelle.

... *gute Nacht, du falsche Welt!* Das war der Höhepunkt. Linda konnte ihn mit so absoluter Verzweiflung schluchzen, daß Robbie ganz klamm ums Herz wurde und dabei ein Gefühl in ihm aufstieg, das das genaue Gegenteil von dem war, was er eigentlich fühlen müßte: eine alles zerschmelzende Wärme. *Gute Nacht, du falsche Welt!* Es war das Schrecklichste und Schönste, Linda diese Zeile singen zu hören, es war so schön, daß Robbie Linda dafür haßte, denn es kam ihm vor, als habe Linda damit alles verdorben, alles, alles, alles. Die Gleichzeitigkeit von Wärme und Kälte in dieser Zeile machte alles, was er hatte, sinnlos, und alles, was er nicht hatte, unerreichbar, und bei dieser Erkenntnis tat sich Robbie unendlich leid.

Jetzt war er fast froh, daß Linda sich verhedderte und es schließlich aufgab, die Arie bis zum Schluß zu singen. Stattdessen sangen sie gemeinsam ein Lied, das sie in der Grundschule in Athen gelernt hatten; es war ein griechisches Kinderlied vom Peloponnes, aus der Zeit des Freiheitskampfes gegen die Türken, als der Unterricht in griechischer Sprache verboten gewesen war und die Kinder heimlich nachts in die Schule gegangen waren, beim Schein des Mondes, um in ihrer Muttersprache zu lernen. Linda und Robbie hatten ihr Griechisch fast vollständig verlernt, aber dieses Lied konnten sie noch. Sie freuten sich, daß es so flüssig ging, und schmetterten es so laut, daß Pepita keckernd auflachte und ich vorsichtig lächelte, weil ich nicht verstand, ob unsere Geschwister uns unterhalten oder anschreien wollten. Nuancen wie diese entgingen mir ständig, und das verzögerte und schwächte generell meine Reaktionen.

Um halb drei erstrahlten die Beete vor dem »Konferenzhotel Friedehof« in Violett und Rosarot.

Um viertel vor drei lud ein Bus die Frauenreisegruppe ein und fuhr davon. Die übrigen Gäste schienen ebenfalls abzureisen, denn im Minutentakt knallten Wagentüren, knirschten Reifen die Auffahrt hinunter. Linda und Robbie warfen einen Blick in die Küche, bevor sie auf ihr Zimmer gingen, um sich umzuziehen. Auf den kalten Platten erblühten Blumen aus Karotten und Radieschen. Jemand lieferte Bleche voll Butterkuchen. Kartoffeln wurden geschält, Bohnen geputzt. In einem der Kühlschränke warteten fünf Dutzend Kalbsschnitzel darauf, zu Cordon bleu verarbeitet zu werden – ganz offensichtlich hatte Generosa eine Schwäche für helles Fleisch.

Um drei zog Linda ihr rotes Kleid mit den winzigen grünen Pfauenaugen an. Das Kleid stammte aus der Kindheit unserer Mutter, es war eines der Kleider, die nicht der Wegwerfaktion zum Opfer gefallen waren, weil es in Jerusalem in einem noch nicht ausgepackten Koffer gelegen hatte, zusammen mit ein paar anderen Kleidungsstücken, die Linda selten anzog. Es bestand aus einer altmodischen, schweren, kalten Synthetikfaser, die sich auf der Haut anfühlte wie tausend Nadelstiche.

Um halb vier hielt der erste Wagen vor dem Hotel. Linda und Robbie standen am Fenster und sahen zu, wie der erste hochkarätige Gast ausstieg. Es war ein älterer Herr in einem grauen Anzug. Großmutter Generosa begrüßte ihn, am Eingang stehend. Sie trug ein schwarzes Kleid. Durch die Spitze an Ausschnitt und Armen sah man ihre bräunliche Haut schimmern, aber sie schien nicht zu frieren, obwohl es so kühl war, daß Linda und Robbie die Kälte durch die Fensterscheibe spüren konnten.

Der junge Mann, der sie im Audi abgeholt hatte, trug den Koffer des ersten hochkarätigen Gastes ins Hotel. Dann kam er wieder heraus, stieg in den Wagen und parkte ihn auf der anderen Seite der Straße auf einer Weide, deren Gatter offenstand.

Lindas Laune war bestens. Der Herr hatte tatsächlich hochkarätig ausgesehen. Das Auto glänzte kostbar, der Motor machte kaum ein Geräusch.

Aus dem nächsten Wagen stiegen gleich vier ältere Herren.

Zwei davon trugen schwarze Anzüge, die anderen beiden graue Hosen und marineblaue Blazer. Einer hatte eine Kapitänsmütze auf. Wenn im nächsten Wagen nicht ein jüngerer Mann oder wenigstens eine Frau säße, würde sie ihre Laune nicht unbedingt auf diesem Niveau halten können, befürchtete Linda.

Das nächste Auto war ein Taxi. Im Fond, Linda sah es sofort, saßen zwei Herren weit jenseits der Achtzig. Sie hatten erhebliche Mühe beim Aussteigen. Wenigstens kleideten sich die alten Herren abwechslungsreich: Einer dieser beiden zum Beispiel trug eine Art Uniformjacke mit vielen bunten Orden an der Brust. Er war womöglich der hochkarätigste von allen.

Als nächstes kam ein Bus mit mindestens zwanzig von seiner Sorte. Die Tür öffnete sich lautlos. Einer nach dem anderen schleppte sich die Stufen hinunter. Manche schienen ein steifes Bein zu haben, andere sogar zwei.

»Ich gehe nicht runter!« rief Linda und warf sich enttäuscht auf das Bett. Sie öffnete den Reißverschluß ihres Kleides ein wenig, denn es kam ihr enger vor als beim letzten Mal, da sie es getragen hatte. Robbie starrte weiter aus dem Fenster.

»Komm her!« rief er plötzlich.

Diesmal war es ein Kleintransporter. Aus dem Führerhaus sprangen zwei junge Männer. Aber bevor sich Linda freuen konnte, sah sie, daß die beiden Männer in ähnlichen Overalls steckten wie die beiden Gärtner von heute morgen. Sie öffneten die Tür zum Laderaum des Transporters und hievten ein riesiges Etwas heraus. Selbst zu zweit hatten sie Mühe, das Ding auszubalancieren, sie schwankten unter dem Gewicht und machten winzige Trippelschritte, als sie damit zum Eingang liefen: ein riesiger Kranz aus Eibenzweigen, so dunkel, daß er fast schwarz war. Große rote Gerberablüten steckten in dem dichten Geäst. Unten war der Kranz mit einer rotweißen Schleife umwunden.

»Eine Beerdigung!« flüsterte Robbie.

Es waren mindestens fünfzig alte Herren, die an den Tischen im Speisesaal saßen und Pumpernickel mit Schillerlocken aßen. Alle hatten ihre Mäntel anbehalten, und dadurch herrschte im Raum eine Wartesaalatmosphäre. Linda gefiel das gar nicht, aber sie versuchte, die Sache sportlich zu nehmen, nun, da sie sich aus reiner Neugier doch entschieden hatte herunterzukommen. Sie lief von einem Tisch zum anderen und machte Konversation. Dabei hatte sie ihr ernstes, wissendes Gesicht aufgesetzt, damit niemand auf die Idee käme, sie habe keinen Schimmer, was hier eigentlich vor sich ging.

Robbie saß in einer Ecke mit einem Teller Pumpernickel. Er mochte die Kombination aus schwerem, lakritzartigem Brot und butterweichem Fisch sehr. Als einer der alten Herren zielstrebig in seinem elektrischen Rollstuhl auf ihn zugesurrt kam, stopfte sich Robbie gleich zwei belegte Brote auf einmal in den Mund, weil seinem Vergnügen daran, allein zu essen und sich ganz auf den lehmig-süßen Inhalt seines Mundes zu konzentrieren, ganz offensichtlich ein Ende bereitet werden sollte.

»Du bist der Enkel von Jopie Drent?« fragte der Herr.

Robbie nickte.

»Du siehst ihm ähnlich«, sagte der Herr. »Heinrich Almers. Kapitän Heinrich Almers.«

»Robert«, sagte Robbie und nahm die behandschuhte Hand, die ihm hingestreckt wurde. Zunächst war er erstaunt, auf keinerlei Gegendruck zu treffen. Dann erschauerte er. Die Hand war so hart und leicht wie Plastik. Wahrscheinlich war sie aus Plastik.

»Ich wußte, daß es eines Tages soweit sein würde«, sagte der Kapitän. »Ich wußte es immer. Es ist nicht richtig, den Großeltern ihre Enkel vorzuenthalten. Aber die Natur ist ein Kreislauf. Blut fließt wieder zum Herzen zurück. Meist sind die Enkel viel eher geeignet, das Werk ihrer Großeltern fortzusetzen, als deren Kinder. Kinder müssen fortgehen, Enkel kommen zurück. Was meinst du, mein Junge, wirst du eines

Tages in die Fußstapfen deines Großvaters treten und sein Werk in Ehren halten?«

»Mal sehen«, sagte Robbie und zuckte die Schultern. Es kam ihm komisch vor, daß dieser Herr das Hotel so pathetisch als Jopies »Werk« bezeichnete. Wenn überhaupt, war das Ganze wohl eher Generosas Werk. Tatsächlich aber schienen die alten Herren Jopie besonders gern zu mögen: Jopie saß an einem kleinen Tisch ganz in der Ecke des Speisesaales, und trotzdem drängten sich die meisten der alten Herren um ihn. Alle wollten sich mit ihm unterhalten. Dabei beugten sie sich weit vor, um ihn verstehen zu können. Einer hielt Jopies Hand und knetete sie, als ob er sich vergewissern wollte, daß sie tatsächlich aus Fleisch und Blut sei. Dieser alte Herr sah nicht im geringsten hochkarätig aus, sondern eher wie ein Penner; er trug einen schmutzigen Pullover und einen verfilzten, fächerartig abstehenden Bart. Selbst von weitem war ihm anzusehen, daß er stank. Robbie ließ seine Blicke durch den Raum schweifen. Bei genauerem Hinsehen konnte er noch zwei von dieser Sorte entdecken. Sie wirkten schmuddelig und verrückt, aber sie unterhielten sich so selbstverständlich mit den anderen alten Herren, als trügen auch sie gebügelte Hemden und gepflegte Anzüge.

In diesem Moment öffnete Großmutter Generosa die Flügeltüren, die auf die Terrasse hinausgingen.

»Na dann«, sagte Kapitän Heinrich Almers zu Robbie. »Würdest du mich schieben? Das Ding ist zwar ein technisches Wunderwerk«, er zeigte auf die linke Armlehne seines Rollstuhls, an der ein Schaltbrett mit vielen bunten Knöpfen angebracht war, »aber ich vertraue lieber auf die gute alte *manpower*. Außerdem kann ich das Geräusch nicht leiden, das er macht. Als würde man auf einer Nähmaschine sitzen.«

Auf der Terrasse stand der riesige schwarzrote Eibenkranz. Zwei alte Herren, die offenbar noch alle Gliedmaßen hatten, hoben ihn von einer Art niedrigen Staffelei herunter. Robbie fürchtete, sie würden unter dem Gewicht des Kranzes zusammenbrechen, aber sie schwankten weniger darunter als die jungen Gärtner, die ihn geliefert hatten. In einer schweigenden, vom rhythmischen Klicken und Schaben der vielen Gehhilfen und anderen orthopädischen Hilfsmittel begleiteten Prozession liefen, hinkten und rollten die alten Herren hinter dem Kranz her quer durch den Garten, bis sie vor einem der beiden Metalltore stehenblieben. Am Morgen hatten Linda und Robbie Gelegenheit gehabt herauszufinden, was hinter dem rechten Tor lag, doch dann war Jopie gekommen und hatte sie zum Frühstück geholt. Jetzt befanden sie sich vor dem linken Tor. Es stand offen, und die alten Herren schritten paarweise hindurch.

Linda half Robbie, den Kapitän zu schieben. Fast als letzte passierten sie das Tor. Augenblicklich ließen sie die Griffe des Rollstuhls los.

Sie befanden sich auf einem Friedhof.

Es war ein ordentlicher, sauberer kleiner Friedhof, genaugenommen nichts anderes als eine von Generosas makellosen Rasenflächen, in die allerdings in akkurat abgemessenen Abständen Dutzende von glänzenden Steinplatten eingelassen waren.

»Weiter«, rief der Kapitän, »schiebt mich ganz nach vorne!«

Mühsam bahnten sich Linda und Robbie mit dem Rollstuhl einen Weg durch die schweigende Menge der alten Herren. Schließlich kamen sie direkt vor einer grauen, polierten Granitplatte zum Stehen. Sie war größer als die meisten anderen und mit einer Menge Namen versehen. Zu Häupten der Platte stand eine zweite Staffelei, auf die die beiden Träger gerade in diesem Moment den Kranz sinken ließen. Sie ordneten die Schleifen, damit man lesen konnte, was darauf stand. *Die See nimmt* las Robbie auf der einen Schleife, *die See gibt zurück* auf der anderen.

»Weiter«, sagte der Kapitän, »ein bißchen nach links, ja so. Nach vorne. Stop. Und jetzt umdrehen.« Die Reifen drückten sich in die feuchte Erde, quietschten ein wenig beim Drehen. Robbie hörte das zarte Geräusch von zerreißendem Gras und sah, wie Großmutter Generosa zusammenzuckte. Der Kapitän stand beziehungsweise saß jetzt mit dem Gesicht zur Menge direkt neben der Granitplatte.

»Liebe Generosa, lieber Jopie, Kameraden!« rief der Kapiän mit lauter Stimme. »Achtundvierzig Jahre ist es her, daß ein großes Unglück geschah und ein großes Wunder zugleich. Zwei Schiffe sind gesunken, und wir mit ihnen. Das ist das Unglück. Daß ein drittes Schiff zu unserer Hilfe kam und uns, die wir hier stehen, vor dem Seemannstod rettete, konnten wir damals nicht als Glück im Unglück ansehen, denn mehr als die Hälfte von uns mußten wir zurücklassen. Wer die eigenen Kameraden neben sich ertrinken sieht, ist selbst so gut wie tot, und wer ihnen nicht einmal die letzte Ehre erweisen kann, wird nie Frieden finden. So dachten wir damals. Untoten gleich gingen wir vor achtundvierzig Jahren in Wilhelmshaven an Land. Viele von uns mußten getragen werden, die Glieder zerfetzt von den britischen Torpedos. Ich habe aus dem Mund von so manchem gehört, daß es fast ein Trost war, wenigstens ein Teil von sich bei den toten Kameraden zurückgelassen zu haben, die einsam und verloren dem Grund des Meeres entgegensanken. Doch dann geschah das Wunder. Es geschah drei Tage nach dem Unglück. Die Flut kam. Sie stieg unaufhaltsam dem Küstensaum entgegen. Sie barg eine wertvolle Fracht. Und am Küstensaum stand ein Mann, sie zu empfangen. Es ist dieser Mann hier«, er zeigte auf Großvater Jopie, »Jopie Drent, der Hüter der Ertrunkenen. Es waren nicht die ersten Ertrunkenen, die er barg, und er hatte auf sie gewartet. Tagelang war er die Deiche abgelaufen und hatte das Meer beschworen, sie freizugeben, und so geschah es. Einige Tage nach dem Sinken der *Otjen Alldag* und der *Niedersachsen* stieg das Meer bis an die Kuppen der Deiche. Bei seinem Rückzug hinterließ es eine kostbare Saat, und Jopie Drent konnte reiche Ernte einfahren. Gerade erst hatten die Lieben unserer Kameraden

die schlimmste aller Nachrichten erhalten: *Auf See geblieben*.
Doch unsere Kameraden kehrten zurück. Sie kehrten zurück,
alle dreiundsechzig, das ist einmalig in der Geschichte. Und
ich bin sicher, wir verdanken es diesem Mann, der den Ertrunkenen schon seit Jahren genau an diesem Ort eine Heim-
statt bot. Er hieß sie mit offenen Armen willkommen, und
sie kamen. Und auch wir kehrten von den Toten zurück,
denn nun hatten wir ein Ziel unserer Trauer. Jopie, ich
möchte dir das Wort erteilen!«

Mit zaghaften Schritten trat Jopie näher und stellte sich
neben den Kapitän.

»Liebe Freunde«, sagte er. »Es war ein britisches U-Boot,
das euren Kameraden den Tod brachte. Und doch möchte ich
euch auf etwas aufmerksam machen. Seht ihr diesen Stein
hier?« Er zeigte auf eine Grabplatte direkt neben der großen
Gedenktafel, auf der die Namen *Otjen Alldag* und *Niedersachsen* standen. Es war ein kleiner, unscheinbarer, verwitter-
ter Stein. Er schien aus einem anderen, poröseren Material zu
bestehen als die übrigen Grabmale.

»Dort liegt ein britischer Offizier«, sagte Jopie. »Ich fand
ihn an einem Februarmorgen des Jahres neunzehnhundertvierzig. Er war mein erster Ertrunkener. Er war euer Feind,
aber jetzt ist er es nicht mehr, denn mit euren Kameraden
eint ihn der Tod. Alle, die hier liegen, eint der Tod. Es sind
Briten, Deutsche, Franzosen, Dänen, Holländer, sogar Asia-
ten und Afrikaner. Im Ertrinken kennen wir keine Feind-
schaft! Unter der Erde gibt es keine Grenzen! Am offenen
Grab sind wir alle international!«

Zustimmendes Gemurmel.

»Noch etwas möchte ich sagen«, hob der Kapitän wieder
die Stimme. »Vor fünfzig Jahren geschah ein großes Unglück
und ein großes Wunder zugleich. Das ist kein Zufall. Wie soll
ein Wunder geschehen ohne ein Unglück? Wie soll es Leben
geben ohne den Tod? Wenn wir nicht sterben würden, wüßten

wir nicht einmal, daß wir leben. Wer den Tod nicht ehrt, kennt das Leben nicht, und dieser Mann hier«, er zeigte noch einmal auf Jopie, »ist ein großer Verehrer des Todes. Wir alle, die wir hier stehen, sind Verehrer des Todes. Wir alle kennen sie, die Depression. Man hat uns aufzumuntern versucht, man hat uns sogar verachtet und für schwach erklärt, man hat uns sogar mit Elektroschocks behandelt, aber niemand hat verstanden, daß die Depression die tiefste Verehrung des Todes ist. Sie ist wie ein Opferdienst an dem, worauf alle Menschen zurasen mit der Geschwindigkeit eines Expreßzuges, die meisten, ohne es zu merken. Wir alle hier haben zahlreich geopfert, bei vollem Bewußtsein. Dennoch gibt es etwas, das uns manchmal in diesem Rasen auf den Tod zu innehalten läßt: ein Wunder. Die Bergung unserer toten Kameraden durch Jopie Drent war ein Wunder. Und ein weiteres Wunder ist, daß heute seine Enkel unter uns sind, ihr habt sie gesehen. Wir erinnern uns alle an Susanne Drent mit ihren langen blonden Haaren, wir haben sie verloren, sie wollte mit all dem nichts mehr zu tun haben und ist gegangen. Aber ihre Kinder sind zurückgekehrt, ein Junge ist darunter mit einem offenen Gesicht, und ich sage nur soviel, ohne prophetisch sein zu wollen: Es gibt eine Zukunft für den Friedehof!«

Alle sahen Robbie an. Der Kapitän drückte einen der Knöpfe auf seinem Schaltbrett und legte einen Hebel um. Der Rollstuhl drehte sich knirschend und fuhr rückwärts. Die Menge der alten Herren wich zurück. Der Kapitän nahm die Mütze ab, und alle anderen taten es ihm gleich, sie senkten die Köpfe, aber Robbie hatte das komische Gefühl, daß sie ihn immer noch anstarrten, daß kleine Augen in ihren Nacken ihn anstarrten, verborgen zwischen Fettwülsten und schütterem Haar, winzige, aufgerissene Augen, wie die Pfauenaugen auf Lindas Kleid.

Am Abend bekam Robbie die Geschichte des Friedehofes erzählt. Sie begann mit dem Satz: *Eines Tages entdeckte Jopie beim Spazierengehen ein Paar nagelneue Stiefel im Schlamm.*

7 Erste Ertrunkene

Eines Tages entdeckte Jopie beim Spazierengehen ein Paar nagelneue Stiefel im Schlamm. Es war im Februar neunzehnhundertvierzig. Jopie war dreiundzwanzig Jahre alt. Er wollte die Stiefel aufheben und mußte feststellen, daß sie an den Füßen einer halbverwesten Leiche steckten. Sofort markierte er den Fund mit seinem Wanderstock, lief zurück zum Hotel, ließ das Küchenmädchen eine Schubkarre ausschrubben und schob sie ganz allein zurück zu der Stelle, wo die Leiche lag, blauschwarz, braun und weiß, die Konturen in den Schlamm hineinschmierend, als sei die Leiche selbst ein Haufen Schlick und Schaum. Jopie hatte einen sauberen Spaten und ein Brett mitgenommen. Vorsichtig stach er die Leiche aus, akkurat zwischen Körper und Watt unterscheidend. Er wuchtete den Körper auf das Brett und ließ ihn in die Schubkarre rutschen. Das alles tat Jopie ganz allein. Es war sein erster Ertrunkener.

Schoschana konnte sich diese Geschichte selbst erzählen, Wort für Wort, so oft hatte sie sie in ihrem Leben schon gehört. In den letzten zehn Jahren war diese Geschichte zwar ein wenig in Vergessenheit geraten, aber nun fiel sie Schoschana wieder ein, und sie merkte, daß sie sie immer noch auswendig wußte. Neulich, als die Badefrau sie gegen ihren erklärten Willen in der Mikwe untergetaucht hatte, war sie ihr zum ersten Mal wieder eingefallen. In Kfar Sha'ul gehörte sie zu den Geschichten, die sich Schoschana jeden Tag erzählte, denn lesen konnte sie nicht, weil das Lesen eine ruhige Seele erforderte, und Fernsehen kam auch nicht in Frage, weil sie immer, wenn sie den Apparat einschaltete, das Gefühl hatte, daß jede Sendung allein für sie bestimmt war und sich persönlich an sie richtete. Wenn der Nachrichten-sprecher die Nachrichten vorlas, tat er das mit einem solchen Vorwurf in der Stimme, daß Schoschana es kaum aushielt. Wenn er die Augen hob, um Schoschana durch die Kamera hindurch anzusehen, lag Verachtung in seinem Blick. Die Handlungen von Spielfilmen bezog Schoschana ebenfalls auf sich; sie waren voller Hinweise darauf, was sie in ihrem bishe-rigen Leben alles falsch gemacht hatte, und selbst die Natur- und Tierfilme auf BBC konnte sie nicht ertragen, weil sie meinte, die BBC strahle diese Filme nur aus, um sie, Scho-schana, zu belehren, nur aus dem einen Grund, daß sie, Scho-schana, so dumm war. Schoschana konnte das Fernsehen nicht ertragen. Es war Folter, wirkliche Folter. Die alten Ge-schichten dagegen standen wie armselige Gespenster an ihrem Bett, so harmlos und irreal, wie Erinnerungen eben sind. Selbst die hartnäckigsten Erinnerungen, wie zum Bei-spiel die ihres Vaters an seinen ersten Ertrunkenen, machten Schoschana im Augenblick weniger aus als die Schuldzuwei-sungen des Fernsehens.

Es war natürlich nicht sein erster Ertrunkener. Seinem ersten Ertrunkenen begegnet man in dieser Gegend als Kind, manchmal früher, als die Erinnerung zurückreicht, meist genau zu dem Zeitpunkt, da die Erinnerung beginnt. Fast immer sind in dieser Gegend erste Erinnerungen Erin-nerungen an einen Ertrunkenen. Und noch häufiger sind die Ertrunkenen ein erster Grund für das Erinnern. Die erste Begegnung mit einem Ertrunkenen löst das Erinnern aus, weil man unmöglich dieses Blauschwarz vergessen kann.

Das war es, was ihr Vater ihr immer hatte eintrichtern wol-len: daß es ab einem bestimmten Punkt unmöglich war zu vergessen, und daß es ab genau diesem Punkt eine heilige Pflicht war, sich zu erinnern. Von diesem Punkt an war man erwachsen. Schoschana hatte sich noch nie gern erinnert, aber es war ihr ererbtermaßen immer leichtgefallen. Sie hatte das Erinnern jedoch gehaßt und sich bemüht, es zu verlernen, gegen Jopies Willen. Das Vergessen hatte sie erst mühsam lernen müssen. Nun hielt es sie aufrecht. Sie war immer davongelaufen und hatte sich bemüht, alle möglichen Dinge zu vergessen, unangenehme Dinge, überflüssige Dinge. Es hatte von Jahr zu Jahr besser funktioniert. Mittlerweile war sie perfekt darin.

Hier in Kfar Sha'ul mußte sich Schoschana um das Vergessen nicht einmal bemühen. Sie hatte wirklich vergessen, was geschehen war. Sie hatte es sogar niemals gewußt. Sie hatte sich im Mittelpunkt der *Bezetha Riots* befunden, den bis dato heftigsten Auseinandersetzungen zwischen Orthodoxie und Archäologie in Jerusalem, aber sie hatte es zu diesem Zeitpunkt nicht gewußt und wußte es auch jetzt noch nicht. Die Zeitungen, die auf der Station herumlagen, waren eine Woche nach ihrer Einlieferung immer noch voll mit Schlagzeilen, Berichten, Zeugenaussagen und persönlichen Stellungnahmen zu den *Bezetha Riots* am Damaskustor, aber Schoschana ignorierte sie, wie sie Zeitungen immer ignoriert hatte. So wußte sie nicht, daß die *Bezetha Riots* als eine der zentralen Unruhen der frühen neunziger Jahre in die Geschichte eingehen würden. Sie würden erst wieder von den *Temple Riots* übertroffen werden, über die dann wiederum die *Bezetha Riots* nahezu in Vergessenheit geraten würden.

Doch das alles wußte und ahnte Schoschana nicht. Sie wußte nur, daß es eine Art Kurzschluß gegeben hatte, weil zwei Welten, die streng voneinander getrennt sein sollten, sich berührt hatten. Alles, was damit zusammenhing, lag sehr wohl klar vor ihr, und sie arbeitete bereits wieder mit scharfem Verstand daran, ihre Angelegenheiten auseinanderzuhalten.

Wie jeden Nachmittag bekam sie auch an diesem Nachmittag Besuch von unserem Vater.

»Den Kindern geht es gut«, sagte er. »Sie sind mit deiner Mutter nach Deutschland geflogen.«

»Ich bin nicht damit einverstanden«, wollte Schoschana sagen, aber sie sagte es nicht.

»Die Grabungen sind gestoppt«, informierte sie unser Vater mit seiner Diktierstimme. Es war die lauteste Stimme, die ihm zur Verfügung stand. »Ich werde mich dafür einsetzen, daß sie irgendwann wieder aufgenommen werden, aber das steht in den Sternen, und bis dahin können wir nicht hierbleiben. Dieses Land ist nichts für dich. Ich habe mit dem Dekan gesprochen. Ich werde das nächste Gastsemester absagen. Mit dem Institut in Athen habe ich auch schon gesprochen. Meinst du, du kommst hier einige Tage allein zurecht?«

Schoschana wußte nicht, was sie darauf sagen sollte. Sie kam eigentlich *ausschließlich* allein zurecht.

»Übermorgen fliege ich nach Athen«, sagte unser Vater. »Ich muß mir das Haus ansehen und den Mietern kündigen. Das Haus wird dir helfen. Und der Garten. Wir bringen alles in Ordnung. Dann holen wir die Kinder.«

»Ja«, sagte Schoschana. Sie sah auf die Uhr. »Ich glaube, die Besuchszeit ist vorbei.«

Die Besuchszeit war noch nicht vorbei, aber sie hatte unserem Vater eingeredet, daß sie um vier endete. Um halb fünf erwartete sie anderen Besuch.

Sobald unser Vater sich verabschiedet hatte, stopfte sie ihren Zopf unter die Baskenmütze. Sie war nervös. Selbst in Kfar Sha'ul war sie noch ständig nervös. Es machte sie zum Beispiel nervös, daß sie eine Baskenmütze tragen mußte, damit sie ihre sehr unterschiedlichen Besucher empfangen konnte, ohne sich jedesmal komplett umziehen zu müssen. Die Krankenschwestern hätten sich sonst gewundert, warum sie manchmal mit offenem Haar herumsaß wie eine Weltliche und es dann wieder unter einem Haarnetz versteckte wie eine Religiöse. Die Baskenmütze besaß sie schon lange, sie fiel weder unserem Vater besonders auf noch nahmen die anderen daran Anstoß. Und gerade deshalb machte diese Baskenmütze sie nervös, denn sie war ein Zeichen dafür, daß die Welten eben doch eine Schnittmenge hatten, daß sie einander durchaus immer noch berühren konnten. Ihre, Schoschanas, ganze Schwäche sammelte sich darin. Ihre Schwäche steckte in dieser Baskenmütze, aber Schoschana hatte keine Wahl, sie mußte sie tragen, damit nicht wieder alles in sich zusammenfiel. Wenn sie wegen der Baskenmütze nicht so nervös gewesen wäre, hätte sie Kfar Sha'ul fast genießen können. Kfar Sha'ul beschützte sie. Zum Glück war sie nicht in der geschlossenen Abteilung gelandet, wo alle Schwestern sie und Joscheved kannten und damit ebenfalls alles zum Einsturz hätten bringen können. Hier wußten die Schwestern entweder nicht, wer Joscheved und sie waren, oder es war ihnen egal, und sie hielten praktischerweise den Mund. Dennoch befand sich Schoschana in einer vertrauten Umgebung. Wenn sie aus dem Fenster schaute, sah sie Wege, die sie oft gegangen war, sie sah den Park mit seinen grünen Rasenflächen und leuchtendvioletten Bougainvilleen, mit der beruhigenden Klarheit und Symmetrie seiner weißen Mauern und wurde wenigstens einen Moment lang ganz ruhig.

Joscheved kam jeden Tag um halb fünf. Sie brachte Schoschana Kuchen und Obst, fragte, ob sie etwas für sie tun könne. Sie hatte ihr sogar angeboten, Pepita und mich zu sich nach Hause zu nehmen, aber Schoschana hatte ihr erzählt, ihre Schwester sei aus Frankreich gekommen und habe die Kinder für einige Zeit zu sich geholt.

An diesem Tag kam Joscheved schon um zehn nach vier, kurz nachdem unser Vater gegangen war.

»Eliezer wartet unten in der Cafeteria«, sagte sie. »Zieh dich an!«

Als erstes erkannte Schoschana ihn an der Rundung seines langen Oberkörpers. Eliezers große Hände lagen gefaltet auf dem Cafeteriatisch, der dadurch winzig und zerbrechlich wirkte wie ein Puppentisch. Schoschana setzte sich ihm gegenüber.

»Ich gehe ein bißchen spazieren«, sagte Joscheved.

»Nein, bleib hier!« sagte Eliezer. »Schoschana, eigentlich wollte ich sogar Joscheved bitten, dich zu fragen. Aber ich muß es selbst tun. Wir sind keine jungen Leute mehr, wir können selbst entscheiden, und wir können uns dabei ansehen. Schließlich warst du schon einmal verheiratet, und ich werde bald vierzig. Ich kann nicht mehr warten. Ich glaube, der Zeitpunkt ist gekommen. Du siehst ja, was passiert ist. Du bist zu schwach für ein Leben allein mit zwei kleinen Kindern. Eine Frau wie du sollte wieder heiraten. Ich war noch nie verheiratet, meine Eltern haben sich sogar deshalb von mir distanziert. Es gab böse Gerüchte über mich. Sie sind nicht wahr. Tatsache ist, daß ich noch keine Frau getroffen habe, die ... Man hat mir viele Vorschläge gemacht, aber ich ... ich habe gewartet, ich konnte all die Jahre nicht einmal sagen, worauf. Vielleicht habe ich mich wie Rabbi Nachman von vornherein für unfähig gehalten, irdisches Glück zu empfinden.«

Schoschana hätte gern gesagt, daß auch sie sich für unfähig dazu hielt.

»Es ist aber unnatürlich für einen Menschen, dieses Glück aus seinem Leben verbannen«, sagte Eliezer. »Es ist sogar seine Pflicht, dieses Glück zuzulassen. Wer bin ich denn? Ein einfacher Mensch. Kein Zaddik. Aber ich habe mich benommen wie ein Zaddik, indem ich mich nur noch mit den Büchern beschäftigt habe und mit anderen Menschen, fremden Menschen. Indem ich in meinem Buchladen fremden Menschen Ratschläge erteilt habe. Bin ich dazu berechtigt? Ist das nicht einfach nur anmaßend? Seit einiger Zeit verspüre ich zum ersten Mal das Bedürfnis, mich auf einen einzigen Menschen zu konzentrieren, ihn zu kennen und zu beschützen und von ihm zu lernen. Ich habe das Bedürfnis, diesen Menschen anzunehmen mit seinem ganzen Leben.

Dieser Mensch erscheint mir kostbar und schwach und geheimnisvoll. Dieser Mensch bist du, Schoschana. Willst du meine Frau werden?«

Schoschana registrierte beiläufig, daß sie am Ziel ihrer Wünsche angelangt war, es war, als habe sie immer auf diesen Moment gewartet, und doch kam ihr das, was Eliezer sagte, in irgendeinem Punkt falsch vor. Vielleicht war es auch die Art, wie Eliezer sie ansah: Sein Blick war befangen, und doch kam er ihr nicht wirklich zurückhaltend vor, es war, als hätte Eliezers Blick bereits jetzt etwas von der Höflichkeit verloren, die sonst immer darin gelegen hatte. Etwas Vorwitziges und dennoch Ängstliches meinte Schoschana jetzt in seinen Augen zu entdecken, etwas, das nach plötzlichen Angriffen und ebenso plötzlichen Rückzügen aussah und nicht nach der gleichbleibenden Freundlichkeit und Achtung, die sie bisher immer darin gefunden hatte. *Da sitzt der Fehlerteufel*, schoß es ihr plötzlich durch den Kopf. Ein Satz, den sie lange nicht mehr gedacht oder gehört hatte. Ein Satz, so vertraut und vergessen wie die Geschichte von den ersten Ertrunkenen. *Da sitzt der Fehlerteufel*. Sie wehrte sich gegen die Nüchternheit dieses Satzes und schaute Eliezer in die Augen. Eliezer verzog den Mund zu einem zittrigen Lächeln. Auch Joscheved lächelte, breit, zufrieden und gerührt, das beschränkte, kurzsichtige Lächeln einer Kupplerin. Schoschana hatte keine Wahl. Sie konnte nichts anderes tun als das Nächstliegende, weil es das Einfachste war.

»Ja«, sagte sie.

Es war nicht sein allererster Ertrunkener. Jopies allererster Ertrunkener war ein Nachbar gewesen, der Ertrunkene, mit dem die Erinnerung begann. Damals war Jopie fünf Jahre alt. Jopie hatte diesen Nachbarn zu Lebzeiten nicht gemocht, aber in dem Moment, da er buntfleckig und mit Trommelbauch vor ihm lag, empfand er tatsächlich so etwas wie Zärtlichkeit für ihn. Er erfand Geschichten über diesen Nachbarn, die diesen Nachbarn zu jemandem machten, mit dem Jopie ein inniges und herzliches Verhältnis verbunden hatte. Er erzählte jedem, wie sehr er diesen Nachbarn gemocht hatte. Er hatte das Gefühl, das dem Toten schuldig zu sein, weil er so aussah, als habe er schrecklich gelitten, als habe ihm das Ertrinken sehr weh getan. Insgeheim erklärte er ihn sogar zu seinem Paten, um ihm eine Freude zu machen und eine Ehre zu erweisen. Später versuchte Jopie, die von ihm selbst hergestellte patenschaftliche Verbindung zwischen sich und diesem Toten zu erklären, und fand dafür die Worte »Gevatter« und »Tod« – eine reine Wort-Analogie, die ihn oberflächlich befriedigte, aber nicht der Wahrheit entsprach. Es ging nicht um den Tod an sich. Es ging um die Zeit davor. Es ging um die Zeit direkt vor dem Tod. Es war nicht ihr Tod, ihr Nichtmehrsein, wofür die Ertrunkenen geehrt werden mußten. Es war ihr Sterben, wofür man sie liebhaben und ehren mußte, ihr verzweifeltes Sein im Augenblick des Ertrinkens, das Leben, das sich, wie Jopie oft erzählt bekommen hatte von Leuten, die einmal fast ertrunken waren, während des Ertrinkens im Kopf der Ertrinkenden noch einmal abspielt. Es war auch die Häßlichkeit der Ertrunkenen nach dem Sterben, die sie so liebenswert machte, die nicht bereits Tod, sondern immer noch Leben war; der Verfall, den das Meerwasser hinauszögerte, das Dasein voller Gase und Schlickwürmer; immer noch nicht der Tod, immer noch das Leben.

Das alles ging Jopie durch den Kopf, als er seinen zweiten Ersten Ertrunkenen im Schlick fand, im Februar neunzehnhundertvierzig. Er hatte gerade das Hotel übernommen, war aber noch nicht verheiratet. Mit dem Toten in der Schubkarre kehrte Jopie zum Hotel zurück, und es folgte die übliche Aufregung: Die Männer wurden ernst, die Frauen bleich, ein paar Kleinkinder bekamen ihren ersten Ertrunkenen zu sehen und würden abends im Bett ihren

Müttern davon zu erzählen versuchen, wobei sich unter dieser Anstrengung in ihren kleinen Gehirnen eine Unmenge Synapsen schließen und neue Nervenbahnen bilden würden, Kanäle für die von diesem Zeitpunkt an nie abreißenden Ströme der Erinnerung.

Jopie ließ den Deichvorstand und den Pastor rufen. Gemeinsam schaute man in das Gesicht des Ertrunkenen und mußte feststellen, daß die Verwesung schon so weit fortgeschritten war, daß eine Identifizierung unmöglich war, selbst wenn es sich um jemanden aus der Gegend gehandelt hätte. Man untersuchte daher die Stiefel und die Kleidung, fand ein paar Uniformknöpfe und ein Schulterstück. Ganz offensichtlich handelte es sich um einen britischen Marineoffizier. Jopie fühlte sich geehrt: ein Offizier! Es war nicht sein erster Ertrunkener, aber der erste – wie er in diesem Moment wußte und beschloß –, dem er höchstpersönlich die größte Ehre erweisen würde, die einem namenlosen Toten zuteil werden konnte.

Robbie konnte sie bereits fühlen, die Ströme der Erinnerung. Auch Linda fühlte sie fließen, aber es war kein angenehmes Gefühl. Es war, als würde die Erinnerung plötzlich über uns alle kommen, da wir nun von unseren Eltern getrennt waren, und doch waren wir auf eine seltsam ernüchternde Art wieder zusammen, denn nun wußten wir, woher wir kamen. Pepitas Ausschlag heilte augenblicklich ab. Vielleicht lag es an der klaren, reinen Luft, an der Kühle, vielleicht auch an Großmutter Generosas peinlicher, aber zielgerichteter Hygiene. Generosa erlaubte nicht, daß Linda und Robbie sich uns Babies nahmen und einfach so mit uns in der Gegend herumliefen, wie sie es früher getan hatten. Sie sprach wie ein medizinisch-psychologischer Ratgeber:

»Es ist eine Frage der Verantwortung, der Hygiene und der Orthopädie. Ihr könnt die Verantwortung für eure Geschwister noch genausowenig tragen, wie ihr ihre Körper tragen könnt. Außerdem seid ihr in einem schmutzigen Alter. Dieses ewige Herumschleppen ist nicht gut für das Immunsystem der Babies und für ihr Skelett. Hat *sie* euch das erlaubt? Ihr seid selbst noch viel zu klein, um die Babies im richtigen Winkel zu halten. Vor allem mit ihren Köpfen muß man vorsichtig sein. Sie sind so groß und schwer, daß ihre Hälse leicht brechen könnten. Die Halsmuskeln sind in diesem Alter noch nicht weit genug entwickelt. Auch sind ihre Fontanellen noch nicht ganz geschlossen. Denkt daran, was passiert ist in diesem schrecklichen Land, ein Wunder, daß die Kleine nicht schwachsinnig geworden ist, und es wäre dann auch deine Schuld gewesen, Linda, ganz nebenbei. Eine mit einer Kugel im Kopf, die andere mit einem Gehirn wie ein weichgekochtes Ei. Ich mag gar nicht daran denken. Was wäre noch alles passiert, wenn ich euch nicht geholt hätte? Denkt daran, was alles in Gehirne von Kindern eindringen kann! Eigentlich sollten alle Kinder bis zu einem gewissen Alter immer einen Helm und einen Mundschutz tragen!«

Linda konnte es nicht leiden, wenn sie belehrt wurde. Sie hatte Großmutter Generosa vom ersten Tag an nicht gemocht. Sie war allerdings bereit, Pepita an sie abzugeben. Sie war bereit, ihr die Herrschaft über Pepitas Körper einzuräumen, eingeschlossen Pepitas Gehirn beziehungsweise das, was der Blut- und Eiweißanteil davon war. Sie war allerdings nicht bereit, ihr das zu überlassen, was der nicht sichtbare Teil von Pepitas Gehirn war, inklusive der Keime, die sie selbst hineingesetzt hatte, Keime der Freiheit und des Wissens und der Unverwundbarkeit.

Großmutter Generosa sprach jeden Tag von Verantwortung und Bedeutung. Jopie sprach von Ehre und Geschichte. Alle auf dem Friedehof waren besessen von Geschichte, von Daten und Zahlen und schlimmen Ereignissen. Linda konnte es kaum ertragen. Und sie konnte nicht glauben, daß es all die Ertrunkenen dort unter der Erde tatsächlich gab. Sie hatte kein Wort verstanden von dem, was Jopie und der Kapitän auf der Gedenkfeier für die Toten der *Otjen Alldag* und der *Niedersachsen* gesagt hatten. Das heißt, sie hatte sich bemüht, nicht richtig zuzuhören. Die Geschichten von den Ertrunkenen erinnerten sie unangenehm an das, was damals im Meron-Gebirge geschehen war. Sie bemühte sich, an den Tag im Meron-Gebirge zu denken wie an einen harmlosen Ausflug. Und nichts anderes war es ja auch gewesen! Die Kugel hatte nicht ihr gegolten. Die Kugel hatte zwei vermummten jungen Araberinnen gegolten, die auf einen Posten zurannten und ein verdächtiges Objekt mit sich führten. Doch nicht einmal für diese Araberinnen war diese Kugel bestimmt gewesen, sondern für den Stein, auf den sie als Warnschuß gezielt gewesen war und den sie auch bestimmungsgemäß getroffen hatte, und nicht einmal dieser Stein hatte Schaden genommen, denn was konnte eine Kugel einem Stein schon antun? Die Kugel war abgeprallt, und Linda war gestolpert. Sie war in die Schußlinie gestolpert. Es war also nichts weiter geschehen, als daß Linda im Meron-Gebirge gestolpert war. Es war auch nichts weiter geschehen, als daß Schoschana auf dem Platz vor dem Damaskustor gestolpert war. Pepita war vielleicht ein wenig heiß geworden, aber sonst war nichts geschehen. Ein weiterer Beweis für die Unverwundbarkeit von uns allen.

Und jetzt sprach Großmutter Generosa davon, daß Schoschana an etwas schuld war, und daß Linda an etwas schuld war. Woran sollte Linda schuld sein, wenn doch nichts geschehen war? Es war alles gutgegangen.

Die Geschichten von den Ertrunkenen dagegen waren allesamt Geschichten davon, wie etwas geschehen und schiefgegangen war. Linda mochte solche Geschichten nicht. Sie konnte nicht verstehen, warum Jopie all die Ertrunkenen bei sich behalten wollte. Sie waren doch nichts als Erinnerungen daran, wie etwas schiefgegangen war, und Fingerzeige darauf, was alles schiefgehen konnte.

Der Tote konnte nun unmöglich länger in der Schubkarre auf dem Hof herumstehen, wegen der Gäste und weil er von derartigem Rang war. Doch selbstverständlich hätte Jopie auch bei einem einfachen Matrosen zur Eile gedrängt. Er sprach mit dem Pastor über die Möglichkeit einer raschen und angemessenen Beerdigung. Der Pastor zog den Kopf ein: Brite oder nicht, der Platz auf dem Kirchhof war knapp in diesen Zeiten. Und würde man den Fund nicht melden müssen? Schließlich war es neunzehnhundertvierzig und dieser Tote zwar tot, aber trotzdem ein Feind. Ohne ihn gemeldet zu haben, würde er, der Pastor, gar nichts tun. Jopie nickte verständnisvoll und freute sich. Daß der Pastor so zögerlich war, kam ihm nur entgegen. Er sah diesen Offizier nicht auf dem Kirchhof. Er wollte diesen Offizier selbst behalten. Und noch am selben Tag fand unter Jopies Leitung ganz hinten im Garten des Hotels ein Begräbnis statt, wie es einem Offizier und Ersten Ertrunkenen würdig war.

Jopie zeigte seinem Enkel Robbie eine Mappe mit Zeitungsausschnitten über den Friedehof. Der älteste Ausschnitt war von neunzehnhundertsechsundvierzig. Viele stammten aus der Lokalzeitung, die offenbar immer wieder in Jahresabständen über den Friedehof berichtete. Die Artikel lauteten immer gleich. Von Jopies Eigensinn und Beharrlichkeit war darin die Rede und davon, daß er ein »Original« sei und ein »Kämpfer gegen das Vergessen«. Am Schluß hieß es in diesen Berichten immer, daß ein Besuch des Friedehofes lohne, mit Angabe der Adresse und Telefonnummer des Hotels. Ein paar der Artikel waren in Fachzeitschriften erschienen, die von sehr speziellen maritimen Vereinigungen herausgegeben wurden, den *Freunden des Gaffelriggs* zum Beispiel oder von *Rettet die Schlickhäfen e.V.* Andere stammten aus marinehistorischen Magazinen wie der *Seeschlacht* oder dem *Admiral*. Die meisten allerdings standen in hektographierten Mitgliederzeitungen und Monatsbriefen von Veteranen- und

Invalidenvereinen. Manchmal gehörte ein Bild dazu: Jopie als junger Mann, etwa dreißig, neben dem Grabmal des Ersten Ertrunkenen, verschwommen und mager, mit ernstem Gesicht. Jopie in den siebziger Jahren, auf einem leicht gelbstichigen Farbbild, etwas fülliger, mit noch dunklem Haar und einer Andeutung von Koteletten.

Einige der Artikel handelten von Rechtsstreitigkeiten um den Friedehof und einzelne Ertrunkene. In den Sechzigern hatte die Gemeinde auf die Aufgabe des Friedehofes geklagt, da der Friedehof nie als Begräbnisstätte genehmigt worden war. »Friedhof im Vorgarten?« hieß der Artikel, und er entwarf ein Schreckensszenario: Was würde geschehen, wenn alle plötzlich anfingen, ihre Toten einfach im Garten zu vergraben?

In den Achtzigern klagte die Wasserschutzbehörde wegen Vergiftung des Grundwassers. Zu dieser Zeit bestand der Friedehof schon seit über vierzig Jahren, und offiziell hatte Jopie den letzten Ertrunkenen neunzehnhundertsechsundvierzig bestattet. Jopie gewann den Prozeß, weil ein Gutachter den Friedehof eindeutig als Soldatenfriedhof bezeichnete, der unter außergewöhnlichen und deshalb Jopie entlastenden Bedingungen entstanden war. Die Toten stammten aus der ersten Hälfte der vierziger Jahre, waren also längst verrottet und keine Gefahr für die Umwelt mehr. (Die anonymen Ertrunkenen, die in den Folgejahrzehnten hinzugekommen waren, hatte Jopie in diesem Prozeß tunlichst verschwiegen. Sie waren in so schlechtem Zustand gewesen, daß eine Identifizierung äußerst schwierig geworden wäre. Jedenfalls sagte sich Jopie das. Vielleicht hatte er diese Ertrunkenen, das sagte sich Jopie ebenfalls, auch aus reiner Gewohnheit spontan eingegraben, ohne die Polizei zu rufen. Wie auch immer es gewesen war, es erschien ihm völlig überflüssig, die Pferde scheu zu machen.)

Eine der Schlagzeilen hieß: »Der Friedehof verliert einen Toten«.

Die Familie eines niederländischen Ertrunkenen hatte dessen Exhumierung und Umbettung erwirkt, und solche Tage waren schwarze Tage für Jopie, Tage, an denen ein Stück allgemeine Geschichte verlorenging und privat wurde, also weniger bedeutend. Solche Tage waren allerdings selten. Die wenigen Angehörigen, die den Friedehof nicht mochten, wollten das aufwühlende Ereignis einer Exhumierung vermeiden. Die meisten aber fanden ihre Toten gut untergebracht, kostenlos und angemessen geschichtlich eingebettet. Viele kamen einmal im Jahr, wegen der überirdischen Gepflegtheit der Gräber, der zu Tränen rührenden Würde des Ortes – und wegen Generosas weißlicher Fleischgerichte, die mild und sanft und tröstlich waren und sich gut kauen ließen.

Auch Robbie mochte Großmutter Generosas Essen. Es war, als habe ihm das all die Jahre gefehlt: warmes, weiches Essen, das in wunderbarer Regelmäßigkeit seinen Mund ausfüllte. Er beschloß, sich in nächster Zeit vor allem auf das Essen zu konzentrieren. Anders als in dem Moment, da er angekommen war, hoffte er jetzt, einige Zeit bleiben zu können. Die ständige Anwesenheit von Essen in einem Hotel beruhigte ihn. Auch die Anwesenheit der Ertrunkenen in ihren Gräbern beruhigte ihn, vor allem nachts. Er stellte sich vor, wie sie einträchtig nebeneinander in ihren Gräbern lagen und immer mehr mit der Erde und miteinander verschmolzen. Robbie hatte immer versucht, mit der Erde zu verschmelzen, ihre Wärme zu fühlen, zu ihrem wärmsten Punkt vorzudringen, sich einsinken zu lassen in den sanft pulsierenden Humus des Parnaß, den fein vibrierenden Sand des Strandes von Marathon, den dumpf pochenden Eukalyptusrindenmulch am Mount Scopus. Er liebte es, sich auf den Boden fallen zu lassen, sich herumzuwälzen und bäuchlings einzugraben, sich mit Schenkeln und Unterkörper immer tiefer hineinzuwühlen und an der Erde zu reiben, bis ein angenehmes Kribbeln an der Innenseite seiner Schenkel hinaufkroch, bis sein

Körper schließlich demselben Puls unterlag wie die Erde und dadurch einen leichten Auftrieb bekam, ein prickelndes Gefühl der Schwerelosigkeit. Es war wie ein Fliegen. Unterirdisches Fliegen. Robbie hatte immer wieder versucht, Linda zu sich hinunterzuziehen, um dieses Gefühl mit jemandem zu teilen. Aber es war ihm nie gelungen. Linda hatte sein Auf-sie-Wälzen immer als Attacke und Beginn einer Prügelei verstanden. Sie hatte sich gewehrt und darüber beschwert, daß ihre Kleidung schmutzig wurde. Erst das hatte Robbie wütend gemacht, erst daraus waren die Verletzungen entstanden. Er konnte nicht verstehen, warum sie nicht verstand, wo sie doch angeblich soviel verstand. Er konnte Papageno gut verstehen, der nicht verstand, warum niemand verstand. Warum niemand verstand, daß er einfach nur ein Paar Arme um sich fühlen wollte, die sagten: Ich verstehe dich, ich erleichtere dich, ich fliege mit dir. Diese Arme gab es nicht, dessen war sich Robbie mittlerweile fast sicher. Daß es sie nicht gab, war nicht nur ein Teil der Sehnsucht, es war die ganze Sehnsucht. Es würde sie nie geben, weil es eine Erleichterung in dem Maße, wie Robbie sie brauchte, unmöglich geben konnte. Soviel wie Robbie wollte, konnte es nicht geben. Wenn es soviel gäbe, wäre von vornherein alles anders gewesen, das spürte Robbie. Die Welt würde immer so bleiben, wie sie jetzt in diesem Augenblick war, wie sie schon immer gewesen war, es gab keine Chance auf Veränderung. Alles war beschwerlich und würde es immer sein. Morgens aufzustehen war beschwerlich, den Tag damit zu verbringen, hin und her zu laufen, aufzustehen und sich wieder hinzusetzen, etwas aufzuheben und woanders hinzustellen, war beschwerlich. Solange Robbie zurückdenken konnte, hatte die Schwere seines Körpers alles unendlich anstrengend gemacht, außer das Einwühlen in die Erde, denn dafür war diese Schwere nützlich, nur dafür. Also gab es als einzige Möglichkeit der Veränderung nur ein Zurück zum Ursprung der Schwere, zu dem Punkt, an dem die

Schwere, die alles so fremd und schwierig machte, wieder auf sich selbst traf.

Eines Morgens zog Großmutter Generosa ein Buch aus dem Bücherregal in der Halle, das den Gästen als Bibliothek zur Verfügung stand. Es war ein französisches Buch, *Le rouge et le noir* von Stendhal. Sowohl Linda als auch Robbie mußten ihr je einen Absatz daraus vorlesen. Danach legte Generosa jedem von ihnen eine Rechenaufgabe vor, die sie lösen sollten. Sie war mit Bleistift in winziger Schrift auf ein sauberes Blatt Karopapier geschrieben. Großmutter Generosa starrte fassungslos auf ihre hingekritzelten Lösungsvorschläge. Die Fehler fand sie erst nach langem Suchen.

»Da sitzt der Fehlerteufel!« sagte sie. »Morgen melde ich euch in der Schule an.«

Die Schule in Nordenham war ein rötliches Klinkergebäude. Von ähnlichem Ziegelrot waren die Gesichter der Kinder, die über den Schulhof und über die Gänge liefen. Die festen Schritte Generosas, mit denen sie Linda und Robbie zu ihren Klassenzimmern begleitet hatte, sowie die begriffsstutzigen, unnahbaren Gesichter der Lehrer ließen Linda von Anfang an vermuten, daß die Zeit der unregelmäßigen Unterrichtsteilnahme von nun an vorbei war. Und so war es. Mit ihrer Hochbegabung konnte Linda hier niemanden beeindrucken.

»Denn komm man vor, wenn du so schlau bist!« sagte der Mathematiklehrer. »Beschreib uns den Graphen!«

Linda konnte den Graphen nicht beschreiben. Sie hatte keine Ahnung, wovon der Lehrer überhaupt redete. Sie rettete sich, indem sie behauptete, sie dürfe zur Zeit leider keine Mathematik machen, weil ihre linke Gehirnhälfte vom jahrelangen intensiven Betreiben höherer Mathematik überstrapaziert sei. Sie befände sich gerade in einer ärztlich verordneten Erholungspause, da es sich um eine Mathematik auf nahezu tödlich hohem Niveau gehandelt habe.

»Mein EEG ist eine Katastrophe«, erklärte Linda. »Aber nur links. Die rechte Gehirnhälfte kann ich unbegrenzt beanspruchen.«

Linda mußte den Graphen nicht beschreiben, aber nur, weil nun wiederum der Lehrer keine Ahnung hatte, wovon Linda redete. Von da an beschäftigte sich dieser Lehrer überhaupt nicht mehr mit Linda, weder im guten noch im schlechten. Er gab sich höchstens Mühe, Linda weder herauszufordern noch zu schonen. Von diesem Tag an mußte sie in den Mathematikstunden nichts anderes tun, als auf Zuruf Rechenaufgaben in ihren Taschenrechner einzutippen und die Lösungen laut zu verkünden. Zahlen in den Taschenrechner eintippen konnte Linda. Zugegebenermaßen konnte sie nicht überdurchschnittlich viel. Aber sie *wußte* viel. Das war ein Unterschied, den Linda hier niemandem begreiflich machen konnte. Von Hochbegabung hatte das gesamte Kollegium offenbar keine Ahnung. Niemand schien psychologische oder pädagogische Fachliteratur zu lesen. Sie nannten Linda einen »Schlauberger«, wenn Linda vom Asperger-Syndrom redete. Das einzige, was einigermaßen Eindruck machte, war, wenn Linda Synästhesie vortäuschte. Es war Lindas letzter Versuch, zwischen den dumpfroten Klinkerwänden des Schulzentrums Nordenham ein besonderes Kind zu sein.

»Dieses Blau ist dir also zu laut?« fragte die Sportlehrerin.

»Nicht zu laut«, sagte Linda. »Zu tief. Zu tief und zu laut. Es ist sozusagen ein Unterton. Er überträgt sich auf mein Zwerchfell. Ich bekomme Bauchschmerzen davon.«

Linda durfte gehen und die blaue Turnmatte gegen eine schwarze tauschen.

Immer, wenn Linda darauf hinwies, daß eine Farbe zu tief, zu laut oder zu hoch oder daß eine Zahl zu grellfarbig war, waren die Lehrer darauf bedacht, es Linda so angenehm wie möglich zu machen, denn Lindas synästhetische Anfälle waren gefürchtet.

Für Linda war jede Stunde, jeder Tag, jede Woche ein lau-warmes Bad in Langeweile. Ein wenig Abwechslung kam in Lindas Nachmittagsstunden – die ansonsten riesigen, wa-bernden, mit Reinigungsmittel- und Essensgeruch angefüll-ten Blasen glichen –, wenn das Telefon an der Rezeption des Hotels klingelte und Linda schnell genug war, den Hörer abzunehmen, bevor Großmutter Generosas harte, kurze Schritte sich näherten. Meist riß Generosa ihr den Hörer nach einigen Sekunden aus der Hand. Manchmal aber gelang es Linda, minutenlange verwirrende Gespräche mit den schwerhörigen Veteranen zu führen und sogar eigenhändig zu beenden. Sie liebte es, Reservierungen in das große Buch einzutragen und Zimmer zu verteilen, auch wenn es dabei des öfteren zu peinlichen Mißverständnissen kam, weil sie Zimmernummern und Ankunftsdaten der Gäste verwech-selte oder einfach aufgrund des schlechten Zahnzustands der Veteranen nichts verstand und deshalb auf gut Glück Namen und Zahlen irgendwo in das große Buch schrieb.

»Hotel Friedehof, guten Tag!«

»Linda! Ich bin es!«

»Hallo.«

»Wie geht es euch?«

»Gut. Und euch?«

»Gut. Das Haus ist wunderschön. Die Mirabellen sind fast reif.«

»Aprikosen.«

»Du hast recht, entschuldige. Ich habe euch neue Betten gekauft. Ihr seid bestimmt gewachsen.«

»Wann dürfen wir zurück?«

»Wenn es nach mir ginge, sofort.«

»Und wenn es nach *ihr* ginge?«

Unser Vater schwieg einen Moment.

»Ich muß noch mal mit ihr reden«, sagte er dann.

»Mit wem?«

»Mit eurer Großmutter.«

»Ach so.«

In diesem Moment fühlte Linda, wie sich Generosas trockene Finger unter ihre eigenen feuchten, um den Hörer gekrallten Finger schoben und den Hörer aus Lindas Griff lösten wie einen Kern aus einer unreifen Frucht.

»*Bes*-tens«, antwortete Generosa mit Nachdruck auf die unhörbare Frage unseres Vaters. »Und es wird immer noch besser! Sie haben gerade ihr erstes Halbjahreszeugnis bekommen, ganz ordentlich, wenn man bedenkt, wie sie vorher gelebt haben. Kein einziger Fehltag, das ist das wichtigste.«

Aufmerksam hörte Generosa unserem Vater zu.

»*Vor*-erst nicht«, betonte sie, »*vor*-erst nicht. Solange *sie* nicht ...«

Unser Vater versuchte offenbar, sie zu unterbrechen, was ihm nicht gelang.

»Das *mach* sein«, sagte Generosa – sie sagte immer *mach* statt *mag* – »das *mach* sein. Aber laß sie dieses Halbjahr noch hier zur Schule gehen. Dann reden wir noch mal darüber. Und ich halte es nicht für vernünftig, wenn du jetzt kommst. Es würde sie völlig durcheinanderbringen. Willst du, daß sie so werden wie *sie*? Sie sind gerade dabei, sich in eine gewisse Regelmäßigkeit hineinzufinden, und es wäre ganz und gar unvernünftig, sie jetzt aus allem herauszureißen.«

Linda ärgerte sich über Großmutter Generosa. Sie sollte nicht herausgerissen werden? Sie sehnte sich danach, herausgerissen zu werden! Allerdings fühlte sie sich nicht einmal *in* irgend etwas. Anders Robbie: Er war immer *in* irgend etwas, schien vollkommen aufzugehen in der Allgegenwärtigkeit sämiger Speisen und in seiner »Complete Collection Of Guitar Rock Classics«, seinem »Complete Book Of Guitar Rock Classics« und seinen »Rock Guitar All Time Favourites«. Im Musikaliengeschäft in Nordenham kaufte ihm Generosa stoßweise Notenhefte mit bunten Hochglanzcovern, sie kaufte ihm sogar einen CD-Player und CDs, weil sie Musik für ein großartiges Hobby hielt. Solange Robbie Musik hörte oder Gitarre spielte, gab er sich nicht mit den groben, rotgesichtigen, nach Weichspüler riechenden ostfriesischen Jungen ab, die die Parkbänke, Trafohäuschen und Bushaltestellen Nordenhams bevölkerten wie eine besonders lästige, schwer zu vertreibende Schädlingsart.

Robbies »Rock Classics«-Jahre hatten begonnen. Es waren Lindas Langeweile-Jahre und die Jahre, in denen Pepita und ich groß wurden. Es waren vier Jahre. An ihrem Anfang standen Langeweile und Led Zeppelin. An ihrem Ende standen noch mehr Langeweile und Yngwie Malmsteen. Es waren Jahre der Entwicklung.

Pepita und ich wurden kleine Mädchen, die die Regelmäßigkeit liebten. Gegen Ende der vier Jahre gingen wir sogar in den Kindergarten in Langwarden.

Und eines Tages, kurz vor Ende dieser vier Jahre, bekamen wir Besuch.

Die Zeit, die schrittweise Erkenntnis seiner Machtlosigkeit und die ständige Sonneneinstrahlung auf den Grabungen, zu denen er sich noch häufiger flüchtete als früher, hatten unseren Vater zu so etwas wie einer bräunlichen Mumie zusammenschnurren lassen. Er war dünner und brauner denn je. Sein Hals war mager und sehnig und ragte wie ein Bündel Strohhalme aus dem viel zu weiten Hemdkragen.

Als Linda unseren Vater nach vier Jahren wiedersah, hoffte sie fast, er würde nicht anfangen zu sprechen. Sie fürchtete, er würde sofort irgendeine Schwäche offenbaren. Seine Schwächen waren offensichtlich, aber sie waren weniger herzzerreißend, wenn man sie nur sah und nicht zuhören mußte, wie er sie eingestand. Schon immer hatte Linda mit unserem Vater am liebsten und fast ausschließlich Fachgespräche geführt, denn immer, wenn er persönlich wurde, wenn er ihr zum Beispiel seine Zuneigung bekundete – und das geschah sehr selten –, mußte Linda weinen. Sie mußte weinen, weil es sie so rührte, und gleichzeitig, weil sie wütend war, daß es sie so rührte, denn es gab dafür keinen triftigen Grund. Es rührte sie allein die Tatsache, daß ihr Vater so klein und fein und dünn und still war, und genau das machte sie wütend, denn dadurch bewahrte er sich auf ungeheuer einfache Weise vor all dem, was sie, Linda, täglich bedrohte; vor den unzähligen Grobheiten der Gegenwart.

Damit unser Vater ihr nicht seine Zuneigung bekundete, befragte ihn Linda sofort nach den Zuständen auf dem Tell es-Saghir, der Grabungsstätte in der Südosttürkei, von der er gerade kam. Wir hatten uns im Speisesaal des Hotels um einen Tisch versammelt, Generosa, Jopie, Robbie, Linda, Pepita, unser Vater und ich. Eine Weile erzählte unser Vater vom Tell es-Saghir, und wir hörten schweigend zu. Pepita und ich saßen links und rechts von ihm. Ich sah unseren Vater nicht an, aber Pepita tat es, unentwegt. Ich hingegen sah nur Pepita an, die unseren Vater anstarrte, mit aufgerissenen Augen, das Kinn energisch erhoben, als wolle sie ihm damit einen Stoß versetzen.

Der Kellner und die Küchenhilfe servierten Putenbrust mit blaßgelber Ananassauce. Es war erst fünf Uhr nachmittags, aber es mußte früh gegessen werden, denn am Abend würde eine dreiköpfige Delegation der kanadischen Airforce eintreffen, Veteranen, deren Kameraden einst über dem Hohen Weg abgeschossen worden waren und deren Todestag sich nun jährte. »Wie Früchte fielen sie vom Himmel«, würde Jopie am nächsten Morgen bei der Kranzniederlegung sagen, »wie reife Früchte vom Baum der Erkenntnis, die uns die Wirklichkeit des Todes begreifen lehrten.«

Es entstand eine Pause, während der alle mit ihren Messern in die Putenbrüste schnitten. Die Putenbrüste sahen aus wie große, glatte, weiße Organe, die wir sezieren sollten. In dem Moment, da alle schnitten, wurde der Essensgeruch so stark, daß Linda innehielt und glaubte, nie wieder etwas essen oder überhaupt etwas tun zu können. Für sie gab es nichts Lähmenderes und Langweiligeres als den Geruch nach Geflügelfleisch und verkochtem Obst.

Alle kauten und schluckten das erste Stück Fleisch.

»Es ging ihr nicht gut«, begann unser Vater nach einer Weile vorsichtig und sah dabei abwechselnd mich und Pepita an. Großmutter Generosa warf ihm einen warnenden Blick zu. Unser Vater suchte nach kindgerechten Worten. »Aber jetzt geht es ihr besser«, fuhr er schließlich fort. »Ich bin gekommen, um euch abzuholen.«

Pepita reckte ihr Kinn noch höher.

»Das ist eine ganz zauberhafte Idee«, sagte Generosa, »und ich freue mich, daß du so an deinen Kindern hängst, was man von *jemand anderem* nicht behaupten kann. Aber, tut mir leid, das geht nicht.«

»Es sind meine Kinder!«

»Es sind meine Enkel! Seit vier Jahren!«

»Entschuldige«, sagte unser Vater. »Du hast recht.«

»Droh mir nicht!« sagte Generosa. »In meinem Haus wird nicht gedroht!«

»Entschuldige.«

»Wie gesagt, ich freue mich, daß du hier bist«, sagte Generosa. »Ich zweifle nicht daran, daß du ein guter Mensch bist. Das hast du nun bewiesen. Laß es gut sein. Wir wollen doch das Essen genießen! Beim Essen soll man nicht über unangenehme Dinge sprechen, davon wird der Magen sauer.«

Zum Nachtisch gab es Vanillepudding mit Stachelbeerkompott, der eine grünliche Schicht auf dem Boden eines jeden gläsernen Portionsschüsselchen bildete. Robbie kratzte rhythmisch in seinem leeren Schüsselchen herum, während wir anderen noch aßen. Er versuchte, sich auf das Schaben des Löffels auf dem Glasboden zu konzentrieren und unseren Vater nicht anzusehen. Er fragte sich, ob unser Vater bemerkt hatte, wie groß er geworden war. Er war sechzehn. Er war größer als unser Vater. Als Robbie das dachte, zweifelte er sofort an der Richtigkeit dieses Gedankens. Es erschien ihm grotesk. Aber er, Robbie, *war* grotesk. Wahrscheinlich würde sein Vater es früher oder später bemerken, und deshalb versuchte Robbie, die Aufmerksamkeit seines Vaters nicht auf sich zu lenken. Dennoch wünschte er, sein Vater würde ihn bemerken. Er wußte nicht genau, was er wollte und wie er sich benehmen sollte, und deshalb ging er in die Küche und holte sich noch eine Schüssel Pudding. Er würde einfach tun, was Linda tat. Das war der sicherste Weg.

Linda konnte ihre Stachelbeeren nicht essen. Sie versuchte es, aber es würgte sie, und sie spuckte die Stachelbeeren heimlich in die Serviette. Sie mußte etwas unternehmen.

»*Wir* entscheiden es«, sagte sie.

»Pardon?« fragte Generosa.

»*Wir* entscheiden es«, wiederholte Linda. »Und *ich* gehe mit ihm. Robbie?«

Robbie schaute von seiner zweiten Puddingportion auf.

»Ich auch«, sagte Robbie.

»Ich auch«, sagte Pepita und drückte ihr Kinn auf die Brust. Linda lächelte sie mit zusammengekniffenen Augen an.

In der Nacht kam Linda in unser Zimmer und setzte sich an Pepitas Bett.

»*Du* entscheidest es natürlich«, sagte Linda, »ich gebe dir nur einen Rat. Sie wollte dich umbringen. Sie wird dich wieder fertigmachen. Ich habe dir erzählt, wie sie ist. Ich habe dich einmal vor ihr beschützt, aber ob ich es ein zweites Mal kann, weiß ich nicht. Ich muß dort in die Schule gehen. Ich werde keine Zeit haben, dich zu beschützen. Hier ist es viel besser als dort. Ich gehe nur mit, um jetzt *ihn* vor ihr zu beschützen. Er ist deshalb so dünn, weil sie ihn fertigmacht. Du bleibst am besten hier. Hier kann dir nichts passieren. Es kann überhaupt nichts passieren, Pepita, das weißt du doch! Ich komme dich besuchen und schreibe dir jeden Tag. Du bist eine Ritterin, denk dran, ich habe dich dazu gemacht! Ich habe dich der Heiligen Johanna geweiht. Es kann nichts passieren. Außerdem ist die andere ja auch noch da.«

Am nächsten Tag verkündete Pepita noch vor dem Frühstück, daß sie sich entschieden hatte zu bleiben. Ich blieb bei ihr.

8   Das Aprikosenopfer

Pepita war ein fröhliches kleines Mädchen. Ich war auch ein
fröhliches kleines Mädchen. Die Klarheit und Buntheit der
Landschaft um uns herum machte uns fröhlich. Diese
Gegend hatte nichts Kompliziertes an sich, es war fast, als sei
sie ein bißchen dumm. Das Grün der Deiche grenzte scharf
an das Braun des Wattenmeeres und an das Gelb der spär-
lichen Sandstrände. Von oben, dachte Pepita oft, müßte diese
Gegend aussehen wie ein einfaches Essen, nach der Art, wie
es im Speisesaal des Hotels serviert wurde, nach der Art, wie
es Kinder und alte Leute mögen: eine Sorte Gemüse, eine
Sorte Fleisch und Kartoffeln.

Jeden Morgen holte uns der Schulbus ab und brachte uns
nach Nordenham in die Grundschule. Nachmittags brachte
er uns wieder zurück. Die Sonne »knallte«, wie Großmutter
Generosa sagte. Oder es regnete in allumfassender Deutlich-
keit. Das Meer war selten da. Meist mußte man weit hinauslaufen, um es zu finden, und dann mußte man noch einmal
ebensoweit hinauslaufen, bis einem das Wasser wenigstens
bis zum Hintern reichte. Wenn das Meer da war, war es silber-
grau. Wenn die Sonne da war, stand sie schräg und feuerte auf
jeden einzelnen Grashalm und jede einzelne Welle einen mes-
serscharfen Lichtstrahl. Pepita und ich fuhren Fahrrad gegen
den Wind, bis unser Atem rasselte und nach Blut schmeckte.
Das Land, durch das wir preschten, hieß Butjadingen, das
Land zwischen Weser und Jade, Ritterland. Es war leicht, sich
vorzustellen, daß einst die Hufe robuster Pferde diese Erde
aufgerissen hatten. Wir selbst preschten auf diesen Pferden
dahin, Köpfe nehmend, Wunden schlagend, aufeinander zu
und dann nebeneinander her wie ein sich schließender Reiß-

verschluß. Die Pferde waren aus Lindas Keimen gewachsen, ebenso Helm und Harnisch, als die sich die Kapuzen unserer Anoraks um unsere Gesichter schlossen. Es waren die Keime, die Linda in urvordenklichen Zeiten in Pepita gelegt hatte, plus die Keime aus ihren Briefen. So ritten wir, wie von Linda befohlen, tatsächlich der Sonne entgegen, und später schrieben wir Linda davon, das heißt, Pepita schrieb, und ich setzte meinen wackligen Namen neben ihren unten auf den mit großen Buchstaben beschriebenen Bogen.

Pepita schrieb von der Sonne. Bei ihrem Untergang zerfloß die Sonne je nach Wetterlage zu Gelbgold oder Phosphor. Manchmal füllte sie den Robinspriel weit draußen im Watt mit glühender Schmelze. Das waren besondere Abende. Diese Abende hatten Pepita und ich am liebsten. Es waren die einzigen Abende, an denen Pepita wirklich meine Gegenwart zu spüren schien. Der Wind um uns herum war kalt, aber unser eigener Atem wärmte uns unter den fest zugezurrten Kapuzen, unsere Anoraks schnürten uns zu unverwundbaren Rittern. Pepita und ich ließen unsere Pferde scheppernd ins Gras fallen und liefen auf den Pfahlbuhnen ins Meer, bis es nicht mehr weiterging. Dann wateten wir in unseren Gummistiefeln durch den glühenden Schlick.

Das Watt war eine zweite Erde, ein eigener Planet mit Inseln und Wasserläufen, und der Robinspriel strudelte auch bei Niedrigwasser mit der Verläßlichkeit eines Flusses durch diese Landschaft, die eigentlich Meeresboden war.

Vor der Küste Butjadingens wölbt sich das Watt besonders hoch, und diese Wölbung nennt man den *Hohen Weg*. Von oben betrachtet sieht der Hohe Weg aus wie ein Farnblatt, das aus dem Butjadinger Festland wächst und mit seiner Spitze die Insel Mellum berührt, denn seine Ränder werden von unzähligen Prielen ausgefranst. Der größte davon ist der Robinspriel. Er schlägt einen fast widernatürlichen Haken, trennt damit einen Teil des Hohen Wegs ab und formt daraus eine kleine Insel, die bei Hoch- und Niedrigwasser kaum als solche zu erkennen ist. Bei ablaufendem Wasser aber taucht sie als erste auf, und bei auflaufendem bleibt sie am längsten trocken. Schließlich versinkt sie als letztes Stück Watt im Meer. Diese Insel heißt die *Hohe Bank*. Die Hohe Bank durften wir nicht betreten. Jopie warnte uns immer wieder:

»Wenn man bei auflaufendem Wasser zu lange dort stehenbleibt, kommt man nicht zurück!«

Durchquerte man aber doch einmal den Robinspriel und betrat die Hohe Bank, mußte man im selben Augenblick wieder umkehren, sonst blieb man dort. Die Hohe Bank war eine Sammelstelle, aber nicht für Lebende, sondern für Dinge und Tote. Unser Großvater Jopie hatte auf der Hohen Bank seinen Ersten Ertrunkenen gefunden. Die meisten seiner Ertrunkenen hatte Jopie am Rande des Robinspriels gefunden. Seine Strömung ist stark. Bei ablaufendem Wasser nimmt sie Dinge mit sich, bei auflaufendem bringt sie Dinge zurück, aber sie bringt nie genau das, was sie mitgenommen hat.

Manchmal, sehr selten, sahen Pepita und ich Seehunde dort – nur abends und nur, wenn die untergehende Sonne den Robinspriel mit flüssigem Gold füllte. Dann kamen sie von weit her, allerdings nur an solchen besonderen Abenden. Großmutter Generosa behauptete, es gäbe die Seehunde nicht, nicht so nah an der Küste, aber wir hatten sie gesehen, und Jopie gab uns recht, er hatte sie auch gesehen. Die Seehunde schienen, wie alles auf der Hohen Bank, nicht zu den Lebenden zu gehören. Sie schwammen wie Elfen, lautlos und anmutig.

Beim ersten Mal allerdings hatten wir sie von fern für eine Gruppe alter Damen mit schwarzen Badekappen gehalten, die im Robinspriel badeten, heiter, selbstgefällig, mit geruhsamen Schwimmzügen, die Köpfe hoch erhoben.

»Sie sind verrückt«, sagte Pepita.

Es mußten in der Tat sehr verrückte alte Damen sein, denn es war November, und das Wasser war eiskalt, wir schrien schon auf, wenn wir nur einen Finger hineinsteckten, aber von den alten Damen war kein Ton zu hören. Stolz und schattenhaft glitten sie dahin, und ihre Bewegungen waren von einer unendlichen Ruhe und Heiterkeit. Ihre Ruhe war so groß, daß sie sich sogar auf Pepita und mich ausdehnte, die wir viele Meter entfernt von ihnen standen. Wir standen da, sahen ihnen zu und konnten uns nicht rühren. Ich überließ mich der heiteren Schwere, die meine Arme nach unten zog und meine Füße in den Gummistiefeln tiefer in den Schlick sinken ließ, aber genauso deutlich fühlte ich, wie Pepita versuchte, sich dagegen zu wehren. Ich sah und fühlte gleichzeitig, wie sie mühsam den Arm hob, um den Damen zuzuwinken. Die Damen hielten inne. Sie hoben ihre schwarzen Köpfe, sahen uns einen Augenblick an, tauchten dann alle mit einem Mal unter und schlugen mit ihren Schwanzflossen Funken aus dem Wasser.

Pepita und ich in Butjadingen waren acht und neun Jahre alt. Linda und Robbie in Athen waren achtzehn und neunzehn. Da wir in immer gleich großen zeitlichen Abständen und in immer gleichem geographischen Abstand zueinander älter wurden, hätte man meinen können, die Parallele existiere doch. Die in regelmäßigen Intervallen zwischen Athen und Butjadingen hin und her fliegenden Briefe hielten Lindas und Pepitas Verbindung auf einem konstanten Niveau. Jeden Sommer kamen Linda und Robbie nach Butjadingen und verbrachten ihre Ferien auf dem Friedehof; Robbie, um zu essen, Linda, um alle möglichen Dinge zu tun, vor allem aber, um in der Sonne zu liegen, denn die rötliche Bräune, die sie von der Nordsee mitbrachte, stand ihr besser als das griechische Oliv.

Seit unserer Trennung waren Linda und Robbie in jeden Sommerferien gekommen, Pepita hatte sich darauf verlassen können. Es war das einzige, worauf sie sich verlassen konnte. In diesem Jahr würden sie wieder kommen, aber es waren die letzten Sommerferien, denn in diesem Jahr hatten Linda und

Robbie Abitur gemacht. Die Schule war für immer zu Ende, und was danach kam, wußte niemand. Es schien auch niemanden zu interessieren, außer Pepita. Pepita wollte wissen, ob Linda ihr nach dem Abitur näher oder ferner sein würde als bisher.

Nachdem die Schule für immer zu Ende war, waren Lindas Athener Vormittage von der klar umrissenen Süße eines langsam im geschlossenen Mund zergehenden Zuckerstücks. Erst jetzt begriff sie, warum man Kinder überhaupt zur Schule schickte, nämlich, um sie von den Versuchungen des häuslichen Lebens fernzuhalten.

Am Nachmittag nach ihrer letzten Abiturprüfung hatte sie sich noch sehr beeilt, nach Hause zu kommen. Als sie vor dem Haus in Kifissia angelangt war und das Gartentor aufstieß, fühlte sie sich federleicht und erfolgreich, fröhlich und voller Tatendrang. Mit Schwung las sie an diesem Nachmittag hundert Seiten in einem Buch über die Überquerung des Grönland-Schelfeises, machte sich eine Menge Notizen in ihr dickes Heft, bis ihr Füller versiegte, ging zum nächsten Schreibwarenladen und kaufte neue Tintenpatronen, übersetzte dann einige Seiten eines französischen Romans, wobei sie anders als erwartet jedes zweite Wort nachschlagen mußte – merkwürdig, beim ersten Lesen hatte sie den Eindruck gehabt, alles verstanden zu haben –, und half dann, nachdem sie einen Brief an Pepita geschrieben hatte (mit einem kurzen P. S. an mich), Schoschana bei irgend etwas, womit diese nicht zurechtkam, einer Schublade, die klemmte, einer Schranktür, die nicht zuging, oder etwas dergleichen. Als sie sich schließlich doch einmal für einen Moment in einen der Liegestühle auf der hinteren Terrasse sinken ließ, mußte sie augenblicklich wieder aufspringen, um ihren Zeichenblock und einen weichen Bleistift zu holen, damit sie einen besonders seltsam geformten Ast im Garten abzeichnen konnte. Sie rannte über die Terrasse. Sie hätte auch den Weg quer durch das Haus nehmen können, aber irgend etwas sagte ihr, sie solle lieber außen herum gehen. Dabei bog sie etwas zu schnell um die Hausecke und knallte mit voller Wucht gegen einen überstehenden Stein. Das ganze Haus war aus Feldsteinen gemauert, und dieser hier war besonders scharfkantig. Zusätzlich zu dem dumpfen Stoß, der das Blut im Zentrum des Aufpralls versammelte und es dann wieder in das umliegende Gewebe spritzen ließ, schnitt die Kante des Steins, als Linda ein wenig in den Knien einknickte, einen sauberen Winkel in Lindas Stirn, direkt am Haaransatz.

Linda blutete hellrot.

Einige Zeit später lag sie unter dem Walnußbaum, eine Eiskompresse auf der Stirn, ein langsam abflauendes Zittern unter den Lidern. Sie hatte keine Platzwunde, nur einen Schnitt, der wie mit dem Skalpell gezogen aussah und sich schnell wieder schloß. Zuerst hatte sie gedacht, all ihre Knochen seien bei dem Stoß aus ihren Gelenken gesprungen, aber das stimmte nicht. Alles war noch an seinem Platz. Nur gebremst fühlte sich Linda. Zum zweiten Mal in ihrem Leben gebremst in vollem Lauf, als sei sie fünf Jahre lang nur gerannt und habe dann plötzlich wieder eins vor den Kopf bekommen. Zuerst hatte sie es gar nicht so empfunden: Kaum war sie mit der Eiskompresse auf das Sofa verfrachtet worden, hatte sie schon wieder nach ihrem Grönland-Schelfeis-Buch gegriffen. Aber Schoschana hatte es ihr aus der Hand genommen: Erst würde sich noch herausstellen müssen, ob sie nicht doch eine Gehirnerschütterung habe, und solange man vielleicht eine Gehirnerschütterung habe, dürfe man nicht lesen.

»Bis morgen mußt du ruhig liegenbleiben!«

Schoschana hatte alle Bücher weggeräumt und war gegangen. Linda hatte eine Weile ruhig dazuliegen versucht, im abgedunkelten Zimmer, ohne zu lesen, ohne irgend etwas zu tun, doch plötzlich waren ihr Tränen in die Augen getreten, so still war es und so leer.

»Dann denk doch!« sagte sie wütend zu sich selbst. »Du wirst doch wohl einfach eine Weile so vor dich hin denken können!«

Aber sie mußte feststellen, daß sie nicht selbst denken konnte und es wahrscheinlich noch nie gekonnt hatte. In ihrem Kopf herrschte eine so absolute Stille, daß sie fürchten mußte, es sei schon immer so gewesen. Vielleicht hatte sie deshalb die Bücher immer so sehr gebraucht. Solange sie las, war eine Stimme in ihrem Kopf, doch das war eine Illusion. Eigentlich war dort nichts. Lindas Kopf war leer, und Linda ganz allein ohne ein Buch war taub und stumm.

Schließlich war sie aufgestanden, hatte den Kopf mit der Kompresse in beide Hände genommen und war zum Walnußbaum gegangen. Seit sie unter dem Walnußbaum lag, war es gut. Die Erde schwankte unter Linda, aber sie fühlte die beruhigende Anwesenheit einer Stimme. Der Baum hatte eine Stimme, eine Stimme, die weit entfernt klang und doch nahe genug. Linda konnte diese Stimme fühlen und hören und sehen. Das Zittern ihrer Augäpfel ließ nach, und sie hob und senkte ruhig ihre Lider. Sie stellte fest, daß sie stundenlang auf ein und denselben Ast oder auf ein und denselben Ausschnitt jener Hecke schauen konnte, die einige Meter hinter dem Walnußbaum den Garten begrenzte. Auf der anderen Seite der Hecke begann das Nachbargrundstück. Linda schloß die Augen. Die Stimme des Walnußbaums hatte einen hypnotischen, einschläfernden, leicht näselnden Tonfall, und Linda hörte ihr zu.

Robbie hatte das letzte Jahr an der Deutschen Schule in Athen sehr genossen. Er hatte in keiner einzigen Stunde, keiner einzigen Pause, bei keinem einzigen nachschulischen Treff im Kafeneion gefehlt. Das lag daran, daß er keine auch noch so kleine der Tageszeit und dem Sonnenstand geschuldete Änderung des Lichteinfalls in das Dickicht frischgewaschener, stark pigmentierter Haare hatte verpassen wollen. Von morgens bis abends hatte Robbie geschaut und geschaut. Die Kombination heller germanischer und dunkler hellenischer Gene, die der Großteil der Schülerinnen an der deutschen Schule in sich trug, hatte irgendwann in diesem letzten Schuljahr Robbies Sinn für Farben geweckt. Viele Mädchen hatten einen griechischen und einen deutschen Elternteil. Ölgrün abgemischtes bitteres Athener Braun zum Beispiel ergab zusammen mit einem dünkelhaften Münchner Honigton ein geradezu unwiderstehliches Karamel. Es war seltsam: Bisher hatten Robbie Mädchen überhaupt nicht gefallen, und dann gefielen sie ihm auf einmal alle, aber auf eine Art, die ihn ruhig und nachsichtig werden und sich auf nichts als ihre Haare konzentrieren ließ. Im Unterricht saß er neben einem Mädchen, das Euphrosyne »Frossi« Clarke hieß. Ihre Mutter war Griechin, ihr Vater Deutsch-Engländer, und das tönte ihre Farbpalette insgesamt ein wenig ins Messingne ab. Frossi war der unausgeglichenste Mensch, den Robbie kannte. Entweder rutschte sie unruhig auf ihrem Stuhl hin und her, wickelte eine Haarsträhne um den Zeigefinger und streichelte die so entstandene Locke manisch mit dem Daumen, bohrte mit einem Bleistift Löcher in ihren Radiergummi, wobei sie von Zeit zu Zeit die Minenspitze abbrach, so daß sie tief im Innern des Radiergummis steckenblieb, worauf sie den Bleistift wieder ungeduldig anspitzen mußte, und dabei redete sie die ganze Zeit flüsternd mit Robbie. Oder sie saß schlaff da, ließ die Arme hängen und sagte kein Wort, und wenn sie aufgerufen wurde, schaute sie den Lehrer mit verschleierten Augen an. Robbie wollte das Rätsel Frossi Clarke nicht lösen, genausowenig wie die vielen anderen Rätsel, die zum Beispiel Anja Konstantinidou oder Annoula von Glaren hießen, aber er wollte sie immerzu anschauen. Die anderen Jungs in Robbies Klasse wollten die Mädchen nicht nur anschauen. Vielleicht fanden die Mädchen Robbie deshalb so »nett«, weil er sich für nicht viel mehr interessierte als für ihre Farben und ihr Haar, was sie in dieser Ausschließlichkeit natürlich höchstens spüren, aber nicht wissen konnten. Und das machte diese Mädchen für Robbie über die Maßen wunderbar, daß sie so empfänglich waren für seine Nettigkeit. Sie waren sogar nett zueinander. Sie küßten und umarmten einander ständig. Doch das weckte in Robbie nicht etwa das Verlangen, sie ebenfalls zu küssen und zu umarmen; Robbie wollte nur das Haar dieser Mädchen ansehen, das schwer und einzigartig war.

Manchmal, wenn Robbie am Nachmittag vom Kafeneion nach Hause kam und Linda im Garten sitzen sah, mit einem Buch oder einem Brief an Pepita auf den Knien, kam es ihm plötzlich in den Sinn, sich zu fragen, ob seine Schwester auch wie diese Mädchen an seiner Schule war. Aber Lindas Haar war fein und so hell, daß es fast weiß aussah, fast, als wäre es gar nicht da. Es schien nicht dazu gemacht, es anzusehen, höchstens dazu, daran zu denken. Und wenn Linda las, war ihr Profil von einer fast jungenhaften Mürrischkeit und Verbissenheit, wenn es überhaupt zu sehen war, denn manchmal trug Linda jetzt einen Hut mit Schleier. Im Gegensatz zu den olivhäutigen Mädchen an der deutschen Schule wurde Linda noch mit fast achtzehn immer wieder von spätpubertären Pickelattacken überrascht, die genauso plötzlich verschwanden, wie sie gekommen waren. Wenn Linda wieder einmal von den Pickeln überfallen worden war wie von einem Schwarm roter Hornissen, saß sie gern mit einem schwarzen Strohhut im Garten, vor den sie einen Schleier gebunden hatte.

»Nimm den Hut ab und laß Sonne an die Dinger!« sagte Schoschana dann, und Linda erschauerte, wenn Schoschana »Dinger« sagte, denn so bezeichnete sie stets Sachen wie Pickel, frühe Scheideninfektionen oder Dezimalbrüche, Sachen, deren heikle Natur und fragile Bedrohlichkeit sie nicht verstand.

Nach mehr als vier Jahren hatte sich Schoschana immer noch nicht wieder an das Haus in Kifissia gewöhnt. Ihr letztes eigenes Haus, das letzte Haus vor Kfar Sha'ul, war das Haus auf dem Mount Scopus gewesen. Damals hatte sie es nicht besonders gemocht. Jetzt vermißte sie die Leere, die glatten Oberflächen. Das Haus auf dem Mount Scopus war zwar auch groß gewesen, aber es hatte nicht so viel darin gestanden. Der Garten war großzügig, aber relativ überschaubar gewesen, mit einer einzigen Terrasse und einem einzigen, von unseren Vorgängern bepflanzten Blumenbeet, in dem Schoschana als ihr persönliches Zugeständnis an die Forderungen der materiellen Welt, der Welt des sinnlosen Wachstums, der unkontrollierten Veränderung um der Veränderung willen, nur eine einzige Sorte Blumen hatte überleben lassen: knallfarbige Bougainvilleen, die weithin leuchteten und von der Monomanie ihrer Pflegerin kündeten.

In Kifissia hatte Schoschana zwei Terrassen, von denen keine kleiner war als ihr Wohnzimmer in Jerusalem. Sie hatte einen Aprikosenhain, einen Swimmingpool, unzählige Türen und Tore, durch die man den Garten betreten oder verlassen konnte, einen unübersichtlichen uralten Baumbestand, mehrere semi-natürliche Steintreppen, die Gott weiß wohin führten, sowie eine völlig zugewachsene Mauer aus Feldsteinen, die den Bereich des Gartens, der näher am Haus lag, von jenem Teil trennte, der sich hinter dem Swimmingpool noch weit hinein in macchiöses Dickicht erstreckte. Dieses Mäuerchen war unter Umständen älter als zum Beispiel die Klagemauer in Jerusalem, doch war es völlig bedeutungsfrei und referenzlos; es stand höchstens in irgendeinem bukolisch-pantheistischen Zusammenhang, der ebenso vergessen und unbedeutend wie zeitlos war. Schoschana konnte Dinge nicht leiden, die die Zeiten überdauerten, ohne daß man wußte, warum. Undurchschaubare Vergangenheit und unvertilgbare Keime waren immer noch eins für Schoschana, und diese Tatsache konnte sie immer noch nervös machen, obwohl sie jetzt Lithium nahm. Sie hätte lieber vorsorglich ganz auf Dinge jeder Art verzichtet. Das Haus auf dem Mount Scopus war, im nachhinein betrachtet, in dieser Hinsicht ein Paradies gewesen. Schoschana hatte es spärlich möbliert übernommen, und es war spärlich möbliert geblieben. Mit den wenigen Überlieferungen aus Glas und Hartplastik, Porzellan und Resopal, denen dieses Haus sie bei ihrem Einzug ausgesetzt hatte, war, das erkannte Schoschana jetzt, durchaus umzugehen gewesen. Sie hatte gehabt, was sie brauchte, mehr nicht. Ein paar Schüsseln, in die sie morgens Cornflakes hatte schütten können, und eine glatte, blaßgraue Tischplatte, von der sie die wenigen Tropfen verschütteter Milch hatte abwischen können, die stets die einzigen Erinnerungen an ein von Schoschana bereitetes Frühstück waren. Sie brauchte Leere. Sie brauchte Platz. Sie hatte beides gehabt. Vor der Begegnung hatte sie Platz gebraucht für das Warten auf ihr Eintreffen. Und nach der Begegnung hatte sie Platz gebraucht für all die sinnvollen, zusammenhängenden Überlieferungen, die sie von Eliezer empfangen hatte, für die Gedanken, das Verstehen, die Einsicht, die Bücher und die Wandbehänge. *Das Leben ist eine schmale Brücke ...*

Das Haus in Athen war voller Teppiche, Statuen und Vasen, voller Stühle, Sofas, Chaiselonguen und Sessel. Es gab Eßtische, Küchentische, Rauchtische, Beistelltische, Nachttische. Die Hälfte davon stammte noch von dem Erbauer und Vorbesitzer des Hauses, dem britischen Industriellen, das meiste aber war während Schoschanas Zeit in Kfar Sha'ul hinzugekommen, als unser Vater das Haus für ihre Rückkehr hergerichtet hatte. Er war damals in eine Art innenarchitektonischen Rausch verfallen, während er sich darauf vorbereitete, Schoschana zu sich nach Athen zu holen. Er hatte Dinge gekauft und sich ein Leben dazu erdacht, wie er sich ein glückliches Leben vorstellte. Er persönlich legte keinen Wert auf Glück, er wußte nicht, was Glück war, und strebte nicht danach, weshalb er zufriedener war als alle, die es taten, aber er wußte, daß andere Wert auf Glück legten, und er wollte, daß diese anderen glücklich waren. Er wollte, daß Schoschana glücklich war, auch wenn er nicht wußte, warum sie es sein wollte. Vielleicht wollte sie es auch gar nicht, er hatte sie nie gefragt, setzte es aber voraus. Schließlich war sie eine Frau. Er kannte andere Frauen, die allesamt glücklich waren, wenn sie von schönen Dingen umgeben waren. Das war eine Erfahrung, keine Erkenntnis. Er mußte zugeben, daß er nichts von diesem Themenkomplex verstand. Das Haus in Kifissia hatte er wegen einer vagen Ahnung von Glück gekauft, er hatte es gekauft, weil so viele Dinge darin gestanden hatten, die, jedes einzelne für sich, schön waren. Er vermutete, daß derartige Schönheit für andere Glück war. Er hatte das Bedürfnis gehabt, noch mehr schöne Dinge dazuzustellen und damit das Glück zu vermehren. Jetzt war das Haus voller Dinge, und woher auch immer sie kamen, sie machten den Eindruck, als hätten sie noch nie an einem anderen Ort gestanden.

Im Haus war es dunkel und kühl. Die Mauern waren dick und innen grob weiß verputzt, und vor den Fenstern hingen schwere braune Läden, die sich in einigen Zimmern nicht öffnen ließen.

Es war ein sehr ungriechisches Haus in einem sehr griechischen Garten. Schoschana mochte es nicht. Um gegen dieses Mobiliar anzukommen, war sie zu schwach. Die Möbel kämpften mit den Waffen der Unverrückbarkeit. Dasselbe galt grundsätzlich für Schoschana. Und das Ergebnis war, daß sich keine der beiden Parteien auch nur einen Zentimeter vom Fleck bewegte. Selbst der Garten mit seinen uralten Obstbäumen verfolgte eine Strategie des Konservierens und

Behaltens: Die reifen Zitronen fielen wie Bleigewichte von den Ästen und verschwanden sofort auf Nimmerwiedersehen in der Erde. Das Gras verschluckte alles, was man verlor, Schlüssel, Stifte, Schuhe und Sonnenbrillen. Und in den Ritzen der Steinmauer sammelten sich Massen von kleinen bleichen Zähnen, Krallen und Schnäbeln.

Schoschana erkor sich die vordere Terrasse zu ihrem bevorzugten Aufenthaltsort. Von dort waren es nicht mehr als überschaubare zehn, zwölf Meter bis zum Eingangstor, und der Rasen war links und rechts des Plattenweges kurz gehalten und dazu noch fast bis an die Wurzeln hinab verdorrt. Auf der vorderen Terrasse saß Schoschana meist mit einer Sonnenbrille im Gesicht in einem Liegestuhl und las oder schaute auf die Straße. Auf diese Weise bekam sie wenig mit von den Dingen, die im hinteren Teil des Hauses und im Garten vor sich gingen.

Die Stimme des Walnußbaumes hieß P. S. Kotopoulis. Linda hatte es auf dem Briefkasten des Nachbarhauses gelesen. Erst jetzt war ihr aufgefallen, daß sie überhaupt einen Nachbarn hatten. Die Häuser und Gärten in Kifissia waren so groß und so hoch ummauert, daß sich die Stimmen ihrer Bewohner nur selten mischten. P. S. Kotopoulis' Stimme hatte Linda erst von anderen Geräuschen unterscheiden können, nachdem sie gegen das Haus gelaufen war und unter dem Walnußbaum gelegen hatte. Unter dem Walnußbaum hatte diese Stimme ihr etwas Neues gesagt. Der Walnußbaum stand dicht am Nachbargrundstück, und dort wurden die beiden Gärten nicht von einer Mauer, sondern nur von einer Hecke getrennt. Durch diese Hecke beobachtete Linda von nun an jeden Tag P. S. Kotopoulis, die Stimme des Walnußbaumes. P. S. Kotopoulis saß den ganzen Tag im Nachbargarten und schrieb auf seiner elektrischen Schreibmaschine. Eine Verlängerungsschnur schlängelte sich über die Terrasse ins Haus sowie ein zweites Kabel für das Telefon. P. S. Kotopoulis hatte ein großes graues Telefon, das aussah wie ein Knochen. Er unterbrach das Schreiben nur, um stundenlang zu telefonieren, und seine leicht nasale Stimme schlängelte sich dann durch die Hecke zu Linda, wie am ersten Tag, als Linda vom Haus ausgebremst worden war. P. S. Kotopoulis war klein, braunhäutig und dunkelhaarig mit einer beginnenden Stirnglatze, *ein Mann wie eine Nuß*, schrieb Linda an Pepita. Er ernährte sich offenbar hauptsächlich von Noilly-Prat-Wermut und kandierten und getrockneten Früchten. Linda hatte ein durch und durch bräunliches, rundherum leicht grün einschattiertes Bild von ihm, weil sie ihn immer nur durch die Hecke sah. Seit Linda unter dem Walnußbaum zum ersten Mal seine Stimme gehört hatte, mußte sie nicht mehr soviel lesen, denn diese Stimme füllte nun ihren Kopf aus, ganz gleich, ob das gleichmäßige trockene Hämmern der Schreibmaschine sie daran erinnerte oder ob sie die Stimme selbst zu hören bekam, die wie ein leicht modulierter ferner Sirenenton an ihr Ohr drang. Linda konnte sich der *hypnotischen* Kraft nicht entziehen, die sie nun ans Haus *bannte*, und seit Linda die Stimme zum ersten Mal vernommen hatte, gab es plötzlich noch tausend andere Dinge, die sie ans Haus fesselten. Schließlich mußte sie nie mehr zur Schule gehen, konnte sich also im Haus nützlich machen. Schließlich funktionierte in diesem Haus so gut wie nichts. Und wenn etwas doch funktionierte, dann war es zumindest verbesserungswürdig. Jeden Tag empfing Linda Handwerker und Lieferanten; den Klempner, den Elektriker, den Gasmann, den Mann von der Telefongesellschaft. Als alle Geräte und Installationen endlich perfekt funktionierten, erntete sie kiloweise Aprikosen und kochte sie ein. Ihre Abscheu vor gekochtem Obst war von einem Tag auf den anderen verschwunden. Zwischendurch schrieb sie Briefe an Pepita, die eigentlich an P. S. Kotopoulis gerichtet waren, und es kam ihr vor, als sei ihr Füller ein kleiner tintenblauer Vogel, der über die Hecke hinüber zu ihm flöge.

Lindas Bewegungen waren seit ihrem Aufprall auf das Haus langsamer geworden. Sie wusch und entsteinte jede Aprikose, als sei sie die einzige. Das Buch über die Überquerung des Grönland-Schelfeises hatte sie seit jenem Nachmittag nicht mehr angerührt. Statt dessen las sie ein Buch über Obstanbau und Nutzbaumpflege. Die atemlosen Stimmen, die von Stürmen, Frösten, Hautschrunden und Erfrierungen redeten, vom Kämpfen, Wollen, Verzweifeln, Erreichen und Nichterreichen, Stimmen, die aus Gletscherspalten kamen oder von unsichtbaren Mündern abgeweht wurden, hastige, gepreßte, keuchende Stimmen – sie wurden abgelöst von einer einzigen sanften, schmeichelnden Stimme, die in ruhigem und fast lahmem Ton vom Aufpfropfen plauderte, vom Veredeln, Beschneiden und Bewässern, vom Ernten, Lagern und Konservieren.

Zunächst wußte Linda nicht, wie sie sich P. S. Kotopoulis nähern sollte. Bereits eine ganze Woche hatte sie damit verbracht, über ihn nachzudenken, darüber, woraus seine Existenz zusammengesetzt war. Der Wermut, der bemooste Korbstuhl, der wackelige Tisch, auf dem die Schreibmaschine stand, der Garten, der braun war von nie weggekehrtem Laub, P. S. Kotopoulis selbst, um den das Laub rieselte und unter dem der Korbstuhl knirschte, wenn er sich bewegte, die Tatsache, daß niemand ihn je besuchen kam – es war nur allzu klar, daß P. S. Kotopoulis ein Schriftsteller sein mußte.

»*Oui!*« P. S. Kotopoulis sprach am Telefon Französisch, mit Pariser Akzent, also: »*Ouaie!*«

Die Tatsache, daß er sich mit einem ungeduldigen »Ja« meldete, wies ihn als Nicht-Franzosen aus, sowie die Schwierigkeiten, die er mit stimmlosen und stimmhaften »S«- und »Z«-Lauten hatte.

Linda schrieb sich ihm entgegen mit ihrem blauen Füller, auf der anderen Seite der Hecke, während er offenbar mit seinem Agenten telefonierte.

»Was denkst du, was ich mache, natürlich arbeite ich!«
näselte er. »Was soll ich hier sonst machen, Nüsse knacken?«

Nüsse knacken. Linda nahm sich vor, all die Nüsse, die
unter dem Walnußbaum lagen, aufzusammeln und etwas mit
ihnen anzustellen. Sie notierte es.

»Nächste Woche, kein Problem.«

Er legte auf und tippte weiter. *Nächste Woche.* Sie notierte
es. Er mußte also nächste Woche mit irgend etwas fertig sein,
er mußte irgend etwas abliefern, eine Geschichte, einen
Roman, die letzten Seiten eines Romans. Der Arme, er
schrieb und schrieb, auf dem schiefen Tisch stapelte sich das
Papier, und er hatte offensichtlich nichts anderes zu essen als
kandierte Kumquats. Linda wünschte, sie könnte ihm helfen.
Linda notierte: *Aprikosenkompott.* Sie hatte eine Menge
Aprikosenkompott, das würde für ihn vielleicht eine Abwechslung sein von all den Trockenfrüchten. Eingemachte
Aprikosen: mehr Vitamine, aber aus derselben Familie wie
seine fossilen Kumquats und Orangenspalten. Gelbe Frucht.

In der zweiten Woche dachte sie darüber nach, wie sie hin-
übergelangen konnte mit ihren Aprikosen. P. S. Wofür standen diese Buchstaben? Wenn er auf die Initialen zweier seiner
Vornamen solchen Wert legte, daß sie beide auf dem Briefkasten standen, dann mußten sie beide etwas zu bedeuten
haben. Vielleicht waren sie ein Hinweis auf seine Binationali-
tät, ein französisches und ein griechisches Initial. *Pierre Stavros. Pierre Stavros Kotopoulis.* Sie wünschte, sie würde
recht behalten mit »Pierre«, Pierre, wie Pierre in *Krieg und
Frieden*, das paßte zu ihm, zu seiner Gedrungenheit – *ge-
drungen*, schrieb sie –, der geduckten Kraft, mit der er auf
dem Stuhl saß, der unschuldigen, unleidigen, nasalen Verfüh-
rungskraft seiner Stimme. Ein Mann, dem weh war und der
dieses Weh mit gereizter Duldsamkeit ertrug. Er bewegte
sich kaum auf seinem Stuhl, konnte aber die Spannung seines
Körpers einen ganzen Tag lang halten. Er starrte minutenlang
melancholisch vor sich hin, um dann am Telefon schnarrend

herauszuplatzen. Linda wollte ihm helfen, sie wollte, daß er zufrieden war, wenn er schrieb, sie wollte, daß er schaffte, was er bis nächste Woche schaffen mußte, und wenn sie sich Notizen über ihn machte, hoffte sie, daß die Kraft, die ihr kleiner blauer Füller verströmte, auf ihn überginge.

P. S. bedeutete aber auch: Post Scriptum. Nach dem Schreiben. Linda wollte auch nach dem Schreiben für ihn da sein, sie wollte die Belohnung sein für sein Schreiben, und sie hielt sich bereit für den Tag, da sie hinübergehen und seinen vertrockneten, düsteren braunen Garten mit ihrem goldenen Licht erfüllen würde. *Linda Kotopoulis.* Die Kraft, die in dieser Buchstabenkombination lag, war unermeßlich. Aprikosenkompott. Wie albern. Es war viel größer, viel süßer und goldener als das.

Robbie hatte von Anfang an, in beiden Leistungskursen, neben Frossi Clarke gesessen und wäre ganz bestimmt, wenn er einen weniger stoischen Charakter gehabt und der Messingglanz ihrer Haare ihn nicht beruhigt hätte, bereits nach der ersten Woche mit seinen Nerven am Ende gewesen. Frossis metallicblaues Aus-dem-Fenster-Schielen erwies sich als Täuschungsmanöver. Frossi war nicht verträumt, niemals. Sie war hochgradig nervös, immer, und machte Robbie mit ihren Ängsten verrückt. Sie hatte die Hausaufgaben nicht, ob sie bei Robbie abschreiben könne? Schließlich stellte sich heraus, daß sie die Hausaufgaben viel ausführlicher und viel sauberer hatte als Robbie, es war nur die Angst, es würde nicht reichen, es würde nicht genügen, was sie zu bieten hatte. Mit den Blicken in Robbies Heft wollte sie sich lediglich beruhigen, versetzte aber Robbie jedesmal in leichte Unruhe, wenn sie ihre Hausaufgaben vorgeblich nicht hatte und bis zum Unterrichtsbeginn nicht mehr als fünf Minuten Zeit blieben. Nach einiger Zeit hatte er sich an Frossis Absicherungen und Beschwörungen gewöhnt, und auch an ihr langes Haar, das seine und ihre

Oberarme gleichermaßen kitzelte. Wegen Frossi hatte er angefangen, nur noch kurze Ärmel zu tragen.

Irgendwann hatten ihn die Mädchen zum ersten Mal zum Volleyballspielen in Frossis Garten eingeladen. Frossis Vater hatte zwei Tennisplätze, einen neuen und einen alten, und den alten durften Annoula und ihre Freundinnen zum Volleyballspielen benutzen. Ausgewählte Jungs wurden dazu eingeladen, und zwar immer nur einer zur Zeit und immer nur ausschließlich solche, die keinen sportlichen Ehrgeiz hatten, aber auch nicht völlig unsportlich waren, Jungs, die weder den Mund nicht aufkriegten noch irgendwann verbal »austickten«, die normal mit einem Mädchen reden konnten und endgültig jenseits des Ärger-Alters waren, mit denen man sich gefahrlos auf Gespräche einlassen konnte, ohne daß es hinterher die Runde machte. Jungs, mit denen man sogar in freundschaftlichen Körperkontakt treten konnte, ohne daß es irgendwann peinlich wurde. Wichtig war außerdem, daß sie eine politische Meinung hatten, das heißt auf eine verschwommene Art »links« waren, was für die Mädchen weniger eine Frage der Einstellung als ein ziemlich zuverlässiger Reifeindikator war. Jungs, die nicht links waren, klebten noch an den Dingen, wie Kinder. Jungs, die links waren, hatten mit den Mädchen den Glauben an die Kraft des Wortes gemein – und sahen außerdem einfach besser aus.

»Na?«

Ein mehrstimmiges, fragendes, zurückhaltendes, einladendes, höfliches, gegen die Sonne geblinzeltes »Na«.

Robbie setzte sich zusammen mit Frossi und ihrer besten Freundin Annoula in das weiche Gras am Rand des Volleyballfeldes. Selten hatte er sich besser gefühlt.

Der Nachmittag auf dem Volleyballfeld war so endlos und eben und hell wie das Volleyballfeld selbst. Alle mußten die Augen zusammenkneifen, weil die Sonne so sehr blendete, und Robbie war es, als befänden sich er und die Mädchen auf einer gleißenden Scheibe, die unendlich langsam rotierte.

Robbie nahm hin, daß die Mädchen ihn nett fanden. Offenbar war er nett. Offenbar war er es, wenn er ohne Linda war. Wenn er mit seiner Schwester zusammen war, konnte er zu anderen nicht nett sein. Es schloß sich gegenseitig aus, im Linda-Club zu sein und gleichzeitig auf andere einen netten Eindruck zu machen. Nicht daß niemand Linda mochte, im Gegenteil, die meisten Leute mochten sie sehr, aber auf eine Art, die deutlich machte, daß sie Lindas Gesellschaft nicht wegen ihrer Nettigkeit schätzten, sondern weil sie unterhaltsam, überspannt und überschäumend fröhlich war. Jeder Versuch, an Lindas Seite ein netter Bursche und angenehmer Zeitgenosse zu sein, war von vornherein zum Scheitern verurteilt und erzeugte nichts als Langeweile. Also war Robbie lieber ungestüm als freundlich, er war das Tier an Lindas Seite, das kraftvoll dahinstürmende, gelehrige und manchmal unartige Tier, das seine Herrin abwechselnd beschützte und tyrannisierte.

Als Annoula wegen Verletzung ausgewechselt wurde und ihm vertrauensvoll ihre maronenfarbene Wadenzerrung zeigte, fragte sich Robbie, ob sie das auch tun würde, wenn sie jemals gesehen hätte, wie er seine Schwester mit einem Kleiderbügel vertrimmte.

Robbie sah den Mädchen beim Spielen zu. Er konnte kaum glauben, daß sie sich freiwillig derart grausamer Gewalteinwirkung aussetzten: Erbarmungslos prallte der Ball auf immer wieder dieselben Stellen an ihren Handgelenken und Unterarmen und hinterließ dabei blaue Flecken. Manchmal schienen die Mädchen bei ihren Aufschlägen höllische Schmerzen zu leiden. Und doch wollten sie es so, und doch liebten sie Volleyball und sprachen von fast nichts anderem. Frossi allerdings tat als einzige nicht viel mehr als nur davon zu sprechen; den echten, den wirklichen, den harten, gnadenlos heransausenden Ball dagegen mied sie wie die Pest. Als sie Robbie eingeladen hatte, hatte sie noch so getan, als sei sie eine begeisterte Spielerin. Jetzt mußte Robbie feststellen, daß sie meist am Spielfeldrand saß und zuschaute, die Getränke verwaltete und Erfolge, Mißerfolge und Verletzungen der anderen kommentierte.

»Spielst du nicht?« fragte er sie.

»Ich bin nicht gut«, sagte Frossi.

»Das glaube ich nicht. Du bist bestimmt gut.«

»Vielleicht ganz gut im Spielen«, gab Frossi zu. »Aber ich kann nicht aufschlagen. Das ist mein Problem. Der Ball landet einfach immer im Netz, und dann habe ich diesen Druck, und dann kann ich es erst recht nicht. Mittlerweile habe ich soviel Angst vor dem Aufschlagen, das kannst du dir gar nicht vorstellen. Schlimmer als vor Physik.«

»Und wenn du einfach nur spielst und die anderen aufschlagen läßt?«

Frossi sah Robbie mit großen Augen an, als habe er ihr einen obszönen Vorschlag gemacht.

»Ich habe meinen Stolz!« sagte sie.

Frossi ließ ihren Blick eine Weile auf Robbie ruhen, als müsse sie noch einmal überdenken, ob es richtig gewesen war, ihn eingeladen zu haben.

Robbie fragte sich, was für ein Stolz das war, den Frossi verteidigen mußte. Frossi war ein aufrechtes, hübsches, dunkelblondes Mädchen. Sie verfügte über gleich drei Hochnäsigkeiten, eine attische, eine germanische und eine normannische. Frossi war eine Meisterin darin, sich nur in Situationen zu begeben, in denen sie bereits gewesen war. Sie hatte immer Angst, daß ihr etwas passierte. Durch Frossi begriff Robbie die einfache Wahrheit, daß Stolz bei Frauen bedeutete, Dinge *nicht* zu tun. Robbie ahnte, daß es für die anderen Jungs ein großes Vergnügen war, Frossi dazu zu bringen, Dinge zu *tun*. Die Jungs versuchten ständig, die Mädchen dazu zu bringen, Dinge zu tun, die sie eigentlich nicht wollten oder nicht mit ihrem Stolz vereinbaren konnten. Robbie verstand die anderen Jungs nicht. Seinetwegen konnten Frossi und die Mädchen so bleiben, wie sie waren. Am besten war es, wenn sie gar nichts taten, wenn sie einfach nur so dasaßen und ihr Haar in der Sonne schmelzen ließen.

Linda dachte darüber nach, wie es wäre, P. S. Kotopoulis zu küssen. Der Gedanke an das Küssen im allgemeinen war nah und allgegenwärtig, der Gedanke daran, ausgerechnet P. S. Kotopoulis zu küssen, aber fern und fürchterlich. Dennoch hatte Linda keine Wahl. Sie mußte etwas tun. Sie suchte nach etwas, das sie küssen könnte. Schließlich stieß sie in einem Koffer auf den Kopf des Antinoos, die Büste aus Gips, die unser Vater ihr in Delphi geschenkt hatte. Linda war überrascht, daß der Kopf die letzten beiden Umzüge überstanden hatte. Er war erstaunlich klein, kleiner, als sie ihn in Erinnerung hatte, etwa halb so klein wie ein menschlicher Kopf. Antinoos' Lippen waren fest und trotzig aufgeworfen. Seine Pupillen waren nur angedeutet, feine Kreislinien im weißen Gips, und deshalb sah es so aus, als starrte er ins Leere. Er sah Linda nicht an, und deshalb konnte sie es wagen. Sie näherte ihre Lippen den Lippen des Antinoos. Sie drückte sie fest darauf. Seine Lippen waren kühl und schmeckten nach Kalk. Trotzdem waren sie erschreckend wirklich, sie waren wunderbar wirklich, sie waren so wirklich, daß Linda zurückzuckte. Ihr Herz klopfte. Plötzlich schämte sie sich vor Antinoos. Sie legte ihn zurück in den Koffer und klappte den Deckel zu.

Vielleicht war es falsch, sich vorbereiten zu wollen. Lieber wartete Linda auf ein Zeichen. Wenn es käme, würde sie sich disziplinieren und der Situation entsprechend entscheiden, was zu tun war.

Leider war sie zur Zeit gezwungen, ständig ihren Hut mit Schleier zu tragen, und wenn das Zeichen jetzt käme, befände sie sich in einer denkbar ungünstigen Position. Mehrmals täglich cremte sie sich die Wangen mit Zinksalbe ein, um das Ende der Schleierphase einzuleiten.

Doch dann standen die Zeichen plötzlich günstig. Das Aprikosenopfer war angenommen worden: Jeden Abend stellte Linda ein Glas Kompott auf ein niedriges Mäuerchen im Grenzgebiet, und neuerdings war es jeden Morgen weg.

Nach einer Woche, in der das Aprikosenopfer täglich angenommen worden war, faßte Linda einen Entschluß.

Sie klingelte bei P. S. Kotopoulis. Er öffnete, und Linda fragte zitternd: »Schmecken Ihnen meine Aprikosen?«

Kotopoulis starrte sie an wie einen Geist und schlug ihr die Tür vor der Nase zu.

Linda ärgerte sich. Sie war einem plötzlichen Impuls gefolgt, keinem Impuls eigentlich, sondern dem absoluten Fehlen eines Impulses. Sie hatte sich einmal, nur ein einziges Mal von einer absoluten Impulslosigkeit treiben lassen, war einfach dem Weg gefolgt, der sie nach der Erledigung einiger kleiner Besorgungen vom Schreibwarenladen anstatt nach Hause viel leichter und gangbarer zur Tür von P. S. Kotopoulis geführt hatte, und wie in Trance hatte sie geklingelt, und Kotopoulis war entsetzt vor ihr zurückgewichen wie vor einem Monster. Im nachhinein kam es Linda vor wie ein Wachtraum. Das machte es nicht besser. Tatsächlich war Linda eine seltsame Erscheinung: Schwarzer Strohhut mit rotpaspelierter Krempe auf dem Kopf, schwarzer Gazeschleier vor dem Gesicht. Eine Imkerin der Hölle. Kotopoulis, dachte Linda, hatte sich zu Recht vor ihr erschreckt, und sie ärgerte sich, daß sie einfach hinübergegangen war, ohne vorher das Orakel zu befragen. Kein Wunder, daß es nicht geklappt hatte. Sie wandte sich erneut an Pythia mit der klassischen Frage: *Soll ich oder soll ich nicht?*

Und Pythia goß ihre Antwort in blaue Tinte und Hexameter:

Geh, und zögere nicht vor dem Tor, nicht vor der Zu-
kunft!

Muse des Dichters, noch heut bring ihm die gelbliche
Frucht!

Und Linda ging. Aber nicht durch das Tor. Sie sprach lieber
durch die Hecke.

»*Allo*«, rief sie heiser, »*pardonnez-moi, Monsieur!*«

Kotopoulis sah von seiner Schreibmaschine auf. Es war
bereits Abend, es dämmerte, und in wenigen Minuten würde
es dunkel sein. In den Schlitz zwischen Papier und Druckkopf
in Kotopoulis' Schreibmaschine fielen braune Blätter.

»*Allo?*«

»*Allo!*«

»*C'est vous?*«

»*Oui!*«

»*Le voile?*«

»*Oui!*«

Er sprach tatsächlich zu ihr. *Le voile.* Linda preßte ihren
Mund durch das Gewebe ihres Schleiers hindurch gegen die
Hecke, sie hätte eines der Blätter ablecken können, und sie
tat es auch, aus Verlegenheit. Die Gaze schmeckte bitter. Das
Blatt durch die Gaze hindurch schmeckte auch bitter, und
Kotopoulis stand tatsächlich auf und näherte sich der Hecke.
Nun war er auf der anderen Seite, sein Hemd schimmerte
durch die Blätter, und Linda hätte seinen Kragenknopf durch
das Geäst hindurch ablecken können, wäre ihre Zunge nur
ein wenig länger gewesen.

»*Je vous ai effrayé*«, flüsterte Linda.

»*Non ... mais non, pas de quoi!*«

Aber Linda wußte, daß sie ihn erschreckt hatte, und plötzlich begriff sie, jetzt, da sie spürte und schließlich sogar zusehen konnte, wie sich ihre Zunge doch gegen ihren Willen
und entgegen aller physischen und physikalischen Gesetze
entrollte, streckte und bunt färbte wie die Zunge eines Cha-
mäleons, wie sie sich leise raschelnd und leicht ins Grüne

changierend durch das Laub der Hecke bohrte, wie die Zunge mit ihrer haarfeinen Spitze P. S. Kotopoulis' Hemd an der Brust berührte, kurz zitternd innehielt, emporkroch, sich um den rechten Kragenknopf schlang, ihn mit einem Ruck abriß und sich mit dem Knopf als Beute wieder in Lindas Mund zurückzog, jetzt, da sie all dies sah, begriff sie, daß sie sich P. S. Kotopoulis nicht mehr nähern durfte, weil es für alle Beteiligten unsagbar gefährlich war, weil es alles zerstören und in Frage stellen würde, was Linda sich ausgedacht und vorgenommen hatte, sie begriff, weil sie, als Kotopoulis' Knopf schwer in ihrem Magen landete, einen Moment lang nicht wußte, ob sie überhaupt Linda war oder nicht doch eigentlich Robbie, so maßlos und grob wie Robbie oder einfach Robbie selbst, daß sich Kotopoulis zu Recht fürchtete, so wie Linda sich vor Robbie fürchtete, sie begriff, daß er an der Tür deshalb ein Monster gesehen hatte, weil sie ein Monster war, weil sie achtzehn war und damit ein Monster, häßlich und mächtig, langgliedrig und grenzenlos.

9 Francis

Robbie saß am Rande des Volleyballfeldes und sah Anja, Annoula und Frossi beim Spielen zu, wie jeden Tag, seit die Schule endgültig zu Ende war. Außer Anja, Annoula und Frossi war keines der anderen Mädchen mehr an Volleyball interessiert, außerdem hatten fast alle aus ihrem Abiturjahrgang Athen bereits verlassen. Entweder waren sie nach Deutschland gefahren, um Verwandte zu besuchen, oder sie verbrachten den Sommer mit ihren Familien auf den Inseln. Viele waren in kleinen Grüppchen mit dem Zug durch Europa unterwegs. Einige machten irgendwo ein Praktikum oder hatten eine Stelle als Au-pair-Mädchen. Aber auch sonst wären Robbie, Frossi, Annoula und Anja unter sich gewesen. Sie waren eine »Clique«, jedenfall nannten es die Mädchen so. Seit etwa zwei Jahren verbrachten sie ihre Nachmittage zu viert auf dem Volleyballfeld, und die Mädchen spielten ohne feste Regeln, so daß selbst Frossi das Herumspringen und Aufkreischen genoß. Schon lange schämten sich die Mädchen nicht mehr vor Robbie. Annoula und Frossi trugen alte, über dem Oberschenkel abgeschnittene Hosen und dazu Bikinioberteile, Anja einen ausgeblichenen Badeanzug. Sie spielten sich den Ball zu und redeten dabei, und Robbie sah ihnen zu. Er kannte alle Bewegungsmuster der Mädchen auswendig, kannte außerdem die genaue Wuchsrichtung ihres gesamten offensichtlichen und verborgenen Haars, die Topographie ihrer Haut, sogar die Strukturen ihrer streng geheimen bindegewebsschwachen Regionen.

»Ich weiß noch nicht, was ich mache«, sagte Annoula keuchend. »Vielleicht werde ich Entwicklungshelferin.« Annoula hatte seit Wochen gute Laune, weil ihre Eltern ihr zum achtzehnten Geburtstag ein Auto geschenkt hatten, plus ein verhaltensunabhängiges Budget von eintausendfünfhundert Mark monatlich, mit dem sie anfangen durfte, was sie wollte. Anja dagegen war melancholischer Stimmung, weil ihre Eltern sie aus einer Art darwinistischen Grundhaltung heraus in wenigen Tagen zurück nach Deutschland schicken würden, um ihr von den arkadischen Zuständen in Griechenland geformtes Kind in transalpiner Kälte aushärten zu lassen.

Frossi wußte noch nicht, was sie »machen« sollte. Manchmal versank sie in Minderwertigkeitskomplexen, weil sie nichts besonders gut konnte und nichts besonders dringend wollte. Dann wieder ließ sie sich von Annoulas unerschütterlichem Selbstvertrauen anstecken und malte sich eine glänzende Zukunft aus, die um so heller leuchtete, je später sie beginnen würde.

Robbie lag einfach da und aß Waffeln. Seit einiger Zeit hatte er eine süße Phase. All die Waffeln und Honigkekse hatten ihn ein wenig zunehmen lassen, aber nur ein wenig und zum ersten Mal in seinem Leben. Bisher hatte ihn allein das frühe Aufstehen jeden Morgen so viele Kalorien gekostet, daß sein Gewicht sich über Jahre kaum verändert hatte, aber seit die Schule endgültig vorbei war, kam es ihm vor, als würden seine Schenkel beim Gehen leicht aneinanderreiben, aber nur leicht, und die Ärmel seines T-Shirts die Arme etwas fester umspannen, aber nur etwas. Robbie mochte seinen Körper gerade nicht besonders, aber er hatte ihn noch nie besonders gemocht. Die Mädchen dagegen hatten es gern, wenn Robbie beim Gehen einen Arm um sie legte. Sie drückten sich an ihn und kniffen ihn freundschaftlich in die Flanken, und daher wußte Robbie, daß sein Körper nicht abstoßend war, aber es war ihm völlig egal.

Während Robbie die letzte seiner Waffeln anbrach und dabei feststellte, daß für ihn zur Zeit geschmacklich absolut nichts an Waffeln heranreichte, was es um so bedauerlicher machte, daß es jetzt keine Waffeln mehr gab, während er sich Gedanken darüber machte, ob er in die Küche gehen und es auf sich nehmen sollte, nach irgendeinem Waffelsubstitut zu suchen, öffnete sich die Hintertür des Hauses, und Frossis Bruder Francis kam quer über den Rasen gelaufen. Er trug eine weite schwarze Hose und ein fast quadratisches Hemd aus schwarzer chinesischer Seide, dazu seltsame Sandalen, die aussahen wie aus zwei harten, dicken Lederstücken mit wenigen Stichen grob zusammengenäht.

Francis war immer von sehr viel Stoff umgeben. Im Gegensatz zu den anderen Jungs in Kifissia trug er nie T-Shirts. Francis war älter als Frossi, er hatte die Schule bereits vor zwei Jahren beendet, aber seitdem keine Anstalten gemacht, sein Elternhaus zu verlassen. Manchmal verschwand er für ein paar Wochen und sagte niemandem, wohin, kehrte aber immer wieder zurück, um monatelang nichts anderes zu tun, als in seinem Zimmer zu lesen und Musik zu hören. Francis, das mußte Robbie zugeben, war der einzige Mensch in seiner unmittelbaren Umgebung, außer Linda, der ihm so etwas wie Furcht einflößte. Normalerweise war Robbies Haut wie die semipermeable Zellmembran, über die Robbie gerade im Abitur geprüft worden war: papierdünn, durchlässig und verletzlich, was innere Anfechtungen betraf, elefantenhautdick und immun gegen Einflüsse von außen, vor allem, wenn sie verbaler Art waren. Francis' Bemerkungen allerdings verunsicherten ihn immer wieder zutiefst. Vor allem, daß er, Robbie, mit Frossi und den anderen Mädchen befreundet war, kam ihm, wenn er es aus Francis' Perspektive betrachtete – und es ließ sich nicht vermeiden, daß Francis Zeuge der endlosen Volleyballnachmittage im Garten wurde –, lächerlich und falsch vor.

»Oh, das schwedische Bikini-Team trainiert wieder!« sagte Francis.

»Hau ab, Francis!« sagte Annoula. Sie brachte die anderen beiden dazu weiterzuspielen, als sei Francis gar nicht da.

Francis stellte sich neben Robbie.

»Wie geht's?« fragte er. »Hast du schon dein Interrailtikket?«

»Ich bleibe erst einmal hier«, sagte Robbie. »In drei Wochen fahre ich zu meiner Großmutter nach Deutschland.«

»Sehr vernünftig«, sagte Francis. »Ich kenne angenehmere Plätze als hyperboräische Bahnhofsklos.«

Dann stand Francis eine Weile lang einfach nur da und schützte seine Augen mit der rechten Hand vor der Sonne.

»Weißt du was«, sagte er dann, »eigentlich hatte ich vorgehabt, so zu tun, als hätte ich ein Buch im Garten liegenlassen und wolle es holen, um mit dir ein Gespräch anzufangen. Da ich nur in geschlossenen Räumen lese, wäre das eine mehr als durchsichtige Ausrede gewesen. Also sage ich es geradeheraus: Ich hätte Lust auf etwas Gesellschaft, und du bist der einzige Mann hier. Es ist fast vier. Wie wäre es mit einem Drink auf meinem Zimmer?«

Robbie starrte auf Francis' weiße Zehen, die aus der Sandale hervorlugten. Diese Zehen hatten selten die Sonne gesehen. Er wußte, er mußte jetzt mit Francis gehen, und er wußte auch, daß damit die Freundschaft mit Frossi, Annoula und Anja zu Ende sein würde. Daran war nicht zu rütteln. Die Freundschaft mit den Mädchen würde nicht *ein wenig* angekratzt sein. Die Mädchen würden sich nicht *ein wenig* verraten fühlen, sie würden nicht *etwas* irritiert oder beleidigt sein oder ihn für *ein bißchen* seltsam halten, weil er mit Frossis seltsamem Bruder auf sein Zimmer ging. Es würde einfach vorbei sein, alles, ohne daß es jemand entschieden hätte, weder Frossi noch Annoula, noch Anja, noch er selbst; es würde schlicht und einfach vorbei sein, genau in diesem Moment, da er mit Francis gehen würde, unwiderruflich. Auch wenn die Veränderung erst zu einem späteren Zeitpunkt sichtbar würde, so daß es aussähe, als habe es eine lange dahin gehende Entwicklung gegeben, war Robbie nicht so dumm zu glauben, daß sich in Fällen wie diesem nicht bereits alles zu einem sehr viel früheren Zeitpunkt von einem Augenblick zum anderen und ein für alle Mal verwandelt hatte. Entwicklungen gab es nicht. Nur die sekundenschnellen, unbeeinflußbaren Spannungswechsel auf der Molekularebene, die Momente, in denen Atome plötzlich und ohne daß man es sah die Plätze tauschten, waren die wirklichen Veränderungen. Es gab keine Entwicklungen, nur Verwandlungen, und Robbie wußte, daß es in diesem Moment geschah.

Robbie hatte sich Francis' Zimmer dunkler vorgestellt, erwachsener und perfekter. Dabei hatte es vor allem das fast rührend lückenhafte Aussehen eines ehemaligen Kinderzimmers, aus dem jemand zwar alle kindlichen Attribute entfernt, aber nicht sehr viel Mühe darauf verwandt hatte, irgend etwas Neues zu schaffen oder gar nach außen hin darzustellen. Es wirkte nicht so, als bekäme Francis viel Besuch. Das Zimmer war voller Bücher und CDs, das Bett ordentlich gemacht. Ein paar Kleider lagen verstreut herum, auf dem Bett, dem Sessel, dem Sofa, aber nicht auf dem Boden. Ein dünner Perserteppich bedeckte das Parkett. Die Vorhänge waren zurückgezogen, und Robbie konnte durch eines der Fenster die Mädchen sehen. Sie spielten noch immer Volleyball. Sie bewegten sich wie in Zeitlupe, und es sah nicht so aus, als ob sie dabei redeten.

»Was möchtest du?« fragte Francis. »Whiskey? Oder einfach ein Bier?«

»Whiskey ist gut«, sagte Robbie. Er mochte Whiskey. Er mochte harte Getränke jeder Art, weil sie, während man sie hinunterschluckte, für einen wunderbar angsteinflößenden Moment Mund und Rachen – Körperteile, an denen Robbie überaus hing – einfach auslöschten und dann kribbelnd wieder auferstehen ließen.

»Ich war gerade in der Stimmung, mich umzubringen«, sagte Francis. »Du warst meine Rettung.«

Robbie nickte, weil er nicht wußte, was er dazu sagen sollte.

»Willst du wissen, wie ich es getan hätte?« fragte Francis. Er ging zum Sofa, bückte sich und zog einen länglichen Holzkasten darunter hervor. Er legte ihn auf den Tisch und klappte ihn auf. Der Kasten war mit Samt ausgekleidet. Darin lag ein Spazierstock.

»Mit einem Spazierstock?« fragte Robbie.

Francis lächelte und hob den Spazierstock aus dem Futteral. Der Schaft war aus Ebenholz, der Knauf aus Silber. Francis hielt den Stock in der linken Hand, etwa in Höhe seiner Hüfte. Dann griff er mit der rechten Hand nach dem Knauf, machte dabei eine fast unmerkliche ruckartige Bewegung und zog mit weit ausholender Geste eine Klinge aus dem Schaft.

»Ein Schwert!« rief Robbie fassungslos.

Die Klinge war lang, schmal und glänzte. In der Bewegung hatte sie ausgesehen wie ein Blitz.

»Du glaubst nicht, wie schwierig es ist, an so etwas heranzukommen«, sagte Francis. »Ich habe jahrelang danach gesucht. Es ist scheißillegal. Ich hatte einen in London gefunden, aber er sollte achtzehntausend Pfund kosten. Dieser hier ist aus Rußland. Mitte neunzehntes Jahrhundert. Es gibt einen Haufen Kopien auf dem Markt, aber du siehst es immer an der Klinge. Und dein Gegner wird es merken, beziehungsweise du selbst, wenn du dich dazu entscheiden solltest. Es ist nicht angenehm, wenn sich eine unscharfe Klinge in deine Eingeweide bohrt. Mit dieser hier würdest du nicht das geringste spüren. Du würdest sozusagen deinen eigenen Tod ohne weiteres noch eine Weile überleben, ohne auch nur einen Hauch von Schmerz, wenn du weißt, was ich meine.«

»Ich glaube schon«, sagte Robbie.

»Entschuldige, wenn ich dich erschreckt habe«, sagte Francis und steckte die Klinge wieder zurück. »Ich denke nicht ernsthaft an Selbstmord, ich wollte dich nur beeindrucken.

Das heißt, ich habe bestimmt schon hundertmal daran gedacht, aber da es von diesen hundert Malen noch keinmal zum Vollzug gekommen ist, ist es sehr unwahrscheinlich, daß du Zeuge einer solchen Handlung wirst. Es sei denn, wir bleiben Freunde fürs Leben. *Cheers, mate*!«

Er hob das Glas. Robbie tat es ihm nach.

»Ich bin mir auch über die Methode nicht sicher«, sagte Francis, nachdem er einen Schluck genommen hatte. »Niemand kann einem wirklich genau sagen, welche die beste ist. Nicht einmal über die *schlimmste* Art zu sterben ist man sich einig.«

»Ertrinken«, sagte Robbie.

»Wie bitte?«

»Ertrinken ist die schlimmste Art.«

»Wenn du es sagst, mein Lieber. Du mußt mir alles darüber erzählen.«

Am nächsten Tag lieh sich Francis das Auto seiner Eltern, und sie fuhren an den Strand von Marathon. Am Marathon-Stausee hielten sie kurz an und betrachteten von der Brücke aus das blaugrüne, undurchsichtige, bewegungslose Wasser, während sie Gebäck aus einer Tüte aßen.

»Dieses Wasser sieht überhaupt nicht griechisch aus«, sagte Francis. »Es hat etwas Nordisches, wie Fjordwasser.«

Sie fuhren weiter auf Serpentinenstraßen durch die Berge, bis sich der Blick öffnete und die weite Ebene von Marathon unter ihnen lag. Plötzlich in den Luftraum über einem Tal oder einer Ebene einzutreten gehörte zu den Momenten, die Robbie immer besonders gern gehabt hatte. Dabei war der akustische Reiz stärker als der optische: Alle Geräusche, die von unten kamen, Hundegebell, Traktorengebrumm, Hammerschläge, menschliche Stimmen, sammelten sich zu einem einzigen großen »Aaah!«. Vögel schwebten auf dem warmen Auftrieb dieses »Aaah!« über der Ebene. Robbie sah die von rechtwinkligen Staßen durchzogenen Felder, den Pinienwald, den Strand, die spiegelnden Sümpfe, in die die Athener vor über zweitausend Jahren die Perser getrieben hatten. Damals hatte es hier viele Sümpfe gegeben, jetzt waren überall Felder und kleine Baustellen. Nur unterirdisch hatte sich nicht viel verändert: Die zerdrückten Überreste der Schlacht von Marathon lagen nach wie vor zwischen den Erdschichten. Ab und zu förderte eine Baggerschaufel oder ein Brunnenbohrer einige davon zutage. Robbie war früher oft mit Linda, unserer Mutter und unserem Vater hier gewesen und hatte sich bei diesen Gelegenheiten lange Vorträge anhören müssen.

Sie fuhren hinunter zum Grabhügel der Athener, wo die Gebeine der Krieger von damals zu einem mit dürrem Gras bewachsenen Berg aufgeschüttet waren. Der Hügel hatte einen kreisrunden Grundriß und sah aus wie eine riesige umgedrehte Schüssel oder der Panzer einer gigantischen Schildkröte. Da es Montag war, war die Anlage geschlossen, und sie konnten nicht hinein, und Robbie war darüber fast erleichtert, denn sonst hätte er sich vermutlich doch noch dazu hinreißen lassen, Francis zu erzählen, wie viele Male er dort oben auf dem Hügel gestanden hatte. Später würde Francis es sehen: Robbie von unten gefilmt von unserer Mutter, immer wieder drei Minuten triumphaler sechsjähriger, siebenjähriger, achtjähriger Robbie mit nicht nur der Untersicht geschuldetem Doppelkinn, Robbie vor blauem Himmel, eine winzige Gestalt auf einem Ungeheuer von einem Grab.

»Die Platäer haben auch einen Grabhügel, weil sie den Athenern geholfen haben«, sagte Robbie, als sie später in der Delfin-Bar am Strand von Marathon saßen. Der Besitzer der Delfin-Bar hatte Robbie erkannt und ihm ungefragt einen riesigen Teller mit gegrillten Anchovis neben sein Bier gestellt, was Robbie peinlich gewesen war und Francis amüsiert hatte: »Hier kennt man dich und deinen Appetit, *mate*, das ist großartig. Mein Ziel ist es, nie mehr etwas bestellen zu müssen und nur noch in Lokale zu gehen, wo man weiß, was ich möchte. Du hast dieses Ziel erreicht und weißt es nicht zu schätzen.«

»Er muß hier irgendwo sein«, sagte Robbie, »der Grabhügel der Platäer. Es gibt auch eine Stele für die Perser. Sie steht im Museum. Die Athener hatten sie zur Ehre ihrer Feinde am Rand der Sümpfe aufgestellt.«

»Das gibt es heute nicht mehr«, sagte Francis melancholisch. »Früher hat man seine Feinde geehrt. Man hat sie wie seine Freunde geehrt. Man hat den Freund im Feind geehrt und den Feind im Freund. Es war sozusagen das gleiche. Heute gibt es keine Ehre mehr. Alle Leute haben angeblich ihre ›Ehre‹ oder ihren ›Stolz‹, aber sie wissen nicht, was sie reden, sie benutzen diese Begriffe in allen möglichen lächerlichen und intimen Zusammenhängen.«

»Frossi«, sagte Robbie vorsichtig, »Frossi sagt immer, sie hat ihren Stolz.«

»Frossi ist eine Frau«, sagte Francis. »Frauen wollen vor allem verhindern, von Männern beschlafen zu werden, die sie für die falschen halten. Entschuldige den Ausdruck. Das ist ihr Stolz. Er bezieht sich nicht auf eine Leistung, sondern nur auf ihren Körper. Das ist auch in Ordnung. Frauen sollen nicht schaffen, sie sollen vor allem sein. Das ist nicht von mir, sondern von einer Frau, nämlich von Karen Blixen. Ich liebe Karen. Sie wußte genau, was es bedeutete, eine Frau zu sein, und auch, was es *nicht* bedeutete. Deswegen war sie eine so gute Schriftstellerin. Sie mochte durchaus Frauen, die einfach Frauen waren, die nur existierten. Sie wäre vielleicht gern selbst eine solche gewesen, weil sie Schönheit und Ruhe schätzte. Aber sie konnte es nicht, und deshalb war sie zwangsläufig ein bißchen misogyn. Sie mußte ja schreiben und sich demzufolge von ihrem Körper lösen. Den Menschen in sich zu überwinden und sich damit erst wirklich zu einem Menschen zu machen ist schwer, aber die Frau in sich zu überwinden ist fast unmöglich. Wenn es einer Frau gelingt, etwas zu schaffen, wenn es ihr zum Beispiel gelingt, eine gute

Schriftstellerin zu sein, ist das eine große Leistung. Frauen wollen Kinder gebären und keine Sterne. Schreiben ist unangenehm und anstrengend und im Grunde männlich. Wer etwas anderes behauptet, hat keine Ahnung. Man muß sich überwinden. Und das ist für den weiblichen Körper überhaupt nicht gesund.«

»Meine Schwester schafft pausenlos etwas«, sagte Robbie, »sie schreibt und malt ununterbrochen und stellt immer irgend etwas her. Die meisten Sachen hebt sie nicht einmal auf. Sie wirft sie aber auch nicht weg. Sie vergiß sie einfach auf dem Boden oder im Garten und tritt irgendwann aus Versehen drauf. Wenn ein Bild fertig ist, ist es ihr schon wieder egal. Manchmal denke ich, sie will in ihrem Leben einfach so viel Papier verbrauchen, wie es geht. Sie will einfach immer etwas tun. Sie sagt, sie weiß alles und kann alles.«

»Ist deine Schwester hübsch?«

»Ich weiß nicht. Sie sieht manchmal aus wie ein Junge. Sie hat allerdings lange Haare. Aber hübsch ist sie nicht. Als Kind war sie vielleicht hübsch.«

»Du bist viel mit Frauen zusammen.«

»Ich weiß nicht.«

»Immerhin besser als falsche Freunde unter den Männern zu haben. Die meisten Männer in unserem Alter sind dumm und vergnügungssüchtig und feige. Sie interessieren sich nicht für andere Männer, sie brauchen nur jemanden, mit dem sie über Frauen reden können. Deswegen nennen sie sich gegenseitig ›Freunde‹, damit sie einander ihre Sexgeschichten erzählen können. Ich habe nichts gegen Sexgeschichten. Man muß eine Zeitlang experimentieren, auch die Intelligenten müssen das. Manche tun es allerdings ihr Leben lang, und das halte ich nicht für besonders intelligent. Ich möchte mit fünfzig nicht mit irgendwelchen stumpfsinnigen Idioten in einer Bar sitzen und saufen und mich über Blow Jobs unterhalten, wenn du weißt, was ich meine. Ich brauche einen Freund. Du brauchst einen Freund. Jeder Mann braucht einen Freund. Ich meine damit nicht jemanden, mit dem man Intimitäten austauscht. Ich meine damit jemanden, für den man sterben würde. Jemanden, für den man sich im Feld in eine Kugel werfen würde. Da wir von Ehre sprechen: Ich glaube, die größte Ehre ist es, im Kampf für einen Freund zu sterben. Die Samurai taten alles für einen Freund.«

Robbie sah Francis an, während er sprach. Er glaubte plötzlich zu verstehen, was Francis meinte. Francis sah tatsächlich fast aus wie ein Samurai. Seine Augen waren dunkel und standen ein bißchen schräg, allerdings nicht mit asiatischer Konsequenz, sondern auf eine launische europäische Art. Seine Haare waren dunkel und glänzten, sie waren nicht kurz, aber auch nicht lang. Seine Gesichtshaut war dünn und weiß. Unter den Jochbeinen hatten sich auf beiden Seiten tiefe Krater hineingebohrt, Überreste einer abwechselnd ignorierten und mit wütender Gewalt attackierten Pubertätsakne. Francis war größer als Robbie und versuchte sich offenbar bewußt aufrecht zu halten, entgegen der Angewohnheit großer Leute, sich ständig ein wenig zu krümmen, und da beide Impulse, der des Sichaufrechthaltens und der des Sichkrümmens, gleich stark zu sein schienen, war Francis' Oberkörper leicht schief und federnd gespannt wie ein Bogen. Francis trank sein Bier, und Robbie verfolgte jeden Schluck. Francis' Kehle dehnte sich und zog sich wieder zusammen, sein Adamsapfel bewegte sich auf und ab, regelmäßig wie ein Uhrwerk, und plötzlich kam Robbie der Gedanke, daß sie nur noch drei Wochen hatten, bis er nach Deutschland fliegen würde, genaugenommen zwanzig Tage, die jetzt in diesem Moment angebrochen waren und abzulaufen begannen, die genauso schnell vorübergehen würden, wie Francis' Glas sich leerte, und jeder Tag würde so sein wie einer der Schlucke, die Francis nahm: kurz und voller Kraft.

»Du mußt mich unterbrechen, wenn ich dich langweile«, sagte Francis. »Ich sitze gern an einem Tisch und spreche und höre nicht mehr auf. Dieser Platz ist wunderbar, oder nicht? Ich frage mich, wo wir heute abend sitzen und sprechen werden.«

Das ist die Liebe, schrieb Linda. *Ich kann nicht schlafen und nichts essen außer Aprikosen.*

Das ist die Liebe, schrieb Pepita ab. *Ich kann nicht schlafen und nichts essen* ... und dann hörte sie auf. Die Verwirrungen und Spiegelungen, die die Vorstellung, das »ß« in *außer* schreiben zu müssen, in Pepitas Gehirn auslöste, ließen ihren Arm augenblicklich erlahmen. Ein weiter Weg für das »ß« von dem einen Papier hinauf in Pepitas Gehirn und wieder hinunter auf das andere Papier, durch die Pupille in den Sehnerv, um einhundertachtzig Grad gedreht ins Sehzentrum, wieder herumgedreht, verstanden, behalten, hinabgeschickt in die Muskelstränge des Armes, wieder auferstanden aus millimeterkleinen Bewegungen der Finger, die den Füller hielten: Es war zu schwierig. Es würde wieder aussehen wie ein achsengespiegeltes »B«.

Pepita schrieb: ... *nur Aprikosen.* Pepita würde Großmutter Generosa um Aprikosen bitten. Sie würde sie bitten, ihr einen Aprikosenkuchen zu backen, denn sie wollte auch so lieben wie Linda, sie wollte *ihn* auch so lieben wie Linda und seinetwegen nur noch Aprikosen essen wie Linda, egal, wer er war, sie liebte ihn schon und schmeckte schon die Aprikosen in dem Kuchen, den sie essen würde, und diese Aprikosen würden vermutlich grünlicher sein als die in Kifissia, aber Aprikosen waren Aprikosen.

Ich will versuchen, nicht maßlos zu sein, schrieb Linda. *Ich bin noch nie maßlos gewesen. Nicht wie Robbie. Ich habe Disziplin. Ich habe erkannt, daß es besser ist, manche Dinge nicht zu tun, als sie zu tun. Indem man Dinge tut, kann man andere Menschen und sich selbst erschrecken. Ich werde nur noch Dinge tun, die ihn nicht erschrecken. Ich werde nur noch Dinge tun, die er nicht merkt. Ich zeichne ihn. Ich schreibe über ihn. Ich träume jede Nacht von ihm. In den meisten Träumen tut er gar nichts, er liegt einfach quer über der Schwelle vor jedem Zimmer, das ich betreten will, und sieht mich an. Ich bin der festen Meinung, daß wir füreinander bestimmt sind, das sagen mir diese Träume. Was für einen bestimmt ist, wird man auch bekommen. Man kann gar nichts daran ändern, daß man es bekommt. Man muß nur diszipliniert sein, damit man erkennt, was für einen bestimmt ist, und es annimmt, wenn man es bekommt. Dann kann nichts passieren. Es kann nichts passieren, Pepita, weißt Du noch?«*

Pepita wußte es noch. Sie war auch diszipliniert. Sie weinte fast nie, außer abends, wenn sie vor dem Einschlafen das Foto von Linda betrachtete, das über ihrem Bett hing, und morgens, wenn ihr Blick beim Aufwachen wieder auf dieses Foto fiel. Ansonsten war sie sehr diszipliniert. Sie half Großmutter Generosa. Sie war ein fröhliches Mädchen mit dickem Haar und Beinen wie Pfeilern. Sie war groß für ihr Alter. Sie tat gern immer alles zu seiner Zeit und war gern an Orten, die sie kannte.

Vielleicht hatte sie sich deshalb dafür entschieden, auf dem Friedehof zu bleiben, als unsere Eltern uns zu sich hatten zurückholen wollen nach Athen. Fast fünf Jahre ihres Lebens hatte sie damals bereits auf dem Friedehof verbracht, ihr ganzes Leben eigentlich, wenn man den Beginn ihres richtigen Lebens zu dem Zeitpunkt ansetzte, da ihr Gehirn, nachdem es einmal fast gekocht worden war, von neuem zu denken angesetzt hatte. Pepita hatte es nie bereut, daß sie auf dem Friedehof geblieben war. Sie liebte den Friedehof nicht mehr, als sie Linda liebte. Aber genau deshalb war sie geblieben, sie war geblieben, weil Linda wußte, was das beste für sie war. Außerdem kannte sie den Friedehof so gut, sie kannte den Garten, die Blühreihenfolge der Pflanzen, die Speisereihenfolge im Eßsaal, die monatliche Reihenfolge der Ehrungen auf dem Friedehof, sie kannte den Weg zum Deich, der schnurgerade war und ohne eine Möglichkeit, davon abzukommen. Eigentlich war die Entscheidung für den Friedehof sogar eine doppelte Entscheidung für Linda gewesen, denn dadurch, daß Linda nicht da war, war Linda viel eher Linda, als sie es durch ihre Anwesenheit hätte sein können. Pepita hatte verschwommene Erinnerungen daran, daß Linda schnell ungeduldig werden konnte, wenn Pepita etwas falsch machte, daß sie manchmal einfach verschwunden war, ohne zu sagen, wohin, obwohl sie mit Pepita verabredet gewesen war, daß sie manchmal, wenn Pepita sie, ohne es zu merken, beim Essen minutenlang gedankenverloren angestarrt hatte, gezischt hatte: »Was glotzt du so?«

Das alles war jetzt so gut wie vergessen. Die Linda aus Licht auf dem Foto über Pepitas Bett lächelte, ihr Haar sah aus wie eine sonnendurchschienene Staubwolke. Und die Linda aus Tinte auf den Briefbögen, die Pepita so oft auseinander- und wieder zusammenfalten konnte, wie sie wollte, war sanft und weise und setzte Pepita die Welt in ruhigen Worten geduldig auseinander.

Obwohl sie Sehnsucht nach Linda hatte, sehnte sich Pepita nicht nach der Welt, in der Linda lebte. Alles sollte so bleiben, wie es war, sie hier und Linda dort. Selbst das allabendliche und allmorgendliche Weinen um Linda war in seiner Regelmäßigkeit beruhigend und aus Pepitas Leben nicht wegzudenken. Mit Großmutter Generosa verstand sich Pepita gut, denn Generosas Ordnungsliebe und ihr Sinn für Stundenpläne und dafür, wohin Dinge gehörten, kamen Pepitas Bedürfnissen entgegen und weckten neue, noch stärkere, in dieselbe Richtung gehende Bedürfnisse in ihr.

Das einzige, was störte, war ich. Ich störte weniger durch meine Anwesenheit als dadurch, daß man meine Abwesenheit immer erst zu spät bemerkte und mich dann suchen mußte, etwa auf dem Markt in Nordenham, wo ich regelmäßig verlorenging und dann einfach stehenblieb, still und unauffällig und ohne mich zu rühren, bis sie kamen, mich zu holen, und zwar erst sehr spät, weil ich auch vorher schon die ganze Zeit so still und unauffällig gewesen war, daß sie mein Verschwinden meist erst dann bemerkten, wenn sie wieder ins Auto steigen und zurückfahren wollten. Daß ich so oft verlorenging, lag daran, daß ich keine Erinnerung hatte. Ich erinnerte mich weder an die genaue Beschaffenheit von Orten, die ich eigentlich kennen sollte, noch daran, wie und warum ich dort hingekommen war, noch an unmittelbar bevorstehende Verabredungen oder Vorhaben. Ich erinnerte mich nicht einmal besonders deutlich an Pepita und Großmutter Generosa, wenn ich sie nicht direkt vor mir sah. Wenn sie kamen, mich zu holen, nahm ich meine Jacke oder mein Fahrrad und ging oder fuhr einfach mit. Ich war keine Enkelin, die Großmutter Generosa besondere Freude machte, und keine besonders anregende Spielgefährtin für Pepita. Aber das war auch nicht der Zweck meiner Existenz. Pepita brauchte keine anregende Spielgefährtin. Sie brauchte nur Linda. Ich war diejenige, der sie von Linda erzählen konnte und der sie Lindas Briefe vorlesen konnte. Um Briefe von Linda empfangen und beantworten zu können, hatte sie sich bereits mit fünf Jahren das Lesen und Schreiben beigebracht. Sie hatte es gelernt, indem sie Lindas Briefe abschrieb. Sie tat es immer noch, jeden Brief, Wort für Wort. Sie las langsam, aber sie las, und sie schrieb unter Qualen, aber sie schrieb.

Pepita erinnerte sich noch gut daran, wie Linda ihr damals geraten hatte zu bleiben.

»Sie wollte dich umbringen«, hatte Linda gesagt. »Sie wird dich fertigmachen. Ich habe dich vor ihr gerettet, unter Einsatz meines Lebens, ich habe dich mit meinem eigenen Körper geschützt. Denk dran, du bist eine Ritterin. Ich habe dich der Heiligen Johanna geweiht. Ich werde dir jeden Tag schreiben.«

Pepita hatte also keine Wahl gehabt. Schließlich war sie der

Heiligen Johanna geweiht. Schließlich hatte Linda sie mit ihrem eigenen Körper geschützt. Aber es war gut so. Linda und Robbie wurden vom großen Audi, dem Seelenträger des Friedehofes, nach Hannover gebracht, und von dort flogen sie nach Athen. Pepita blieb auf dem Friedehof und wartete. Von der ersten Sekunde an, da der Audi nicht mehr zu sehen war, wartete sie.

Von »jeden Tag« konnte keine Rede sein, aber mindestens einmal die Woche kam ein Brief von Linda. Das Postskriptum an mich war jedesmal kurz und formal und ging auf meine äußeren Lebensumstände ein, von denen Linda allerdings keine Ahnung hatte. Manchmal schrieb sie eine Anleitung, wie man besonders schöne Papiersterne ausschnitt, manchmal gab sie mir einen Buchtip. Weder bastelte noch las ich gerne. Die Briefe waren für Pepita, und sie waren voller Wissen und voller Träume:

Gestern nacht träumte ich wieder von den Schmetterlingen. Sie wohnen auf dem Friedhof in Delphi. Sie sind Orakelwesen und Seelenträger. Sie wissen die Geheimnisse der Anderen Welt. Sie wissen Deine Zukunft, und wenn Du tot bist, tragen sie Deine Seele in die Andere Welt.

Ich war lange nicht mehr in Delphi.

Vorgestern nacht träumte ich, wir müßten alle unser Erbrochenes essen, jeden Tag, im Speisesaal des Hotels. Wir nahmen sogar etwas davon in einer Tüte mit zur Schule, als Pausenessen. Wir boten den anderen Kindern davon an, aber sie wollten nicht.

Vorvorgestern nacht träumte ich von Dir. Du versammeltest Dich mit den Rittern von Butjadingen, um es mit den Rittern des Landes Wursten auf der anderen Seite der Wesermündung aufzunehmen. Ich hoffte, Du würdest Dich nicht zu sehr in die Kämpfe zwischen Wursten und Butjadingen hineinziehen lassen – umsonst!

Linda schrieb gern an Pepita. Die Pepita, an die sie schrieb, war die gleiche, die auf dem Sitz des roten *Egged*-Busses neben ihr gelegen hatte. Es war die Pepita, die sie freiwillig liebte, die Pepita, deren Augen nicht voller Anbetung waren. Sie war froh, daß Pepita in Deutschland geblieben war. In ihren Briefen waren es Pepitas und Lindas Träume und Gedanken, die sich verbanden, nicht ihre Augen und Körper.

Vorvorvorgestern nacht träumte ich von Robbie, schrieb Linda. *Ich träumte, er habe einen Freund.*

Das war kein Traum, es war die Wirklichkeit. Und diese Wirklichkeit beunruhigte Linda mehr, als es jeder Traum gekonnt hätte. Robbie hatte noch nie einen Freund gehabt. Er hatte sich immer nur mit Mädchen abgegeben, ausgerechnet mit den langweiligsten Mädchen der Jahrgangsstufe. Linda hatte das gutgeheißen.

Vor ein paar Tagen aber war Frossi zu Linda in den Garten gekommen und hatte sich die Augen ausgeheult. Das heißt, sie hatte dagesessen und nervös eine Haarsträhne um ihren Finger gezwirbelt und die Augen verzweifelt aufgerissen.

»Ich verstehe das nicht«, sagte Frossi. »Francis ist ein Schmarotzer. Sein Leben ist total sinnlos. Er hat nur komische Freunde. Eigentlich sind seine Freunde alle in London, ein paar in Hamburg. Sie sehen entweder aus wie Penner oder als würden sie auf eine Kostümparty gehen. Einen einzigen Freund hat er in Athen, das ist der schlimmste von allen, ich weiß nicht mal seinen richtigen Namen, er nennt sich Thor, er ist immer vollgepumpt mit Drogen, glaube ich, und er macht meinem Bruder auf der Straße Szenen wie eine Frau. Manche sagen, sie küssen sich sogar auf den Mund. Ich glaube nicht, daß Francis du-weißt-schon ist, auch wenn dieser Thor versucht, ihn dazu zu machen. Nicht daß ich denke, es wäre schlimm, wenn Francis du-weißt-schon wäre. Das schlimme ist, daß Francis *gar nichts* ist. Er ist eine absolute Null. Ich verstehe das nicht. Robbie ist ganz anders als die anderen Jungs. Und jetzt zieht er ausgerechnet mit Francis rum.«

»Du meinst, er nimmt Drogen?«

Linda haßte Drogen. Sie hatte in ihrem Leben noch keinen einzigen Tropfen Alkohol angerührt. Sie haßte die Vorstellung, die Kontrolle über sich zu verlieren. Wenn ihr auf einer Party ein Joint angeboten wurde, lehnte sie ab. Leute, die Marihuana rauchten, verwandelten sich in ihren Augen sofort in unsympathische, unhöfliche, distanzlose Idioten, die sich ohne Grund in Ektase lachten und dann in selbstgefällige Halbkomata fielen. Außerdem hatte sie die Vorstellung, daß Drogen bei ihr viel schlimmer wirken würden als bei anderen Leuten, ganz einfach, weil sie nicht so abgestumpft war wie andere Leute. Wenn sie auch nur einen Zug von einem Joint nehmen würde, dachte Linda, würde sie mit Sicherheit sofort von unvorstellbar grauenhaften Halluzinationen heimgesucht, die sie gegen ihren Willen in den Selbstmord treiben würden.

»Francis? Ich weiß nicht«, sagte Frossi. »Bestimmt. Auf jeden Fall hat er ein Alkoholproblem.«

Jetzt füllten sich Frossis Augen mit Tränen. Linda kannte Frossi, so etwas hatte sie bei ihr noch nie gesehen. Frossi war entweder hysterisch oder entsetzt oder nervös oder albern, aber nie traurig.

»Ach, Linda, ich kann es doch nur dir erzählen!« sagte Frossi. »Ich habe mich so auf diese Zeit gefreut, weißt du, wenn die Schule aus ist. In der Schule konnte es ja nichts werden. Das ganze Gerede. Ich mag nicht, wenn mich Leute beobachten. Wenn sie Sachen mitkriegen.«

»Du bist in Robbie verliebt?« fragte Linda.

»Ich glaube schon«, sagte Frossi. »Ich meine, *wenn*, dann bin ich in Robbie verliebt. Was soll ich machen?«

»Wieso fragst du mich das?« Linda liebte Gegenfragen. Sie gaben einem Zeit, darüber nachzudenken, was man mit seiner Antwort wirklich erreichen wollte, und wirkten dazu noch intelligent.

»Ich weiß nicht. Du kennst ihn am besten. Hast du eigentlich einen Freund?«

Linda dachte einen Augenblick nach.

»Komm«, sagte sie. Sie saßen auf der Steinmauer an der Grenze zum Nachbargrundstück. Sie waren zu nah am Walnußbaum. Linda bedeutete Frossi, aufzustehen und ihr in den Aprikosenhain zu folgen.

»Du darfst es niemandem erzählen. Ich habe eine Affäre mit einem verheirateten Mann.«

»Was?« Frossi riß die Augen auf.

»Ich weiß, es ist schlimm. Aber ich liebe ihn.«

»Das ist wirklich schlimm. Dann ist er ja ein Ehebrecher. Die arme Frau. Du machst eine Ehe kaputt.«

»Die Ehe ist schon kaputt«, sagte Linda. »Sie hat keine Liebe mehr für ihn. Sie behandelt ihn schlecht. Sie ist eine kaltherzige Egoistin.«

Tatsächlich war Linda unfreiwillig hinter das Geheimnis der beiden Initialen auf dem Briefkasten von P. S. Kotopoulis gekommen. Sie hatte unter dem Walnußbaum gelegen und ihre maßvollen, unmerklichen, tintenblauen Gedanken zu P. S. Kotopoulis hinüberfliegen lassen, als eine fremde Stimme sich mit der Stimme des Walnußbaumes gemischt hatte. Linda war aufgeschreckt und leise zur Hecke hinübergeschlichen. Dort hatte P. S. Kotopoulis an dem wackeligen, nur für ihn bestimmten Tisch gesessen in all seiner unwiderstehlichen Bräunlichkeit – und neben ihm eine Frau! Diese Frau war offenbar Griechin, sie hatte kastanienfarbene Haare mit rötlichen Strähnchen darin, sie trug einen braunen Rock und eine beigefarbene Strickjacke, auf die mit Pailletten irgendein Schriftzug gestickt war. Linda mußte zugeben, daß sie farblich perfekt zu P. S. Kotopoulis paßte. »Ich habe dich schrecklich vermißt, *Sofia-mou*«, sagte P. S. Kotopoulis, halb auf französisch, halb auf griechisch, und in diesem Moment löste sich das »S.« von »P. S. Kotopoulis« auf und wurde zu einem glänzenden Namenszug, zu dem sich sogar augenblicklich die Paillettenstickerei auf der Strickjacke der Frau formierte: *Sofia*, und es blieb nichts als ein P., ein einfaches P. auf einem rostigen Briefkasten. Linda war nicht einmal traurig darüber. Sie hatte zwar gespürt, in dem Moment an der Hecke, da sie Kotopoulis' Kragenknopf verschluckt hatte, daß sich etwas hätte ändern können, daß etwas Neues hätte passieren können, aber sie hatte nicht gewußt, was sie tun sollte; der Kragenknopf war das Äußerste, das sie von Kotopoulis einzufordern imstande war, weil sie einfach nicht wußte, wie es weitergehen sollte. Und da sie es haßte, etwas nicht zu wissen, hatte sie aufgehört, etwas zu unternehmen, und angefangen zu lügen.

»Sie will sich nicht von ihm scheiden lassen«, sagte Linda. »Wir müssen uns heimlich treffen. Er vergöttert mich. Es bricht ihm das Herz, mich nicht sofort heiraten zu können. Wir sind doch füreinander bestimmt. Verstehst du, nicht daß ich deine Zuneigung zu Robbie ins Lächerliche ziehen will, aber was *ich* gerade durchmache, ist wirklich dramatisch. Trotzdem, ich werde sehen, was ich für dich tun kann.«

Die Sonne verschwand hinter grünlichgrauen Wolken. Es sah aus, als würde es gleich regnen. Das Meer unterhalb von Kap Sounion hatte einen chemischen Bleiglanz. Robbie nahm einen weiteren Schluck aus dem kleinen silbernen Flachmann, der zwischen ihm und Francis stand. Der Whiskey schmeckte wie die Wolken aussahen: nach kaltem Rauch.

»Früher waren hier Silberminen«, sagte Robbie, und es fiel ihm schwer, die Wörter in die richtige Reihenfolge zu bringen. »Vor allem ein Stück weiter nördlich, in der Nähe von Lavrion. Die Leute, die hier wohnen, sind alle Nachkommen der Sklaven aus den Silberminen.«

»Wie hübsch«, sagte Francis. Er trug eine Art Uniformhemd in Safrangelb mit Schulterklappen. Francis zog sich etwa fünfmal am Tag um. Seit Robbie Francis kannte, hatte auch er das Bedürfnis, sich ständig umzuziehen, aber da er nur langweilige, kindliche Hosen und Hemden und T-Shirts besaß, hatte das wenig Sinn, und Robbie widerstand der Versuchung, sich neu einzukleiden, weil das so ausgesehen hätte, als ahme er Francis nach, und außerdem hatte er keine Ahnung, was Francis gefallen würde. Er war sich ohnehin ständig unsicher darüber, was Francis gefiel. Manche Dinge gefielen Francis außerordentlich, andere provozierten ihn zu Haßtiraden.

Eine Gruppe japanischer Touristen durchquerte die Ruine des Poseidontempels und kam über die Felskuppe zu ihnen herübergeklettert. Die Japaner hielten krampfhaft ihre Fotoapparate fest. Die Fotoapparate hingen an breiten Riemen um ihre Hälse, aber die Japaner benahmen sich so, als könnten die Fotoapparate jeden Augenblick die Klippen hinunterfallen, angezogen von der außerordentlichen Bleischwere des Meeres. Robbie konnte sich nicht erklären, warum Francis diese Japaner mit einem fast liebevollen Blick betrachtete, obwohl er meistens, wenn sich ihm Menschenmengen näherten, Anfälle von Ekel bekam. Francis' Abneigungen und Vorlieben waren unberechenbar, jedenfalls für Robbie, dennoch kam es Robbie vor, als folgten sie einem bestimmten Muster, das er nur noch nicht kannte. Seltsamerweise war er sich sicher, daß Francis' Urteile über die Welt richtig waren, aber Robbie wußte nichts von der Welt. Er hatte sich bisher überhaupt nicht für die Welt interessiert. Er konnte sich nicht erinnern, jemals ein Urteil über etwas abgegeben zu haben. Francis dagegen tat nichts anderes, als Urteile abzugeben, und das stellte Robbie vor die völlig neue Aufgabe zu entscheiden, was Francis gefallen würde und was nicht, und er wollte Francis gefallen. Am meisten gefiel Francis, das hatte Robbie bereits herausgefunden, wenn er, Robbie, erzählte, was unser Vater ihm beziehungsweise ihm und Linda erzählt hatte. Die Geschichten, die Robbie immer gelangweilt hatten, langweilten Francis überhaupt nicht. Viele kannte er schon, aber er hörte sie gern noch einmal. Und Robbie stellte fest, daß er, obwohl er glaubte, unserem Vater damals kaum zugehört zu haben, alles noch wußte.

»Es ist, als sähe man diese guten alten Säulen zum ersten Mal«, sagte Francis. »Du hast keine Ahnung, was es für ein Vergnügen ist, dich von den Göttern sprechen zu hören!« Immer wieder fragte Francis nach Linda. Dann begann sich Robbie unwohl zu fühlen. Seine Erzählungen schleppten sich dahin. Je wortkarger er wurde, desto begeisterter und drängender fragte Francis. In einem tranceartigen Zustand nach einem besonders guten Mittagessen im Hotel »Grande Bretagne«, das sich zu einem Tee entwickelt und dann in ein ausgedehntes Abendessen verwandelt hatte – Francis bezahlte in diesen Fällen per Kreditkarte, was Robbie mit Spannung und Furcht verfolgte, denn eine Kreditkarte schien ein viel zu gefährliches, mächtiges Instrument für jemand so jungen wie Francis zu sein, obwohl Francis offenbar über unerschöpfliche Geldquellen verfügte –, in einem derartigen Zustand hatte Robbie Francis sogar von den Momenten des Dreifußes und von den Pythischen Spielen erzählt, es aber sogleich bereut. Francis allerdings schien nicht verwundert zu sein.

»Ich muß deine Schwester kennenlernen«, sagte er. »Gut allerdings, daß du der erste warst. So ist die Reihenfolge. Man sollte immer die Reihenfolge einhalten und die passende Gelegenheit abwarten.«

Am liebsten hörte Francis Geschichten von Delphi.

»Phantastisch!« rief Francis begeistert. »Alles paßt! Delphi – und daß ihr Geschwister seid! Es paßt alles, auch ethymologisch, meine ich. *Delphi*, griechisch, bedeutet seiner Herkunft nach *Schoß*, Erd- oder Mutterschoß. *Delphin*, das Säugetier der Meere, kommt wohl auch daher, wenn ich mich recht erinnere. *Adelphos, adelphae* – Bruder und

Schwester, latinisiert *adelphi* –, Gebrüder, Geschwister. Es paßt alles zusammen!«

Robbie konnte Francis' Gedanken nicht ganz folgen. Die allererste Geschichte, die Robbie Francis von Delphi erzählt hatte, war die alberne Geschichte von den Matchbox-Autos, die er die Heilige Straße hatte hinunterrollen lassen. Er hatte sie zögernd erzählt, damals in der Delfin-Bar, weil er fürchtete, Francis könnte sie lächerlich finden. Francis hatte ihn zunächst mit offenem Mund angestarrt, dann hatte sich sein Mund zu einem verzückten und triumphierenden Grinsen verzogen, und seitdem grinste er immer, wenn Robbie von Delphi sprach.

»Poseidon«, sagte Robbie jetzt, »war auch in Delphi. Er hat sich das Orakel mit Gaia geteilt. Dann Apollon. Und vorher Dionysos. Aber vorher Poseidon. Und Gaia, die Erdgöttin.« Robbie merkte, daß er tatsächlich ein wenig betrunken war. Die Götter waren ihm plötzlich völlig gleichgültig. Ihre Namen sagten ihm nichts. Nur die Reihenfolge ihres Auftretens wußte er noch. Die Reihenfolge ist mir scheißegal, dachte Robbie plötzlich. Immer wollte Francis die Reihenfolge einhalten. Er war ebenso pedantisch wie Linda. Robbie waren Reihenfolgen scheißegal. Er nahm noch einen Schluck aus dem Flachmann.

»Ja«, sagte Francis, »alle Leute, die aus der Erde kamen und die Erde *waren*, waren in Delphi. Gaia, Poseidon, Dionysos. Und dann ist dieses Orakel irgendwann so schrecklich luftig und intellektuell geworden. *Erkenne dich selbst.* Anstatt zu erkennen, daß *du selbst* lächerlich bist, wenn du den Kontakt mit der Erde abreißen läßt! Aber es sollte so sein. Wenn Apollon an der Reihe ist, ist er an der Reihe. Und im Moment hat er eine Strähne, eine verdammte Strähne, würde ich sagen. *Erkenne dich selbst*, sagt Apollon. Der größte Selbstbetrug der Menschen, aber der, der uns zu den Menschen macht, die wir heute sind. Mit uns meine ich nicht *uns*, mein Lieber!«

Robbie hörte zu, verstand aber nichts. Die Japaner kamen immer näher. Neben den mächtigen Säulen des Poseidontempels sahen sie aus wie kleine hilflose Insekten mit vielen Beinen und Fühlern.

»*Poor ducks*«, sagte Francis, »sie haben nur diese eine Chance im Leben, den Sonnenuntergang am Kap Sounion zu fotografieren, und dann gibt es nichts zu sehen als ein paar ordinäre Platzregenwolken. Am Ende werden wir selbst noch naß. Fahren wir? Ich hätte das Verlangen nach so etwas wie einem Haus oder einem Zimmer. Obwohl das hier zugegebenermaßen ein schöner Platz ist, in dieser herrlichen Natur, oder nicht? Und wenn deine Haare naß werden, siehst du bestimmt aus wie Poseidon.« Francis starrte an den Klippen hinunter in die Tiefe, als habe er plötzlich Angst hinunterzufallen.

Sie nahmen die Straße durch die Strandvororte von Athen. Gleich hinter Sounion begann *Marmara World*, wie Francis diese Straße nannte; eine Straße, über Kilometer gesäumt von Marmordiscountern, die aussahen wie mißgestaltete Tempel. Hier kauften die Vorstadtathener ihren geliebten Marmor, mit dem sie ihre Häuser innen und außen nahtlos verkleideten. Francis fuhr die Strecke ungern, er behauptete, von zuviel pastellfarbenem Marmor müsse er kotzen. Robbie war aus anderen Gründen schlecht. Er ließ den Kopf nach hinten sinken und überließ sich der Vorwärtsbewegung des Autos und der Vorwärtsbewegung von Francis' Stimme, die immer, wenn Francis sich beschwerte, wie ein langes, ruhiges Gitarrensolo war.

Thor wohnte in der Nähe des Kerameikos-Friedhofes. Sein Haus lag am Ende einer Sackgasse und sah aus, als würde es bald abgerissen. Wahrscheinlich würde genau das irgendwann geschehen, aber Thor wohnte schon seit fünf Jahren darin, und einstweilen stand es noch. Der Eingang zu Thors

Haus sah aus wie die Pforte zu einem seltsamen, gefährlichen Vergnügungspark. Die rostige Metalltür war nicht an ihren Seitenscharnieren in der Füllung verankert, sondern hing am Türsturz wie ein Vorhang. Sie wurde immerzu vom Wind oder von ihrer eigenen Schwerkraft hin und her geschlagen, und man mußte warten, bis sie ganz nach vorne oder ganz nach hinten geschwungen war, um hindurchschlüpfen zu können. Die Tür stand folglich ständig jedem offen, der es mit ihr aufnehmen konnte, und Thor freute sich immer über Besuch. Nach halb zwölf Uhr abends erwartete er ihn sogar dringend.

»Wo wart ihr gestern nacht?« fragte er Francis anklagend. Thor war ebensogroß wie Francis, hatte lange blonde Haare und eine große Nase. Er trug ein T-Shirt ohne Ärmel und enge Jeans.

»Ihr hättet mich retten sollen«, flüsterte Thor. »Ich habe das Haus voller Franzosen. Fragt mich nicht, ich habe einen von ihnen irgendwo nachts aufgelesen, ein hübscher Bursche, ein perfekter Tadzio. Er hatte keinen Platz zum Schlafen, und ich habe ihm angeboten, bei mir zu wohnen. Jetzt hat er all seine Freunde mitgebracht. Ein netter Junge, wie gesagt, aber seine Freunde sind Idioten, Traveller. Hier drinnen ist die reine Rucksack-Hölle.«

»Oh, du Armer«, sagte Francis. »Hast du es?«

»Ja«, sagte Thor, »aber wir müssen die Sache verschieben. Die Leute hier sind alle Kiffer oder Theologiestudenten oder was weiß ich.«

»Dann gehen wir zu mir.«

»Das geht nicht«, sagte Thor. »Ich kann diese Franzosen nicht allein lassen. Sie bringen alle meine Platten durcheinander, sobald ich ihnen den Rücken kehre. Vielleicht suchen sie nach Jacques Brel, keine Ahnung. Ich glaube nicht, daß sie so schnell aufgeben. Und sie krümeln alles voll.«

»Er ist Metaller«, hatte Francis einmal erklärend zu Robbie gesagt, »Metaller sind meistens sehr ordentlich, jedenfalls Black-Metaller.«

»Was läßt du dich auch mit Franzosen ein«, sagte Francis. »Man sollte sie alle töten und nur die Köche unter ihnen verschonen. Frankreich ist das Restaurant Europas. Man *geht* ins Restaurant. Man holt den Koch nicht zu sich nach Hause.«

»Halt die Klappe, Francis«, sagte Thor. »Kommt rein und setzt euch und trinkt was und helft mir, auf sie aufzupassen.«

Ein Junge kam durch den Flur gelaufen.

»Hi, ich bin Lucien«, sagte er und hob schlaff die Hand. Dann verschwand er im Badezimmer.

»Tut mir leid«, sagte Francis. »*Lucien*? Ich kann diese Namen nicht ertragen! Gib es mir einfach! Es muß heute sein.«

Thor lächelte, griff nach seiner speckigen Jeansjacke, die an einem Garderobenhaken hing, und holte aus der Brusttasche ein kleines Holzkästchen. Er gab es Francis.

»Was schulde ich dir?«

»Nichts«, sagte Thor, »es ist ein Geschenk. Macht es dir Freude?«

»Oh ja«, sagte Francis. »Ich bin ganz aufgeregt.«

Francis und Robbie setzten sich auf das Bett in Francis' Zimmer. Robbie fühlte Übelkeit in sich aufwallen. Er hatte eindeutig zuviel getrunken, den ganzen Tag über, Bloody Mary bei Francis zu Hause, Bier in Lavrion, Whiskey am Kap Sounion. Er konnte an nichts anderes denken als an Thor und Francis. Thor und Francis sprachen ständig von *Tadzios*, sie meinten damit einen bestimmten Typ von sehr dünnen jungen Männern mit langen blonden Haaren und knochigen Jungtiergesichtern. Sie entdeckten Tadzios überall, in Bars, Restaurants, auf Straßen und Plakatwänden. Thor schien viel mehr an ihnen interessiert zu sein als Francis, und Robbie war nicht eifersüchtig auf die Tadzios, eher auf die Art, wie Thor und Francis von ihnen sprachen, so als wüßten sie alles voneinander, als teilten sie noch unendlich viel mehr als die Tadzios, als seien die Tadzios nur ein Code und stünden für unendlich viel mehr als nur für die Tadzios. Francis und Thor berührten einander nie und unterhielten sich im Grunde viel weniger miteinander als mit allen anderen Leuten; trotzdem schienen sie die Gegenwart des anderen zu brauchen, und es verging kein Tag, an dem Francis nicht sagte: »Komm, laß uns noch schnell bei Thor vorbeifahren«, und all die Monologe, die er an diesem Tag in Robbies Gegenwart gehalten hatte, all die komplizierten Gedanken, die er mit Robbie geteilt hatte, schienen weniger Gewicht zu haben als dieser eine Satz.

»Thor«, hatte Francis einmal auf Robbies unausgesprochene Frage geantwortet, »Thor ist mein einziger wirklicher Freund. Er ist derjenige, den ich um Hilfe bitten würde, wenn ich jemanden getötet hätte und die Leiche beseitigen müßte.«

Robbie hatte geschwiegen. Er würde Hunderte von Leichen für Francis beseitigen, wenn es nötig wäre, aber er wußte nicht, wie er es ihm beweisen sollte. Jetzt war er einfach nur froh, daß Thor nicht da war und daß Francis und er allein auf Francis' Bett saßen. Robbie war so froh, daß er sich nach hinten fallen ließ wie ein nasser Sack. Durch halbgeschlossene Lider sah er, wie Francis das Holzkistchen in den Händen hielt und es betrachtete.

»Versteh mich nicht falsch«, sagte Francis. »Die meisten Drogen interessieren mich nicht. Zumindest in ihren heutigen Erscheinungsformen. Die Ästhetik der meisten Drogen hat das Volk durch billiges Panschen und falsche Kontextualisierung zerstört. Eigentlich haben Drogen mit Alchimie zu tun, aber das ist längst vorbei. Abgesehen davon bin ich ein viel zu großer Hypochonder. Ich habe immer Angst, auszutrocknen und mein Blut zu verschmutzen. Aber das hier ist was anderes.«

Er öffnete das Kästchen.

»Ich glaube, es ist noch rein und bedeutet genau das, was es immer bedeutet hat. Ich wollte es immer schon versuchen, aber erst, wenn ich einundzwanzig bin.«

»Ist heute dein Geburtstag?« fragte Robbie und richtete sich mühsam auf.

»So sieht es aus, mein Lieber!«

»Herzlichen Glückwunsch!«

»Dir auch, mein Lieber, dir auch!«

Robbie ließ sich wieder nach hinten sinken. Er hatte die Augen geschlossen und hoffte, daß Francis ihn immer noch ansah. Er wußte, wie wichtig es für Francis' war zu sehen, genau wie für Linda. Er verschränkte die Arme über seinem Kopf und wälzte sich auf die Seite. Aus irgendeinem Grund hatte er fortwährend das Bedürfnis, in Francis' Gegenwart zu schlafen beziehungsweise so zu tun, als schliefe er, und dabei Francis' Blick auf sich zu fühlen. Wenn er die Augen geschlossen hatte und Francis' Blick auf sich fühlte, wußte er zum ersten Mal in seinem Leben, wie er aussah. Er sah sich überhaupt zum erstenmal in seinem Leben. Er wußte plötzlich genau, wie seine Lippen aussahen, nicht nur, weil er fühlte, wie das Blut darin pulsierte und von innen gegen die durchsichtige Haut drängte, er *sah* seine Lippen, und genauso sah er sein Haar, er fühlte zwar vor allem, wie die Pigmente in seinem Haar unter Francis' Blick aufblühten und wie seine Haarwurzeln Balsam verströmten, aber darüber hinaus *sah* er es. Er hoffte, daß Francis es auch sah.

10 Die Heilige Straße

»Wer bist du?« fragte Francis.

»Linda«, sagte Linda. »Ich bin seine Schwester.« Sie zeigte auf Robbie.

»Sehr erfreut«, sagte Francis und stand auf. »Setz dich!« Er zeigte auf den Sessel.

»Danke«, sagte Linda, »aber ich nehme ihn gleich mit. Komm, Robbie!«

»Wer hat dich reingelassen?« fragte Francis.

»Frossi«, sagte Linda. »Sie wollte nicht mit heraufkommen. Sie haßt dich.«

»Das ist richtig«, sagte Francis und setzte sich wieder. »Ich habe gelernt, damit zu leben. Aber sprechen wir von interessanteren Dingen. Du kommst gerade im richtigen Moment.«

»Ja«, sagte Linda, »und wir gehen gleich wieder. Robbie!«

»Du kannst mir nichts befehlen«, sagte Robbie mit schwacher Stimme. Er lag noch immer rücklings auf dem Bett und hatte die Augen geschlossen. Linda griff nach Robbies schlaffer, feuchter Hand und begann daran zu ziehen. Normalerweise wäre Robbie aufgesprungen und hätte sie geschlagen, sie hätte nach ihm getreten, und er hätte sie in den Schwitzkasten genommen. Aber Robbie rührte sich nicht.

»Du hast es gehört«, sagte Francis. »Du kannst ihm nichts befehlen. Ich lasse ihn nicht weg. Ich lasse auch dich nicht weg. Es ist mein Geburtstag. Ich habe ziemlich lange auf diese Gelegenheit gewartet. Ich habe genau einundzwanzig Jahre auf diese Gelegenheit gewartet. Wir gehen alle zusammen. Ich wünsche es mir.«

»Wir gehen nirgendwo hin«, sagte Linda.

»Wir fahren«, sagte Francis.

Francis hatte Schwierigkeiten, die Schnellstraßenauffahrt zu finden. Minutenlang fuhr er neben der Betonpiste her, bis er irgendwann in einen Schotterweg einbog und dann plötzlich, ohne sich umzusehen, auf die Schnellstraße hinausschoß. Ein Lastwagen wich hupend aus. Dieses Manöver war zwar die übliche Art, in Athen auf eine Schnellstraße aufzufahren, aber Linda, die im Fond des Wagens saß, krallte sich trotzdem mit allen zehn Fingern in den Polstern fest. Sie warf einen Blick in den Rückspiegel, in dem sie Francis' Gesicht sehen konnte: Es war völlig regungslos, als schliefe Francis mit offenen Augen. Linda hoffte, daß er nichts genommen hatte. Sie ging davon aus, daß er irgend etwas genommen hatte. Ihr fiel ein, daß sie ihm eine der Vitamin-C-Kautabletten anbieten könnte, die sie immer dabei hatte, denn sie meinte sich zu erinnern, daß Vitamin C die Wirkungen vieler Drogen dämpfte.

Francis hatte eine Black-Metal-CD aufgelegt, auf der seit einer halben Stunde jemand rhythmisch durch Tiefschnee stapfte, von Harfenklängen begleitet. Gerade als Linda in ihrer Tasche nach den Tabletten suchen wollte, brach ein ohrenbetäubender Lärm los, bei dem sie sich die Ohren zuhalten mußte. Robbie saß mit leicht geneigtem Kopf auf dem Beifahrersitz und zuckte nicht einmal zusammen.

»Ist es okay?« schrie Francis in den Rückspiegel.

»Nein!« schrie Linda zurück.

»Gut«, sagte Francis. »Es ist nämlich böse. Ich meine, richtig böse. Der Typ ist Norweger. Er hat einen Menschen umgebracht und sitzt im Gefängnis. Diese CD hier hat er im Gefängnis aufgenommen.« Er drehte die Musik leiser.

»Aha«, sagte Linda. »Meinst du, daß es gut ist für Robbie, so was zu hören? Er ist betrunken. Vielleicht bekommt er davon ganz fürchterliche Halluzinationen. Ich bin Synästhetin, ich weiß, wovon ich rede.«

Sie beugte sich vor, um nachzusehen, ob Robbie schlief oder wach war. Robbie hatte den Kopf gesenkt und schien irgendeinen Teil von Francis anzustarren, offenbar seinen

Oberschenkel. Es sah nicht so aus, als würde er von fürchterlichen Halluzinationen heimgesucht, eher wirkte er zufrieden und entspannt. Linda fragte sich, warum Robbie vorn neben Francis saß und nicht sie. Sie wußte den Weg. Außerdem saß sie immer vorn. Robbie war als Beifahrer völlig nutzlos. Linda fragte sich, warum sie unter diesen Bedingungen überhaupt eingewilligt hatte mitzufahren. Es war nach Mitternacht. Sie würden mindestens noch drei Stunden brauchen. Linda wußte nicht, warum sie tat, was Francis wollte, obwohl sie nicht einmal verstand, was Francis wollte, und sie konnte es nicht ertragen, wenn sie etwas nicht verstand, und eben deshalb war sie wohl mitgefahren, aber auch, weil Francis gesagt hatte, daß dies eine Gelegenheit war, daß er auf eine wie diese gewartet hatte, und das verstand Linda. Auch sie wartete immer auf Gelegenheiten, obwohl sie sie gleichzeitig fürchtete. Im Moment hoffte sie auf eine Gelegenheit, etwas gegen ihre Unruhe zu unternehmen. Nachdem die Stimme des Walnußbaums verstummt war, war sie wieder sehr unruhig. Sie sehnte sich nach etwas, das dem Moment des dumpfen Aufpralls auf das Haus vergleichbar war. Sie sehnte sich nach etwas wie der allumfassenden Ruhe und Gelblichkeit des Aprikoseneinkochens. Sie sehnte sich nicht nach P. S. Kotopoulis. P. S. Kotopoulis war eine Gelegenheit gewesen, die Linda nicht hatte nutzen können. Sie hatte nicht gewußt, wie man Gelegenheiten wie diese nutzte. Sie war bis zur Hecke gelangt, und dort war es zu Ende gewesen. Die Hecke war der Punkt gewesen, an dem sie nicht weitergewußt hatte. Aber zumindest hatte P. S. Kotopoulis sie für ein paar Wochen eins sein lassen, wenn schon nicht mit der Welt, so doch wenigstens mit dem Haus und einem Teil des Gartens und einigen Kilogramm seiner Früchte, und Linda sehnte sich zurück nach einem Zustand wie diesem, sie fragte sich, wie sie ihn wieder würde herbeiführen können. Das alles würde Francis nicht verstehen. Linda hatte keine Ahnung, was Francis verstand und was er wollte. Vor allem hatte sie keine Ahnung, was er von Robbie verstand und was er von Robbie wollte. Die einzige, die Robbie verstand, war sie, denn sie allein wußte, daß es bei Robbie nichts zu verstehen gab. Robbie war nur Robbie, er war nichts als Mund und Haar und Fleisch und Hand.

Robbie starrte auf Francis' Oberschenkel. Er merkte, wie die Wirkung des Alkohols allmählich verflog. Die Bewegungen der Dinge um ihn herum waren jetzt weniger ziehend, und sein Körper war weniger schwerelos, so daß er nicht mehr hilflos den Beschleunigungen und Verlangsamungen der Welt ausgesetzt war.

Francis' Bein war ganz mit schwarzer Seide überzogen. Francis hatte sich vorhin noch einmal umgezogen, weil er schwarze Seide am meisten von allen Stoffen liebte, und auch Robbie erkannte plötzlich mit erschütternder Klarheit, daß schwarze Seide allen anderen Stoffen überlegen war, und Francis' schwarzschimmernder Oberschenkel erschien ihm nun näher und ferner und hervorragender und schrecklicher als alles andere auf der Welt.

Sanft setzten sie auf der böotischen Ebene auf und fuhren lange Zeit geradeaus. Die Straßen waren gut beleuchtet, selbst als sich hinter Thiva der Parnaß wie ein Vorhang vor den Himmel schob. Als sie dann wieder Auftrieb unter den Rädern spürten und in einer ersten, weichen Linkskurve in die Berge abhoben, wurde es dunkel. Die Straße verlief ab jetzt nur noch in Kurven. Sie konnten nicht weiter als ein paar Meter sehen. Links war immer finstere Schlucht, rechts die mächtige Walze des Parnaß; sie schien sich zentimeterweise über die Straße zu schieben, als wolle der Berg sie langsam in die Tiefe drängen.

Als die Abzweigung nach Distomo im Scheinwerferlicht aufleuchtete, hoben Linda und Robbie den Kopf: Wenn sie mit unserem Vater diese Stelle passiert hatten, war nie unerwähnt geblieben, daß hier einst Ödipus seinem Vater begegnet war.

Wenn man dem Weg nach Distomo folgte, gelangte man in einen ganz gewöhnlichen phokischen Ort mit einer Kirche, zwei Parteizentralen, drei Hotels und ein paar Kneipen und Restaurants, die den ganzen Sommer über auf die Winterurlauber aus Athen warteten. Der Ort war in zehn Minuten durchquert. Distomo im Rücken, sank man innerhalb von zwanzig Minuten auf Meereshöhe ab und gelangte zu einer ganz gewöhnlichen phokischen Bucht, an deren Ufer eine ganz gewöhnliche Aluminiumfabrik ins Wasser hineinrostete, daneben ein ganz gewöhnlicher Kiesstrand, gesäumt von Fischtavernen und billigen Pensionen. »Distomo Beach« lag fast immer im Schatten. Linda und Robbie hatten oft hier gebadet. Stundenlang hatten sie sich auf dem Rücken treiben lassen. Sie hatten den hochfrequentigen Unterhaltungen der Wasserflöhe gelauscht, einem kaum wahrnehmbaren, unendlichen Knistern von Korinth bis Patras.

Wenn man allerdings nicht nach Distomo abbog und an der Ödipus-Kreuzung weiter geradeaus fuhr, so wie Linda, Robbie und Francis es jetzt taten, gelangte man erst ins Skifahrerdorf Arachova und dann nach Delphi.

Linda starrte aus dem Fenster, obwohl sie kaum mehr als ihr eigenes Spiegelbild sehen konnte. Die letzte Kurve. Die Phaidriaden. Robbie fühlte sich plötzlich hellwach. Ein paar Scheinwerfer beleuchteten die Felsen von unten, aber ihr Licht war zu schwach, um zu erfassen, was sie wirklich waren; brennender Stein und versteinertes Feuer. Allerdings meinten Linda und Robbie, selbst hier im Auto die Hitze der Phaidriaden und die Weite des Pleistos-Tales fühlen und dazu das Brausen der die Schlucht hinabstürzenden Ölbaumfluten hören zu können, und als Francis hinter dem Heiligtum der Athene Pronaia anhielt, stiegen sie sofort aus und liefen zum Rand der Schlucht.

»Phantastisch«, sagte Francis, und beide wünschten für einen Augenblick, er würde den Mund halten. Etwas bewegte sich unten im Heiligtum der Athene Pronaia. Linda fiel ein, daß es Wächter gab.

»Wir versuchen es vom Dorf aus«, sagte sie.

Die Hauptstraße war in fahles Licht getaucht. Kein Mensch war zu sehen. Sie liefen bergauf, bis zum höchsten Punkt des Dorfes. Außer der Kirche mit dem Friedhof standen hier nur noch ein paar vereinzelte Häuser und Schuppen, und am Ende der Straße parkte das Müllfahrzeug von Delphi. Ein Schotterweg führte zwischen Müllcontainern hinauf in den Pinienwald. Der Pinienwald war von einem Drahtzaun durchzogen, der die Grabungsstelle von öffentlichem Gelände trennte. Ein Hund fing an zu bellen, *der* Hund fing an zu bellen, denn in Griechenland gibt es immer diesen einen Hund, der bellt. Linda hatte geradezu darauf gewartet, auf den ersten Japser und das ansteckende Kläffen, das sich vermehrt und ausbreitet unter den Hunden. Das Bellen pflanzte sich fort bis hinunter ins Tal, und Linda, Robbie und Francis versuchten, schneller zu sein als das Bellen, und tatsächlich erreichten sie den Drahtzaun, bevor es sich im Golf von Korinth verlief.

Linda suchte den Zaun nach einer kaputten Stelle ab, nach *der* kaputten Stelle, die nie repariert wurde. Wenn sie entlang des Drahtzaunes bergauf liefen und sich dann von den Befestigungen des Philomelos aus dem Stadion näherten, konnten sie die Alarmanlage umgehen, die allerdings, soweit Linda wußte, ohnehin nie funktioniert hatte, und das Wachhäuschen, in dem nie jemand wachte, das Linda in seiner Düsternis und Schäbigkeit aber immer unheimlich gewesen war.

Linda sprang die Böschung hinab. Sie landete im Stadion, auf den groben Steinstufen der Nordtribüne, direkt hinter den Ehrenlogen. Sie konnte die gegenüberliegende Tribüne nicht sehen, so dunkel war es. Dennoch fühlte Linda das Stadion in all seinen Dimensionen, in seiner Länge und Breite, sie fühlte zu ihrer Rechten den Schwung der Sphendone, der Westkurve, als eine Dämpfung des Schalls, wenn sie in diese Richtung atmete, sie fühlte auch, wie sich das Stadion zu ihrer Linken öffnete, meinte sogar, jede Unebenheit des Bodens zu spüren, bevor sie den Fuß darauf gesetzt hatte, und alles, der lehmige Boden und die abgenutzten Steinquader, war voller Leben, es war – und war immer so gewesen –, als sei das Stadion der lebendigste Ort von allen. Der Ort der Pythischen Spiele: Schon als Kind hatte Linda gemeint, daß die festgestampfte Erde die Wärme all jener Füße abstrahlte, die während dreier Jahrtausende auf ihr gelaufen waren, und daß sie sogar die gesammelte Wärme von ihren, Lindas und Robbies, eigenen Füßen noch in sich trug und sie ihnen jederzeit zurückgeben konnte.

Als sie das Stadion durchquert hatten, wurde es heller. Der Mond beschien den Hang und den Heiligen Bezirk. Fünfzig Meter unter ihnen pulsierte das riesige Halbrund des Theaters silbern wie ein Raumschiff, das gleich abheben und davonfliegen würde. Darunter leuchtete das große »Z« der Heiligen Straße.

»*Fuck*!« rief Francis. Er war ein gutes Stück hinter Linda und Robbie zurückgeblieben. »Meine Tasche, ich glaube, ich habe meine Tasche verloren!«

»Halt die Klappe, Francis!« flüsterte Linda. »Dann hast du sie eben verloren. Was war denn so Wichtiges in dieser Tasche?«

»Einfach alles, du blöde Kuh«, zischte Robbie, »einfach alles ist in dieser Tasche!« Es zeigte sich wieder einmal, daß Linda eigentlich keine Ahnung hatte. Francis trug immer eine schmale Lederaktentasche mit sich herum, die furchtbar wichtig war und ohne die er keinen Schritt tat. Sie kehrten um und halfen Francis, die Tasche zu suchen. Francis erinnerte sich daran, sie für einen Moment auf den Stufen der Arena abgestellt zu haben, und war unendlich erleichtert, sie tatsächlich dort wiederzufinden.

»Es tut mir leid«, sagte Francis, »ich hasse Unterbrechungen. Na, jetzt haben wir sie ja wieder. Linda, es ist faszinierend, wie gut du dich zurechtfindest. Wo ist die kastalische Quelle? Könntest du uns bitte auf dem schnellsten Weg dort hinführen?«

Sie hielten sich etwas seitlich der Heiligen Straße, damit sich ihre Umrisse nicht gegen den weißen Stein abhoben und die Wächter sie womöglich sahen. Wahrscheinlich handelte es sich allerdings, wenn überhaupt, nur um einen einzigen Wächter, und der würde nicht einmal besonders aufmerksam sein, denn an den Hängen des Parnaß bewegte sich immer irgend etwas. Trotzdem bemühte sich Linda, vorsichtig zu atmen, und während sie auf ihren Atem achtete, merkte sie, wie sich ganz hinten in ihrem Rachen das Aroma von Lorbeer sammelte, und sie fragte sich, ob Robbie es auch an seinem Gaumenzäpfchen spüren konnte, das vertraute, angenehme, Übelkeit erregende Kitzeln. Sie fragte sich, ob sich hier und gleich noch einmal die Erde auftun würde, und so sehr sie sich danach sehnte, hoffte sie doch, es würde nicht geschehen, denn der Gedanke, daß Francis dabei sein würde, war unendlich peinlich. Sie drehte sich um und sah Francis vorsichtig einen Fuß vor den anderen setzen und Robbie, wie er auf Francis' Füße starrte, und schon das war peinlich. Dennoch mußte Linda sich eingestehen, daß es, so peinlich Francis' Gegenwart auch war, andererseits sehr schwer war, sich in seiner Gegenwart nicht leicht und auserwählt zu fühlen, seine schrägen Augen nicht gern auf sich gerichtet zu wissen. Wegen Francis tat Linda noch ein wenig lieber, was sie ohnehin gern tat: Sie ging voran. Sie ging heute ganz besonders gern und auf eine ganz besonders leichte Weise voran. Mit leichten Füßen, Francis' Blick im Rücken, ging sie voran durch den Heiligen Bezirk bis hinunter zu den Phaidriadenfelsen und merkte dabei, daß sie jede Bewegung und jeden Schritt für Francis tat, daß sie absichtlich Dinge tat, die Francis' Blick anzogen. Seinetwegen hielt sie sich so gerade, daß sie jeden Rückenmuskel spürte. Seinetwegen berührten ihre Füße kaum den Boden. Seinetwegen überkletterte sie mühelos das Tor zur kastalischen Quelle, füllte die kleine Silberflasche mit Wasser und brachte sie ihm.

Linda und Robbie saßen gegen den Altar des Apollon gelehnt und sahen Francis zu, wie er verschiedene glänzende Dinge aus seiner Aktentasche holte: eine goldene Öllampe, eine Art Miniaturdreifuß mit einer Halterung, in die eine kleine Schale eingehängt war, beides ebenfall aus Gold, ein Sieb, das genau in die Schale paßte, und ein goldenes Löffelchen. Er baute diese Utensilien auf dem Fels neben dem Altar des Apollon auf, dann nahm er das kleine Kästchen aus der Tasche, das Thor ihm gegeben hatte, und stellte es dazu. Die Nacht war inzwischen fast vorüber. Das Dunkel des Himmels leuchtete wie Meerwasser. Unten im Pleistostal erblühte, blau in blau, das Relief der Baumkronen.

»Die Zeiten des Lorbeerkauens sind vorbei«, sagte Francis langsam und feierlich, als hielte er eine Rede. »Dir, Linda, wäre es peinlich, dir, Robbie, ist es gleichgültig, mir wäre es ein unendliches Vergnügen, aber ich möchte euch nicht in Verlegenheit bringen. Wir werden es dennoch Pythia mit anderen Mitteln gleichtun. Dann haben wir Gelegenheit, einander die Wahrheit zu sagen, denn wir sind zu jung, es bei klarem Verstand zu tun.«

Francis öffnete das Kästchen und entnahm ihm einen Klumpen. Er legte den Klumpen auf das Sieb in die goldene Schale und goß das Wasser aus der kleinen Silberflasche darauf. Er zündete die Öllampe an und hielt die Flamme unter die Schale.

»Was ist das?« fragte Linda. »Heroin?«

»Opium«, sagte Francis. »Man raucht es, man kaut es, aber wir machen es wie zur Zeit der großen Moguln von Indien. Mein englischer Urgroßvater hat diese Utensilien von einem Maharadscha bekommen, einem Nachfahren des Moguls

Akbar. Wahscheinlich hat es dem Großen Mogul selbst gehört.«

Er begann, das Opium im Wasser aus der kastalischen Quelle aufzulösen. Dazu benutzte er das goldene Löffelchen.

»Ich mache das nicht«, sagte Linda. »Ich habe so etwas noch nie gemacht.«

Francis lächelte. Die Flamme des Feuerzeugs war ein gelber Fleck in all dem Blau, wie eine Spur von Wirklichkeit in einer Illusion.

»Es ist nicht gefährlich«, sagte Francis, »für dich und für mich am wenigsten, Linda. Das, wovor du Angst hast, wird nicht passieren, eben weil du davor Angst hast. Die Angst macht dich nicht verletzlicher, das ist der Irrtum der Ängstlichen und Denkenden. Vielleicht war es mal so, in einem anderen Zeitalter. Heutzutage ist es anders. Am verletzlichsten ist der, der nicht denkt und keine Angst hat.« Francis sah Robbie an, der nicht zuzuhören schien. »Wir beide können die Kontrolle nicht verlieren«, sagte er zu Linda, »gerade weil wir das am meisten fürchten. Wir werden nur etwas wissen, was wir anders nicht erfahren und begreifen würden. Ich könnte es auch allein mit Robbie tun, aber deswegen sind wir nicht hier.«

Sie warteten lange, bis das Opium fast vollständig aufgelöst war. Mehrmals hob Francis das Sieb an und ließ die Flüssigkeit in einem dünnen Strahl in die Schale laufen.

Schließlich hielt Francis die Schale in der linken Hand. »Am Hof des großen Moguls Akbar durfte das Opium nur aus der Hand eines Freundes getrunken werden«, sagte er. Er goß etwas von dem Opiumwasser in seine hohle rechte Hand und streckte sie aus. »Robbie!« sagte er.

Linda sah zu Robbie hinüber. Robbie hatte sich bis dahin kaum gerührt. Jetzt hob er den Kopf. Linda sah, wie sich sein Mund langsam öffnete, wie sich sein Kopf kaum merklich nach vorn neigte. Das Innere von Francis' Hand war eine helle Kuhle, in der das Wasser unbeweglich stand wie Öl.

Alles dehnte sich in Linda und zog sich wieder zusammen. Zu viele verschiedene Dinge näherten und entfernten sich gleichzeitig, etwas drohte zu zerreißen, weil etwas anderes gleichzeitig zu groß und zu klein war. Linda wollte nicht, daß Robbies Mund Francis' Hand berührte, aber sie wußte nicht, ob sie es um ihrer selbst oder um Robbies willen nicht wollte, sie wußte aber, daß Robbies Mund Francis' Hand unweigerlich berühren würde, wenn sie nichts unternahm, und deswegen mußte sie etwas unternehmen. Für einen Augenblick konnte sie schon im voraus die Innenseite von Francis' weißer Hand an ihren Lippen fühlen, fest und glatt wie Wachs, fester und glatter noch – wie Stein. So, schoß es ihr plötzlich durch den Kopf, wie sich die Hand des Antinoos anfühlen mußte. Sie beugte sich vor und trank.

Schoschanas Haare waren mittlerweile wieder so lang wie vor der Begegnung. Sie reichten ihr bis zur Taille, und manchmal, wenn sie morgens schlaftrunken ins Bad ging und flüchtig ihre langen Haare im Spiegel sah, wußte sie nicht, ob die Begegnung überhaupt stattgefunden hatte. Doch dann erinnerte sie sich wieder daran, wie sich ihr Schädel kurz vor und kurz nach dem Verlust von Eliezer angefühlt hatte: in Jerusalem glatt und bläulich gebuckelt, dann, zurück in Athen, als hätte ihr jemand Pusteblumensamen darübergeblasen. In den ersten Monaten nach ihrer Rückkehr hatte sie nichts anderes getan, als auf der Terrasse zu sitzen und ihre Haare nachwachsen zu fühlen. Dabei las sie die englische Ausgabe von *Masa'ot ha-Yam*, »Die Seereise«, ein Buch, das von der Reise des Rabbi Nachman ins Heilige Land erzählte. Es war Eliezers Abschiedsgeschenk gewesen, ohne daß er gewußt hatte, daß es ein Abschiedsgeschenk sein würde. Sobald sie es durchgelesen hatte, fing Schoschana noch einmal von vorne an. Immer wieder las sie vom Weg des Rabbis durch die Ukraine, von seiner Einschiffung in Odessa, der Ankunft in Palästina, seinem rätselhaften Scheitern im Heiligen Land und der überstürzten Abreise: Das alles war geschehen, um deutlich zu machen, daß die Zeit für das Kommen des Messias noch nicht reif war. Das alles war geschehen, um zu zeigen, daß die Hindernisse das wichtigste waren. Die ganze Reise war ein einziges Chaos gewesen, von vornherein zum Scheitern verurteilt. Doch das Chaos hatte das Erreichen des Ziels nicht unmöglich gemacht, das Chaos war das Ziel, das Scheitern vor dem Ziel war das Ziel. Die Hindernisse waren heilig. Das Verhindertsein des Messias war heiliger als sein Kommen. Schoschana begriff es, und sie begriff es nicht. Wie konnte das Chaos und die Verwirrung heilig sein, wenn auch die Reinheit und die Abgegrenztheit heilig waren, die Reinheit von Körpern zum Beispiel und die Abgegrenztheit von Lebensmitteln? Schoschana verstand nicht, wie beides gleichzeitig existieren konnte, nebeneinander, in derselben Welt: Ordnung und Unordnung. Sie hatte es nie verstanden, und das hatte ihr Leben zu einem einzigen großen Verhindertsein gemacht und sie dazu gebracht, beides zu hassen, die Ordnung und die Unordnung. Eliezer und Joscheved hätten sie vielleicht aus diesem Zustand erretten können, Eliezer, indem er ihr alles genau erklärt hätte, Joscheved, indem sie ihr gesagt hätte, wie sie sich verhalten sollte. Eliezer hätte ihr den Sinn der Unordnung erklärt, und Joscheved hätte ihr beim Schaffen von Ordnung die Hände geführt. Dann wäre sie eines Tages wirklich und gänzlich Schoschana geworden, sie hätte sich diesen Namen verdient, den Eliezer ihr bei ihrer Begegnung gegeben hatte. Jetzt war dieser Name nicht mehr als ein unerfüllter Wunsch, ein uneingelöstes Versprechen, eine Lüge.

Schoschana konnte sich allerdings nicht vorwerfen, es nicht versucht zu haben. Sie hatte es versucht. Sie hatte ihre schweinslederne Reisetasche genommen und sich von Joscheved abholen lassen. In der Tasche waren nichts als drei Nachthemden und das karamelfarbene orthodoxe Kleid gewesen. Sie hatten Kfar Sha'ul im Mitsubishi-Bus verlassen, die Große Chana war gefahren und hatte sie schließlich vor

Joscheveds Haus in Mea Shearim abgesetzt. Schoschana war hinter Joscheved her in das Haus gegangen und hatte ihre schweinslederne Tasche auf das wackelige Klappbett gestellt, das in einem der beiden Kinderzimmer für sie aufgebaut worden war. Sie hatte ihre Tasche ein letztes Mal auf nichtorthodoxe Gegenstände kontrolliert und nichts gefunden, denn sie hatte alles in der Klinik gelassen, sogar die Zahnpasta, aus Furcht, sie könnte nicht koscher sein. Sie hatte mit Joscheved und den Kindern gegessen, und die ganze Zeit hatte sie Eliezer nicht sehen dürfen, denn am Tag vor der Hochzeit durfte man einander nicht sehen, und am Abend war die Große Chana mit einem elektrischen Rasierapparat gekommen, und sie hatten Schoschana im Badezimmer den Kopf rasiert. Sie hatten die Haare zuerst mit einer Schere kurz geschnitten und die Stoppeln dann über dem Waschbecken einschamponiert und abrasiert. Noch jetzt hatte Schoschana den Geruch des Shampoos in der Nase, wenn sie an diesen Moment dachte, der der intensivste Moment in ihrem Leben gewesen war. In diesem Moment über dem Waschbecken, den Kopf voller Shampoo, das ihr in die Augen lief, das kühle Kratzen des Scherblatts auf der Schädelhaut, Joscheveds warme Hand im Nacken, hatte sie sich voller Trauer und Liebe gefühlt. Weder bei Lindas noch bei Robbies, noch bei Pepitas oder meiner Geburt hatte sie etwas Derartiges empfunden und auch nicht, als sie zum ersten Mal mit unserem Vater schlief. Es war, als fühlte sie zum ersten Mal in ihrem Leben überhaupt irgend etwas, und plötzlich mußte sie weinen. Joscheved und die Große Chana dachten, sie weine, wie jede orthodoxe Frau in diesem Augenblick weinte und weinen mußte. Aber so war es nicht. Schoschana weinte nicht um ihr Haar. Sie weinte nicht um sich. Sie weinte aus Gründen, die viel älter waren als sie selbst. Sie weinte aus urvordenklichen Zeiten.

Der Kopf war kahl und glatt. Schoschana betrachtete sich im Spiegel und wunderte sich, wie winzig er war; wie eine kleine blauweiße Kugel lag er in Joscheveds Händen, als sie ihn mit einem Handtuch trockenrieb. Es klingelte an der Tür. Joschevel legte das Handtuch um Schoschanas Schultern, wischte sich die Hände daran ab, lächelte Schoschana noch einmal im Spiegel zu und verließ das Badezimmer. Sie lief durch den Flur zur Haustür. Sie legte die Hand auf die Klinke. Sie drückte die Klinke hinunter. Sie öffnete die Tür, und da stand unser Vater.

Zurück in Athen tröstete sich Schoschana damit, daß, wenn das Verhindertsein des Messias heilig war, ihr eigenes Verhindertsein womöglich auch wenigstens ein bißchen heilig war. Damals in Joscheveds Haus hatte sie nichts gegen das Verhindertsein getan, es widerstandslos angenommen. Sie hatte ohne ein Wort ihre Tasche gepackt und war unserem Vater gefolgt. Sie hatte sich in das Flugzeug nach Athen setzen lassen, eine Baskenmütze auf dem Kopf, die abscheulich juckte, sie hatte sich im Taxi nach Kifissia fahren lassen, sie hatte widerstandslos das Haus betreten und sich sofort einen Platz auf der Terrasse gesucht. Dort war sie geblieben. Die Hindernisse waren heilig, also hatte sie sie angenommen. Sie hatte sogar versucht, die Hindernisse zu genießen, ihre lächerlichen, schäbigen kleinen Hindernisse, die Schuppen auf ihrem mittlerweile zartbeflaumten Schädel, aus dem sich Tag für Tag, Millimeter für Millimeter überflüssiges neues Haar schob, die Druckstellen an ihrem Hintern und das ständige leichte Hungergefühl. Sie hatte versucht, schätzen zu lernen, daß unser Vater sie gefunden hatte, daß er den Schwestern von Kfar Sha'ul Joscheveds Adresse entlockt und sie in Mea Shearim aufgestöbert hatte, daß er sie ohne ein Wort der Anklage oder des Vorwurfs in ein Flugzeug und dann in ein Haus voller Möbel gesetzt hatte. Sie hatte versucht, schätzen zu lernen, daß unser Vater selbst nie in diesem Haus war, sondern immer auf Grabungen, immer häufiger und immer länger. Sie hatte versucht, schätzen zu lernen, daß er ihr die

Kinder irgendwann zurückgebracht hatte, auch daß er nur zwei von ihnen zurückgebracht hatte, daß zwei dort geblieben waren und nichts mit ihr zu tun haben wollten, daß diese zwei lieber auf einem Friedhof lebten als bei ihr. Zur Zeit versuchte sie vor allem, schätzen zu lernen, daß die beiden, die bei ihr wohnten und mit denen sie wieder eine Familie der vier hätten sein können, kaum noch mit ihr sprachen. In den Ferien verschwanden sie nach Deutschland, in der Schulzeit waren sie immer in der Schule. Jetzt, da die Schule zu Ende war, blieb der eine den ganzen Tag und die ganze Nacht weg, und die andere war den ganzen Tag zu Hause und sprach dennoch nicht mit ihr. Heute waren beide fortgegangen, und jetzt, gegen Morgen, waren sie immer noch nicht zurück. Schoschana vermutete, daß sie zusammen waren, aber genau wußte sie es nicht. Sie nahm ihr Buch und ging damit auf die Terrasse. Sie versuchte, im bläulichen Licht der Morgendämmerung zu lesen. Inzwischen las sie längst nicht mehr in den *Masa'ot ha-Yam*, sondern fast nur noch in den *Sippurey Ma'asiyot*, den Geschichten aus urvordenklichen Zeiten, die Nachman gegen Ende seines Lebens erzählt hatte. Auch Schoschana fühlte sich seit dem Wiedererblühen ihres Kopfes am Ende ihres Lebens. Das Rasieren war der Höhepunkt gewesen, vielleicht der einzige Moment, in dem sie am Leben gewesen war, in dem sie vielleicht sogar über das Leben hinausgewachsen war, ein Moment der Erlösung. Die nachwachsenden Haare und die nachfolgende Zeit waren nichts als eine enttäuschende Zugabe. Es war eine Zeit, in der niemand mit ihr sprach und in der sie mit niemandem sprach. Schoschana beschäftigte sich nicht mehr mit Ordnung oder Unordnung. Sie rührte einfach nichts mehr an. Sie tat gar nichts mehr. Sie wußte nicht, wie die Welt beschaffen war, und niemand war da, es ihr zu erklären.

Schoschana schlug willkürlich eine Seite in den *Sippurey Ma'asiyot* auf, den Geschichten aus urvordenklichen Zeiten. Es war die Geschichte *Vom Getreide*.

Vom Getreide, las Schoschana.

Einmal sagte der König zu seinem geliebten Wesir: »Da ich Sterndeuter bin, habe ich gesehen, daß alles Getreide, das in diesem Jahr reift, jeden, der davon ißt, wahnsinnig werden läßt. Welchen Rat hast du zu geben?« Der Wesir gab ihm zur Antwort, man möge so viel Nahrung beiseite schaffen, daß sie beide nicht von diesem Getreide essen müßten. Der König aber antwortete: »Wenn wir inmitten aller Welt nicht wahnsinnig werden, aber alle anderen es sind, dann werden wir die einzigen sein, die als wahnsinnig gelten. Auch wir müssen von diesem Getreide essen. Aber laß uns ein Zeichen auf die Stirn machen, auf daß wir zumindest wissen, daß wir wahnsinnig sind. Wenn ich auf deine Stirn schauen werde oder du auf meine Stirn schauen wirst, werden wir die Zeichen sehen und wissen, daß wir Wahnsinnige sind.«

Schoschana begriff. Sie begriff, daß auch Rabbi Nachman nicht dazugehört hatte. Sie selbst hatte immer dazugehören wollen, aber nicht einmal Nachman hatte dazugehört. Sie war ganz allein. Aber auch er war ganz allein gewesen. Auf einmal machte sie sich Sorgen. Sie machte sich Sorgen um Linda und Robbie. Waren sie zusammen? Wo waren sie? Wann würden sie wiederkommen? Nach langer Zeit spürte sie wieder, wie es war, sich Sorgen zu machen. Sie beschloß, Linda und Robbie etwas zu versprechen, damit sie wiederkämen. Umwillkürlich mußte sie an ihre schweinslederne Reisetasche denken und daran, was darin war. Wenn sie wiederkommen, dachte sie, fahre ich nach Delphi. Ich fahre nach Delphi mit der Reisetasche und allem, was darin ist. Das tue ich für sie, dachte sie. Wenn sie wiederkommen.

Robbie hatte einen Schluck genommen. Er hatte nichts gespürt. Er hatte einen zweiten Schluck genommen und einen dritten. Dann war Francis' Hand leer gewesen. Robbie hatte nicht gewagt, sie auszulecken, obwohl er es aus Angst, nichts zu spüren, gern getan hätte. Jetzt spürte er immer noch nichts, außer dem Bedürfnis, sich hinzulegen. Er legte sich hin, in derselben Haltung wie Francis, zusammengekrümmt auf den Stein hinter Francis, so daß er Linda nicht sehen mußte, nur Francis. Francis' Rücken. Er starrte Francis' Rücken an. Eine Weile dachte er gar nichts, obwohl er spürte, daß Gedanken da waren, er wußte nur nicht, wo. Das ist Francis' Rücken, dachte er dann. Dieser Gedanke kam aus einer großen Tiefe. Francis' Rücken, dachte er, wie eigenartig. Wie sehr, sehr eigenartig. Wie wunderbar. Dann stieg der Gedanke an den großen Audi des Friedehofes aus einer noch größeren Tiefe empor, zusammen mit dem Gefühl, zu fahren und nie mehr aussteigen zu wollen. Er fürchtete die Ankunft, aber nie war die Ankunft so fern gewesen wie jetzt. Alles war warm und fern. Nur Francis. Francis' Rücken. Francis' Rücken war. Was? Francis' gebogener Rücken in dem schwarzen Seidenhemd hatte Ähnlichkeit mit den Ledersitzen des großen Audi. Plötzlich wurde Robbie von einer Welle der Übelkeit überrollt, dabei hatte er das Gefühl, in einen weichen, anschwellenden Körper gepreßt zu werden, zu beschleunigen und schneller zu werden, immer schneller und schneller.

»Francis«, stöhnte er.

»Was?« fragte Francis.

»Francis!« rief Robbie.

»Was?« Francis drehte sich zu ihm um. Seine Augen waren dunkel und blank und groß wie Seehundaugen.

»Ich sterbe!« sagte Robbie.

Francis griff zärtlich in Robbies Haar und hielt es fest.

»Tust du das?« fragte Francis. »Wie ich dich beneide!«

Linda und Francis hatten Robbie durch das Loch im Drahtzaun ziehen und zerren müssen. Es war noch nicht einmal neun Uhr morgens und schon heiß wie am Mittag. Zum Auto war es weit. Robbies Arme lagen schwer auf Lindas und Francis' Schultern, und er konnte keinen Fuß vor den anderen setzen. Linda und Francis schleppten ihn langsam Meter für Meter durch den Pinienwald. Als sie den Wald verlassen hatten, erbrach sich Robbie mitten auf die Straße.

Das Tor des Friedhofes war nur angelehnt. Linda und Francis schleiften Robbie den weißen Kiesweg entlang bis zur Kapelle, schleiften ihn um die Kapelle herum, bis sie zwischen den Gräbern am äußersten Rand des Friedhofes standen, dicht am Hang. Der Hang fiel steil zum Pleistostal ab und begrenzte den Friedhof nach Süden. Tief unter ihnen lag der Ölbaumwald in hellem Sonnenlicht, hier oben aber war es schattig unter den Platanen, deren braune Stämme aus dem Gras zwischen den weißen Gräbern wuchsen. Linda und Francis versuchten, Robbie vorsichtig in das weiche Gras zu legen. Sie gingen in die Knie, um ihn langsam hinuntergleiten zu lassen, doch Robbies Arme rutschten zu plötzlich von ihren Schultern, und Robbie plumpste zwischen zwei Gräber, sein Kopf schlug auf die Erde. In diesem Moment erhob sich ein Rauschen. Ausgelöst durch Robbies dumpfen Aufprall schienen sich Tausende kleiner Rindenstückchen von den Stämmen zu lösen und davonzufliegen, es war, als explodierten die Platanen lautlos, die Luft schwirrte von unzähligen braunen Fetzchen; sie stoben in alle Richtungen davon, und Francis zuckte zusammen, aber Linda war darauf vorbereitet gewesen. Sie lächelte überlegen, als sei das Ganze ihr Werk, und so schnell, wie sie aufgestoben waren, waren die Schmetterlinge von Delphi wieder verschwunden. Robbie lag reglos im Gras. Erbrochenes klebte in seinem Mundwinkel. Linda und Francis setzten sich auf das Grab einer gewissen Eumorfia Apostolou und betrachteten ihn.

»Und jetzt?« fragte Linda. »Was ist jetzt diese Wahrheit, die wir uns sagen sollen?«

»Was glaubst du?« fragte Francis.

»Ich glaube, Robbie braucht dringend Vitamin C«, sagte Linda. »Es ist so ekelhaft! *Du* bist ekelhaft!«

»Oh, Linda«, sagte Francis und lachte. »Ich liebe dich auch!«

»Ich habe nicht gesagt, daß ich dich liebe!«

»Nicht *auch*, weil *du* mich *auch* liebst. *Auch*, weil *ich* auch *Robbie* liebe. Dich und Robbie.« Er sah Linda an. »Das ist die Wahrheit.«

11   Der Hohe Weg

Es regnete in Butjadingen. Pepita und Francis saßen in der Halle des Hotels Friedehof und hörten zu, wie sich Linda und Robbie oben in den Zimmern stritten. Für Pepita waren die Kämpfe ihrer Geschwister in den Zimmern jedesmal ein Weltuntergang. Wenn Linda und Robbie stritten, hatte Pepita den säuerlichen Geruch endzeitlicher Gewitter in der Nase. Wenn Linda und Robbie stritten, überkam Pepita eine Ahnung. Seit Linda und Robbie den Friedehof verlassen hatten – meine An- oder Abwesenheit machte keinen Unterschied –, war Pepita praktisch wie ein Einzelkind aufgewachsen, und wie alle Einzelkinder hielt sie sich und alle anderen für unsterblich. Der Friedehof, seine Gräber, seine Ehrungen waren eher Kulisse und Theaterstück als ein Hinweis darauf, daß es so etwas wie ein Ende von etwas gab. Die uralten Hinterbliebenen und Veteranen, die mit gespenstischer Regelmäßigkeit den Friedehof heimsuchten und sich, von uralten Narben geplagt, mit seltsamen Hilfsmitteln durch das Hotel tasteten, schienen selbst in diesem Zustand unverwundbar zu sein wie Wiedergänger. Sie waren außerdem eine ganz andere Spezies als Pepita, Generosa, Jopie, Linda oder Robbie: Obwohl in ihren Reihen immer wieder die Mächte des Endes wüteten, so hatte Pepita damit nichts zu tun, weil sie das Gegenteil von ihnen war, weil sie jung war, hell und gesund, vor allem aber, *weil sie damit nichts zu tun hatte*, weil sie sie selbst war und *weil nichts passieren konnte*, wie Linda ihr versichert hatte.

Wenn allerdings Linda und Robbie stritten, überkam Pepita eine Ahnung vom Ende, eine Ahnung davon, daß überhaupt etwas enden konnte, und diese Ahnung wollte sie so schnell wie möglich loswerden. Sie sah zu Francis hinüber.

Francis saß Pepita gegenüber und trank Tee. Er kam Pepita lachhaft und gleichzeitig begehrenswert vor. Lachhaft, weil er der Freund ihrer Schwester war, begehrenswert, weil er der Freund ihrer Schwester war. Jedenfalls vermutete Pepita, daß er der Freund ihrer Schwester war, bisher war es noch nicht offen ausgesprochen worden. Linda und Robbie schliefen in einem Zimmer, Francis in einem anderen. Linda und Robbie getrennte Zimmer zuzuweisen kam für Großmutter Generosa überhaupt nicht in Frage, denn es bedeutete die doppelte Menge schmutziger Handtücher, Bettvorleger und Zahnputzgläser. Linda und Francis zusammen in einem Zimmer unterzubringen war selbstverständlich noch undenkbarer, und Pepita war froh darüber. Sie hätte den morgendlichen Anblick eines aus Lindas Zimmer kommenden Francis nicht ertragen. Sie hätte einen Lachanfall bekommen und aus übergroßer Scham nie wieder aufgehört zu lachen. Die Liebe hatte, wenn sie nicht auf dem Papier stattfand, etwas unendlich Lachhaftes, und Francis als Abgeordneter der Liebe in diesem Haus ebenso. Pepita war froh, daß von Lindas und Francis' Liebe nichts zu sehen war. Sie zeigten keine Zeichen größerer Vertrautheit als zum Beispiel Robbie und Francis. Sie berührten sich kaum und küßten einander nie. Im Gegenteil: Linda war meistens sehr launisch in Francis' Gegenwart, sie mäkelte an ihm herum und widersprach ihm, und Francis lächelte dann nachsichtig, als sei Linda nicht ganz richtig im Kopf. Trotzdem war Pepita davon überzeugt, daß Francis Linda und Linda Francis liebte. Sie hatte nichts anderes erwartet, als daß ihr Linda in diesem Sommer einen Freund präsentieren würde, einen Liebhaber, auch wenn sich dieser Liebhaber nun nicht als P. S. Kotopoulis entpuppt hatte. Zum Schluß hatte Pepita es geahnt: Die langatmigen, abwechselnd moralisierenden und weihevollen Passagen über P. S. Kotopoulis in Lindas Briefen waren allmählich geschrumpft und schließlich ganz verschwunden. Sie waren kurzen, harschen Absätzen über Francis gewichen, den Linda immer als Robbies Freund bezeichnet hatte – eine Freundschaft, die sie offenbar mißbilligte. Aber Pepita ließ sich nicht täuschen: Sobald Linda den Namen eines Jungen, eines Mannes, eines Halbgottes oder Gottes mehr als dreimal erwähnte, war sie verliebt. Pepita wiederum konnte gar nicht genug von Francis bekommen, so wie sie von P. S. Kotopoulis nicht genug hatte bekommen können. Sie las die knappen, ungehaltenen Sätze, in denen Francis' Name vorkam, immer und immer wieder. Sie hoffte, ihm einmal zu begegnen: einem Jungen, nein, einem *Mann* – unvorstellbar lachhaftes und fremdartiges Wort! –, den man wirklich lieben konnte, den Linda lieben konnte und damit auch sie.

Als Francis dann allerdings tatsächlich vor dem Friedehof aus dem großen Audi gestiegen und viel wirklicher gewesen war, als Pepita es erwartet hatte, hatte sich ihr Herz in einem plötzlichen Anfall von Angst zusammengekrampft, ähnlich der Ahnung vom Ende, die sie überfiel, wenn Linda und Robbie stritten. Francis war nicht nur ein Mann, er war ein wirklicher Mensch, ein Mensch mit langen, dünnen Beinen, krummem Rücken, schrägen Augen und seltsam bläulichen Zähnen. Ein Mensch mit so wirklichen, lachhaften Merkmalen wie durch die Haut schimmernden Adern und Schwärmen von Leberflecken. Pepita hatte es gesehen, während des ersten Abendessens auf dem Friedehof, als sich Francis' knochiges Handgelenk beim Führen des Suppenlöffels langsam aus dem Ärmel geschoben hatte: Francis war ein wirklicher Mensch.

Am ersten Abend war sie deshalb verwirrt und verlegen gewesen, unfähig, beim Essen auch nur ein Wort herauszubringen. Am nächsten Tag schon hatte sich das geändert. Francis hatte die Angewohnheit, alles und jeden auf dem Friedehof »phantastisch« zu finden, und er benutzte dieses Wort ungefähr eintausend Mal am Tag. Er war sehr nett zu Pepita und interessierte sich für alles, was sie sagte und tat. Er interessierte sich überhaupt für alles um ihn herum, und

Pepita fand auch das einerseits lachhaft, andererseits wußte sie, daß dahinter etwas Großes steckte, nämlich die Liebe. Francis liebte Linda, und deshalb war er der interessanteste Mensch der Welt. Ein Abgeordneter der Liebe war Francis, und als ein solcher war er in dieses Haus gekommen.

Pepita sah Francis zu, wie er ihr Tee einschenkte. Mittlerweile war sie sehr froh, daß er da war. Sie war froh, daß es sich bei Francis um Francis handelte. Francis war nett. Er liebte alles, er liebte den Friedehof, er liebte das Meer, auch wenn es sich nicht allzuoft zeigte, er liebte das Essen und fand alles »phantastisch«. Pepita hatte sich gestern dabei ertappt, wie sie dieses Wort selbst benutzt hatte, das fiel ihr jetzt ein, und sie nahm allen Mut zusammen und lächelte Francis zu. Pepita dachte darüber nach, ob Francis sie wohl mit Linda verglich, ob er nach Ähnlichkeiten suchte. Sie fand, daß sie Linda ziemlich ähnlich war. Francis reichte ihr Zucker und Milch und lächelte zurück. Er behandelte Pepita mit Respekt, als sei sie die Ältere von ihnen beiden.

»Als ich klein war, haben sie sich auch um mich gestritten«, sagte Pepita. »Sie haben darum gestritten, wer mich zwischen zwei Kissen herumtragen darf wie ein Sandwich.«

»Phantastisch!« sagte Francis. Plötzlich erhob er sich aus seinem Sessel, denn Linda kam die Treppe heruntergerannt.

»Robbie ist beleidigt«, keuchte sie und sah dabei sehr zufrieden aus. »Wollen wir einen Spaziergang machen?«

Pepita stand ebenfalls auf, allerdings viel langsamer als Francis. Sie dachte, es wäre doch sehr romantisch, wenn sie mitkäme, mit Linda und Francis, dann könnte Francis auf einem langen verregneten Spaziergang über den Deich in ihr, Pepita, Linda als kleines Mädchen sehen, Linda als fröhliches kleines Mädchen, wie sie über den Deich lief. Oder er würde in ihr die Tochter sehen, die er vielleicht eines Tages mit Linda haben würde. Oder er würde einfach Pepita sehen, die einzigartige, vielversprechende Pepita, die eines Tages sehr geliebt werden würde, genau wie Linda. Sie beschloß, viel zu hüpfen und viel zu reden und überhaupt sehr lebendig zu sein auf diesem Spaziergang.

Seit er Francis kannte, konnte Robbie nicht mehr Gitarre spielen. Wenn er sie in die Hand nahm, überkam ihn ein Gefühl von Überdruß. Er brauchte die Gitarre nicht mehr. Er brauchte nur Francis. Jetzt waren Linda und Francis fortgegangen; er hatte es vom Fenster aus gesehen, wie sie nebeneinander hergegangen waren: Francis mit seinem schwarzen Spazierstock in der Hand, dessen Geheimnis Linda hoffentlich nicht kannte. Linda, die ihn im Laufen und Gehen ansah. Pepita abwechselnd drei Meter hinter und drei Meter vor ihnen. In einigem Abstand ich.

Robbie legte sich auf sein Bett. Er konnte nicht Gitarre spielen. Früher hätte er in dieser Situation gespielt, denn die Musik füllte jede Art von Leere, vielmehr entstand sie aus der Leere. Seit Robbie damals den Friedehof in Richtung Athen verlassen hatte, spielte er allerdings keine »Rock Classics« mehr, sondern fast nur noch barocke, fingergefährdende Stücke, die so schwierig waren, daß er sie nie perfekt beherrschen würde. Die Unmöglichkeit des perfekten Spiels war öde und schmerzvoll. Robbie spielte und wollte nichts lieber, als aufhören zu spielen, und dann trotzdem nicht aufzuhören war die einzige Lust. Robbie stand auf und zog sich seine Jacke an. Gitarre zu spielen war sinnlos. Er wollte versuchen, Linda und Francis einzuholen.

Die zwanzig Tage nach Delphi, bevor Linda und Robbie nach Deutschland fliegen sollten, hatten sie zu dritt verbracht. Sie hatten sogar gemeinsam übernachtet, und zwar meistens in Francis' Haus, denn Frossis vorwurfsvolle Blicke waren besser zu ertragen als Schoschanas gleichgültige Gegenwart.

Morgens bei Francis in der Küche briet Linda Spiegeleier mit Speck. Sie machte Tee und kochte Hafergrütze. Sie sah zu, wie Francis und Robbie aßen. Ab und zu spiegelte sie sich in der silbernen Wärmehaube, die sie über die Teekanne gestülpt hatte, und mußte feststellen, daß sie hübsch aussah: Ihre Haut war glatt geworden, und die rötlichen Explosionen auf ihren Wangen kamen nicht mehr von spätpubertären Hormonaufwallungen, sondern davon, daß sie Francis so oft ansah, und immer, wenn sie ihn ansah, sandte jede einzelne ihrer Zellen feurige Signale in seine Richtung.

Die zwanzig Nächte nach Delphi waren erfüllt von Gesprächen zwischen Traum und Wachen. Linda und Robbie schliefen in Francis' Bett, Francis auf dem Sofa. Sie legten sich früh hin, damit die Nächte so lang wie möglich waren. Linda und Robbie lagen nebeneinander, und Francis' Stimme hüllte sie ein wie eine Decke. Oft nickten Linda und Robbie ein und wachten kurze Zeit später wieder auf, noch bevor Francis den Satz, bei dem sie eingeschlafen waren, beendet hatte. Sie schlugen die Augen auf, und Francis' Stimme war dieselbe, aber sie befanden sich in einem anderen Zustand als vorher, als wären sie eingeschlafen und in einer anderen Welt wieder aufgewacht.

Hin und wieder standen alle drei auf, machten sich etwas zu essen und zu trinken oder legten Musik auf. Manchmal wußte Linda am nächsten Morgen nicht mehr, was in der Nacht passiert war. Einmal war sie der festen Überzeugung, Francis einen langen Brief geschrieben und unter sein Kopfkissen gelegt zu haben. In Panik schlich sie in der Morgendämmerung zum Sofa hinüber, ließ vorsichtig ihre Hand unter das Kissen gleiten, während Francis schlief, hob die Decke an, schaute sogar unter dem Sofa nach, aber da war kein Brief. Bevor sie wieder ins Bett ging, betrachtete sie Francis eine Weile. Wenn er schlief, war er noch mehr Francis als sonst. Seine Haut schien weißer und sein Haar schwärzer zu sein. Er schlief konzentriert und hingebungsvoll wie eine Katze.

Manchmal kam es Linda beim Aufwachen so vor, als habe Francis sie in der Nacht geküßt. Sie brauchte lange, um sich selbst davon zu überzeugen, daß nichts geschehen war.

Zu dritt fuhren sie an den Strand von Marathon. Francis trug eine Badehose, hatte aber nicht vor zu schwimmen. Er saß mit einem riesigen Handtuch über den Schultern und einem weiteren um die Hüften geschlungen unter einer Pinie und sah Linda oder Robbie zu, die abwechselnd ins Wasser gingen. Linda mußte die ganze Zeit daran denken, daß Francis in Delphi gesagt hatte, daß er sie liebte. Sie fragte sich zwar, wie das möglich sein konnte, aber sie zweifelte Francis' Aussagen grundsätzlich nicht an. Es wunderte sie nur, daß dieser Aussage keine Taten gefolgt waren.

Robbie hatte sich mit einem Platsch ins Wasser gestürzt, wie ein großes, glänzendes amphibisches Tier. Linda saß neben Francis und trocknete sich ab. Sie wollte, daß Robbie lange im Wasser bliebe. Eigentlich wollte sie, daß er nicht wiederkäme. Francis beobachtete Linda, wie sie sich abtrocknete. Deshalb trocknete sie sich länger und energischer ab als nötig. Aus irgendeinem Grund war sie kurz davor zu weinen. Sie war kurz davor, etwas zu sagen. Francis war dafür, daß sie einander die Wahrheit sagten. Er meinte, es sei völliger Unsinn, anderen Leuten die Wahrheit zu sagen, aber unter ihnen dreien sei das etwas anderes. Linda gab sich einen Ruck.

»Du hast gesagt, du liebst mich«, sagte sie. »Warum küßt du mich nicht?«

Francis fixierte Robbie, der in die Bucht hinausschwamm.

»Es würde ihm gar nicht gefallen«, sagte er.

»Willst du lieber ihn küssen?« fragte Linda.

»Das ist etwas ganz anderes.«

»Warum küßt du mich dann nicht? Willst du nicht?«

»Doch«, sagte Francis.

»Er muß es ja nicht sehen.«

»Natürlich will ich.«

»Wann?«

Francis und Linda sahen sich an. Piniennadeln steckten in Francis' Haar. Die Pinie, unter der sie saßen, war wie ein Haus, Lindas und Francis' Haus.

»Heute?« fragte Francis, als sei er sich Lindas Zustimmung plötzlich nicht mehr sicher.

»Gut«, sagte Linda und sah wieder aufs Meer hinaus. Robbie war umgekehrt und schwamm wieder in Richtung Strand. Er näherte sich schneller, als er hinausgeschwommen war.

An diesem Tag passierte nichts. Auch an den folgenden Tagen machte Francis keine Anstalten, Linda zu küssen. Fünf Tage vor Lindas und Robbies Abflug verschwand Francis für etwa eine Stunde, während Linda und Robbie im Garten saßen und Zeitschriften lasen. Er sagte nicht, wohin er ging. Er kam wieder mit einem Stück Papier, das er auf den Tisch legte. Es war ein Lufthansa-Flugticket.

»Wenn ihr nichts dagegen habt, begleite ich euch«, sagte er.

Das erste Abendessen auf dem Friedehof ähnelte einem Verhör.

»Was machen Sie beruflich, Francis?« fragte Großmutter Generosa.

»Ich bin Antiquitätenhändler.«

»Ach, das ist interessant! Und wo ist Ihr Geschäft? In Athen?«

»Ich habe kein Geschäft. Ich reise. Ich kaufe und verkaufe. Manchmal.«

»Aber zur Zeit wohnen Sie in Athen?«

»Ich wohne eigentlich nirgendwo. Das meiste, was ich besitze, ist ständig irgendwohin mit der Post unterwegs. Ich weiß nie genau, wo meine Sachen sind. Aber meine Bücher sind in Athen. Im Moment könnte ich mir allerdings vorstellen, eine Weile hierzubleiben. In Deutschland, meine ich. Vielleicht in Hamburg. Ein Freund von mir geht für einige Monate ins Ausland. Er will mir seine Wohnung überlassen. Vielleicht werde ich nach Hamburg fahren und erst einmal dort bleiben.«

»Wann?« fragte Linda erschrocken. »Wann fährst du nach Hamburg?« Sie hörte zum ersten Mal davon.

»Am fünfzehnten«, sagte Francis. Er wandte sich höflich an Generosa: »Wenn ich so lange Ihr Gast sein darf!«

Generosa ging nicht darauf ein.

»Offenbar sind Sie intelligent und fleißig«, sagte sie. »Sonst könnten Sie sich so ein Leben nicht leisten.«

»Ich habe eher Glück«, sagte Francis. »Eigentlich bin ich abhängig von anderen.«

»Das ist nicht gut«, sagte Großmutter Generosa. Sie warf Linda und Robbie einen scharfen Blick zu. »Da seht ihr, was passiert, wenn man sich in seinem Leben nicht rechtzeitig für einen Ort und einen Beruf entscheidet. Ich hoffe, ihr nutzt die nächste Zeit, um darüber nachzudenken, was ihr in Zukunft tun wollt. Selbstverständlich habt ihr euch bereits Gedanken gemacht. Linda?«

Linda und Pepita schauten gleichzeitig auf.

»Was sind deine Pläne?« fragte Generosa.

Linda nahm einen Schluck von der mattgrauen Zitronenlimonade in ihrem Glas.

»Für mich ist es natürlich schwierig«, sagte sie. »Ich bin multipel begabt. Ich muß mich zwischen Psychologie, Kunstgeschichte, Geographie, Literatur und Medizin entscheiden. Vielleicht mache ich auch alles zugleich. Vielleicht gehe ich nach Paris. Oder nach Amerika. Ich würde auch gern eine Weile in Grönland leben und das Schelfeis erforschen.« Linda redete aufs Geratewohl. Sie konnte nicht über die nächsten zwei Wochen hinausdenken. Sie wußte nur, daß sie in ihrem Leben unendlich viel tun würde. Sie würde die interessantesten Orte der Welt bereisen. Und Francis würde mitkommen.

Oder sie würde mit Francis gehen, ihretwegen auch nach Hamburg, aber besser noch weit, weit weg. Francis war es ohnehin gleich, wo er sich befand. Hamburg war wahrscheinlich eine Idee, die noch aus einer Zeit stammte, als er nichts mit sich anzufangen gewußt hatte. Aber jetzt hatte er Linda. Er würde froh und dankbar sein, wenn sie Entscheidungen für ihn träfe.

»Robbie?«

»Was?«

»Was hast du vor?« fragte Generosa.

Robbie zuckte die Schultern.

»Ich weiß nicht. Ist mir egal.«

»Das ist doch nicht möglich!« Großmutter Generosa war entsetzt. »Was ist denn das für eine Antwort?«

»Laß ihn!« sagte Großvater Jopie, der bis dahin geschwiegen hatte. »Der Junge hat es gern ruhig. Er mag keine Veränderungen. Er hängt an diesem Ort. Was spricht dagegen, daß er hierbleibt? Er ist kein Akademiker und auch kein Kaufmann. Was hat er von einer Karriere? Mit einer Karriere ist es heutzutage schnell vorbei. Gräber brauchen immer Pflege. Ein Friedhof ist der sicherste Arbeitsplatz.«

»Wie auch immer«, sagte Generosa. »Am besten, ihr denkt ab jetzt täglich intensiv über eure Zukunft nach und macht euch Notizen.«

»Ich mache mir immer Notizen«, sagte Linda beleidigt. Schon jetzt ging ihr Generosa schrecklich auf die Nerven. Sie fragte sich, wie sie die nächsten Wochen überstehen sollte. Gott sei Dank hatte sie Francis. Sonst, war sich Linda sicher, wäre sie schon in diesem Augenblick einfach aufgestanden und gegangen. Sie war jetzt erwachsen. Sie brauchte den Friedehof nicht. Sie konnten gehen, wohin sie wollte. Sie hatte jetzt Francis und die ganze Welt.

Es war ein verregneter Sommer in Butjadingen. Schon morgens wachten wir auf mit dem Rauschen vor den Fenstern.

Das Rauschen begleitete uns durch den Tag, und abends, wenn wir schlafen gingen, war es immer noch da. Wenn wir hinausgingen, war es jedesmal eine Überraschung, daß der Regen nicht ganz so heftig war, wie wir erwartet hatten. Doch schon am nächsten Tag kostete es wieder Überwindung, Gummistiefel und Regenjacken anzuziehen und vor die Tür zu treten, denn überall war Wasser, und nichts war mehr an seinem angestammten Platz: Auf dem Deich lösten sich die Grassoden und rutschten langsam die Deichschräge hinab. Der Friedhof war ein See, auf dem die Grabplatten wie Flöße schwammen. Die Planen, mit denen die Minigolf-bahnen abgedeckt waren, flogen ständig davon. Im Hotel kämpfte Großmutter Generosa einen verbissenen Kampf gegen Schlammspuren und tropfende Kleidung.

»Ich weiß, daß du es warst«, sagte sie und zeigte auf einen braunen Fußabdruck auf dem Hallenboden. »Linda! Ich kenne deine Schuhgröße!«

Francis sorgte dafür, daß der Kamin in der Halle angezündet werden durfte. Großmutter Generosa war beunruhigt: Der Kamin war schon seit Jahren nicht mehr benutzt worden. Feuer erzeugte Schmutz und war gefährlich. Doch weil Francis das Feuer vorgeschlagen hatte, wagte sie nicht, es zu verbieten.

»Offenes Feuer ist eine gesunde Hitze«, sagte Francis in einem Tonfall, der dem Generosas ähnelte. »Es ist gut für die Teppiche. Dann schimmeln sie nicht.«

Das überzeugte Generosa. Da zur Zeit wegen des schlechten Wetters kein einziger Gast im Hotel logierte, duldete sie sogar stillschweigend, daß wir den ganzen Tag auf einer Decke vor dem Kamin verbrachten. Das Rauschen des Regens und die Stille in der Küche, in der nur noch für sieben Personen gekocht werden mußte, schienen sie aus dem Gleichgewicht zu bringen. Jeden Abend gegen Mitternacht machte sie einen ungewöhnlich zaghaften Versuch, die Kamingesellschaft aufzulösen. Jeden Abend versprach Francis, daß wir bald ins Bett gehen würden. Und jeden Abend war es Linda, die Pepita und mich eine halbe Stunde nach Generosas Abgang ins Bett schickte, worauf wir beide nach oben gingen, Pepita aber einige Minuten später wieder herunterkam und sich auf der Decke neben Linda zusammenrollte. Ich kam ebenfalls wieder herunter, aber niemand merkte es. Ich setzte mich in einen Sessel, mit dem Rücken zum Feuer.

»Jetzt ist es aber genug«, sagte Großmutter Generosa. »Es ist nach Mitternacht!«

Sie trug ein schwarzes Spitzennachthemd, ärmellos und mit einer Empireraffung dicht unter der Brust, was deshalb zu sehen war, weil sie vergessen hatte, ihren Morgenmantel zuzubinden. Der Morgenmantel klaffte auf und rutschte über die rechte Schulter nach hinten. Linda schämte sich beim Anblick der runzligen, aber angenehm bräunlichen Haut Generosas und ihrer schmalen, wohlgeformten Gestalt.

»Ja«, sagte Francis, »es ist spät geworden.«

Generosa drehte sich um und ging die Treppe hinauf. Auf halber Höhe hielt sie inne.

»Ich weiß, daß du ein Gesicht machst, Linda!« sagte sie, ohne sich umzudrehen.

In der Halle brannte nur noch das Feuer, alle übrigen Lichter waren gelöscht. Pepita hatte einen Teller mit kalten Schweinekoteletts und ein Glas Senf aus der Küche organisiert. Sie hatte sogar eine Flasche Tomatensaft gefunden, mit der Francis Bloody Marys für Linda und Robbie mixen konnte. Francis selbst trank nur Whiskey. Er war beeindruckt von Großvater Jopies Auswahl an Single Malts. »Die Bar ist phantastisch«, hatte Francis gesagt. »Man spürt, daß wir am Meer sind und daß das Militär hier zu Gast ist.«

Linda fühlte sich gesund und gut, so dicht am Feuer. Francis hatte recht, es war eine gesunde Hitze. Plötzlich merkte sie, wie Francis ihre Hand nahm, einfach so, ohne Ankündigung und ohne besonderen Grund.

»Die Kleinen müssen ins Bett«, sagte sie, weil sie es jeden Abend um diese Zeit sagte und weil es das war, was sie hatte sagen wollen, kurz bevor Francis ihre Hand genommen hatte. Doch dann spürte sie nichts mehr als die Hände. Sie spürte vielmehr *die Hand*, denn sie konnte zwischen den beiden Händen nicht mehr unterscheiden. Sie wußte nicht, ob sie Francis' Hand nur äußerlich berührte oder ob ihre Hand gleichzeitig Francis' Hand war, mit der sie sich selbst berührte.

»Die Kleinen müssen jetzt ins Bett«, wiederholte sie, um von der Hand zwischen sich und Francis abzulenken, die eine verräterische Hitze ausstrahlte.

»*Sie* vielleicht«, sagte Pepita mit einem Schulterzucken in meine Richtung, »ich nicht.«

Francis beugte sich vor, aber nicht zu Pepita. Er sah mich an.

»Du«, sagte er zu mir.

Wir sahen uns an.

»Es macht ihr nichts aus, zu gehen«, sagte Pepita. »Sie ist nie bei etwas dabei.«

»Du bist immer dabei«, sagte Francis zu mir. »Nicht wahr?«

»Ja«, sagte ich zu Francis.

In dieser Nacht erzählte Francis eine Geschichte:

Ein alter chinesischer Mandarin hatte während der Minderjährigkeit des jungen Kaisers für ihn das Reich gelenkt. Als der Kaiser mündig wurde, gab der alte Mann ihm den Ring zurück, der als Zeichen seiner Statthalterschaft gedient hatte, und sagte zu seinem jungen Monarchen:

»In diesem Ring habe ich eine Inschrift setzen lassen, die Eure liebe Majestät vielleicht nützlich findet. Sie ist in der Stunde der Gefahr, des Zweifels und der Niederlage zu lesen. Sie ist auch in der Stunde des Sieges, des Triumphes und der Ehre zu lesen.«

Die Inschrift in dem Ring lautete: »Auch dies nimmt ein Ende.«

Linda schlief bei dieser Geschichte ein. Robbie und Francis ein wenig später.

Irgendwann erwachten alle drei gleichzeitig. Das Feuer war heruntergebrannt. Es herrschte absolute Dunkelheit, und noch etwas hatte sich verändert. Von dieser Veränderung waren sie aufgewacht. Aber was es gewesen war, hatten sie vergessen.

Bis auf unser fünffaches Atmen war es still. Francis lag zwischen Linda und Robbie, auf dem Rücken, die rechte Hand immer noch in Lindas Hand, das Gesicht ihr zugewandt. Linda war sich nicht sicher, ob Francis wach war. Er atmete flacher als Robbie. Sein Gesicht war so nah, daß Linda seinen Atem an ihrer Stirn spüren konnte. Linda schob sich vorsichtig ein paar Millimeter nach oben. Plötzlich war Francis näher, als sie erwartet hatte, und als sich Lindas und Francis' Lippen berührten, hörten beide auf zu atmen, und es war, wie Linda gewußt hatte, daß es sein würde, es war, wie Linda sich den Kuß des Antinoos vorgestellt hatte: still und kühl und unendlich.

Auch Robbie atmete nicht. Er griff nach Francis' linker Hand und hielt sie fest. Die Stille war kaum auszuhalten. Und in diesem Moment wurde ihnen allen gleichzeitig klar, weshalb sie aufgewacht waren: die Stille. Seit Tagen war es zum ersten Mal still vor den Fenstern. Das Rauschen hatte aufgehört. Es regnete nicht mehr.

»Hamburg wird euch gefallen!« schrie Francis gegen eine Windböe an. »Die Wohnung ist großartig. Sie ist riesig. Wir können ohne Schwierigkeiten zu dritt darin leben. Man hat überhaupt keine Lust, diese Wohnung jemals wieder zu verlassen. Von dort oben aus sieht man die ganze Stadt.«

Francis, Linda und Robbie liefen auf dem Deich entlang. Das Gras dampfte. Der Hohe Weg lag wie eine rötliche Marslandschaft zu ihren Füßen. Die Abendsonne sank zum ersten Mal seit Wochen tiefgolden und ohne daß eine einzige Regenwolke ihren Schatten über sie warf, langsam dem Meer entgegen. Es war auflaufendes Wasser, aber noch lagen große Teile des Hohen Weges trocken. Weit draußen, hinter der Hohen Bank, begann sich der Robinspriel mit goldener Lava zu füllen. Es sah aus, als ob sich eine glühende Zunge ins Watt hineingrub, die mit ihrer Spitze an der Hohen Bank leckte.

Pepita und ich fuhren auf unseren Fahrrädern voraus. Wir zogen tiefe Furchen in das feuchte Gras. Es war nicht leicht, nebeneinander auf dem Deich die Balance zu halten, aber Pepita und ich schafften es. Unsere Pferde waren geschickt und stark. Pepita ritt für Butjadingen, ich für das Land Wursten auf der anderen Seite der Wesermündung, und deshalb würde ich am Ende den kürzeren ziehen, aber noch waren wir gleichauf. Wir sprengten eine Weile in wildem Tempo dahin, immer parallel zum kaum merklich anschwellenden Robinspriel. Die goldene Zungenspitze entrollte sich unendlich langsam, irgendwann würde sie die Hohe Bank umschlingen, doch noch war der vordere Teil des Priels trocken, nur ein schwachgoldener Schimmer lag auf dem Schlick. Jenseits der Hohen Bank allerdings war das Wasser schon tief. Es glänzte und funkelte, und Schwärme von Wellen, die gegeneinander zogen und wegen des böigen Windes ständig die Richtung wechselten, warfen ein ungleichmäßiges Netz aus Licht und Schatten darüber.

»Da sind sie!« schrie Pepita. Sie ließ mit einer Hand den Lenker los und zeigte aufs Meer hinaus. »Die Seehunde!« Pepita lächelte mir aufgeregt zu und schaute wieder in die Richtung, in der sie die Seehunde entdeckt hatte. Ich hatte die Seehunde völlig vergessen. Jetzt erinnerte ich mich, daß es sie gab. Ich folgte Pepitas Blick. Ich sah sie auch: Einige der Wellenschatten waren dunkler und beständiger als die anderen. Wenn man sie fixierte, merkte man, daß sie sich schneller bewegten als die Wellen. Wenn man noch genauer hinsah, wurden diese Schatten zu schwarzen Halbkugeln, die die funkelnden Wellen durchschnitten und selbst leicht in der

Sonne glänzten. Wir zügelten unsere Pferde, um auf Francis und Robbie und Linda zu warten. Pepita hatte eine Idee.

»Er wird sowieso nicht mitgehen«, sagte Linda gerade, als sie wieder in Hörweite waren. »Er hängt an seiner gewohnten Umgebung. Und es ist besser für ihn.«

»Linda!« rief Pepita. »Ich habe eine Idee!«

»Woher willst du das wissen?« fragte Robbie, ohne auf Pepita zu achten. Er warf Linda einen finsteren Blick zu. Er sprach undeutlich, weil er mit den Vorderzähnen auf seiner Unterlippe herumnagte. »Woher willst du wissen, was besser für mich ist?«

»Francis! Linda!« rief Pepita. »Hört mir zu, ich habe eine Idee!«

»Weil ich es weiß«, sagte Linda. »Und weil es schon immer besser war, wenn wir nicht zusammen waren. Entweder er geht mit oder ich«, sagte sie zu Francis.

»Linda!« schrie Pepita.

»Was ist?« schrie Linda zurück.

»Die Seehunde! Sie sind da! Es gibt sie! Ihr müßt sie sehen!«

»Später«, sagte Linda.

»Nicht später«, sagte Pepita. »Wenn wir uns nicht beeilen, sind sie weg.«

»Geht schon vor«, sagte Linda. »Wir kommen nach.«

Pepita zögerte. Sie wartete einen Moment lang darauf, daß Linda es sich anders überlegte. Schließlich gab sie auf und ließ ihr Fahrrad den Deich hinunterscheppern.

»Okay«, sagte sie. »Wir gehen vor. Bleibt immer hinter uns! Wir kennen den Weg.«

»Jaja«, sagte Linda. »Wir kommen gleich nach.«

Pepita lief los, und ich rannte hinterher.

»*See*-hunde!« rief Pepita. Es klang wie ein Schlachtruf. Sie schaute noch einmal triumphierend zurück, aber Linda hörte schon nicht mehr zu.

»Entweder er geht mit oder ich«, sagte Linda.

Francis setzte langsam einen Fuß vor den anderen. Dabei stach er mit seinem Spazierstock in immer gleichen Abständen Löcher in das Gras, als wolle er den Deich abmessen.

»Laß uns nicht mehr darüber reden«, sagte er. »Wir haben noch fünf Tage. Es hat einfach zu lange geregnet. Ein paar Tage Sonne, und du bist nicht mehr so nervös.« Er legte den Arm um Robbie. »Sie ist rebellisch. Sie wird sich beruhigen. Wir werden sie beruhigen. In Hamburg wird sie sich ins Bett legen und über die Stadt schauen und gar nichts mehr tun wollen. *Wir* werden alles tun. Es ist eine einmalige Chance. Ihr werdet euch vertragen, meine Lieben!«

Francis versuchte, auch Linda einen Arm um die Schulter zu legen, aber Linda schüttelte ihn ab. Sie drehte sich um und lief davon, in die Richtung, aus der wir gekommen waren, immer den Deich entlang, sie lief so schnell, daß unter ihren Stiefeln Erdbröckchen und Regenwasser hervorspritzten, doch ihre Schritte waren lautlos, denn sie lief mit dem Wind. Francis und Robbie sahen ihr nach. Nach einer Weile kehrten sie ebenfalls um und folgten ihr.

Das Wasser strudelte um unsere Knöchel, als Pepita und ich den vorderen Teil des Robinspriels durchquerten. Die Hohe Bank war jetzt zur Hälfte von Wasser umschlossen. Sie sah aus wie ein gestrandeter Wal, dessen Rücken wir nun erkletterten. Als wir den höchsten Punkt erreicht hatten, blieben wir stehen.

Da waren sie. Sie waren noch nie so nah gewesen wie heute. Es waren viele. Sie schwammen und tauchten im Robinspriel und genossen die Abendsonne nach langen Tagen des Regens. Wir sahen ihre runden Köpfe und glatten Rücken. Von nahem wirkten sie nicht mehr wie alte Damen mit Badekappen, sondern tatsächlich wie Wesen aus einer anderen Welt, denn nun, da sie so nah waren, merkten wir, daß unsere Sprache nicht ausreichte, um ihre fremdartige Anmut zu beschreiben.

Plötzlich reckte einer der Seehunde den Kopf aus dem Wasser und schaute uns an. Seine Augen glänzten.

»Runter«, sagte Pepita. Sie ging in die Hocke. Ich tat es ihr nach. »So machen sie es in Grönland«, flüsterte Pepita. »Die Eskimos. Die Robbenjäger. Linda hat es in einem Buch gelesen. Man muß so tun, als sei man selbst ein Seehund. Man muß lange dahocken und sich nicht bewegen, und wenn sie nicht hinsehen, kriecht man näher. Dann hockt man sich wieder hin und wartet.«

Wir hockten ruhig da, bis der Seehund abgetaucht war. Dann liefen wir geduckt ein paar Meter in Richtung des Priels. Wir hielten inne und warteten. Plötzlich tauchte der Seehund wieder auf, aber nicht, wie wir erwartet hatten, weit weg, sondern näher als zuvor. Nur einen Steinwurf von uns entfernt schnellte sein Kopf aus dem Wasser. Er sah uns an. Wir konnten seine Schnurrhaare erkennen und die weit geöffneten Nüstern.

»Ich glaube, er hat keine Angst vor uns«, flüsterte Pepita. »Komm!«

Wir liefen zum Rand des Robinspriels, bis das Wasser unsere Stiefel umspülte. Der Seehund kam ebenfalls näher. Wir hockten uns hin. Jetzt waren wir auf Augenhöhe mit dem Seehund, so nah, daß wir ihn atmen hörten. Sein Kopf wippte im Wasser auf und ab wie ein Korken.

»Er lächelt!« rief Pepita. »Siehst du? Er lächelt!«

Wir hatten jedes Gefühl dafür verloren, wie lange wir dem Seehund schon zusahen. Er schwamm für uns. Er ließ sich nach hinten sinken und trieb auf dem Rücken. Er tauchte kopfüber ins Meer und ließ seine Schwanzflosse sehen. Immer wieder schaute er uns an. Es war schwer zu sagen, ob wir ihn beobachteten oder er uns, ob er uns amüsierte oder wir ihn. Die Sonne stand tief. Sie war groß und rot.

»Wir müssen gehen«, sagte Pepita. Aber sie blieb hocken, unfähig, sich zu rühren. Ich fühlte, daß ich durchaus in der Lage war, mich zu rühren, aber ich wartete auf Pepita. Das Wasser reichte uns inzwischen bis zu den Waden. Ich fühlte Feuchtigkeit an den Beinen emporsteigen. Ich fühlte auch Feuchtigkeit am Po.

»Los!« sagte Pepita und stand auf. Ich stand ebenfalls auf. Unsere Beine waren eingeschlafen, es fiel uns schwer, sie zu strecken und einen Fuß vor den anderen zu setzten. Der Seehund machte eine Rolle vorwärts und lächelte uns zu. Es war unendlich schwer, ihm nicht mehr zuzusehen. Es war unendlich schwer, sich umzudrehen. Es war unendlich schwer, davonzugehen. Deshalb gingen wir rückwärts. Der Seehund starrte uns hinterher, unverwandt und regungslos. Rückwärts erklommen wir die Hohe Bank. Dann drehten wir uns um und sahen es:

Es war geschehen. An der Stelle, die vorhin kaum knöchelhoch mit Wasser bedeckt gewesen war, walzte nun das Meer dickflüssig und mächtig durch den Robinspriel. Der Priel hatte die Hohe Bank vollständig umschlossen. Die Hohe Bank war eine Insel geworden, und wir standen mitten darauf.

»Aha«, sagte Pepita. Wir standen da und schauten auf das Wasser. Die Strömung war stark, und das Wasser stieg schnell. Es sah sehr tief aus.

»Es kann nichts passieren«, sagte Pepita. »Wir finden schon einen Weg. Dahinten ist es etwas flacher.« Sie zeigte nach Westen. Dort sah es nicht im geringsten flacher aus, aber die Wellen reflektierten das Sonnenlicht stärker, was den Priel weniger dunkel und bedrohlich erscheinen ließ.

»Andererseits«, überlegte Pepita weiter, »könnte es auch hier flacher sein als dort. Hier sind wir schließlich herübergekommen, und bis wir dort sind, ist das Wasser hier noch höher gestiegen, und wenn wir dort ankommen und feststellen, daß das Wasser dort nicht flacher ist als hier, ist es hier, wenn wir zurück sind, noch tiefer als vorher.«

Ich hatte nichts verstanden. Das Meer stieg unaufhörlich.

»Los!« sagte Pepita. »Es kann nichts passieren! Das weißt du doch!«

Langsam wateten wir in den Robinspriel. Das Wasser lief oben in unsere Gummistiefel. Es war sehr kalt. Es reichte uns bis an die Knie, und wir waren noch nicht einmal zwei Meter vorangekommen, doch wir mußten noch tiefer hinein. Der Moment, da uns das Wasser bis über die Oberschenkel stieg, ließ uns erschauern. Wir kamen nur langsam voran. Bei jedem Schritt trieb die Unterströmung ein Stück des schlammigen Bodens unter unseren Füßen weg, und jeder Schritt ließ uns ein Stück zurücksinken, so daß jeder weitere noch mehr Kraft erforderte. Die Strömung drückte gegen unsere Beine. Es wurde immer mühseliger, sich dagegen zu stemmen und das Gleichgewicht zu halten. Das Wasser reichte uns bis zur Taille. Unwillkürlich blähten wir den Brustkorb auf und atmeten flacher, wie um unsere Körper unterhalb der Rippen von uns abzutrennen, damit wir sie nicht fühlten, die Kälte, die unsere Beine und unseren Bauch erfaßt hatte, die Schwäche, die sich in unseren Kniekehlen sammelte und langsam die Schenkel emporkribbelte, die Panik. Die Panik sagte: Es ist nicht möglich! Es ist nicht möglich, daß das Wasser noch höher steigt, es ist nicht möglich, daß es unsere Brust erreicht, und doch ist es so!

Es war so. Ich, zehn Zentimeter kleiner, fühlte, wie das Wasser in meine Achselhöhlen schwappte. Pepita reichte es inzwischen bis an die Brustwarzen. Unsere Herzen krampften sich zusammen und sammelten alle Wärme, die noch in uns war, wie in einer fest verschlossenen Faust. Auch die Sonne schien sich zusammenzuziehen, fing an zu pulsieren, ihr Rot kippte um in dunkelstes Gold.

»Ich glaube, es wird flacher«, keuchte Pepita. »Ich glaube, das war der tiefste Punkt. Wir haben es geschafft. Es kann nichts passieren!«

Und da passierte es.

Ein Stück Meeresboden brach unter mir weg. Die Strömung riß mir die Beine fort, und ich wurde unter Wasser gedrückt. Das Wasser schlug über meinem Scheitel zusammen, und als ich die Augen aufriß, sah ich nichts als golddunkle Schleier. Ich wurde herumgewirbelt und ruderte mit den Händen, ich wollte mich zur Oberfläche emporrudern, aber ich wußte nicht, wo die Oberfläche war, überall waren Wirbel und Strudel, und ich selbst erzeugte noch mehr Wirbel und Strudel, Wirbel und Strudel rissen mich herum, ließen mich steigen und sinken, bis sich schließlich alles in sein Gegenteil verkehrte, ohne daß ich etwas dazu getan hatte, bis schließlich aus lauter Ironie alles andere außer mir stieg und sank und ich die einzige war, die nicht stieg und sank. Ich war das einzige Wesen auf der Welt, das sich in einem Zustand völliger Ruhe befand, während die ganze Welt um mich herum stieg und sank. In diesem Moment der Ruhe kam der Wunsch, etwas sagen zu wollen. Es ist nicht möglich, wollte ich sagen, aber ich sagte es nicht, nicht, weil ich es nicht konnte, sondern weil es möglich *war*, das erkannte ich nun, eines hatte zum anderen geführt, und da war ich nun, mitten im Steigen und Sinken der Welt, ganz an ihrem Ende und ganz am Anfang, und ich würde bald wissen, *warum* es so war.

Dann kam der Schmerz. Es war kein Schmerz, sondern ein Reißen. Das Reißen forderte die Entscheidung: *Atmen oder nicht atmen*. Es war die letzte Entscheidung. Immerhin gab es noch zwei Möglichkeiten: *Atmen. Nicht atmen*. Beide Möglichkeiten standen mir offen. Ich mußte mich entscheiden. *Nicht atmen* war der Tod. *Atmen* nicht. Atmen war nicht der Tod. Die Seehunde atmen unter Wasser, ohne zu sterben. Ich fühlte, wie sich bei diesem Gedanken meine Nasenlöcher aufblähten wie die Nüstern des Seehundes, und das brachte die Entscheidung. Meine Lunge, meine Nasenlöcher waren kurz vor dem Zerreißen, die Dunkelheit näherte sich von allen Seiten, es war kein Golddunkel, sondern tiefer Schatten, und als das Golddunkel ging und der Schatten kam, tat ich es. Ich entschied mich. Ich atmete.

Als mich die Strömung unter Wasser riß, hatte Pepita sich gerade entschlossen zu schwimmen. Etwas zog sie nach unten, sie schluckte Wasser, strampelte in Panik, verlor dabei einen Gummistiefel und stieß instinktiv auch den anderen fort. Von da an ging es leichter. Pepita erinnerte sich daran, daß sie kräftige Arme und Beine hatte.

Du, mit den kräftigen Armen und Beinen, befahl sie, schwimm!

Dann erinnerte sie sich an mich.

»Wo bist du?« rief sie, aber ich war nicht da. Sie schwamm schneller, schwamm mit der Strömung, um ihr möglichst wenig Angriffsfläche zu bieten, paddelte unter Wasser mit den Händen wie ein Hund, damit es ihr nicht die Arme auseinanderriß, und da schlug sie mit den Händen gegen etwas Weiches. Etwas schien nach ihr zu greifen, und Pepita schrie auf. Sie wollte fort von diesem Etwas, aber das Etwas war zwischen ihr und dem Ufer, deshalb mußte sie es aus dem Weg räumen, sie griff nun ihrerseits danach, um es aus dem Weg zu schleudern, und es gab keine andere Möglichkeit, als danach zu greifen, bevor es nach ihr griff. Sie packte es also und packte in mein Haar.

Die Hand fest in meinem Haar verkrallt, paddelte Pepita einhändig in Richtung Ufer. Die letzten Meter, als das Wasser flacher wurde, schleifte sie mich, sie schleifte mich noch ein gutes Stück weiter aufs Trockene, damit das Meer mich nicht erreichte. Dann ließ sie mich los, und ich sank zu Boden. Eine Seite meines Körpers war der Länge nach mit schwarzem Schlick bedeckt. Ich atmete nicht, aber mein Herz schlug. Es schlug langsam wie das Herz eines Wals. Pepita hockte sich neben mich. Sie sah in mein Gesicht und wartete darauf, daß ich mich rührte, daß ich die Augen aufschlug oder sogar etwas sagte, aber ich tat nichts dergleichen.

Pepita fiel ein, daß Linda und Robbie und Francis bald kommen müßten. Eigentlich hätten sie längst da sein sollen. Sie hatten schließlich auch die Seehunde sehen wollen. Jetzt war es zu spät. Pepita hatte ihnen gesagt, daß es zu spät sein würde, wenn sie sich nicht beeilten. Sie hatten nicht auf sie gehört. Doch selbst, wenn sie sich *nicht* beeilt hatten – was schlimm genug war, denn sie hatten es schließlich versprochen –, selbst *dann* war so viel Zeit vergangen, daß Linda, Robbie und Francis, selbst wenn sie sehr langsam gegangen waren, jeden Moment hier sein müßten. Pepita entschloß sich zu warten.

Plötzlich gab es ein Geräusch. Es kam aus meiner Brust. Diesem Geräusch war ein unhörbares Knistern vorausgegangen, mit dem sich ein Teil meiner kollabierten Lungenbläschen wieder entfaltet hatte. Das Geräusch kam nicht vom Wasser, denn ich hatte kein Wasser eingeatmet. In dem Moment, da ich mich entschlossen hatte, unter Wasser zu atmen, hatten sich meine Stimmbänder in einem gegenläufigen Reflex so zusammengekrampft, daß kein Wasser in meine Luftröhre hatte dringen können. Meine Lunge hatte sich nicht mit Wasser gefüllt, sie war einfach implodiert. Jetzt, unter dem tiefseelangsamen Schlag meines Herzens, lockerten sich meine Stimmbänder wieder ein wenig. Luft kroch in meine schlaffen Bronchien. Ein paar noch lebendige Bronchienverästelungen spürten den Sauerstoff an ihrer Oberfläche, und ich tat einen ersten, zarten Atemzug, dann einen zweiten, ich atmete mit einem, mit zwei, mit zehn, mit zwölf Lungenbläschen und gurgelte. Das war das Geräusch. Durch mein Gehirn ging ein sanftes Zittern. Es gab einen Funken wie von einem winzigen Blitz.

Pepita hörte mich gurgeln und sah mich atmen. Sie stand auf, um es Linda entgegenzurufen, deren Gestalt jeden Moment auf der Deichkuppe erscheinen mußte. Aber von Linda, Francis und Robbie war nichts zu sehen. Da wußte Pepita, daß Linda nicht kommen würde, obwohl sie es versprochen hatte. Wahrscheinlich war Francis daran schuld. Wahrscheinlich hatte er sie davon abgehalten, zu kommen. Er hatte sie gezwungen, umzukehren und sich nicht die Seehunde anzusehen, wie es Pepitas Idee gewesen war. Trotzdem war es nicht nett von Linda, Francis zu folgen und einfach nicht zu kommen.

Pepita wußte, sie mußte Linda holen, sie mußte Francis holen, aber sie spürte nicht die geringste Lust dazu. Sie hatten es versprochen und waren nicht gekommen. Aber Pepita mußte gehen und sie holen, weil wiederum *ich* sie dazu zwang, weil mein leises Atmen sie dazu zwang, und plötzlich wurde Pepita von einer unendlichen Wut gepackt.

»Ja, gut, ich geh ja schon«, sagte sie vorwurfsvoll zu mir und rannte los. Sie rannte über den Hohen Weg. Ihr linker Fuß war nackt, am rechten klebte noch der nasse Strumpf, der über die Ferse hinunterzurutschen drohte, aber Pepita merkte es nicht.

Als sie den Deich fast erreicht hatte, drehte sie sich noch einmal um, um sich zu vergewissern, wo ich lag. Ein kleines schwarzes Häufchen lag am Rande des Robinspriels, direkt darüber die große, golddunkle Sonne. Die Sonne sah sehr schön aus. Pepita blieb stehen, um sie zu betrachten. Sie würde gleich versinken. Die Hohe Bank würde auch gleich versinken. Diesen Augenblick hätte Pepita gern abgewartet. Aber sie mußte rennen und Hilfe holen.

Schade, dachte Pepita, schade, daß ich rennen muß.

Es war unendlich schade, daß sie rennen mußte, denn die Sonne war wunderschön, gerade berührte sie das Meer und fing an, sich darin aufzulösen. Was für ein schöner Abend, dachte Pepita, und ich habe die Seehunde gesehen, von ganz nah!

Sie setzte sich an den Fuß des Deiches. Wozu sollte sie rennen? Sie konnte genausogut noch eine Weile hier sitzen bleiben. Es konnte ja nichts passieren, Linda hatte es gesagt. Und Linda hatte immer recht. Heute hatte sie ein Versprechen gebrochen, aber daran war Francis schuld. Linda hatte recht: Es konnte nichts passieren. Was konnte dieser eine Augenblick schon am nächsten Augenblick ändern? Sie, Pepita, konnte nicht sterben, Linda konnte nicht sterben, ich konnte nicht sterben. Niemand war bis jetzt gestorben, warum sollte es also heute geschehen? Der Tod war ein Gerücht, der auf dem Friedhof begraben lag. Anstatt sich die Beine aus dem Leib zu rennen, nur wegen eines Gerüchts, konnte Pepita genausogut noch einen Augenblick hier sitzen und der Sonne beim Sinken zusehen. Dann würde sie aufstehen und jemanden holen. In einem anderen Augenblick. Es war noch genug Zeit. Pepita sah, daß ihr Strumpf im Begriff war, von ihrem Fuß zu rutschen. Sie griff danach und zog ihn langsam und sorgfältig an ihrer Wade hoch.

12   Der Weiße Wald

Auf dem Friedehof war alles so zugegangen wie immer, wenn ein Ertrunkener auf der Hohen Bank gefunden worden war. Den letzten Ertrunkenen hatte Jopie vor fast zehn Jahren gefunden. Trotzdem hatten alle sofort gewußt, was sie zu tun hatten. Jopie hatte sofort nach seinem Stock gegriffen, das Küchenmädchen hatte sofort die Schubkarre aus dem Schuppen geholt und mit einem alten Lappen ausgewischt, und alle hatten sich versammelt, um den Ertrunkenen zu holen.

Diesmal allerdings hatte der Ertrunkene von Anfang an einen Namen gehabt. Schon von weitem hatten sie meinen Namen gerufen, zum allerersten Mal. Sie riefen meinen Namen, aber ich war schon nicht mehr da. Sie beugten sich über mich, Linda und Robbie, Großvater Jopie und Großmutter Generosa. Nur Pepita stand etwas abseits und schaute, das Kinn in die Höhe gereckt, angestrengt aufs Meer hinaus.

»Die Toten entfernen sich langsam«, sagte Großmutter Generosa. Sie bestand auf absoluter Langsamkeit während dieser »Tage des Transits«, wie sie die Zeit vor meiner Beerdigung nannte.

Langsam hatte mich Jopie in der Schubkarre nach Hause geschoben. Dort angekommen, hatte mich der inzwischen eingetroffene Notarzt mit geruhsamen Handgriffen untersucht, denn anders als Jopies anonyme Ertrunkene der letzten Jahrzehnte hatte ich vor meinem Status als Ertrunkene nachweislich existiert und brauchte einen Totenschein. Einige Zeit später fuhr mich ein schwarzer Kombi langsam über die Landstraße ins Bestattungsinstitut nach Nordenham. Später verteilte Generosa aus einer Klinikpackung »Baldrian forte« zur Nacht, und alle legten sich schlafen und träumten langsame Träume.

Am nächsten Tag machte sich Jopie an die Auswahl einer Grabstätte. Lange lief er zwischen den Gräbern herum und maß die Zwischenräume aus, während der vertraute Geruch nach in Butter angeschwitztem Mehl aus den Küchenfenstern herüberwehte, der Großmutter Generosas tröstlichen Beerdigungssuppen immer vorausging.

Mehrmals an diesem Tag versuchte Generosa, unseren Vater zu erreichen. Es gelang ihr nicht, denn er befand sich auf einer Grabung in der Osttürkei, wo die Telefonleitungen wegen eines kleineren Erdbebens zusammengebrochen waren. Generosa sprach widerwillig mit den archäologischen Instituten in Athen und Ankara. Sie mußte mit fremden Leuten Englisch sprechen und war immer wieder genötigt, ihre Stimme zu erheben, damit diese Leute sie verstanden. Sie wiederum verstand die Leute nicht, und aus Ärger darüber begann sie zu schreien.

»*Please give me someotherbody!*« schrie sie. »*I don't understand your terrible accent. It goes around a deathfall in the family. Please give me someotherbody without accent!*«

Erregt und unzufrieden legte sie auf. Jedesmal nach diesen Telefonaten war die Atmosphäre voller Unruhe und Nervosität, und die erzwungene Mißachtung des Transit-Zustandes ärgerte sie fast noch mehr als die Tatsache, daß sie unseren Vater nicht erreichte.

Als sie endlich eine störungsfreie Leitung und jemanden am Apparat hatte, der in absehbarer Zeit unserem Vater meinen Tod ausrichten konnte, war unsere Mutter bereits auf dem Weg nach Deutschland, allein.

Allein wartete Linda in der Ankunftshalle des Hannoveraner Flughafens auf Schoschana. Es war nach elf Uhr, und Schoschana kam mit der letzten Maschine an diesem Abend. Außer Linda war niemand in der Ankunftshalle. Francis und

Robbie saßen draußen im großen Audi. Sie durften nicht mit hinein, denn Linda war allein verantwortlich. Sie würde allein sein mit Schoschana in diesem schrecklichen Augenblick, auf diesem schrecklich glatten Granitboden, übersät mit Kaugummipapieren und aufgerissenen Zuckertütchen, und das Schrecklichste war, daß es diesen Augenblick gar nicht geben durfte. Linda fürchtete, sie würde nicht weinen können, und sie fürchtete dasselbe für Schoschana. Das ging so weit, daß sie Schoschana schließlich, kurz bevor sich die Automatiktür öffnete, von ganzem Herzen fürchtete. Aber als sich dann die Automatiktür öffnete und Schoschana mit nichts als ihrer schlaffen schweinsledernen Reisetasche über der Schulter in die Ankunftshalle trat, war Linda plötzlich klar, daß es nichts zu fürchten gab, weil diese große, dünne, langhaarige Frau mit der Reisetasche gar nicht Schoschana war, und sie war gar nicht Linda, und niemand war irgend jemand, und wenn überhaupt, dann hatte nur die schweinslederne Reisetasche eine Identität, zwar nur eine sehr schlaffe und traurige, aber immerhin hatte es einen Sinn, daß es diese Tasche gab, während das Dasein von Linda und Schoschana auf diesem schrecklich glatten Granitboden plötzlich jeden Sinn verloren hatte.

Pepita lag im Bett. Pepita hatte eine Hirnhautentzündung, jedenfalls nannte Linda es so. Am Abend, nachdem ich im schwarzen Kombi davongefahren war, hatte Linda den Zustand von Pepitas Gehirn kontrolliert, für das sie eine gewisse Verantwortung fühlte. Sie hatte Pepita vorgemacht, wie sie mit geschlossenen Augen die Arme ausstrecken und beide Zeigefinger zusammenführen, wie sie mit einem Zeigefinger ihre Nasenspitze berühren und wie sie das Kinn auf die Brust drücken sollte. All das gelang Pepita ein paarmal, ein paarmal aber auch nicht, und daraufhin diagnostizierte Linda Hirnhautentzündung und steckte Pepita ins Bett, mit der Auflage, es nicht zu verlassen.

Linda kümmerte sich unentwegt um Pepita, wenn sie nicht gerade unterwegs war, um sich um etwas anderes zu kümmern. Ständig klingelte das Telefon, und immer war es für Linda.

Die Tatsache, daß die Transit-Atmosphäre weiterhin von Lindas geschäftigen Telefonaten gestört wurde, machte Generosa verrückt. Nicht nur Lindas ununterbrochenes Reden, auch die gesundheitsschädlichen Strahlen des schnurlosen Telefons, die im Minutentakt die Atmosphäre durchschossen, störten ihrer Ansicht nach das langsame Sich-Entfernen meiner Seele. Linda wiederum wollte Generosa demonstrieren, daß sie darauf keine Rücksicht nehmen konnte, denn schließlich war sie es, die alles erledigte, während Generosa nur Essen und Medikamente verwaltete, Linda sich aber in dieser Ausnahmesituation um die wirklich wichtigen Dinge kümmerte.

Endlich triumphierte Linda über Generosa. Sie war es, bei der alle Fäden zusammenliefen, sie war es, die dafür sorgte, daß alles funktionierte, und immer, wenn sich das Gefühl der Sinnlosigkeit des Ganzen wie ein unlokalisierbarer Schmerz in ihr ausbreitete, griff sie zum Telefon und rief den Bestatter an oder die Friedhofsgärtnerei, bei der sie Generosas Kranzauftrag storniert hatte, weil sie selbst den Grabschmuck bestellen wollte, denn sie war es, die die Blumen. Sie war es, die die Verantwortung. Sie war. Sie hatte. Sie mußte.

Das Telefon klingelte. Es war der Bestatter. Er bestätigte den Termin, den Linda für den Nachmittag ausgemacht hatte.

»Ihre Schwester müßte dann auch gekommen sein«, sagte er.

»Gut«, sagte Linda, obwohl sie nicht verstand, wen und was er damit meinte.

Generosa lief bemüht langsam an ihr vorbei. Als sie sah, daß Linda telefonierte, baute sie sich mit verschränkten Armen vor ihr auf und sah sie anklagend an.

»Die Toten entfernen sich langsam!« warnte Generosa.

Linda kümmerte sich nicht darum. Sie beendete das Gespräch und begann dann erneut zu wählen. Generosa gab es auf. Wenn Linda meinte, meine sich allmählich fortmachende Seele durchaus mit den Strahlen ihres Telefons aufscheuchen und verjagen zu wollen, bitte! Dann war es wenigstens nicht ihre Schuld.

Linda fuhr zum Bestatter nach Nordenham und suchte einen Sarg aus. Der, den sie wählte, ähnelte der Keksdose in der Küche des Friedehofes, denn er war blau mit goldenem Rand. Sie dachte, dieser Sarg würde mir gefallen, denn sie meinte sich zu erinnern, daß ich gerne Kekse gegessen hätte.

Linda mußte noch viele andere Dinge aussuchen, während der Bestatter nichts anderes tat, als Seiten in Katalogen umzublättern.

Der Bestatter nannte das Ganze ein »Trauergespräch«. Linda war unzufrieden mit dem Trauergespräch. Sie hatte sich so etwas ganz anders vorgestellt. Es war gar kein Gespräch. Der Bestatter sagte fast nichts. Er zeigte ihr Fotos und deutete auf Preise, aber Linda mußte alles selbst entscheiden. Der Bestatter strahlte absolut nichts Tröstendes oder Mitfühlendes oder Verläßliches aus, und dabei, dachte Linda, hatte er doch jeden Tag mit Leuten zu tun, die in Trauer waren und Mitgefühl und Verläßlichkeit brauchten, mit Leuten, die beispielsweise jederzeit in Ohnmacht sinken könnten, und sie selbst könnte auch jederzeit in Ohnmacht sinken, obwohl sie sehr gefaßt wirken mußte, dachte Linda, und sie fühlte bei diesem Gedanken ein wenig in Richtung Ohnmacht in sich hinein, und da wurde ihr klar, daß sie tatsächlich viel zu gefaßt war. Sie fühlte sich nicht im mindesten ohnmächtig und wünschte, es wäre anders. Doch wenn sie sich schon nicht ohnmächtig fühlte, so wünschte sie sich wenigstens dieses Gespräch ein bißchen strapaziöser.

Der Bestatter versuchte den Eindruck zu erwecken, als sei alles, was mit der Bestattung zu tun hatte, sehr, sehr einfach.

Linda wiederum versuchte den Eindruck zu erwecken, als sei das alles sehr, sehr kompliziert. Sie wollte, daß er ihr bei den Entscheidungen half. Der Bestatter aber reagierte auf ihre Fragen durchweg mit einem leisen, fast vollkommen in seinen kleinen grauen Bart eingewachsenen Lächeln. Er gab Linda zu verstehen, sie könne entscheiden, wie sie wolle. Linda durchblätterte die Kataloge und sagte immer wieder: »Ich kann es nicht allein entscheiden.« Aber Linda konnte es durchaus, und sie würde es auch tun, denn diese Seite des Todes gehörte vollständig ihr.

Schließlich unterschrieb Linda den Vertrag, den der Bestatter ihr vorlegte. Es entstand eine Pause.

Dann sagte der Bestatter: »Übrigens, ihre Schwester ist gerade angekommen.«

Und da begriff Linda. Sie begriff mit einem Schlag die räumlichen Verhältnisse. Plötzlich sah sie das Haus des Bestatters durchschnitten wie ein Puppenhaus, mit fehlenden Wänden und durchtrennten Decken, sie sah mich unten im Keller liegen in einem Sack und sich hier oben sitzen in einem schwarzen Samtjackett, und sie fing an zu weinen.

»Kann ich sie sehen?« fragte sie.

Francis und Robbie waren auf Lindas Anweisung hin im Audi sitzen geblieben, während Linda allein zum Bestatter hineingegangen war. Während des Trauergespräches hatte Linda ein paarmal durch die Lamellenvorhänge nach draußen gespäht und gesehen, daß sich Robbie und Francis lebhaft unterhielten. Sie hatten sogar gelacht.

Linda durfte mich nicht sehen.

»Ich würde davon abraten«, sagte der Bestatter und schob die Unterlagen in eine Mappe. »Sie ist gerade aus der Gerichtsmedizin gekommen.«

Linda hatte Generosa und unserer Mutter verschwiegen, daß mein Körper der Gerichtsmedizin übergeben worden war, auf Anordnung der Staatsanwaltschaft. Linda wußte, worum es ging, sie hatte in ihrem Leben genug einschlägige Fachliteratur gelesen, um mit den gängigen Schnittverläufen vertraut zu sein. Sie sah die umgekehrt ypsilonförmige Eröffnung meines Rumpfes vor sich und fragte:

»Wie sieht sie denn aus?«

Aber auch der Bestatter hatte mich selbstverständlich noch nicht gesehen. Er müsse erst nachsehen, ob es möglich sei, mich überhaupt zu sehen. Und wenn man mich sehen könnte, dann sicher nicht in einem Sack, sondern erst in dem von Linda ausgewählten Sarg (blau mit Gold) und auf der von Linda ausgewählten Decke (blaue Seide mit Kordel). Bei einer großen Obduktion würde nämlich auch die Schädeldecke geöffnet, um das Gehirn zu untersuchen.

»Entschuldigen Sie, daß ich so deutlich werde!«

Linda richtete sich kerzengerade auf. Endlich hatte sie erreicht, daß der Bestatter deutlich wurde! Der Bestatter schob Linda einen Umschlag zu. Er war von der Gerichtsmedizin. Linda öffnete ihn. Er umfaßte wenige Seiten. Auf der letzten Seite las Linda, woran ich gestorben war. Ich war nicht ertrunken. Im Obduktionsbericht stand etwas anderes: »Einatmen von Erbrochenem.«

Francis drehte den Zündschlüssel im Schloß und fuhr los. Linda warf einen Blick in die Plastiktüte, die ihr der Bestatter beim Hinausgehen in die Hand gedrückt hatte. Auf der Tüte stand »Patienteneigentum«. Darin waren meine feuchten Sachen.

Während der ganzen Fahrt spielte sich in Lindas Kopf wieder und wieder das Trauergespräch ab. Beim nochmaligen Durchdenken der ganzen Sache nahm sie dem Bestatter nichts mehr übel. Sie fand, sie hatten beide ihre Sache gut gemacht. Sie mochte den Bestatter sogar immer lieber, je länger sie an ihn dachte, und sie dachte die ganze Fahrt über an ihn. Robbie und Francis hatten keine Ahnung von all den Dingen, die sie nun wußte. Der Bestatter war der einzige, der auch um diese Dinge wußte. Er war der einzige, auf den sie sich verlassen konnte.

»Ich erinnere mich nicht«, sagte Pepita. »Ich erinnere mich an nichts.«

Sie fingen an, Pepita ein wenig auszufragen, aber selbst an dieses Ausfragen würde sich Pepita später nicht mehr erinnern können. Die einzigen, die fragten, waren Linda und Großmutter Generosa. Generosa, weil sie herausfinden mußte, wer etwas falsch gemacht hatte, was das Unglück hätte verhindern können und ob man sich, nachdem es nun einmal geschehen war, nicht ehrlich eingestehen müßte, daß womöglich ein noch größeres Unglück hätte geschehen können, wie zum Beispiel dies, daß Pepita ebenfalls hätte tot sein können, was noch viel schlimmer gewesen wäre, ob das Ganze also bei allem Unglück nicht noch glimpflich abgelaufen wäre und man also in diesem Fall unter Umständen nicht übermäßig mit dem Schicksal hadern und vor allem sich nichts vorwerfen müßte – eine Schlußfolgerung, zu der sie allerdings letztlich auch allein und ohne übermäßiges Dringen in Pepita kam.

Und Linda fragte, weil sie es einfach wissen mußte. Sie wußte mehr als alle anderen, zum Beispiel war sie die einzige, die wußte, daß ich nicht ertrunken war. Sie hatte beschlossen, es niemandem zu sagen. Nur Pepita wußte noch mehr als sie. Aber Pepita erinnerte sich nicht. Oder Pepita schwieg einfach. Je mehr Pepita schwieg, desto unzufriedener wurde Linda. Immer und immer wieder ging sie in Pepitas Zimmer, in der Hoffnung, etwas zu erfahren, sie wußte nicht einmal genau, was sie wissen wollte, es schien ihr nur unbegreiflich, daß sie nichts über die Stunde erfahren sollte, in der Pepita und ich allein gewesen waren, ausgerechnet über diese eine Stunde, in der etwas so Wissenswertes geschehen war wie der Tod! Am liebsten hätte sie Pepita auf ein Gerüst binden lassen wie die Heilige Johanna in Rouen und sie dann befragt.

Denn so ausweichend, sanft und überheblich wie die Heilige Johanna damals geantwortet hatte, antwortete auch Pepita auf Lindas Fragen.

Pepita hatte vergessen, daß sie der Heiligen Johanna geweiht war. Sie dachte nicht an die Heilige Johanna. Pepita sah keine Bilder vor sich, wie Linda sie sah, Bilder von der Heiligen Johanna auf dem Gerüst in Rouen, umgeben von Bischöfen, Priestern und Magistern, die sie befragten und belehrten. Pepita sah nichts von alledem. Pepita sah nichts. Sie sah nicht einmal mehr den Weißen Wald und den Baum aus Schmetterlingen, sie sah das alles nicht, aber es war wiederum auch nicht so, als seien die Schmetterlinge fortgeflogen und hätten den Baum entkleidet, als sei eine Wolke aus Kohlweißlingen emporgestoben und habe nichts hinterlassen als kahle Äste. Es war vielmehr so, daß es den Baum gar nicht gab, nie gegeben hatte, und darin war Pepita doch wie Johanna, daß sie, wie diese, wenn sie nach dem Baum gefragt wurde und dem Weißen Wald, gar nicht wußte, wovon die anderen redeten, und Generosas und Lindas Fragen nach dem Tod und die Legenden um die Letzte Stunde nicht verstand und genauso lächerlich fand wie Johanna die Legenden um den Weißen Wald. Genau wie damals alle dachten, daß Johanna der Weiße Wald sehr nah sein müsse, dachten jetzt alle, daß Pepita mein Tod sehr nahegehen müsse, aber es war nicht so. Nichts war ihr ferner.

Zu meiner Beerdigung auf dem Ertrunkenenfriedhof kamen Linda, Robbie und Francis, Großmutter Generosa und Großvater Jopie. Es kamen der Deichvorstand und einige entfernte Nachbarn. Es kamen auch etwa zwei Dutzend treuer Veteranen aus Norddeutschland, die Großvater Jopie bei der Beisetzung seiner jüngsten Ertrunkenen zur Seite stehen wollten. Sie hatten keine Ahnung, daß ich nicht nur die Jüngste auf diesem Ertrunkenenfriedhof war, sondern auch die einzige, die nicht ertrunken war.

Es kam: meine Mutter. Mein Vater kam nicht. Er saß auf einer Bank im Flughafen von Ankara und wartete auf seinen verspäteten Anschlußflug.

Auch Pepita kam nicht. Sie konnte ihr Bett noch nicht verlassen. Nicht unter diesen Bedingungen.

Während für alle anderen die ganze Zeit über Augenblick auf Augenblick folgte und niemand merkte, daß sich von einem zum nächsten tausend Dinge änderten, änderte sich für Pepita alles mit jedem neuen Wimpernschlag.

Pepita durfte die ganze Zeit liegen. Das war das Gute an der Transit-Situation und an der Hirnhautentzündung. Das Schlimme war jedoch, daß eine Menge Gestalten und Sensationen in einem Zirkusumzug des Grauens an ihr vorbeizogen, während sie mit völlig klarem Kopf im Bett lag und eigentlich an nichts litt außer an einem frischen, oberflächlichen Husten. Die dunkelgoldenen Sonnen. Die goldpelzigen Seehunde, die im Schwarm an ihr vorüberglitten. Die Schwadron der sonnbeschienenen Ertrunkenen, vierzigtausend an der Zahl. Dann die Schmetterlinge, die von derselben Glut und Transparenz waren wie frischgeblasenes Glas, und schließlich Lindas Töpfe mit gelbem Aprikosenkompott: Sie alle zogen an Pepitas Bett vorbei, und Pepita erduldete ihre fröhlich-gehässige Parade mit einer Kühle, auf die sie stolz war. Es blieb ihr allerdings nichts anderes übrig, als kühl zu sein, denn sie würde ohnehin niemanden zu Hilfe rufen können. Linda? Aber Linda war irgendwo, sie war mit irgend etwas beschäftigt. Womit nur? Pepita konnte sich nicht erinnern. Sie konnte sich einfach nicht erinnern.

Sie wußte nur: Generosa sollte nicht kommen. Pepita wollte auf keinen Fall, daß Generosa käme. Oder jemand anderer, der noch unerwünschter war, an den sie sich aber nicht erinnern konnte. Es war jemand Bestimmtes, an dessen Namen sie sich nicht erinnerte, sobald sie sich allerdings an den Namen erinnerte oder ihn gar ausspräche, würde dieser

Jemand sofort kommen, und deshalb war es absolut notwendig, daß Pepita an nichts dachte und den Mund hielt. Was würde geschehen, wenn sie nach jemandem riefe? Der Gedanke kam genauso plötzlich wie mächtig über Pepita: Wenn sie nach jemandem riefe, würde vielleicht Generosa hereinkommen und ihr einen riesigen Aprikosenkuchen ins Gesicht werfen. Pepita konnte sich nicht rühren in ihrem Bett, wie sie sich schon seit einiger Zeit kaum hatte rühren können, aber nun legte sich plötzlich auch noch ein Aprikosengelb über alles, ein Gelb, das ihre Netzhaut bedeckte und zusammen mit ihrem Blick durch das Zimmer huschte. Das Gelb breitete sich aus. Aber es ließ sich auch auf einen einzigen, sehr einfachen und faßbaren Gedanken reduzieren: Der Aprikosenkuchen, den Generosa machte, war zwar sehr gut, aber Pepita wollte sie nicht in ihrem Bett.

Mit diesem Gedanken schlief Pepita kurz ein, vor allem, um ihn loszuwerden, aber als sie einen Wimpernschlag später aufwachte, war genau das eingetreten, was sie befürchtet hatte: Ihr Bett war übersät mit wachsigen Aprikosenstückchen und krumigem Bisquit, überzogen mit Schlieren von gelber Gelatineglasur. Pepita wußte nicht, ob sie den Aprikosenschmutz eher sah oder eher fühlte, aber eigentlich war es dasselbe, und auf einmal war sie sich nicht einmal mehr sicher, ob Generosa den Kuchen selbst geworfen oder ob sie ihn nur gebacken und jemand anderer ihn geworfen hatte, während Pepita ihre Augen nur für einen Moment geschlossen hatte, jemand, der nicht befugt war, diesen Kuchen auch nur anzufassen, jemand, der zu überhaupt nichts befugt war. Aber wer immer den Kuchen geworfen hatte, in jedem Fall war Pepitas Bettzeug jetzt schmutzig, genauer gesagt, es war gelb, was noch viel schlimmer war, aber eigentlich war es dasselbe.

Pepita wußte nicht, was sie mit dem schmutzigen Bettzeug machen sollte. Linda war nicht da, um es abzuziehen, also tat sie es selbst. Sie riß das Laken von der Matratze und den Bezug vom Plumeau (Gott sei Dank war das Plumeau weiß und nicht schmutzig) und faltete beides ordentlich zusammen. Dann fiel ihr ein, daß das frische Bettzeug nicht in ihrem Zimmer war, sondern im Wäscheschrank, und der Wäscheschrank war in Jopies Zimmer, und dort schlief Linda, das machte das Zimmer relativ sicher, aber wie sollte sie dort hinkommen? Der Flur, den sie durchqueren mußte, kam ihr unsicher vor, ebenso die anderen Zimmer außer Lindas, und zum ersten Mal machte sie sich Gedanken über die Sicherheit von Zimmern, es schien ihr aber, als sei es schon immer so gewesen, daß einige Zimmer sicher waren und andere nicht. Daß ihr früher alle Zimmer ähnlich sicher beziehungsweise unsicher vorgekommen waren oder, mehr noch, daß ihr derartige Gedanken früher nie gekommen waren, das hatte Pepita vergessen.

Nun stand sie vor einem weiteren Problem: Ihr Bett stellte sich nun doch als unsicher heraus, denn das Plumeau war nicht direkt schmutzig, aber im abgezogenen Zustand auch nicht übermäßig weiß. Wenn man es nett formulierte, war es ein sehr dunkles Weiß. Wenn man ehrlich war, ein ziemlich gelbliches Beige. Dasselbe galt für die Matratze. Pepita war bei völlig klarem Verstand. Sie war nicht verrückt. Sie war sogar bei klarerem Verstand als jemals in ihrem Leben. Und weil sie zum ersten Mal in ihrem Leben klar sehen konnte, sah sie zum ersten Mal, was alles passieren konnte. Sie sah, ohne zu begreifen, woher diese plötzliche Klarheit kam, daß alles, was geschah, Spuren hinterließ, selbst die kleinste Kleinigkeit. Ganz gleich, was geschah, alles änderte etwas. Ganz gleich, was passierte, nichts war danach so wie vorher. Man selbst hinterließ ständig Spuren, die nie wieder zu tilgen waren, oder, wenn es doch möglich war, sie zu tilgen, dann war es zumindest sehr, sehr schwierig.

Schließlich stand Pepita in ihrem Bett und schrie. Sie konnte das Bett nicht verlassen, sie konnte aber auch nicht darin bleiben. Sie konnte sich nicht hinlegen, aber aufstehen konnte sie auch nicht. Sie berührte nichts als die bloße

Matratze, und zwar mit den Fußsohlen, und das ging noch, denn ihre Fußsohlen verhornten jetzt mangels anderer Selbstschutzmöglichkeiten notgedrungen im Zeitraffer, während Pepita im Bett stand und schrie. Sie schrie, bis Linda endlich kam.

In der Nacht nach meiner Beerdigung suchten Francis und Robbie Linda im ganzen Haus. Sie fanden sie in Pepitas Zimmer, auf einer Matratze, auf dem Fußboden, vor Pepitas Bett. Pepita schlief.

»Was machst du hier?« flüsterte Robbie.

»Ich passe auf«, flüsterte Linda zurück. »Etwas ist passiert.«

»Mit Pepita?« fragte Francis.

»Ja.«

»Was?«

»Ich weiß es nicht. Ich muß es herausfinden.«

Robbie und Francis krochen zu Linda auf die Matratze. Sie stieß sie nicht weg.

»Komm mit runter«, flüsterte Francis. »Eure Mutter hat etwas für euch. Sie will euch etwas zeigen.«

»Was soll *sie* uns schon zeigen?« fragte Linda.

»Komm mit runter«, sagte Francis. »Dann siehst du es.«

»Nein«, sagte Linda.

»Komm mit«, sagte Francis. »Es ist unser letzter Abend hier. Deiner und meiner und seiner.«

»Nein«, sagte Linda.

»Doch«, sagte Francis. »Morgen gehen wir fort«, sagte Francis und nahm Lindas Hand. Er küßte Linda auf die Wange. »Wir alle drei. Du und ich und er. Du hast genug getan. Wir lassen das alles hier. Wir gehen nach Hamburg.«

»Ich komme nicht mit«, sagte Linda.

»Bitte!« krächzte Robbie heiser. »Bitte! Komm mit!« Er nahm ebenfalls Lindas Hand. Plötzlich verspürte er kein Bedürfnis mehr, Linda zu verprügeln. Niemals mehr würde er sie verprügeln. Alle derartigen Bedürfnisse, auch das Bedürfnis zu schweigen, zu essen, zu mißgönnen, zu erwarten, zu hoffen und beleidigt zu sein, hatten sich mit einem Mal in Luft aufgelöst.

»Ich komme nicht mit«, sagte Linda.

»Warum nicht?« fragte Robbie.

Linda schwieg. Sie streckte die Hand aus und berührte Robbies Haar. Es kam ihr vor, als fühlte sie Robbies Haar zum ersten Mal. Es war weich und warm.

»Weil ich schuld bin«, flüsterte Linda.

Adelphi

In der Nacht nach meiner Beerdigung gingen Linda, Robbie und Francis hinunter in die Halle. In der Halle wartete Schoschana. Sie hatte fast alle Lichter gelöscht, nur eine Stehlampe beleuchtete ihre magere Gestalt und ein altmodisch aussehendes, silbern glänzendes Gerät, das auf einem der niedrigen Rauchtische stand, ein buckliges Monstrum, dessen schwarze Gummischnauze auf die Wand gerichtet war: ein Filmvorführapparat. Neben dem Filmvorführapparat lag Schoschanas schweinslederne Reisetasche. Schoschana hatte drei Sessel so nebeneinander aufgestellt, daß sie ebenfalls zur Wand schauten.

»Setzt euch!« sagte sie. »Ich will euch etwas zeigen.«

Schoschana holte eine Filmrolle aus der Tasche. Vorsichtig spulte sie etwa dreißig Zentimeter davon ab. Sie steckte die Rolle auf die entsprechende Vorrichtung am Apparat, fädelte den Film vorsichtig durch Räder und Walzen und befestigte das Ende an einer leeren Rolle.

»Sie waren immer in dieser Tasche«, erklärte Schoschana. »Ich habe sie nie entwickeln lassen. Ich habe diese Tasche lange Zeit nicht angerührt. Dann erinnerte ich mich daran, eines Nachts, vor ein paar Wochen. Ich habe euch versprochen, sie entwickeln zu lassen. Ihr wart sehr lange weg in dieser Nacht, und ich habe euch versprochen, sie entwickeln zu lassen, wenn ihr wiederkommt. Ihr seid wiedergekommen, und ich habe diese Tasche genommen, so wie sie war, und bin damit nach Delphi gefahren. Die Leute im Grabungshaus haben die Filme entwickeln lassen. Sie haben mir auch diesen Apparat gegeben und mir erklärt, wie er funktioniert.«

Schoschana lächelte Linda, Robbie und Francis zaghaft zu.

Sie legte einen Schalter an der Seite des silbernen Monstrums um und knipste das Licht der Stehlampe aus.

Der erste Film, den Schoschana zeigte, war genau drei Minuten lang, so lang wie alle folgenden Filme in dieser Nacht.

Zu Beginn dieses Films läuft unser Vater langsam auf die Kamera zu, die Hand auf Lindas Schulter. Er erklärt Linda etwas, und Linda hört aufmerksam zu. Dann merkt Linda, daß sie gefilmt wird. Sie grinst in die Kamera und schneidet eine Grimasse. Sie blinzelt in die Sonne. Die Kamera schwenkt über die Wipfel des Ölbaumwaldes, die sanft ge- kräuselte Oberfläche des Pleistos-Tals. Die Heilige Straße. Ein gelbes Matchbox-Auto rollt über die Steine. Ein zweites Matchbox-Auto, ein rotes, folgt ihm. Das rote Matchbox- Auto überholt das gelbe, dabei geraten beide aus der Bahn. Die Kamera erfaßt einen Fuß, Robbies Fuß, unscharf. Dann reicht die Zeit nicht mehr. Drei Minuten sind vorüber. Dunkel.

Drei Minuten lang sind die Erinnerungen meiner älteren Geschwister. Die Erinnerungen meiner jüngeren Schwester gibt es nicht mehr. Drei Minuten lang war ich unter dem Meer, im Steigen und Sinken der Welt, ganz an ihrem Ende und ganz am Anfang, als ich mir die Frage stellte, *warum* alles so war. Warum ich mich zum Beispiel, solange ich lebte, nicht erinnern konnte, nicht an Pepita, nicht an Linda, nicht an Robbie, nicht an unsere Mutter, nicht an unseren Vater, an nichts.

Erst als ich nicht mehr war, wußte ich es.

Ich muß mich nicht an sie erinnern, weil ich sie alle bin.

Ich bin sie alle.

Ich muß mich nicht erinnern.

Ich bin die Erinnerung.

Malin Schwerdtfeger
Leichte Mädchen

Erzählungen
KiWi 614
Originalausgabe

In ihren schon mehrfach ausgezeichneten Erzählungen findet Malin Schwerdtfeger auf Anhieb einen wunderbaren eigenen Erzählton – komisch, böse, poetisch, ironisch.

»Ihre Geschichten sind überbordend komisch und voller Leben, sie sind böse und ironisch, präzise und poetisch – eines jedoch sind sie nicht: Mainstream.« *Marie Claire*

»Soll da noch einer sagen, es hätte niemand etwas zu erzählen. Lesen Sie selbst!« *Frankfurter Rundschau*

»›Leichte Mädchen‹, klug und komisch, enthält herzerfrischende Dialoge und das pralle Leben.« *Die Welt*

»Malin Schwerdtfegers erste Storysammlung ist superschräg, macht ziemlich fassungslos und trainiert die Lachmuskeln. Einfach spitzenklasse!« *Cosmopolitan*

Paperbacks bei Kiepenheuer & Witsch   KiWi PAPERBACK   www.kiwi-koeln.de

Malin Schwerdtfeger
Café Saratoga

Roman
KiWi 763

Für die beiden Schwestern Sonja und Majka ist die polnische Halbinsel Hel in ihren Sommerurlauben ein Ort der Abenteuer und Erweckungen, besonders das Café Saratoga, das ihr Vater von der steinalten Tante Apolonia übernimmt ...

»Die Welt der Malin Schwerdtfeger ist zusammengebaut aus fremden Biographien, aus archaischen Märchenplots und Vorstellungen von der Ferne.« *kulturSpiegel*

»Nie pathetisch, leicht böse, ohne Umstände. Ein wunderbar ehrliches, originelles Zeugnis vom Erwachsenwerden in einer Welt von verrückten Erwachsenen.«
Der Tagesspiegel

Paperbacks bei Kiepenheuer & Witsch   KiWi PAPERBACK   www.kiwi-koeln.de

Herrad Schenk
Am Ende

Roman
KiWi 937

In der letzten Phase ihres Lebens erinnert sich Elli an ihre Geschichte und wehrt sich gegen den Verlust der Selbstbestimmung. Mit großem Einfühlungsvermögen und sensibler Hellsicht dringt Herrad Schenk in die innere terra incognita des alten Menschen vor.

»Ein anrührendes Buch, voller Wut und Wehmut.«
Elke Heidenreich

»Herrad Schenk hat ein hervorragendes Buch geschrieben; es ist handwerklich perfekt, scharfsinnig, geht unter die Haut. Abgewogene, auskalkulierte Prosa, straff und nuanciert.« *Gisbert Haefs, Weltwoche*

Paperbacks bei Kiepenheuer & Witsch  www.kiwi-koeln.de

Liane Dirks
Krystyna

»Und die Liebe?« frag ich sie
KiWi 957

Und die Liebe? fragt die junge Autorin. Was sie erfährt, ist das unglaubliche Dokument einer gelebten Wiedergutmachung: Die Liebe zwischen der schönen Auschwitz-überlebenden Krystyna und dem jungen, charismatischen Spross der Nazi-Schickeria.

»Wie sich in diesem Buch das Fatum europäischer Geschichte spiegelt, das ist schlicht ergreifend.«
Badische Zeitung

»Man könnte einen Film daraus machen im Stil der französischen Nouvelle vague. Einen Film voller Schweigen, einen Film der Andacht und des angehaltenen Atems, doch ohne Tränen.« *Andrzej Sczypiorski, Der Spiegel*

Paperbacks bei Kiepenheuer & Witsch  www.kiwi-koeln.de

Ronald Reng
Fremdgänger

Roman
KiWi 894
Originalausgabe

Ein junger Deutscher, der in London als Investmentbanker
arbeitet. Eine ukrainische Studentin, die in Kiew in der
U-Bahnstation Klarinette spielt. Zwei Menschen, zwei
Welten treffen aufeinander, als Tobias Linderoth Larissa
kennen lernt. Es ist der Beginn einer berührenden Liebes-
geschichte mit sehr modernen Hindernissen.
Einfühlsam, sanft und schonungslos zugleich, erzählt der
Roman von einer Liebe zwischen Ost und West, wie sie
heute selbstverständlich erscheint – die aber keineswegs
als selbstverständlich behandelt wird.

»Ronald Reng beweist eine nahezu geniale Beobachtungs-
gabe.« *Saarländischer Rundfunk*

Paperbacks bei Kiepenheuer & Witsch  www.kiwi-koeln.de

Feridun Zaimoglu
Leyla

Roman
Gebunden

Eine anatolische Kleinstadt in den fünfziger Jahren. Hier
wächst Leyla als jüngstes von fünf Geschwistern im engen
Kreis der Familie und der Nachbarschaft auf, und hegt
einen großen Wunsch: Sie will dieser Welt entkommen.
Mit einer sinnenfrohen, farbenprächtigen und archaischen
Sprache erzählt Feridun Zaimoglu vom Erwachsenwerden
eines Mädchens, dem Zerfall einer Familie und von einer
fremden Welt, aus der sich viele als Gastarbeiter nach
Deutschland aufmachten – eine fesselnde Familiensaga aus
dem Herzen des Orients.

»Zaimoglu ist ein grandioser Erzähler. Virtuos, wuchtig,
gut.« *Profil*

Kiepenheuer
&Witsch   www.kiwi-koeln.de